Fred Vargas (Parijs, 1957) is een pseudoniem van Frédérique Audoin-Rouzeau. Ze is de bestverkochte misdaadauteur in Frankrijk en won vele prijzen, waaronder de Europese Prijs voor Misdaadliteratuur en de CWA Dagger Award. Haar stijl is uniek, haar verkoopcijfers zijn gigantisch en haar succes is wereldwijd: haar boeken verschijnen in maar liefst veertig landen.

Van Fred Vargas verschenen ook bij De Geus

Uit de dood herrezen
Een beetje meer naar rechts
Verblijfplaats onbekend
Maak dat je wegkomt
De man van de blauwe cirkels
Misdaad in Parijs
De terugkeer van Neptunus
De omgekeerde man
De eeuwige jacht
Vervloekt
De verdwijningen

Fred Vargas

IJsmoord

Uit het Frans vertaald door
Rosa Pollé en Nini Wielink

DE GEUS

Deze uitgave is mede mogelijk gemaakt dankzij een bijdrage van het
Franse ministerie van Cultuur – Centre national du livre

Oorspronkelijke titel *Temps glaciaires*, verschenen bij Flammarion
Oorspronkelijke tekst © Fred Vargas en Flammarion Parijs, 2015
Nederlandse vertaling © Rosa Pollé, Nini Wielink en De Geus BV,
Breda 2016
Omslagontwerp b'IJ Barbara
Omslagillustratie © Trevor Payne/Trevillion Images (onderste beeld)
ISBN 978 90 445 3565 5
NUR 331

Niets uit deze uitgave mag verveelvoudigd en/of openbaar gemaakt
worden door middel van druk, fotokopie of op welke wijze dan ook,
zonder voorafgaande schriftelijke toestemming van De Geus BV,
Postbus 1878, 4801 BW Breda, Nederland. Telefoon: 076 522 8151.
Internet: www.degeus.nl.

Meer weten over onze boeken en auteurs? Meld u dan aan voor onze
nieuwsbrief via www.degeus.nl of volg ons via social media:

IJsmoord

1

Twintig meter nog maar, twintig kleine meters tot aan de brievenbus, het was moeilijker dan ze had verwacht. Belachelijk, dacht ze, je hebt geen kleine of grote meters. Je hebt meters, meer niet. Merkwaardig dat je voor de poorten van de dood en vanaf die uitzonderlijke plek aan onbenullige onzin blijft denken, terwijl je veronderstelt dat je een belangrijke uitspraak zult doen, die met gloeiend ijzer in de annalen van de wijsheid van de mens zal worden gebrand. Een uitspraak die vervolgens hier en daar zal worden rondgebazuind: 'Weet je wat de laatste woorden waren van Alice Gauthier?'

Al had ze niets gedenkwaardigs mee te delen, ze moest wel een cruciale boodschap doorgeven, die zou verschijnen in de annalen van de laaghartigheid van de mens, die oneindig veel meer omvatten dan die van de wijsheid. Ze keek naar de brief, die trilde in haar hand.

Kom op, zestien kleine meters. Vanuit de deuropening van haar pand hield Noémie haar in het oog, klaar om bij de eerste wankeling in te grijpen. Noémie had alles in het werk gesteld om te voorkomen dat haar patiënte zich alleen op straat waagde, maar het heerszuchtige karakter van Alice Gauthier had gezegevierd.

'Zodat je over mijn schouder kunt kijken om het adres te lezen zeker?'

Noémie was beledigd geweest, zo was ze niet.

'Zo is iedereen, Noémie. Een vriend van mij – een oude boef trouwens – zei altijd: "Als je een geheim wilt bewaren, bewaar het dan ook." Ikzelf heb lange tijd een geheim bewaard, maar het zou me kunnen belemmeren om in de hemel te komen. Hoewel het zelfs zo nog niet zeker is dat ik er kom. Duvel op, Noémie, en laat me gaan.'

Schiet op, verdorie, Alice, anders komt Noémie naar je toe gerend. Ze leunde op haar rollator, nog negen meter te gaan, nog acht grote meters minstens. Voorbij de apotheek, en de wasserette, en de bank, en dan zou ze bij de kleine gele brievenbus zijn. Terwijl ze begon te glimlachen omdat de goede afloop nabij was, duizelde het haar opeens, ze liet los en zakte ineen voor de voeten van een vrouw in het rood, die haar met een kreet opving in haar armen. De inhoud van haar tas verspreidde zich over de grond, de brief viel uit haar hand.

De apothekeres kwam aangerend, stelde vragen, bevoelde en beredderde, terwijl de vrouw in het rood de hier en daar op de grond liggende voorwerpen in de handtas stopte en die naast haar neerzette. Haar kortstondige rol was al uitgespeeld, de hulpdiensten waren onderweg, ze had hier niets meer te zoeken, ze kwam overeind en verdween naar de achtergrond. Graag had ze zich nog nuttig gemaakt, nog even van belang willen zijn op de plaats van het ongeval, op zijn minst haar naam willen geven aan de hulpdiensten die in groten getale kwamen aanzetten, maar nee, de apothekeres had de leiding geheel in handen genomen, geholpen door een radeloze vrouw die beweerde de verpleegster te zijn; ze schreeuwde, huilde een beetje, mevrouw Gauthier had absoluut niet gewild dat ze meeging, ze woonde op een steenworp afstand, op 33bis, ze was beslist niet nalatig geweest. De vrouw werd op een brancard gelegd. Kom op, meid, je hebt er niets meer mee te maken.

Jawel, dacht ze terwijl ze haar weg vervolgde, jawel, ze had echt iets gedaan. Door de vrouw in haar val tegen te houden, had ze voorkomen dat haar hoofd tegen het trottoir sloeg. Misschien had ze wel haar leven gered, wie kon het tegendeel beweren?

De allereerste aprildagen, het weer werd zachter in Parijs, maar de gevoelstemperatuur was laag. De gevoelstemperatuur. Als er werkelijk een gevoelstemperatuur was, hoe noemde je dan die andere temperatuur? De verstandstemperatuur? Marie-France fronste haar wenkbrauwen, geërgerd door de onnozele vragen die door haar hoofd zoemden als vliegjes die niets te doen hadden. Juist nu ze iemands leven had gered. Of zei je 'de hoofdtemperatuur'? Ze fatsoeneerde haar rode jas en stak haar handen in de zakken. Rechts haar sleutels, haar portemonnee, maar links iets diks van papier wat ze daar nooit in had gestopt. De linkerzak was bestemd voor haar vervoersbewijs en de achtenveertig cent voor een brood. Bij een boom bleef ze staan om na te denken. Ze had de brief in handen van de arme vrouw die was gevallen. *Bedenk je zeven keer voordat je tot handelen overgaat,* werd haar altijd ingepompt door haar vader, die overigens zijn leven lang nooit tot handelen was overgegaan. Aan meer dan vier keer bedenken kwam hij waarschijnlijk niet toe. Het handschrift op de envelop was beverig en de naam, Alice Gauthier, stond in grote, onvaste letters op de achterkant. Ja, het was haar brief. Ze had alles in de handtas teruggestopt, en in haar haast om papieren, portefeuille, medicijnen en zakdoeken op te rapen voordat de wind ermee aan de haal ging, had ze de brief in haar zak gestoken. De envelop was aan de andere kant van de tas terechtgekomen, de vrouw hield hem waarschijnlijk in haar linkerhand. Dat was ze in haar eentje gaan doen, peinsde Marie-France: een brief posten.

De brief naar haar terugbrengen? Waar dan? Ze was naar de eerstehulppost van een of ander ziekenhuis gebracht. De brief aan de verpleegster op nummer 33bis toevertrouwen? Pas op, Marie-France, pas op. Bedenk je zeven keer. Dat die mevrouw Gauthier gevaren had getrotseerd om in haar eentje die brief te gaan posten, betekende dat ze in geen geval wilde dat die in handen zou vallen van iemand anders. Bedenk je zeven keer, maar niet tien of twintig, voegde haar vader er dan aan toe, want anders verliezen de gedachten hun kracht en komt er niets meer uit. Je hebt mensen die zo in kringetjes zijn blijven ronddraaien, triest is dat, kijk maar naar je oom.

Nee, niet de verpleegster. Mevrouw Gauthier was niet voor niks zonder haar eropuit getrokken. Marie-France keek om zich heen of ze een brievenbus zag. Daar, die kleine gele rechthoek aan de overkant van het plein. Marie-France streek de envelop glad op haar been. Ze had een missie, ze had die vrouw gered en ze zou de brief redden. Die was er om gepost te worden, toch? Dus deed ze niets verkeerds, integendeel.

Ze liet de envelop in de gleuf VOORSTEDEN glijden nadat ze verscheidene malen had vastgesteld dat het departement 78, Yvelines, betrof. Zeven keer, Marie-France, geen twintig, anders gaat die brief nooit weg. Daarna stak ze haar vingers onder de klep van de brievenbus door om zich ervan te vergewissen dat de envelop er echt in lag. Dat was dat. Laatste lichting om zes uur 's avonds, het was nu vrijdag, de geadresseerde zou hem maandagochtend vroeg ontvangen.

Goed gedaan, meid, heel goed gedaan.

2

Tijdens de vergadering met zijn manschappen zat commissaris Bourlin van het 15de arrondissement van Parijs op de binnenkant van zijn wangen te bijten, aarzelend, zijn handen op zijn dikke buik. Hij was een knappe jongen geweest, wisten oudgedienden nog, voordat hij in een paar jaar tijd moddervet was geworden. Maar hij had nog wel allure en dat bleek uit de respectvolle manier waarop zijn medewerkers naar hem luisterden. Zelfs wanneer hij luidruchtig, welhaast ostentatief zijn neus snoot, zoals daarnet. Voorjaarsverkoudheid, had hij verklaard. Geen enkel verschil met een najaars- of winterverkoudheid, maar dit had iets luchtigers, minder alledaags, vrolijkers als het ware.

'We moeten seponeren, commissaris', zei Feuillère, de ongedurigste van zijn brigadiers, en daarmee gaf hij beknopt weer wat het algemene standpunt was. 'Het is vanavond zes dagen geleden dat Alice Gauthier overleed. Het is zelfmoord, dat is een uitgemaakte zaak.'

'Ik hou niet van zelfmoordenaars die geen brief achterlaten.'

'Die jongen uit de rue de la Convention, twee maanden geleden, die heeft niks achtergelaten', wierp een agent tegen die bijna net zo zwaarlijvig was als de commissaris.

'Maar hij was zo dronken als een aap, alleenstaand en hij had geen centen, dat is heel wat anders. Hier hebben we een vrouw met een geregeld bestaan, een gepensioneerde lerares wiskunde, nooit over de schreef gegaan, we hebben alles nagepluisd. En ik hou ook niet van zelfmoordenaars die 's ochtends hun haar wassen en parfum opdoen.'

'Reden te meer', zei een stem. 'Als je toch dood bent, kun je er maar beter mooi uitzien.'

'En 's avonds', zei de commissaris, 'laat Alice Gauthier, geparfumeerd en in mantelpak, de badkuip vollopen, trekt haar schoenen uit en laat zich volledig gekleed in het water zakken om haar aders door te snijden?'

Bourlin pakte een sigaret, dat wil zeggen twee, want met zijn dikke vingers was hij niet in staat er maar een tegelijk tevoorschijn te halen. Dus had hij altijd losse sigaretten naast zijn pakjes liggen. En zo gebruikte hij ook geen aansteker vanwege het kleine wieltje waar hij geen grip op had, maar een grote doos lucifers, formaat open haard, die zijn broekzak deed opbollen. Hij had afgekondigd dat er in dit vertrek van het politiebureau gerookt mocht worden. Een rookverbod maakte hem pisnijdig, aangezien er over iedereen – en dan bedoel ik echt iedereen, alle levende wezens – per jaar zesendertig miljard ton CO_2 werd uitgestort. Zesendertig miljard, zei hij nadrukkelijk. En dan mag je op een perron in de openlucht geen sigaret opsteken?

'Commissaris, ze was stervende en dat wist ze', hield Feuillère vol. 'Dat vertelde haar verpleegster: ze had de vrijdag ervoor geprobeerd een brief te posten, zo arrogant als wat, ijzeren wilskracht, en het was haar niet gelukt. Met als gevolg dat ze vijf dagen later in haar badkuip haar aders opensnijdt.'

'Een brief die misschien haar afscheidsboodschap bevatte. Wat zou kunnen verklaren dat er bij haar thuis niet zoiets ligt.'

'Misschien zelfs haar uiterste wilsbeschikking.'

'Voor wie?' onderbrak de commissaris zijn manschappen en hij nam een lange haal. 'Ze heeft geen erfgenamen en weinig spaargeld op de bank. Haar notaris heeft geen nieuw testament ontvangen, haar twintigduizend euro gaat naar de bescherming van de ijsberen. En ondanks het feit dat ze die zeer belangrijke brief is kwijtgeraakt, pleegt ze zelfmoord in plaats van dat ze een nieuwe schrijft?'

'Omdat die jongeman bij haar langs is geweest, commissaris', was het weerwoord van Feuillère. 'Op maandag en daarna op dinsdag nog een keer, de buurman weet het zeker. Hij heeft hem horen aanbellen en zeggen dat hij kwam voor de afspraak. Op het tijdstip waarop ze elke dag alleen is, tussen zeven en acht uur 's avonds. Dus zij heeft die afspraak gemaakt. Misschien heeft ze hem haar uiterste wilsbeschikking meegedeeld, in dat geval werd de brief overbodig.'

'Een onbekende jongeman die spoorloos is verdwenen. Op de begrafenis waren er alleen maar bejaarde neven en nichten. Geen jongeman. Dus? Waar is hij gebleven? Dat hij zo intiem met haar was dat ze hem met spoed bij zich liet komen, betekent dat hij familie of een vriend was. In dat geval zou hij naar de uitvaart zijn gekomen. Maar nee, hij is in lucht opgegaan zeker. Lucht verzadigd van kooldioxide, wil ik nog maar even zeggen. De buurman heeft overigens van achter de deur gehoord hoe hij zich aankondigde. Wat was de naam ook alweer?'

'Hij kon het niet goed verstaan. André of "Dédé", hij weet het niet.'

'André is een naam voor een oude man. Waarom zegt hij dat het een jonge man was?'

'Op grond van zijn stem.'

'Commissaris,' begon een andere brigadier, 'de rechter eist dat we seponeren. We zijn geen stap opgeschoten met die middelbare scholier met messteken, noch met die vrouw die is overvallen in parkeergarage Vaugirard.'

'Ik weet het', zei de commissaris en hij greep de tweede sigaret, die naast zijn pakje lag. 'Ik heb gisteravond een gesprek met hem gehad. Als je dat een gesprek kunt noemen. Zelfmoord, zelfmoord, we moeten seponeren en voortmaken, op gevaar af dat we de feiten, en dat zijn er inderdaad niet veel, onderschoffelen en eroverheen lopen alsof het paardenbloemen zijn.'

Paardenbloemen, dacht hij, zijn de arme sloebers van de bloemenmaatschappij, niemand heeft respect voor ze, ze worden onder de voet gelopen of aan de konijnen gevoerd. Terwijl niemand erover zou peinzen een roos te vertrappen. Laat staan aan de konijnen te geven. Er viel een stilte, ieder was met zijn gedachten bij het ongeduld van de nieuwe rechter of bij de negatieve bui van de commissaris.

'Ik seponeer', liet Bourlin zuchtend weten, als was hij lichamelijk verslagen. 'Op voorwaarde dat we nogmaals proberen het teken te verklaren dat ze naast haar badkuip heeft aangebracht. Heel duidelijk, heel krachtig, maar onbegrijpelijk. Dat is haar laatste boodschap.'

'Maar die is ondoorgrondelijk.'

'Ik bel Danglard. Hij weet het misschien.'

En toch, peinsde Bourlin terwijl hij zijn kronkelende gedachten vervolgde, zijn paardenbloemen taai, terwijl een roos altijd kwijnt.

'Inspecteur Adrien Danglard?' vroeg een agent. 'Van de Misdaadbrigade van het 13de arrondissement.'

'Ja, die. Hij weet dingen die jullie in nog geen dertig levens zullen leren.'

'Maar achter hem', mompelde de agent, 'staat commissaris Adamsberg.'

'Nou en?' zei Bourlin terwijl hij zich welhaast majesteitelijk verhief, met zijn vuisten op de tafel.

'Nou niks, commissaris.'

3

Adamsberg pakte zijn telefoon op, schoof een stapel dossiers aan de kant en legde zijn voeten op de tafel terwijl hij in zijn stoel achteroverleunde. Hij had vannacht nauwelijks een oog dichtgedaan, want een zus van hem had, god mocht weten hoe, een longontsteking opgelopen.

'Die vrouw van nummer 33bis?' vroeg hij. 'Aders opengesneden in het bad? Waarom moet je me daar om negen uur 's ochtends mee lastigvallen, Bourlin? Volgens de interne verslagen gaat het om een bewezen zelfmoord. Heb je twijfels?'

Adamsberg mocht commissaris Bourlin wel. Een stevige eter, stevige roker, stevige drinker, die voortdurend op uitbarsten stond en op volle kracht leefde langs de rand van de afgrond, hard als steen en met een krullenkop als een lammetje, een onvermoeibare kerel met wie je rekening moest houden en die op zijn honderdste nog steeds deze functie zou bekleden.

'Rechter Vermillon, die nieuwe ijverige magistraat, zit als een teek op mijn huid', zei Bourlin. 'Weet je wat teken doen?'

'Jazeker. Als je bij jezelf een moedervlek met pootjes ontdekt, dan is dat een teek.'

'En wat doe ik dan?'

'Dan wip je hem eruit met een heel klein koevoetje. Daarvoor bel je me toch niet?'

'Nee, vanwege die rechter, die gewoon een hele grote teek is.'

'Moeten we hem er samen uit wippen met een hele grote koevoet?'

'Hij wil dat ik seponeer en ik wil niet seponeren.'

'Met als reden?'

'De zelfmoordenares, met parfum op en 's ochtends haar haren nog gewassen, heeft geen brief achtergelaten.'

Adamsberg liet met gesloten ogen Bourlin in een rad tempo zijn verhaal vertellen.

'Een onbegrijpelijk teken? Vlak bij haar bad? En waarmee kan ik je dan helpen?'

'Jij, nergens mee. Ik wil dat je die kop van Danglard naar me toe stuurt om ernaar te kijken. Misschien weet hij het, ik kan niemand anders bedenken. Dan heb ik tenminste een gerust geweten.'

'Alleen zijn kop? En wat doe ik met zijn lijf?'

'Stuur dat lijf er zo mogelijk maar achteraan.'

'Danglard is nog niet gearriveerd. Je weet dat hij zijn eigen werkrooster heeft, al naar gelang zijn dagen. Dat wil zeggen al naar gelang zijn avonden.'

'Haal hem uit bed, ik wacht daar op jullie beiden. Nog één ding, Adamsberg, de agent die met me meekomt, is een uilskuiken. Die moet nog het een en ander leren.'

Op de oude bank van Danglard gezeten sloeg Adamsberg een kop sterke koffie achterover terwijl hij wachtte tot de inspecteur klaar was met aankleden. Hij had gemeend dat het de snelste oplossing was om hem ter plekke wakker te gaan schudden en hem meteen in zijn auto te laten stappen.

'Ik heb niet eens tijd om me te scheren', mopperde Danglard en hij boog zijn lange, slappe lichaam om zichzelf in de spiegel te bekijken.

'U komt niet altijd geschoren op het bureau.'

'Dit is wat anders. Ik word verwacht als deskundige. En een deskundige scheert zich.'

Adamsberg inventariseerde ongewild de twee flessen wijn op de salontafel, het glas dat op de grond lag en het nog vochtige tapijt. Witte wijn geeft geen vlekken. Danglard was waarschijnlijk direct op zijn bank in slaap gevallen, zonder zich deze keer zorgen te maken over de ongeruste blik van zijn vijf kinderen, die hij opvoedde als culturele wondertjes. De tweelingen waren nu uitgevlogen naar de campus van de universiteit en die lege plek in zijn gezin vond hij maar niks. Toch woonde de jongste nog thuis, die met de blauwe ogen, die niet van Danglard was en die zijn vrouw als klein jongetje bij hem had achtergelaten toen ze bij hem wegging, waarbij ze zich niet eens in de gang had omgedraaid, zoals hij wel honderd keer had verteld. Vorig jaar had Adamsberg, op gevaar af een breuk tussen beide mannen te veroorzaken, de rol van wreedaard op zich genomen door Danglard mee te slepen naar de dokter, en als een benevelde halfdode had de inspecteur de uitslagen van het onderzoek afgewacht. Uitslagen die onweerlegbaar waren. Sommige kerels weten net de buien te ontlopen, dat kon je wel zeggen, en dat was een van de grote talenten van inspecteur Danglard.

'Verwacht waarvoor eigenlijk?' vroeg Danglard terwijl hij zijn manchetknopen vastmaakte. 'Waar gaat het over? Een hiëroglief, klopt dat?'

'Over de laatste tekening van een zelfmoordenares. Een raadselachtig teken. Het zit commissaris Bourlin erg dwars, hij wil het begrijpen voordat hij de zaak seponeert. De rechter zit hem als een teek op de huid. Een hele dikke teek. We hebben een paar uur de tijd.'

'Ah, is het Bourlin', zei Danglard en hij ontspande zich terwijl hij zijn jasje gladstreek. 'Is hij beducht voor een zenuwinzinking van de nieuwe rechter?'

'Hij is bang dat-ie als teek zijn gif over hem uitbraakt.'

'Hij is bang dat-ie hem als teek de inhoud van zijn speekselklieren inspuit', corrigeerde Danglard terwijl hij zijn das knoopte. 'Heel anders dan bij een slang of een vlo. Een teek is trouwens geen insect, maar een spinachtige.'

'Precies. En wat denkt u van de inhoud van de speekselklieren van rechter Vermillon?'

'Eerlijk gezegd niets goeds. Trouwens, ik ben geen deskundige op het gebied van duistere tekens. Ik ben een mijnwerkerszoon uit het Noorden', benadrukte de inspecteur nog eens met trots. 'Ik weet alleen hier en daar wat dingetjes.'

'Niettemin rekent hij op u. Voor zijn geweten.'
'Het lijdt geen twijfel dat ik die ene keer dat ik de rol van geweten vervul, niet in gebreke kan blijven.'

4

Danglard was op de rand van de blauwe badkuip gaan zitten, de badkuip waarin Alice Gauthier haar aders had opengesneden. Hij keek naar de witte zijkant van het badkamermeubel, waar ze met een oogpotlood het opschrift had aangebracht. In de kleine badkamer stonden Adamsberg, Bourlin en zijn agent zwijgend af te wachten.

'Zeg wat, beweeg, verdorie, ik ben het orakel van Delphi niet', riep Danglard, geërgerd omdat hij het teken niet onmiddellijk had ontcijferd. 'Agent, zou u zo vriendelijk willen zijn een kop koffie voor me te maken, ze hebben me uit bed gehaald.'

'Uit bed of uit een kroeg in de vroege ochtend?' vroeg de agent binnensmonds aan Bourlin.

'Ik heb scherpe oren', zei Danglard, in een elegante houding op de rand van die oude badkuip gezeten, zonder zijn ogen van de getekende figuur af te wenden. 'Ik heb niet om commentaar gevraagd, ik heb vriendelijk om koffie gevraagd.'

'Een koffie', bevestigde Bourlin en hij pakte de agent bij zijn arm, die hij met zijn grote hand makkelijk omvatte.

Danglard haalde een kromgebogen notitieboekje uit zijn achterzak en tekende de figuur na: een hoofdletter H, waarvan de middenstreep schuin liep. Bovendien liep er nog een holle lijn door die streep heen:

'Houdt het verband met haar initialen?' vroeg Danglard.

'Ze heette Alice Gauthier, meisjesnaam Vermond. Niettemin zijn haar andere twee voornamen Clarisse en Henriette. De H van Henriette.'

'Nee', zei Danglard en hij schudde zijn slappe wangen, waar een grijze waas overheen lag van zijn baard. 'Het is geen H. Die streep is duidelijk schuin, die loopt krachtig omhoog. En het is geen handtekening. Een handtekening verandert altijd, die neemt de persoonlijkheid van de schrijver in zich op, die buigt, die vervormt, krimpt in. En dat stemt niet overeen met de rechtlijnigheid van deze letter. Het is de getrouwe, welhaast schoolse weergave van een teken, van een acroniem, en het is niet vaak gedaan. Ze heeft het hooguit één of misschien vijf keer opgeschreven. Want het is het werk van een ijverige, toegewijde beginneling.'

De agent kwam terug met de koffie en uitdagend reikte hij Danglard het gloeiend hete plastic bekertje aan.

'Dank u', prevelde de inspecteur zonder te reageren. 'Als ze zelfmoord heeft gepleegd, verwijst ze naar degenen die haar daartoe hebben aangezet. Waarom zou ze in dat geval het teken coderen? Uit angst? Voor wie? Voor haar naasten? Ze nodigt uit tot onderzoek, zonder evenwel iemand te verraden. Als ze is vermoord – en dat houdt u bezig, Bourlin? – verwijst ze waarschijnlijk naar haar aanvallers. Maar nogmaals, waarom niet ongecodeerd?'

'Het is ongetwijfeld zelfmoord', bromde Bourlin verslagen.

'Mag ik?' vroeg Adamsberg met zijn rug tegen de muur geleund, en hij haalde bewust een verfrommelde sigaret uit zijn jasje.

Magische woorden voor commissaris Bourlin, die reageerde door een enorme lucifer af te strijken en er op zijn beurt een op te steken. De agent verliet chagrijnig de kleine badkamer, die plotseling met rook was gevuld, en ging op de drempel staan.

'Haar beroep?' vroeg Danglard.
'Wiskundelerares.'
'Daar hebben we ook niets aan. Het is geen wiskundig of natuurkundig teken. En ook geen teken van de dierenriem of een hiëroglief. Noch van de vrijmetselaars of van een duivelse sekte. Dat allemaal niet.'
Hij stond even geërgerd en in gedachten verdiept te mompelen.
'Tenzij', ging hij verder, 'het een Oudnoorse letter is, een rune, of zelfs een Japans letterteken, of Chinees. Je hebt van dat soort H's met een schuine streep. Maar die vertonen niet die holle lijn erboven. Daar wringt 'm de schoen. Dan rest ons nog de mogelijkheid dat het een cyrillische letter is, maar dan slecht uitgevoerd.'
'Cyrillisch? Hebben we het nu over het Russische alfabet?' vroeg Bourlin.
'Russisch, maar ook Bulgaars, Servisch, Macedonisch, Oekraïens, dat is breed.'
Met een blik wist Adamsberg een halt toe te roepen aan het erudiete vertoog dat de inspecteur, zoals hij merkte, net wilde gaan houden over het cyrillische schrift. En inderdaad, Danglard voelde zich tot zijn spijt genoodzaakt af te zien van het verhaal over de volgelingen van de heilige Cyrillus die dit alfabet hadden bedacht.
'In het cyrillisch heb je een letter Й, niet te verwarren met de И', legde hij uit terwijl hij een schetsje maakte in zijn notitieboekje. 'Jullie zien dat die letter een hol teken aan de bovenkant heeft, een soort napje. Je spreekt het min of meer uit als "oï" of "aï" al naar gelang de context.'
Danglard ving opnieuw een blik op van Adamsberg, en daarmee stopte zijn uiteenzetting.
'Gesteld dat de vrouw', vervolgde hij, 'moeite heeft gehad met het aanbrengen van het teken, vanwege de afstand tussen de badkuip en de zijkant van het meubel, waardoor ze haar

arm moest uitstrekken, dan zou het kunnen dat ze het napje verkeerd heeft geplaatst en in het midden heeft gezet in plaats van erboven. Maar als ik me niet vergis, wordt die Й niet aan het begin van een woord gebruikt, maar aan het eind. Ik heb nog nooit gehoord van een afkorting waarbij het eind van een woord wordt gebruikt. Kijk maar eens of er in haar telefoonlijst of adressenboekje iemand voorkomt die zich van het cyrillische alfabet zou kunnen bedienen.'

'Dat zou tijdverspilling zijn', bracht Adamsberg daar voorzichtig tegen in.

Dat Adamsberg voorzichtig had gesproken, was niet om te voorkomen dat Danglard gekrenkt zou zijn. Enkele uitzonderingen daargelaten sloeg de commissaris geen hoge toon aan, maar sprak hij heel rustig, op het gevaar af dat zijn gesprekspartner in slaap viel door zijn mineurstem, die voor sommigen licht hypnotisch was en voor anderen aantrekkelijk. De resultaten van een verhoor verschilden al naar gelang het werd afgenomen door de commissaris of door een van zijn medewerkers, want Adamsberg bracht ofwel slaperigheid teweeg, of een stroom van plotselinge bekentenissen, zoals je weerspannige spijkers aantrekt met een magneet. De commissaris maakte er geen punt van en gaf toe dat hij soms zelf weleens in slaap viel zonder dat hij het in de gaten had.

'Hoezo tijdverspilling?'

'Jawel, Danglard. We kunnen beter eerst uitzoeken of die holle lijn voor of na de schuine streep is getekend. En hetzelfde geldt voor de twee verticale lijnen van de H: eerder aangebracht? Of later?'

'Wat maakt dat uit?' vroeg Bourlin.

'En', vervolgde Adamsberg, 'of de schuine streep van onder naar boven of van boven naar onder loopt.'

'Uiteraard', beaamde Danglard.

'De schuine streep doet denken aan een kras', vervolgde Adamsberg. 'Die je zet als je iets doorstreept. Mits je hem van

onder naar boven trekt, met vaste hand. Als die glimlach eerst is getekend, dan is hij vervolgens doorgehaald.'
'Welke glimlach?'
'Ik bedoel: de bolle lijn. In de vorm van een glimlach.'
'De holle lijn', corrigeerde Danglard.
'Oké. Die lijn op zich doet denken aan een glimlach.'
'Een glimlach die iemand zou hebben willen uitwissen', suggereerde Bourlin.
'Zoiets. En die verticale strepen zouden de glimlach kunnen omgeven, als een vereenvoudigde voorstelling van een gezicht.'
'Erg vereenvoudigd', zei Bourlin. 'Met de haren erbij gesleept.'
'Te veel met de haren erbij gesleept', bevestigde Adamsberg. 'Maar controleer het toch maar. In welke volgorde schrijf je die letter in het cyrillisch, Danglard?'
'Eerst de twee strepen, dan de schuine lijn en dan het napje erboven. Zoals wij de accenten als laatste toevoegen.'
'Dus als het napje eerst is getekend, is het geen mislukte cyrillische letter', merkte Bourlin op, 'en verspillen we geen tijd met het zoeken naar een Rus in haar agenda's.'
'Of een Macedoniër. Of een Serviër', voegde Danglard eraan toe.

Het zat Danglard dwars dat hij het teken niet had weten te ontcijferen en op straat slofte hij achter zijn collega's aan, terwijl Bourlin door de telefoon zijn bevelen gaf. Eigenlijk slofte Danglard altijd bij het lopen, waardoor zijn zolen snel sleten. Aangezien de inspecteur bij gebrek aan enige schoonheid erg gesteld was op echte Engelse elegantie, was het altijd een probleem als hij een nieuw paar Londense schoenen moest hebben. Iedere reiziger die naar Groot-Brittannië ging, kreeg het verzoek een paar voor hem mee te brengen.
De agent was onder de indruk geraakt van de staaltjes van kennis die Danglard had tentoongespreid, en hij liep nu ge-

dwee naast hem. Hij had 'het een en ander geleerd', zou Bourlin hebben gezegd.

Op het place de la Convention gingen de vier mannen ieder een kant op.

'Ik bel zodra ik de uitslagen heb,' zei Bourlin, 'dat zal niet lang duren. Bedankt voor de hulp, maar ik denk dat ik vanavond zal moeten seponeren.'

'Als we er toch niks van begrijpen,' zei Adamsberg met een luchtig handgebaar, 'kunnen we zeggen wat we willen. Mij doet het denken aan een guillotine.'

Bourlin bleef even staan kijken naar zijn collega's die wegliepen.

'Maak je geen zorgen', zei hij tegen zijn agent. 'Zo is Adamsberg.'

Alsof die woorden voldoende waren om het mysterie op te helderen.

'Maar', zei de agent, 'wat zit er in dat hoofd van inspecteur Danglard dat hij dit allemaal weet?'

'Witte wijn.'

Nog geen twee uur later belde Bourlin naar Adamsberg: de twee verticale strepen waren als eerste getrokken, de linker en daarna de rechter.

'Zoals je een H begint dus', ging hij verder. 'Maar vervolgens heeft ze die holle lijn getekend.'

'Niet als een H dus.'

'En anders dan bij het cyrillische schrift. Jammer, ik vond het wel leuk. Daarna heeft ze de schuine lijn toegevoegd, die van onder naar boven is getrokken.'

'Ze heeft de glimlach doorgestreept.'

'Juist. En zo hebben we niks, Adamsberg. Geen initiaal en geen Rus. Alleen een onbekende afkorting die bedoeld is voor een stelletje onbekenden.'

'Een stelletje onbekenden die ze aansprakelijk stelt voor haar zelfmoord, of die ze wil waarschuwen voor een gevaar.'

'Of', opperde Bourlin, 'ze pleegt wel degelijk zelfmoord omdat ze ziek is. Maar eerst verwijst ze naar iets of iemand, naar een gebeurtenis uit haar leven. Een laatste bekentenis voordat ze de wereld verlaat.'

'En wat voor soort bekentenis doe je pas op het allerlaatste moment?'

'Een geheim waarvoor je je schaamt.'

'Zoals?'

'Verzwegen kinderen?'

'Of een zonde, Bourlin. Of een moord. Wat zou die brave Alice Gauthier van jou kunnen hebben gedaan?'

'"Braaf" zou ik niet zeggen. Autoritair, gehard, tiranniek zelfs. Niet erg sympathiek.'

'Heeft ze problemen gehad met haar vroegere leerlingen? Met de onderwijsinspectie?'

'Ze stond heel goed aangeschreven, ze is nooit overgeplaatst. Veertig jaar op dezelfde middelbare school, in een moeilijke wijk. Maar volgens haar collega's durfden de kinderen, en zelfs de grootste klieren, geen mond open te doen tijdens haar lessen, ze had de wind eronder. Natuurlijk was ze in de ogen van zo'n rector een heilige. Ze hoefde maar bij de deur van een klas te verschijnen, of het lawaai hield meteen op. Haar straffen waren berucht.'

'Lijfstraffen misschien?'

'Naar alle waarschijnlijkheid niets van dien aard.'

'Wat dan? Huiswerk driehonderd keer overschrijven?'

'Dat ook niet', zei Bourlin. 'Haar straf was dat ze niet meer van hen hield. Want ze hield van haar leerlingen. Daar dreigde ze mee: dat ze haar liefde kwijtraakten. Veel leerlingen kwamen haar na de les opzoeken met een of andere smoes. Om je een idee te geven van de kracht van dat vrouwtje: ze had een knaap die anderen chanteerde bij zich laten komen, en niemand weet hoe, maar binnen een uur had hij de hele bende aan haar uitgeleverd. Zo'n vrouw was dat.'

'Scherp, nietwaar?'

'Denk je weer aan je guillotine?'

'Nee, ik denk aan die weggeraakte brief. Aan die onbekende jongeman. Een oud-leerling van haar misschien.'

'En in dat geval zou het teken betrekking hebben op die leerling? Een teken van een groep? Van een bende? Maak me niet zenuwachtig, Adamsberg, ik moet vanavond seponeren.'

'Nou, traineer de zaak. Al is het maar één dag. Leg uit dat je het cyrillische schrift bestudeert. En vertel vooral niet dat het hiervandaan komt.'

'Waarom traineren? Denk je ergens aan?'

'Nergens aan. Ik zou graag een beetje willen nadenken.'

Bourlin slaakte een moedeloze zucht. Hij kende Adamsberg lang genoeg om te weten dat 'nadenken' bij hem niets betekende. Adamsberg dacht niet na, hij ging niet in zijn eentje aan een tafel zitten met een potlood in de hand, hij stond niet in opperste concentratie uit een raam te staren, hij maakte geen overzicht van de feiten, met pijlen en getallen op een bord, hij liet zijn kin niet op zijn vuist steunen. Hij gaf niet thuis, liep geruisloos, zwalpte tussen de bureaus heen en weer, hij leverde commentaar, ijsbeerde met trage passen door de ruimte, maar nog nooit had iemand hem zien nadenken. Hij leek als een vis af te drijven. Nee, een vis drijft niet af, een vis gaat op zijn doel af. Adamsberg deed eerder denken aan een spons die door de stroom wordt meegevoerd. Maar wat voor stroom? Sommigen zeiden trouwens dat wanneer zijn bruine, wazige blik nog vager werd, het was alsof hij algen in zijn ogen had. Hij was meer een zee- dan een landwezen.

5

Marie-France schrikte op toen ze de overlijdensberichten las. Ze had een achterstand opgelopen, moest verscheidene dagen inhalen, dus vele tientallen doden de revue laten passeren. Niet dat dit dagelijkse ritueel haar een morbide voldoening verschafte. Maar – en het was verschrikkelijk dit te zeggen, dacht ze andermaal – ze keek uit naar het overlijden van haar volle nicht, die vroeger genegenheid voor haar had opgevat. In die welgestelde tak van de familie werd bij overlijden een bericht in de krant geplaatst. Zo had ze gehoord van de dood van twee andere neven en van de man van haar nicht. Die dus alleen en rijk achterbleef – want haar man had merkwaardig genoeg fortuin gemaakt met de handel in opblaasbare ballen – en Marie-France vroeg zich voortdurend af of er een kans bestond dat het manna van de nicht op haar neerdaalde. Ze had wat dat manna betreft zitten rekenen. Hoeveel kon het zijn? Vijftigduizend? Een miljoen? Meer? Hoeveel zou ze na aftrek van de belasting overhouden? Zou haar nicht eigenlijk wel op het idee komen haar tot erfgename te benoemen? Stel dat ze alles zou weggeven voor de bescherming van de orang-oetangs? Dat was een van haar dingen geweest, de orang-oetangs, en dat begreep Marie-France heel goed, ze was bereid te delen met die arme dieren. Laat je niet meeslepen, meid, beperk je tot het lezen van de berichten. Haar nicht was al bijna tweeënnegentig, het kon niet lang meer duren, toch? Hoewel er in de familie hopen honderdjarigen waren, zoals er in andere families voortdurend kindertjes op de wereld worden geschopt. Bij hen werden er ouden van dagen op de wereld geschopt. Ze voerden niet veel uit, dat moest gezegd worden, en dan bleef je jong naar haar idee. Maar haar nicht had veel rondgezworven op Java, op Borneo en al die angstaanjagende eilanden – vanwege de orang-oetangs – en dat hakt erin. Ze las verder, in chronologische volgorde.

Haar neven Régis Rémond en Martin Druot,
haar vrienden en collega's vervullen de droeve plicht
u mee te delen dat

Alice Clarisse Henriette Gauthier, geboren Vermond,

op de leeftijd van zesenzestig jaar,
na een langdurig ziekbed is overleden.
Het uitdragen van de overledene
op nummer 33bis in de rue de la ...

Op 33bis. Ze hoorde de verpleegster weer roepen: 'Mevrouw Gauthier op nummer 33bis ...' Die arme vrouw, zij had haar leven gered – door te voorkomen dat ze met haar hoofd tegen de grond smakte, ze was er nu van overtuigd – maar niet voor lang.

Tenzij die brief? De brief die ze had besloten te posten? Stel dat ze er verkeerd aan had gedaan? Dat die belangrijke brief onheil teweeg had gebracht? Dat dit de reden was waarom de verpleegster zich er zo tegen had verzet?

Die brief zou hoe dan ook verstuurd zijn, sprak Marie-France zichzelf bemoedigend toe en ze schonk zich een tweede kop thee in. Het lot had beslist.

Nee, de brief zou niet verstuurd zijn. Hij was weggewaaid bij die val. Nadenken, meid, bedenk je zeven keer. Stel dat mevrouw Gauthier eigenlijk een ... – hoe zei de baas bij wie ze vroeger werkte dat ook alweer? Het woord lag hem in de mond bestorven – een *misslag* had begaan? Dat wil zeggen iets wat je niet wilt maar toch doet, om redenen die jezelf niet duidelijk zijn. Stel dat ze uit angst om haar brief te posten zo duizelig was geworden? En dat ze hem, bij wijze van *misslag*, had verloren omdat ze van haar idee afzag vanwege redenen die haarzelf niet duidelijk waren?

Maar in dat geval had zíj beslist. Zij, Marie-France, die had besloten de bedoeling van de oude vrouw te respecteren. En toch had ze zich wel degelijk bedacht, niet te kort en niet te lang, voordat ze naar de brievenbus was gelopen.

Vergeet het, je zult nooit weten hoe het zat. En niets wijst erop dat die brief funeste gevolgen heeft gehad. Dat is zomaar een gedachte, meid.

Maar met de lunch was Marie-France het nog steeds niet vergeten, wat bleek uit het feit dat ze niet verder was gekomen met haar overlijdensberichten, en in dat stadium nog steeds niet wist of de orang-oetangnicht wel of niet was overleden.

Ze ging op weg naar de speelgoedwinkel waar ze parttime werkte, maar ze had buikpijn en kon niet helder denken. En dat betekent dat je piekert, meid, en je weet best wat papa daarover altijd heeft gezegd.

Niet dat ze nooit onderweg het politiebureau had opgemerkt – zes van de zeven dagen kwam ze erlangs – maar deze keer verscheen het plotseling als een lichtpunt, een vuurtoren in de nacht. *Een vuurtoren in de nacht*, ook dat zei haar vader. 'Maar het vervelende van een vuurtoren', voegde hij er dan aan toe, 'is dat het licht knippert. Dus jouw plan komt en gaat voortdurend. En bovendien dooft het licht zodra het dag is.' Nou, het was dag en toch scheen het licht in het politiebureau als een vuurtoren in de nacht. Wat bewees dat je, met alle respect, in de vaderlijke woorden best wat wijzigingen mocht aanbrengen.

Met knikkende knieën ging ze naar binnen, kreeg de droefgeestige knaap bij de receptie in het oog, en verderop een heel grote, heel dikke vrouw, die haar angst aanjoeg, en daarna een kleine, blonde, onopvallende man, die haar niet erg aansprak, en nog wat verderop een kaalhoofdige man, die eruitzag als een oude vogel op zijn nest in afwachting van een laatste broedsel dat maar niet wil komen, en daar zat iemand te lezen – en ze had heel scherpe ogen – in een tijdschrift over vissen, en ze zag een dikke witte kat die op een kopieerapparaat lag te slapen en een stevig gebouwde vent die de indruk wekte dat hij de hele wereld wel te lijf wilde gaan, en het scheelde niet veel of ze was weer vertrokken. Nee hoor, dacht ze opeens, want de vuurtoren knippert natuurlijk, en op dit moment is het licht uit. Een man met een buikje, smaakvol gekleed maar vormeloos, kwam haar met sloffende tred tegemoet en wierp haar een blauwe, heldere blik toe.

'Zoekt u iets?' vroeg hij goed articulerend. 'Aanklachten wegens diefstal, overvallen en dergelijke kunt u hier niet doen, mevrouw. U bent hier bij de Misdaadbrigade. Doodslag en moorden.'

'Is daar een verschil tussen?' vroeg ze angstig.

'Een heel groot verschil', zei de man en hij boog zich lichtelijk naar haar toe, als bij een begroeting uit de vorige eeuw. 'Een moord wordt gepleegd met voorbedachten rade. Doodslag kan onopzettelijk zijn.'

'Ja, dan kom ik voor een mogelijke doodslag, niet opzettelijk.'

'U dient een aanklacht in, mevrouw?'

'Ik bedoel nee, ik heb misschien zelf doodslag begaan, zonder het te willen.'

'Was er een vechtpartij?'

'Nee, commissaris.'

'Inspecteur. Inspecteur Adrien Danglard. Tot uw dienst.'

Het was lang geleden of nog nooit gebeurd dat iemand zo respectvol en hoffelijk tegen haar had gesproken. De man was niet knap – alsof hij geen botten had, was ze geneigd te denken – maar mijn hemel, die aardige woorden van hem, daar ging het om. Opnieuw ging de vuurtoren aan.

'Inspecteur,' zei ze zekerder van zichzelf, 'ik ben bang dat ik een brief heb verstuurd die tot de dood heeft geleid.'

'Een dreigbrief? Een boze brief? Een wraakbrief?'

'Welnee, inspecteur' – en ze sprak graag dit woord uit, dat haar aanzien leek te geven. 'Ik weet het gewoon niet.'

'Wat niet, mevrouw?'
'Wat erin stond.'
'Maar u zegt dat u hem hebt verstuurd, nietwaar?'
'Zeker weten heb ik hem verstuurd. Maar ik heb eerst goed nagedacht. Niet te kort en niet te lang.'
'En waarom hebt u hem gepost – dat klopt toch? – als hij niet van u was?'
De vuurtoren was uit.
'Nou, omdat ik hem van de grond heb opgeraapt en die mevrouw vervolgens is overleden.'
'U hebt dus een brief gepost voor een vriendin, klopt dat?'
'Helemaal niet, ik kende die vrouw niet. Ik had alleen net haar leven gered. Dat is toch niet niks?'
'Dat is geweldig', bevestigde Danglard.
Had Bourlin niet gezegd dat Alice Gauthier van huis was gegaan om een brief te posten, die verdwenen was?
Hij richtte zich zo goed als hij kon in zijn volle lengte op. In feite was de inspecteur lang, veel langer dan de kleine commissaris Adamsberg, maar niemand zag dat.
'Geweldig', zei hij nogmaals, met aandacht voor de verwarring van deze vrouw in de rode jas.
De vuurtoren ging weer aan.
'Maar daarna is ze doodgegaan', zei ze. 'Ik las het vanochtend bij de overlijdensberichten. Die bekijk ik af en toe,' legde ze iets te snel uit, 'om te zien of ik niet de begrafenis mis van iemand die ik ken, van een oude vriendin, begrijpt u.'
'Die oplettendheid strekt u tot eer.'
En Marie-France voelde zich opgemonterd. Ze ervoer een soort genegenheid voor deze man die haar zo goed begreep en prompt haar zonden rechtvaardigde.
'Dus ik las dat Alice Gauthier van nummer 33bis dood was. En haar brief had ik gepost. Mijn hemel, inspecteur, stel dat ik het allemaal heb ontketend? En toch had ik me zeven keer bedacht, en niet meer.'

Danglard huiverde bij de naam Alice Gauthier. Op zijn leeftijd was huiveren zo zeldzaam geworden en zijn nieuwsgierigheid naar de kleine gebeurtenissen van het leven was zo snel bevredigd, dat hij dankbaarheid voelde voor de vrouw in de rode jas.

'Op welke datum hebt u die brief gepost?'

'De vrijdag daarvoor dus, toen ze op straat niet goed werd.'

Danglard gebaarde naar haar.

'Ik verzoek u met me mee te gaan naar commissaris Adamsberg', zei hij en hield haar vast bij haar schouders, alsof hij bang was dat de onbekende gegevens waarover zij beschikte onderweg versnipperd zouden raken, zoals een vaas die breekt zijn inhoud verliest.

Gefascineerd liet Marie-France zich leiden. Ze was op weg naar de werkkamer van de grote baas. En zijn naam – Adamsberg – was haar niet onbekend.

Ze werd teleurgesteld toen de hoffelijke inspecteur de deur van de kamer van de chef opende. Daar lag een slaperige persoon, gekleed in een zwartkatoenen jasje over een zwart T-shirt, met zijn voeten op tafel uit te rusten, heel wat anders dan de welgemanierde man die haar had opgevangen.

De vuurtoren ging uit.

'Commissaris, mevrouw zegt dat ze de laatste brief van Alice Gauthier heeft gepost. Het leek mij belangrijk dat u haar verhaal hoort.'

Terwijl zij meende dat hij bijna sliep, opende de commissaris schielijk zijn ogen en ging weer rechtop zitten. Stijfjes liep Alice op hem af, ontstemd omdat ze de vriendelijke inspecteur moest inruilen voor deze onduidelijke figuur.

'Bent u de chef?' vroeg ze ontgoocheld.

'Ik ben de commissaris', antwoordde Adamsberg glimlachend, gewend aan de vaak verbijsterde blikken die hij tegenkwam, maar er niet van onder de indruk. Met een gebaar verzocht hij haar tegenover hem te gaan zitten.

Je moet nooit geloven in de autoriteit van autoriteiten, zei papa altijd, *dat zijn de ergste*. Waaraan hij in werkelijkheid toevoegde: 'Klootzakken.' Marie-France hulde zich in stilzwijgen. Zich bewust van het feit dat ze in haar schulp kroop, beduidde Adamsberg Danglard naast haar plaats te nemen. En inderdaad besloot ze pas te gaan praten nadat de inspecteur haar daartoe had aangemaand.

'Ik was bij de tandarts geweest. In het 15de arrondissement, dat is niet mijn buurt. Het ging zoals het ging, ze liep met haar rollator en ze werd niet goed en toen viel ze. Ik ving haar op in mijn armen en daardoor klapte ze niet met haar hoofd tegen het trottoir.'

'Een heel goede reflex', zei Adamsberg.

Niet eens 'mevrouw', zoals de inspecteur zou hebben gezegd. Niet eens een 'geweldige' daad. Een alledaags woord voor een politieman en, let wel, ze was niet dol op de politie. En die ander mocht dan een gentleman zijn – maar wel een verdwaalde gentleman – deze, de chef, was gewoon een politieman, en binnen twee minuten zou hij haar beschuldigen. *Je loopt naar de politie en even later ben je schuldig.*

Vuurtoren uit.

Adamsberg keek weer naar Danglard. In geen geval naar haar identiteitspapieren vragen, zoals normaliter werd gedaan, want dan waren ze haar kwijt.

'Wonder boven wonder was mevrouw daar,' benadrukte de inspecteur, 'ze heeft haar behoed voor een klap die fataal had kunnen zijn.'

'Het lot heeft u op haar weg gebracht', vulde Adamsberg aan.

Niet 'mevrouw', maar toch een compliment. Marie-France keek met haar antipolitiegezicht schuin naar hem op.

'Wilt u koffie?'

Geen antwoord. Danglard stond op en spelde voor Adamsberg, van achter Marie-France' rug, geluidloos de twee lettergrepen 'me-vrouw'. De commissaris begreep het.

'Mevrouw,' zei Adamsberg met nadruk, 'wilt u een kop koffie?'

Na een kort instemmend knikje van de vrouw in het rood ging Danglard de trap op naar de automaat. Adamsberg had het kennelijk door. Deze vrouw moest je geruststellen, prijzen, haar zwakke zelfgevoel opkrikken. Je moest goed letten op de manier van spreken van de commissaris, die was te ongedwongen, te naturel. Maar hij wás naturel, zo was hij geboren, rechtstreeks ontsproten aan een boom of aan het water of aan een rots. Afkomstig uit de Pyreneeën.

Toen de koffie eenmaal was geserveerd – in kopjes en niet in plastic bekers – nam de inspecteur de teugels van het gesprek over.

'U hebt haar dus opgevangen toen ze viel', zei hij.

'Ja, en haar verpleegster kwam meteen aangerend om haar te helpen. Ze schreeuwde, ze zwoer dat mevrouw Gauthier beslist niet had gewild dat zij meeging. De apothekeres nam de zaak over en ik verzamelde alle spullen die uit haar tas waren gevallen. Want wie zou daaraan gedacht hebben? Het ambulancepersoneel denkt nooit aan zoiets. Terwijl in onze tas ons hele leven zit.'

'Dat is waar', sprak Adamsberg bemoedigend. 'Mannen stoppen dat allemaal in hun zakken. En u hebt dus een brief opgeraapt?'

'Ze hield hem ongetwijfeld in haar linkerhand, want hij was aan de andere kant van de tas terechtgekomen.'

'U let goed op, mevrouw', zei Adamsberg glimlachend.

Die glimlach stond hem goed. Die was innemend. En ze voelde wel dat de chef belangstelling voor haar had.

'Maar ik heb het alleen niet meteen beseft. Later, toen ik naar de metro liep, vond ik hem in mijn jaszak. U denkt toch niet dat ik die brief heb gepikt, hè?'

'Zulke dingen doe je zonder erbij na te denken', zei Danglard.

'Precies, zonder erbij na te denken. Ik zag de naam van de

afzender, Alice Gauthier, en ik begreep dat het haar brief was. Toen heb ik goed nagedacht, zeven keer en niet meer.'

'Zeven keer', herhaalde Adamsberg.

Hoe kon je nou tellen hoe vaak je dacht?

'En geen vijf, of twintig. Mijn vader zei altijd dat je je zeven keer moest bedenken voordat je iets deed, maar niet minder, want dan deed je iets doms, en vooral niet meer, want dan ging je in een kringetje ronddraaien. En als je steeds maar ronddraaide, zonk je als een schroef in de grond weg. En dan kon je later niet meer in beweging komen. Dus dacht ik: die mevrouw had in haar eentje naar buiten willen gaan om de brief te posten. Dan moest dat wel belangrijk zijn, toch?'

'Heel belangrijk.'

'Dat maakte ik eruit op', zei Marie-France wat zelfverzekerder. 'En ik heb het nog gecontroleerd, het was echt haar brief. Ze had haar naam in grote letters achter op de envelop geschreven. Eerst meende ik dat ik hem aan haar terug moest geven, maar ze was naar het ziekenhuis gebracht, en waar? Ik had geen idee, de ambulancemensen hebben niet eens het woord tot me gericht en niet gevraagd hoe ik heette of wat dan ook. Daarna leek het me het beste om hem terug te brengen naar 33bis, de verpleegster had gezegd waar ze woonde. Inmiddels had ik me al vijf keer bedacht. Nee, doe dat vooral niet, zei ik tegen mezelf, want die mevrouw wilde niet dat haar verpleegster meeging. Misschien vertrouwde ze het niet, of zo. En toen heb ik bij de zevende keer, na wikken en wegen, besloten af te maken wat die arme vrouw niet had kunnen doen. En heb ik hem gepost.'

'En hebt u misschien gezien wat het adres was, mevrouw?' vroeg Adamsberg lichtelijk ongerust.

Want het was heel goed mogelijk dat deze vrouw, zo voorzichtig in haar gedrag en gekweld door een goed geweten, uit discretie de naam van de geadresseerde niet had willen lezen.

'Allicht, ik had die brief zo grondig bekeken, want ik dacht steeds na. En ik moest het adres wel weten om de juiste gleuf van de brievenbus te kunnen kiezen: PARIJS, VOORSTEDEN, PROVINCIE of BUITENLAND. Je moet je natuurlijk niet vergissen, want dan raakt de post weg. Ik heb het steeds maar weer gecontroleerd, 78, Yvelines, en toen heb ik hem gepost. Maar sinds ik heb vernomen dat die arme vrouw dood is, ben ik bang dat ik iets vreselijk stoms heb gedaan. Voor het geval dat de brief iets aan het rollen heeft gebracht. Iets waardoor ze is doodgegaan. Zou dat ongewilde doodslag zijn? Weet u waaraan ze is overleden?'

'Daar komen we zo nog op, mevrouw,' zei Danglard, 'maar uw hulp wordt door ons zeer op prijs gesteld. Ieder ander zou die brief misschien zijn vergeten en nooit naar ons toe zijn gekomen. Maar hebt u, naast 78, Yvelines, de naam van de geadresseerde gezien? En weet u die wonder boven wonder nog?'

'Niks wonder boven wonder, ik heb een goed geheugen. De heer Amédée Masfauré, Stoeterij La Madeleine, Route de la Bigarde, 78491, Sombrevert. Dat moet in de gleuf VOORSTEDEN, toch?'

Adamsberg stond op en rekte zich uit.

'Fantastisch', zei hij terwijl hij naar haar toe liep en nogal vrijpostig aan haar schouder schudde.

Dit misplaatste gebaar schreef ze toe aan zijn tevredenheid en ze was zelf ook blij. Een hartstikke geslaagde dag, meid.

'Maar wat ikzelf graag wil weten,' zei ze, nu weer ernstig, 'is of mijn daad de dood van die arme vrouw heeft veroorzaakt, een terugslag of zoiets. U moet goed begrijpen dat dit me dwarszit. En ik snap dat als de politie belangstelling toont, dat betekent dat ze niet in haar bed is gestorven, of vergis ik me?'

'U kunt er niets aan doen, mevrouw, op mijn erewoord. Het beste bewijs is wel dat de brief maandag, op zijn laatst dinsdag, is gearriveerd. En dat mevrouw Gauthier op dinsdagavond is overleden. En dat ze intussen geen enkele post, geen enkel bezoek of telefoontje heeft ontvangen.'

Terwijl Marie-France zeer opgelucht herademde, keek Adamsberg even naar Danglard: *we liegen tegen haar*. We vertellen niets over de bezoeker van maandag en dinsdag. We liegen, we gaan haar leven niet vergallen.

'Dus ze is gewoon een natuurlijke dood gestorven?'

'Nee, mevrouw', aarzelde Adamsberg. 'Ze heeft zelfmoord gepleegd.'

Marie-France gaf een gil en Adamsberg legde een, deze keer bemoedigende, hand op haar schouder.

'We denken dat de brief, die verdwenen leek, de laatste woorden bevatte die ze tegen een dierbare vriend wilde zeggen. U hoeft uzelf dus niets te verwijten, integendeel zelfs.'

Nog voor Marie-France de brigade had verlaten – naar behoren uitgeleide gedaan door Danglard – belde Adamsberg de commissaris van het 15de arrondissement.

'Bourlin? Ik heb die knaap van je. De geadresseerde van de brief van Alice Gauthier. Amédée en nog wat, in Yvelines, maak je geen zorgen, ik heb het volledige adres.'

Nee, woorden kon hij waarachtig niet onthouden. Marie-France stak wat dat betreft met kop en schouders boven hem uit.

'En hoe heb je dat gedaan?' vroeg Bourlin, die zich al begon op te winden.

'Ik heb niks gedaan. De onbekende vrouw die Alice Gauthier bij haar val op de been heeft gehouden, heeft haar spullen opgeraapt en zonder erbij stil te staan de brief in haar zak gestopt. Het mooiste is dat ze hem na lang nadenken – zeven keer, ik bespaar je de details – heeft gepost. En nog mooier is dat ze het volledige adres van de geadresseerde heeft onthouden. Ze heeft het zonder aarzelen voor me opgedreund, zoals je de fabel van "De raaf en de vos" zou opzeggen.'

'Waarom zou ik "De raaf en de vos" opzeggen?'

'Ken je die niet?'

'Nee. Afgezien van "U bent de feniks onder de bewoners van

dit bos". Onbegrijpelijk. Uiteindelijk onthou je het best wat je niet begrijpt.'

'Laat die raaf maar zitten, Bourlin.'

'Jij hebt hem ter sprake gebracht.'

'Sorry.'

'Geef mij het adres van die knaap.'

'Ik lees het voor: Amédée Masfauré, en ik weet niet hoe je dat uitspreekt. M A S F A U R É.'

'Amédée. Zoals het "Dédé" dat de buurman hoorde. Hij is dus gekomen zodra hij de brief heeft ontvangen. Ga door.'

'Stoeterij La Madeleine, Route de la Bigarde, 78491, Sombrevert. Is dat wat?'

'Dat is wat, behalve dan dat ik vanavond moet seponeren. De rechter is zenuwachtig geworden van dat cyrillisch, ik heb maar één dag erbij gekregen. Dus ik spring in mijn auto en ga nu die Amédée opzoeken.'

'Kan ik incognito met je mee, met Danglard?'

'Vanwege dat teken?'

'Ja.'

'Oké', zei Bourlin na een korte stilte. 'Ik weet wat het is om aan een hersenbreker te zijn begonnen en er niet mee op te kunnen houden. Eén ding: waarom is die vrouw naar jou gegaan in plaats van dat ze op mijn bureau is verschenen?'

'Kwestie van aantrekkingskracht, Bourlin.'

'Maar in werkelijkheid?'

'In werkelijkheid komt ze elke dag langs de brigade. En is ze naar binnen gegaan.'

'En waarom heb je haar niet meteen naar mij gestuurd?'

'Omdat ze in de ban was geraakt van Danglard.'

6

Commissaris Bourlin had hard gereden, hij wachtte al een kwartier op zijn collega's, trappelend van ongeduld voor de hoge houten poort die de toegang versperde tot Stoeterij La Madeleine. In tegenstelling tot Adamsberg, die de symptomen van ongeduld niet kende, was Bourlin een heetgebakerde man die voortdurend op de feiten vooruitliep.

'Waar bleef je nou, verdomme?'

'We moesten twee keer stoppen', legde Danglard uit. 'De commissaris voor een bijna volle regenboog en ik voor een opmerkelijke abdijhoeve van de tempeliers.'

Maar Bourlin luisterde niet meer en hing al aan de bel van het landgoed.

'*Carpe horam, carpe diem*', mompelde Danglard, twee passen achtergebleven. '"Pluk het uur, pluk het moment." Een oude raadgeving van Horatius.'

'Groot is het hier', was het commentaar van Adamsberg, die door de in april nog vrij kale heg naar het domein stond te kijken. 'De stoeterij is daar helemaal rechts, neem ik aan, in die houten barakken. Er zit wel geld. Pretentieus huis aan het eind van die grindlaan. Wat denkt u, Danglard?'

'Dat het in de plaats is gekomen van een vroeger kasteel. De twee huisjes aan weerszijden van de oprijlaan zijn uit de zeventiende eeuw. Ongetwijfeld woongedeeltes, die hoorden bij een veel indrukwekkender gebouw. Dat tijdens de Revolutie misschien met de grond gelijkgemaakt is. Behalve de toren, die het heeft overleefd, daar in het bos. Ziet u hoe die erboven uitsteekt? Vast een wachttoren, die veel ouder is. Als we een kijkje zouden gaan nemen, zouden we misschien fundamenten uit de dertiende eeuw ontdekken.'

'Maar we gaan geen kijkje nemen, Danglard.'

Na veel gehannes met zware ijzeren kettingen werd de poort geopend door een vrouw. Een eind in de vijftig, klein en mager, merkte Adamsberg op, maar met een gevuld gezicht en lekkere ronde wangen, die niet pasten bij haar lichaam. Vrolijke konen boven een spichtig lichaam.

'De heer Amédée Masfauré?' vroeg Bourlin.

'Hij is in de stoeterij, u zult na zessen moeten terugkomen. En als het om de termietenbestrijding gaat, dat is al gebeurd.'

'Politie, mevrouw', zei Bourlin en hij haalde zijn kaart tevoorschijn.

'Politie? Maar we hebben ze alles al verteld! Is het zo al niet erg genoeg? U gaat toch niet het hele circus weer opnieuw beginnen, of wel?'

Bourlin wisselde een niet-begrijpende blik met Adamsberg. Wat was de politie hier wezen uitspoken? Nog voor zijn komst?

'Wanneer is de politie hier geweest, mevrouw?'

'Al bijna een week geleden! Overleggen jullie niet onderling? Donderdagochtend waren de agenten hier een kwartier erna. En de volgende dag weer. Ze hebben iedereen verhoord, we moesten er allemaal aan geloven. Vindt u dat niet voldoende?'

'Na wat, mevrouw?'

'Nee, jullie overleggen duidelijk niet onderling', zei het vrouwtje hoofdschuddend, waarbij ze eerder teleurgesteld dan zenuwachtig leek. 'In ieder geval hebben ze gezegd dat ze klaar waren, en ze hebben ons het lichaam teruggegeven. Dagenlang hebben ze het gehouden. Misschien hebben ze het wel opengemaakt en niemand had er iets over te zeggen.'

'Wiens lichaam, mevrouw?'

'Van de baas', zei ze elk woord benadrukkend, alsof ze zich tot een stelletje domme leerlingen richtte. 'Hij heeft zich van het leven beroofd, die arme man.'

Adamsberg was een eindje verderop gaan staan en liep nu met zijn handen op zijn rug in een kring rond terwijl hij kleine steentjes voor zich uit schopte. Pas op, herinnerde hij zich, door steeds maar rond te draaien boor je je als een schroef in de grond. Nog een zelfmoord, verdorie, en nog wel op de dag na de dood van Alice Gauthier. Adamsberg luisterde naar het moeilijke gesprek tussen de magere vrouw en de dikke commissaris. Henri Masfauré, de vader van Amédée. Woensdagavond had hij zichzelf doodgeschoten, maar zijn zoon had hem pas de volgende morgen ontdekt. Bourlin hield koppig vol, betuigde zijn deelneming, het speet hem zeer, maar hij was hier voor een heel andere zaak, niets ernstigs, weest u maar niet bezorgd. Welke zaak? Een brief van mevrouw Gauthier, die Amédée Masfauré had ontvangen. Die vrouw was namelijk overleden, hij moest weten wat haar uiterste wilsbeschikking was.

'We kennen hier geen mevrouw Gauthier.'

Adamsberg trok Bourlin drie passen naar achteren.

'Ik zou graag een blik willen werpen in de kamer waar de vader zich van het leven heeft beroofd.'

'Die Amédée wil ik zien, Adamsberg. Niet een lege kamer.'

'Allebei, Bourlin. En neem contact op met de gendarmes om te vragen hoe het zit met die zelfmoord. Welk bureau, Danglard?'

'Hier, tussen Sombrevert en Malvoisine, valt het denk ik onder Rambouillet. De kapitein, Choiseul – net als de staatsman onder Lodewijk xv – is een capabele vent.'

'Doe dat, Bourlin', drong Adamsberg aan.

Zijn toon was veranderd, gebiedender, dringender geworden, en met een lang gezicht stemde Bourlin ermee in.

Na tien minuten heen-en-weergepraat met Adamsberg opende de vrouw uiteindelijk de poort helemaal en ging hun voor over het pad om hen naar de werkkamer van haar baas, op de eerste etage, te brengen. Haar ronde wangen hadden het deels weer gewonnen van haar schriele lichaam. Niettemin zag ze geen enkel verband tussen de werkkamer van haar baas en de brief van die mevrouw Gauthier, en ze had de indruk dat die smeris, Adamsberg, ook geen verband zag. Hij belazerde haar, heel eenvoudig. Maar die vent, met zijn stem of zijn glimlach of wat dan ook, deed haar denken aan haar onderwijzer van vroeger. Die was in staat je zover te krijgen dat je in één avond alle tafels van vermenigvuldiging ging leren.

Adamsberg wist nu de naam van de vrouw – Céleste Grignon – ze was eenentwintig jaar geleden bij de familie in dienst getreden, toen de kleine jongen zes was. De kleine jongen, dat was Amédée Masfauré, hij was gevoelig, hij had een zwakke gezondheid, het ging niet goed met hem en er mocht hem geen haar op zijn hoofd worden gekrenkt.

'Hier is het', zei ze en opende de deur van de werkkamer terwijl ze een kruis sloeg. 'Amédée vond hem hier 's ochtends, op deze stoel, aan zijn tafel. Hij hield het geweer nog tussen zijn voeten.'

Danglard bekeek de kamer van alle kanten, bestudeerde de met boeken bedekte muren en de tijdschriften die in stapels op de grond lagen.

'Was hij leraar?' vroeg hij.

'Sterker nog, meneer, het was een geleerde. En sterker nog, een genie. Hij zat in de chemische technologie.'

'En waar hield hij zich mee bezig in de chemische technologie?'

'Met bedenken hoe je de lucht schoon krijgt. Alsof hij de stofzuiger erdoor haalde en het vuil in de zak achterbleef. Een gigantische zak natuurlijk.'

'De lucht schoon krijgen?' zei Bourlin onverwachts. 'Bedoelt u de CO_2, het kooldioxide, eruit halen?'

'Zulk soort dingen. Het roet, de rook verwijderen, al die vuiligheid die ze ons laten inademen. Hij heeft er al zijn geld in gestoken. Een genie en een weldoener voor de mensheid. Zelfs de minister heeft hem op bezoek gevraagd.'

'Daar moet u me eens over vertellen', zei Bourlin met een trilling in zijn stem en Céleste kreeg een andere kijk op de man.

'U kunt beter eens met Amédée gaan praten. Of met Victor, zijn secretaris. Maar spreek zacht, u allemaal, het lichaam is nog in huis, begrijpt u. In zijn slaapkamer.'

Adamsberg hing rond bij de stoel van de overledene, bij zijn bureau, een zwaar meubel, met een oude bovenlaag van onbewerkt leer, versleten op de plaats waar de armen rustten en doorgroefd met krassen. Céleste Grignon en Bourlin stonden met hun rug naar hem toe in gesprek over het dioxide. Hij scheurde een blaadje uit zijn notitieboekje en wreef snel met een potlood over het leren oppervlak, terwijl Danglard de muren van de kamer langs liep en boeken en schilderijen bekeek. Eén doek van de erudiete verzameling viel uit de toon. Een prulwerk, dat was het woord, een plompe afbeelding van het dal van Chevreuse in drie tinten groen, bespikkeld met rode vlekjes. Céleste Grignon kwam bij hem staan.

'Dit is niet mooi, hè?' zei ze zachtjes.

'Nee', antwoordde hij.

'Helemaal niet mooi', deed ze er nog een schepje bovenop. 'Je vraagt je af waarom meneer Henri dat ding in zijn werkkamer heeft opgehangen. Terwijl er niet eens lucht in dat landschap zit, en hij hield zo veel van lucht. Het is dichtgeschilderd, zoals ze dat noemen.'

'Dat is waar. Het is waarschijnlijk een aandenken.'

'Helemaal niet. Het is omdat ik het heb gemaakt. Voelt u zich niet bezwaard,' benadrukte ze meteen, 'u hebt er kijk op, dat is alles. U hoeft zich niet te schamen.'

'Misschien dat u door te oefenen,' probeerde Danglard, in verwarring gebracht, 'misschien dat u door veel te schilderen?'

'Ik schilder veel. Ik heb er zevenhonderd zo, en steeds hetzelfde. Meneer Henri vond dat leuk.'

'En die rode spikkeltjes?'

'Met een sterk vergrootglas zie je ten slotte dat het lieveheersbeestjes zijn. Daar ben ik het beste in.'

'Heeft het een boodschap?'

'Geen idee', zei Céleste met een schouderophalen en ze liep weg zonder enige verdere aandacht voor haar 'kunstwerk'.

Inschikkelijker geworden – die smerissen waren toch charmanter dan de gendarmes, die hen hadden behandeld alsof ze dingen waren – installeerde Céleste hen in de grote woonkamer op de begane grond en bracht iets te drinken. Het kostte tijd om heen en weer naar de stoeterij te lopen, maar over twintig minuten zouden ze Amédée zien. Voordat ze de deur uit ging herhaalde ze haar instructie om zachtjes te praten.

'De gendarmes,' vroeg Adamsberg meteen aan Bourlin, 'wat hebben die gezegd?'

'Dat Henri Masfauré zelfmoord had gepleegd en dat de feiten onweerlegbaar waren. Ik kreeg Choiseul zelf aan de lijn. Alles is volgens het boekje onderzocht. In zittende houding, met het geweer tussen zijn voeten, heeft de man zich een kogel in de mond geschoten. Zijn handen en overhemd zaten helemaal onder het kruit.'

'Met welke vinger heeft hij afgedrukt?'

'Hij heeft geschoten met beide handen, zijn rechterduim op zijn linker-.'

'Met "helemaal onder het kruit" bedoel je ook zijn duim? Zat er ook kruit op de bovenkant van zijn rechterduim?'

'Dat is precies wat Choiseul bedoelt. Het is geen onechte zelfmoord. Er is geen moordenaar die het wapen in de hand van die vent stopt en dan op zijn vinger drukt. En er is een motief: er is diezelfde avond een vreselijke scène geweest tussen vader en zoon.'

'Wie zegt dat?'

'Céleste Grignon. Ze woont hier niet, maar ze was teruggekomen om een vest te halen. Ze heeft niet gehoord wat ze tegen elkaar zeiden, maar er werd hard geschreeuwd. Volgens de gendarmes wilde Amédée zijn eigen gang gaan, terwijl zijn vader hem hier vasthield en eiste dat hij hem in de stoeterij opvolgde. Ze zijn woedend en vertwijfeld uit elkaar gegaan, en de vader is in het donker gaan paardrijden om tot rust te komen.'

'En de zoon?'

'Naar bed gegaan zonder te kunnen slapen. Hij woont in een van de huisjes bij de ingang.'

'Kan iemand dat bevestigen?'

'Nee, niemand. Maar Amédée had geen kruit op zijn handen. Victor, de secretaris van de baas – hij woont in het tweede huisje, tegenover dat van Amédée – heeft gezien dat hij in het donker thuiskwam, dat het licht aanging en niet meer uit. Het was niets voor Amédée om wakker te blijven en Victor heeft geaarzeld of hij bij hem langs moest gaan. De twee jongens kunnen het goed met elkaar vinden. Kortom, zelfmoord. En die niets te maken heeft met ons onderzoek. Wat ik wil, is die brief zien die door Alice Gauthier is verstuurd.'

Adamsberg, die niet te lang stil kon zitten, liep van het raam naar de muur, heen en weer, en niet in het rond.

'Heeft Choiseul onderzoek laten verrichten?' vroeg hij.

'Het routineonderzoek. Alcoholpercentage: 1,57. Hoog toch wel, maar ze hebben noch een glas, noch een fles kunnen vinden. Die man zal zich moed hebben willen indrinken, maar hij heeft schijnbaar eerst alles opgeruimd. De gebruikelijke drugstests waren negatief. En de meest toegankelijke alledaagse giffen ook negatief.'

'Niks over GHB?' vroeg Adamsberg. 'Hoe heet die andere stof, Danglard?'

'Rohypnol.'

'Juist. Heel bruikbaar om een kerel gewillig een geweer vast te laten houden. Een paar druppels in zijn glas, wat zijn overlijden zou verklaren. Hoe dan ook, te laat, na vierentwintig uur is er geen spoor meer van te vinden.'

'We kunnen het nog proberen met een haar', zei Danglard. 'In haren kan het een week blijven zitten.'

'Dat hebben we niet eens nodig om zekerheid te krijgen', zei Adamsberg hoofdschuddend.

'Allemachtig', zei Bourlin. '"Bewezen zelfmoord". Wat haal je je in je hoofd? Choiseul is geen groentje.'

'Choiseul kende het teken niet dat bij Alice Gauthier thuis is aangebracht.'

'Adamsberg, we zijn hier gekomen voor die brief.'

'Nog voor je de brief leest kun je die dikke teek bellen en hem vertellen dat je de zaak niet seponeert.'

Dit soort bondige adviezen van Adamsberg sloeg Bourlin niet in de wind.

'Verklaar je nader,' zei hij, 'nog geen vijf minuten en dan komen ze eraan.'

'Choiseul valt niets te verwijten. Je moest weten wat je zocht om het te vinden. Dit', voegde hij eraan toe en hij reikte Bourlin een blaadje aan. 'Ik heb deze afdruk in de gauwigheid genomen op de leren bovenkant van het bureau, dat overdekt is met krassen. Maar daar', zei hij en volgde met zijn vinger een paar lijnen, 'zie je het heel duidelijk.'

'Het teken', zei Danglard.

'Ja. Er is in het leer gesneden om het te tekenen. En de krassen zijn nog vers.'

De deur ging open en daar stond Céleste, buiten adem.

'Ik heb u toch gezegd dat het niet goed ging met die jongen. Ik heb hem verteld dat jullie hem heel even wilden spreken over een brief van mevrouw Gauthier, en toen deinsde hij terug, en Victor sprak met hem, maar hij besteeg Dionysos en racete de bossen in. Victor is meteen op Hécate geklommen en achter hem aan gegaan. Want Amédée is zonder helm vertrokken en zonder zadel. Op Dionysos nog wel. En hij is daar niet goed in. Hij zal vallen, zeker weten.'

'En hij wil niet met ons praten, zeker weten', zei Bourlin.
'Mevrouw Grignon, brengt u ons naar de stoeterij', zei Adamsberg.
'U mag me Céleste noemen.'
'Céleste, luistert deze Dionysos naar zijn naam?'
'Hij reageert op een speciaal fluitje. Maar alleen Fabrice kan dat. Fabrice is de baas in de stoeterij. Maar kijk uit, hij is niet makkelijk.'

Er hoefde geen twijfel te bestaan over de identiteit van de forse man die hun tegemoetkwam zodra ze de stoeterij naderden. Klein, sterk als een os, bebaard en met het chagrijnige gezicht van een oude beer die een vijand tegenover zich vindt.
'Meneer?' vroeg Bourlin en hij reikte hem de hand.
'Fabrice Pelletier', zei de man en hij sloeg zijn korte armen over elkaar. 'En u?'
'Commissaris Bourlin, commissaris Adamsberg en inspecteur Danglard.'
'Mooie bende. Niet in de stoeterij komen, want dan worden de dieren doodsbang.'
'Ondertussen zijn er twee doodsbange paarden van u pleite in de bossen', onderbrak Bourlin hem.
'Ik ben niet blind.'
'Roept u Dionysos, alstublieft.'
'Als het mij uitkomt. En het komt mij goed uit dat Amédée aan jullie klauwen is ontsnapt.'
'Dit is een bevel,' gromde Bourlin, 'of u wordt beschuldigd van het niet-bijstaan van iemand in levensgevaar.'
'Ik gehoorzaam niemand, behalve mijn baas', zei de man, zijn armen nog steeds stevig over elkaar. 'En mijn baas is dood.'
'Fluit Dionysos terug of ik pak u op, meneer Pelletier.'
En op dat moment leek Bourlin net zomin makkelijk als de bruut van de stoeterij. Twee oude mannetjesdieren tegenover elkaar, hun klauwen uitgeslagen, dreigende koppen.

'Fluit zelf maar.'
'Ik wijs u er nogmaals op dat Amédée zonder helm en zonder zadel is vertrokken.'
'Zonder zadel?' zei Pelletier en hij haalde zijn armen van elkaar. 'Op Dionysos? Maar dat joch is getikt!'
'Ziet u wel dat u blind bent. Fluit hem terug, verdomme.'

De stoeterijbaas verwijderde zich met grote, zware passen in de richting van de bosrand en floot meermalen langdurig. Een ingewikkeld en heel melodieus wijsje, waarvan je niet verwacht zou hebben dat het aan de dikke lippen van zo'n kerel ontlokt kon worden.
'En zo zie je maar', zei Adamsberg simpelweg.

Een paar minuten later kwam met gebogen hoofd een vrij jonge man met blonde krullen naar hen toe lopen, terwijl hij een merrie aan de teugels meetrok. Het verfijnde wijsje van Pelletier weerklonk nog steeds in het bos.
'Is dat Victor? De secretaris?' vroeg Danglard aan Céleste.
'Ja. Mijn god, hij heeft hem niet gevonden.'
Afgezien van zijn opvallende haardos was de man, van een jaar of vijfendertig, niet knap. Een stuurs en droefgeestig gezicht, brede neus en lippen, een laag voorhoofd, waaronder kleine, dicht bij elkaar staande ogen, dit alles rustend op een heel korte nek. Hij drukte de drie politiemensen de hand zonder er aandacht aan te schenken, want hij keek alleen naar Céleste.
'Het spijt me, Céleste', zei hij. 'Hij was niet ver vóór me, ik hoorde de draf, hij was stom genoeg diep het struikgewas van Sombrevert in gegaan. Daar waar door de storm alles tegen de grond is geflikkerd. Hécate is over een tak gestruikeld, ze hinkt. Wat zal die Pelletier me ervan langs geven.'
Vanwege het geluid van hoefgetrappel in de verte draaiden ze zich om naar het bos. Dionysos verscheen, in zijn eentje.
'Goeie genade!' riep Céleste en ze bracht haar hand naar haar

mond. 'Hij heeft hem afgeworpen!'

Van verre beduidde Pelletier haar dat ze gerust kon zijn. Amédée kwam erachteraan, met zwaaiende armen, precies een nors jochie, terechtgewezen nadat hij is weggelopen.

'Je moet toegeven', zei Céleste in één ademtocht, 'dat die Pelletier goed is. Hij kan welk dier dan ook bij je terugbrengen. En je zou hem eens moeten zien bij de dressuur. Zoals de baas altijd zei' – ze sloeg een kruis – '"Als het alleen zijn karakter was, had ik hem allang weggestuurd. Maar je kunt niet zonder zo'n kerel. Je moet het goede en het kwade maar accepteren. Dat geldt zo ongeveer voor iedereen, Céleste, het goede en het kwade", zei hij altijd.'

Amédée liet zich zonder te reageren in Célestes armen sluiten. Daarna wendde hij zich met uitdrukkingsloze blik tot de drie politieagenten. Híj was wel tamelijk knap, een rechte neus, goedgevormde lippen, heel lange wimpers en zwarte krullen. Zweet op zijn voorhoofd, zijn wangen nog rood aangelopen van het draven. Romantische gevoeligheid, vrouwelijke charme, geen zichtbare baardgroei.

'Het spijt me, Pelletier', zei Victor tegen de paardenbaas, die ongerust het been van Hécate betastte. 'Ik wilde hem inhalen.'

'Nou, dat is je niet gelukt, jongen.'

'Dat komt omdat hij 'm naar Sombrevert was gesmeerd. Ze heeft met haar been een lage tak geraakt.'

Pelletier kwam overeind en drukte zijn wang tegen die van de merrie terwijl hij haar door haar manen krabbelde.

Zo zie je maar, dacht Adamsberg weer bij zichzelf.

'Ze heeft niks gebroken', zei Pelletier. 'Je hebt mazzel, want anders had ik je in elkaar geslagen. Je had Hécate niet moeten nemen voor zo'n achtervolging, maar Artémis. Zij ziet de takken wel, zij springt hoog, dat weet je potverdorie. Hécate heeft pijn, ik zal er zalf op smeren.'

Terwijl hij de merrie meenam, wendde hij zich tot de politiemannen.

'O,' riep hij luid, 'in plaats van dat jullie je verdomde tijd verspillen met wroeten in mijn verleden, vertel ik het je meteen. Ik heb vier jaar in de bak gezeten. Ik heb mijn vrouwtje zo afgetuigd dat ik op een dag haar arm heb gebroken en daarenboven al haar tanden eruit heb geslagen. Dat is meer dan vijfentwintig jaar terug. Ze schijnt een kunstgebit te hebben en hertrouwd te zijn. Nou kunnen jullie je gang gaan. Niks aan de hand, iedereen hier is op de hoogte, ik heb nog nooit gelogen. Maar ik heb de baas niet om zeep geholpen, als jullie je dat soms afvragen. Ik sla alleen vrouwtjes, en dan nog uitsluitend die van mij. Maar ik heb geen vrouwtje meer.'

En waardig liep Pelletier weg, de merrie liefdevol bij haar hals vasthoudend.

7

Céleste had opnieuw koffiegezet om 'de emoties weg te poetsen', alsof ze het over afstoffen had, en thee met melk voor Amédée. Ze had er bovendien biscuitjes en een rozijnenkoek bij geserveerd. Danglard tastte meteen toe, gevolgd door Bourlin. Het was al zeven uur geweest, hij had nauwelijks geluncht. Ze zaten weer in de grote kamer op de begane grond met de hoge ramen, de over elkaar neergelegde tapijten, beelden en lijst aan lijst hangende schilderijen.
Maar zonder schoenen.
'Je mag hier niet naar binnen met paardenstront aan je schoenen', had Céleste verordonneerd. 'Het spijt me dat ik de heren hun schoenen uit heb laten trekken.'
Ze waren dus allemaal op hun sokken, wat de situatie iets ongepasts gaf en het gezag van de politie in feite ondermijnde. Adamsberg had liever zowel zijn schoenen als zijn sokken uitgetrokken – je ziet er naakt altijd eleganter uit dan half ontkleed – maar Bourlin had zich er spontaan tegen verzet, aanvoerend dat hij geen paardenstront aan zijn schoenen had. Waarop Céleste had geantwoord op een toon die geen tegenspraak duldde: 'Iedereen heeft altijd paardenstront aan zijn schoenen.' Adamsberg vond dit wel een logische bewering. Hij haalde Bourlin over zich erbij neer te leggen, dit was niet het moment om hun zojuist verworven bondgenote te verliezen. Ze drukte hun nogmaals op het hart om zacht te praten.
'Het klopt', zei Amédée nadat hij zijn benen tien keer over elkaar had geslagen en weer van elkaar had gehaald, waarbij hij beurtelings een voet op de ene en daarna op de andere dij legde, en er rode sokken onder zijn gescheurde spijkerbroek tevoorschijn kwamen. 'Het klopt. Ik wilde niet praten. Dus ben ik ervandoor gegaan. Meer niet.'

'Niet praten over uw vader of over de brief van Alice Gauthier?' vroeg Bourlin.

'Over Alice Gauthier. Die brief, dat is iets tussen haar en mij. En ik geloof niet dat ik het recht heb u die te laten zien zonder haar toestemming. Ik weet niet wat er zo interessant aan is voor u. Het gaat om haar en mij.'

'Maar haar toestemming zullen we niet krijgen', zei Bourlin terwijl hij zijn grote klauwen op het tafelkleed spreidde en zijn voeten ver onder de tafel verborg. 'Mevrouw Gauthier is afgelopen dinsdag overleden. En dit is haar laatste brief.'

'Maar ik heb haar maandag nog gezien', protesteerde Amédée oprecht.

Een onvermijdelijke reactie, even instinctief als ondoordacht, alsof het feit dat je iemand 's maandags nog gezien had het onaanvaardbaar maakte dat die de volgende dag overleden zou zijn. Een plotselinge dood is onbegrijpelijk.

'De dokter had haar nog een paar maanden gegeven', vervolgde de jongeman. 'Daarom stelde ze orde op zaken. In het klein en in het groot, ik citeer haar.'

'Ze heeft haar aders doorgesneden in bad', zei Bourlin.

'Nee', zei Amédée fel. 'Ze was aan een enorme legpuzzel begonnen, een schilderij van Corot. Ze hoopte de hemel nog klaar te hebben voordat ze heenging. De hemel is het moeilijkste. Zowel om te doen als te bereiken, ik citeer haar weer.'

'Ze kan u hebben voorgelogen.'

'Dat geloof ik niet.'

'Kende u haar dan goed?'

'Ik heb haar maandag voor het eerst gezien.'

'Bent u vanwege haar brief naar haar toe gegaan?'

'Waarom anders? En ik veronderstel dat u die brief wilt lezen?'

Amédée sprak snel, met meer pit dan je op grond van zijn zachte trekken zou vermoeden. Hij haalde een envelop uit zijn binnenzak en reikte hem de dikke commissaris aan met een gespannen, onhandig gebaar. Adamsberg en Danglard kwamen naderbij om mee te kunnen lezen.

Geachte heer,

U kent mij niet, deze brief zal u verrassen. Het gaat om uw moeder, Marie-Adélaïde Masfauré, en haar tragische einde op die verschrikkelijke IJslandse rots. Men heeft u waarschijnlijk verteld dat ze daar is gestorven van de kou. Dat is niet waar. Ik was mee op die tocht, ik was erbij, ik weet het. En al tien jaar heb ik niet de moed gehad om te praten en evenmin erg rustig kunnen slapen. Heel egoïstisch – ik ben een egoïst – wil ik oog in oog met de dood u graag de waarheid vertellen waarop u recht hebt, en die ik en anderen u hebben onthouden. Ik verzoek u zo spoedig mogelijk bij me langs te komen, tussen 19.00 en 20.00 uur, het moment waarop ik alleen ben, zonder verpleging.
  De uwe,
                    Alice Gauthier
                         rue de la Tremblaye 33bis
                                   75015 Parijs
                   Deur B, 5de etage, tegenover de lift

ps: Zorg dat u niet wordt gezien, neem de achterdeur van het pand (rue des Buttes 26), het slot gaat makkelijk open met een fijne schroevendraaier. Tenzij het weer kapot is, dat gebeurt steeds.

Plechtig vouwde Bourlin de brief op.
  'Wij wisten niet dat u uw moeder had verloren.'
  'Tien jaar geleden', antwoordde Amédée. 'Ik mocht niet met mijn ouders mee naar IJsland, ik was pas zeventien. Zij had ineens zin om "zichzelf te reinigen op de eeuwige ijsvlakten", ik heb die uitspraak altijd onthouden, en haar enthousiasme. Mijn vader heeft zich laten overhalen, zich laten inpakken als het ware. Die eeuwige ijsvlakten, dat was niet bepaald zijn ding. Maar tegen mijn moeders vitaliteit viel niet op te boksen. Ze

was grappig, optimistisch, kortom, onweerstaanbaar. Anderen zouden zeggen "nogal onverzadigbaar", maar dat is omdat ze alles leuk vond en alles wilde. Dus vertrokken ze. Zij, mijn vader en Victor. Victor was erg opgewonden over die reis – hij was nog nooit het land uit geweest. En ze kwamen alleen terug, mijn vader en hij. Zij was daar gestorven van de kou, dat hebben ze mij verteld.'

Amédée haalde zijn neus op, en omdat hij niet wist hoe hij verder moest gaan, begon hij zijn tenen te masseren, dat wil zeggen, ze alle kanten op te draaien.

'Ik herinner het me', kwam Danglard tussenbeide. 'Is dat die geschiedenis van een tiental toeristen die twee weken vastzaten in de mist? Op een eilandje, helemaal in het noorden? Ze hadden het overleefd dankzij op de kust gestrande zeehonden.'

'U zei dat u het niet wist van mijn moeder', reageerde Amédée. 'Maar u hebt al inlichtingen ingewonnen, neem ik aan?'

'Nee. Ik herinner het me, meer niet.'

'De inspecteur onthoudt alles', lichtte Adamsberg toe.

'Net als Victor dus', zei Amédée terwijl hij van knie wisselde en zijn andere voet tussen zijn vingers liet draaien. 'Hij heeft een ongewoon geheugen. Daarom heeft mijn vader hem in dienst genomen. Hij hoeft niet eens aantekeningen te maken voor de notulen van een vergadering. Maar van scheikunde weet hij niets.'

'En', ging Adamsberg voorzichtig verder, 'heeft mevrouw Gauthier u een andere versie van het overlijden van uw moeder gegeven?'

Amédée liet zijn voet los en legde zijn armen op tafel. Hij kromde de uiteinden van zijn handen, zoals de pootjes van een spin zich strekken. Hij was zo iemand die zijn laatste vingerkootje kon buigen of naar achteren kon vouwen. Er werd nu op de tafel een snel en intrigerend dansje uitgevoerd van krampachtig bewegende vingers.

'Ze schreef dat ze een egoïst was en dat klopte. Ze gaf niks om mij, of wat die rotonthullingen van haar voor me konden betekenen. Ze wilde gewoon als een onschuldig engeltje naar boven, daar ging het om. Maar ze is niet onschuldig. Het komt door haar dat mijn vader dood is. En door mij. Door dat rotmens.'

Céleste was de kamer uit gegaan en weer teruggekomen om een doos zakdoekjes bij haar jongen neer te zetten. Hij snoot zijn neus en legde de verfrommelde tissue op tafel.

'Dank je, Nounou', zei hij met zachtere stem.

'Hebt u er bezwaar tegen als ik dit opneem?' vroeg Bourlin.

Het leek alsof Amédée dit niet hoorde of dat het hem niet interesseerde, en Bourlin zette het apparaatje aan.

'Wat heeft dat rotmens gezegd?' vervolgde Adamsberg.

'Dat mijn moeder op het eiland is vermoord! En dat iedereen zijn bek heeft gehouden!'

'Vermoord door wie?'

'Ze weigerde me zijn naam te noemen. Ze legde me uit dat ze die moest verzwijgen om me te beschermen. Kun je nagaan. Dat die vent ontzettend gevaarlijk, gemeen en meedogenloos was. Afgrijselijk, weerzinwekkend. Hij heeft eerst een ander groepslid omgelegd, een soort van legionair die hem niet wilde gehoorzamen. Die vent haalde een mes tevoorschijn en stak de legionair met één steek neer. Iedereen was ontsteld, behalve de moordenaar, die het lijk meetrok en in de plomp gooide, tussen de ijsschotsen van het pakijs.'

Amédée snoot zijn neus. Ze kwamen bij het cruciale punt, bij zijn moeder, en hij deinsde terug.

'Toe maar', fluisterde Adamsberg.

'Drie dagen later, of vier, dat herinner ik me niet meer, toen ze nog meer waren verzwakt door de kou, door de honger, en de mist niet optrok, zei die weerzinwekkende vent dat hij "nog één keer zou neuken voordat-ie de pijp uit ging". Niemand gaf een kik, want sinds de dood van de legionair was iedereen doodsbang voor hem. Hij was de baas, door terreur uit te oefenen hield hij ze eronder. De dokter – er zat een dokter in de groep, die ze "Dok" noemden – antwoordde nog: "Daar hebt u niet eens de kracht voor, dit is niet het moment voor grootspraak", of zoiets. Die man werd woedend en hij zei tegen mijn vader: "Geloof jij soms ook dat ik dat wijf van jou niet zal pakken?" Mijn vader kwam wankelend overeind en de anderen zijn tussenbeide gekomen om de strijd te sussen.'

Amédée trok een nieuwe zakdoek tevoorschijn.

'Het spijt ons', zei Bourlin.

"s Nachts gaf mijn moeder een gil, iedereen werd wakker. Die vent lag boven op haar en hij zat al met zijn handen ... nou, hij zat al met zijn handen aan haar. Mijn moeder had de kracht om hem van zich af te duwen en hij viel met zijn kont in het vuur. Dat verbaast me niks van haar', voegde Amédée er met een glimlachje aan toe. 'De man was weer overeind gekomen en hij sloeg op zijn reet om de vlammen te doven. Hij was belachelijk, dat snapt u wel, vernederd. Erger nog, mijn moeder lachte hem uit en schold hem verrot, "varken", "klootzak", mama had een uitgebreide woordenschat. Maar ze had zich beter gedeisd kunnen houden, die arme ziel. Want die man, gek geworden, wierp zich op haar en doodde haar met één messteek in haar hart. En net als bij die ander, ging hij haar ook tussen de ijsschotsen gooien. Met een brandend stuk hout om in de mist zijn weg te vinden. En mijn vader heeft geen hand uitgestoken. Noch hij, noch iemand anders.'

De jongeman pakte weer twee zakdoekjes. Er ontstond al een hele verzameling rond zijn lenige handen.

'Waarom ze hem niet gedood hebben?' vervolgde Amédée. 'Ze waren met z'n tienen! Tien tegen één! "Overwicht", was het antwoord van Alice Gauthier, hij had "overwicht". Maar vooral omdat die vent als enige nog de kracht bezat om voortdurend over het eiland te struinen in de hoop wat eetbaars te vinden. Voor het geval dat een pinguïn of een papegaaiduiker daar was neergestreken. Dus ze hielden allemaal hun bek, wachtten passief en uitgeput af. En op een avond bracht hij, onder het bloed en stinkend naar vis, een zeehond mee. Hij had zijn wervels gebroken met een stok. Toen zijn mijn vader en die Dok opgestaan om hem te helpen het beest te verslepen en in stukken te snijden. De man beval hun om stenen in het vuur te gooien, waarna ze het vlees daarop hebben gegrild.'

Ditmaal veegde Amédée zijn snot weg met de rug van zijn hand.

'Toen Alice Gauthier hierover sprak, straalden die kleine, onvriendelijke oogjes van haar, alsof dat het gastronomisch hoogtepunt van haar hele leven was geweest, een reusachtige zalm of zoiets. Ze hebben dagen over die zeehond gedaan. Het moet gezegd worden dat die weerzinwekkende gast ze in feite allemaal had kunnen doden, en het beest voor zich alleen had kunnen houden. Maar niet dus, hij heeft de hele groep van voedsel voorzien. Dat moet je toegeven, zei Gauthier. En toen de mist eindelijk optrok, hadden ze genoeg kracht om het pakijs over te steken en terug te keren naar het eiland Grimsey. Maar nu komt het.'

Nu de gruwelijke episode over zijn moeder voorbij was, begon de stem van Amédée weer duidelijker en minder verkouden te klinken.

'Maar nu komt het. Hij heeft tegen hen gezegd: "Ze zijn alle twee gestorven van de kou. Is dat duidelijk? We hebben ze 's morgens bevroren aangetroffen. Als iemand van jullie praat, maak ik hem af zoals ik die zeehond heb afgemaakt. En als dat niet genoeg is, vermoord ik zijn kinderen, en als hij geen kinderen heeft, vermoord ik zijn vrouw, en als hij geen vrouw heeft, zijn moeder, zijn broer, zijn zus en iedereen die ik te pakken krijg. Bij de minste of geringste misstap, is het over. Jullie kunnen wel denken: we geven hem aan en hij draait de bak in. Mis. Ik heb mannetjes die me als slaven zo toegewijd zijn. Die worden gewaarschuwd zodra we op Grimsey aankomen, via de ..."'

Amédée fronste zijn wenkbrauwen, zocht in zijn verwarde geheugen.

'Alice Gauthier gebruikte op dat moment een raar woord. Ja, hij zou zijn mannetjes via de "tölva" waarschuwen. "Tölva", betekent "computer", heeft ze me uitgelegd. Want de IJslanders bedenken woorden in hun strijd tegen het Amerikaans. "Tölva", dat betekent "de rekenheks". De computer, snapt u? Dat had mijn moeder wel leuk gevonden, de "rekenheks". Ze snapte niets van computers.'

De jongeman glimlachte voor zich uit, een moment onverschillig voor de aanwezigheid van de drie agenten.

'Sorry', zei hij toen hij weer aanspreekbaar was. 'Hij heeft hun dus min of meer duidelijk gemaakt: "Als ik in de bak zit, verandert dat niets. Jullie weten waar ik toe in staat ben. En jullie zijn me oneindig veel verschuldigd. Ik heb jullie leventjes gered, stelletje zielenpoten, niet één van jullie was in staat om eten te gaan zoeken, niet één van jullie wist te volharden, niet één van jullie is met me meegegaan in de mist. Nee, jullie hebben je gewonnen gegeven en zijn als wrakken dicht bij het vuur blijven zitten, blij dat jullie mijn zeehond konden verzwelgen." En dat was waar, zei Gauthier. Zoals het ook waar was dat hij ze angst aanjoeg. Haarzelf inbegrepen, heeft ze benadrukt. Daarom heeft in die tien jaar niemand de moordenaar van mijn moeder en de legionair aangegeven. Zelfs mijn vader niet! Ook hij heeft zijn mond gehouden, zo bevreesd was hij. Hij die niet aarzelde om de lucht hier op aarde aan te pakken, ja, hij was bang.'

Amédée was kwaad geworden en stond nu, overeind gekomen, met zijn soepele hand op tafel te slaan, waardoor de gebruikte zakdoekjes alle kanten op vlogen.

'En ja, daarom ben ik tegen hem tekeergegaan! Nadat ik bij Alice Gauthier was vertrokken, heb ik twee dagen door Parijs gezworven, ik was radeloos, kapot, ik wilde die hufter van een vader nooit meer zien. Uiteindelijk ben ik woensdagavond thuisgekomen en ik ben fel tegen hem uitgevaren. Dat heb ik niet tegen de gendarmes gezegd, maar dat ik onafhankelijk wilde zijn of zoiets. Ik heb hem voor van alles en nog wat uitgemaakt. Mijn vader was verslagen en ik was voldaan, blij dat hij gevloerd was, dat het genie door de modder van zijn onwaardigheid baggerde. Het genie dat de moordenaar van zijn vrouw had laten lopen! Toen, hij had nog niet eens zijn whisky op ...'

'Sorry,' onderbrak Bourlin hem, 'dronk hij whisky?'

'Ja, twee glazen, zoals elke avond. Hij ging er als een lafaard vandoor om te gaan paardrijden, en op de valreep zei hij, met zijn hand aan de deur: "Hij had gewaarschuwd dat hij ook de kinderen zou doden. Dus ja, ik heb mezelf beschermd, maar ook jou. Verplaats je maar eens in mij." En ik schreeuwde: "Ik crepeer liever dan dat ik me in jou verplaats!" Ik ben naar huis gegaan, als verdwaasd. Ik heb het paard terug horen komen en ik wilde nog steeds mijn vader in de hel zien branden. Drie uur later kwam ik weer een beetje bij mijn positieven. Natuurlijk heeft hij me willen beschermen. Dus ben ik 's ochtends naar hem toe gegaan om wat rustiger met hem te praten. Ik ben naar zijn werkkamer gelopen en ik trof hem dood aan. Hij had zelfmoord gepleegd, en dat kwam door mij.'

Amédée trok aan elke vinger en liet zijn gewrichten kraken. Ook dat kon hij. Céleste zat stilletjes in een hoekje te huilen. Adamsberg schonk een laatste restje koffie uit, de koek was op, de klok van een of ander dorp sloeg half negen, het werd donker.

'Dat was het', zei Amédée. 'Misschien heb ik het niet weergegeven in dezelfde woorden als zij, de gesprekken en zo, ik heb niet zo'n geheugen als Victor. Maar zo is het gegaan. Mijn moeder had hem tenminste een trap onder zijn kont verkocht, zij was de enige die daarvoor het lef had. Bent u verplicht te vermelden wat er op IJsland is gebeurd?'

'Nee', zei Bourlin.

'Kan ik nu gaan?'

'Nog één ding', zei Adamsberg terwijl hij hem een tekening toeschoof. 'Hebt u dit teken weleens gezien?'
'Nee', zei Amédée verbaasd. 'Wat is dat? Een H? Van Henri?'

'Dat was het dan', zei Bourlin na het vertrek van Amédée, terwijl hij over zijn buik wreef om de honger te stillen, waarvan hij buikpijn begon te krijgen. 'Na haar bekentenissen was haar geweten gesust en heeft Alice Gauthier in bad haar aders doorgesneden. Amédée heeft gelijk: ze heeft alleen maar gesproken voor haar eigen gemoedsrust, zonder zich te bekommeren om de consequenties voor de jongeman. Als "die weerzinwekkende gast" iedereen vermoordt die hem verraadt, is het nu zijn beurt om zijn mond te houden.'
'Zet niet in het rapport dat hij met ons heeft gesproken.'
'Welk rapport?' vroeg Bourlin.

De drie mannen wandelden door de donkere laan, Danglard volgde het grindpad – om zijn schoenen te sparen – terwijl Adamsberg door de berm liep, want hij liet nooit een kans om door het gras te lopen onbenut. Een bewijs volgens de sarcastische woorden van de korpschef – die waardering had voor Adamsberg zonder dat hij hem mocht – dat de commissaris nooit een normaal niveau van beschaving had bereikt. Sinds het onkruid vrij mocht groeien tussen de roosters rond de bomen in Parijs, week Adamsberg vaak even van zijn route af om over die roosters te lopen, minuscule stukjes ongerepte natuur. Tussen de grassen die hij op dit moment vertrapte, zat een plant die van die kleverige bolletjes onder op zijn broekspijpen achterliet, die je er een voor een met de hand af moest trekken. Hij tilde zijn rechterbeen op, zag in het donker dat er een stuk of tien bolletjes aan de stof hingen en trok er een af. Ze zaten er in een mum van tijd op, daar waren ze goed in, en ze lieten niet los, terwijl ze niet eens pootjes hadden. De naam van die plant, die ieder kind weet, was hij vergeten.

Bij Bourlin verslapte de aandacht voor welke bezigheid dan ook wanneer honger de overhand kreeg. Hij moest dit snel afronden.

'Heb je een probleem, Adamsberg?' vroeg hij.

'Nee hoor.'

'Dramatische gevolgen van de bekentenissen van Alice Gauthier,' luidde Bourlins samenvatting: 'Amédée scheldt zijn vader uit en als hij de volgende dag terugkomt om zijn woorden te verzachten, is het te laat. Henri Masfauré, door zijn zoon in de steek gelaten, heeft zichzelf van het leven beroofd.'

'Rechtdoor blijven lopen', zei Adamsberg toen de mannen wilden omkeren. 'We moeten het verhaal van Victor over die reis naar IJsland horen, zonder dat hij met Amédée contact heeft gehad. Céleste zegt dat hij in zijn huis is, dat hij niet met de anderen mee-eet.'

'Wat kan Victor ons nou nog vertellen?' zei Bourlin en hij haalde zijn brede schouders op.

'En wat doen we met het teken?' vroeg Danglard.

'Dat is vast een teken van de IJslandgroep', zei Bourlin, die alleen maar chagrijniger werd naarmate de minuten verstreken. 'Daar komen we nooit achter.'

'Jawel, daar komen we wel achter', antwoordde Adamsberg terwijl hij weer over een nieuw plukje verdord kleefkruid liep.

Kijk, hij had de naam van die plant met de klevende bolletjes weer gevonden. Kleefkruid.

'Twee zelfmoorden', bromde Bourlin. 'We seponeren en we gaan eten.'

'Jij hebt honger,' zei Adamsberg glimlachend, 'en dat maakt je blind. Wat zou je denken van een Amédée die de volgende dag terugkomt bij mevrouw Gauthier en haar uit woede in haar bad verdrinkt? Hij zei zelf dat hij twee dagen door Parijs heeft gezworven. Weet je nog hoe hij haar vanavond noemde? "Dat rotmens". Dat rotmens dat niet het lef heeft gehad om in te grijpen en zijn moeder te redden, noch de moed om er later over te praten. Net zomin als zijn vader. En hoe noemde hij zijn vader ook alweer?'

'Die "hufter van een vader"', zei Danglard.

'En zodra hij thuiskomt, gaat hij de strijd aan met zijn vader en doodt hem. Waarom geen twee onechte zelfmoorden, Bourlin?'

'Omdat Choiseul zijn werk heeft gedaan: geen kruitpoeder op Amédée, niet op zijn handen, niet op zijn trui.'

'Je hebt honger, daarom. Amédée trekt handschoenen aan, een stofjas en hij komt brandschoon de werkkamer uit. Of, als dit idee je niet bevalt, neem dan die moordenaar uit IJsland, die "afgrijselijke" gast. Hij vermoordt Alice Gauthier en vervolgens Masfauré.'

'En hoe zou die moordenaar dan geweten hebben dat Gauthier had gepraat?'

'Hij vermoedt misschien wie er zál gaan praten, Bourlin. Wie er zál zwichten. Daarvoor zijn meerdere aanleidingen mogelijk: de naderende dood – dat was het geval bij Alice Gauthier – en dat wist hij. Er worden zo veel bekentenissen gedaan op het sterfbed. En voor Henri Masfauré, wroeging, afgewezen worden door zijn zoon na de onthullingen van Gauthier. De moordenaar zei dat hij ze allemaal in de gaten zou houden, toch? Je mag aannemen dat hij met name bij zieke of depressieve mensen op de loer ligt. Of bij loslippige en berouwvolle drinkers.'

'Of bij gelovigen', vulde Danglard aan. 'Stel dat er een pastoor in de groep zat. Dat komt voor, pastoors die naar schone en ongerepte gebieden reizen.'

'Een pastoor die vooralsnog niet bestaat', zei Bourlin terwijl hij op zijn buik drukte. 'Het is al laat', drong hij aan.

Adamsberg was sneller gaan lopen en klopte aan bij het huisje van Victor. De klok sloeg kwart over negen, en meteen daarna ook die in een naburig dorp.

'Ik begrijp de procedure,' zei Victor, 'maar ik kan niet met u mee naar Parijs. De begrafenis is morgen om negen uur, weet u nog? Slaap in uw auto's, voor mijn part voor mijn deur als u bang bent dat ik Amédée spreek, of sluit me desnoods op, en dan zien we elkaar morgen om half elf. Of nee, ik weet iets beters', zei hij na een blik op Bourlin. 'De commissaris heeft honger, als ik me niet vergis. Aangezien ik geen verdachte ben – want ik word niet als verdachte beschouwd, of wel?'

'Enkel als getuige', zei Adamsberg. 'We willen alleen maar dat u ons over IJsland vertelt. Dat heeft al vier doden opgeleverd. Twee daar, tien jaar geleden, en twee afgelopen week.'

'Gelooft u niet in zelfmoord?' vroeg Victor een tikkeltje ongerust.

En stel dat de moordenaar van het eiland in beweging was gekomen, dan was daar alle reden toe, dacht Adamsberg.

'Dat weten we niet', zei hij.

'Laten we daar maar even van uitgaan. Als ik dan niet meer ben dan een getuige en zelfs een onschuldige verteller, is het dan wettelijk geoorloofd om samen iets te gaan eten?'

'Daar is niets op tegen', verklaarde Bourlin ongeduldig.

Victor schoot een ribfluwelen jasje aan en haalde zijn handen door zijn blonde haar.

'Achthonderd meter hiervandaan ligt een restaurantje dat gerund wordt door een familie. Vader, moeder, zoon en dochter. Daar ga ik heel vaak heen. Maar let op, er is slechts één menu per avond, er is geen keuze. En er zijn maar twee soorten wijn. Een witte en een rode.'

Victor draaide zijn deur op slot en haalde een krantje uit zijn binnenzak.

'Kom mee naar het hek, zodat ik kan lezen bij het licht van de lantaarnpaal. Het weekmenu staat in de plaatselijke krant. Het is toch dinsdag? Dinsdag: *Voorgerecht: salade met kippenmaagjes*.'

'Voor mij geen kippenmaagjes', zei Danglard.

'Die neem ik wel voor mijn rekening', zei Bourlin.

'*Hoofdschotel: Klapstuk met pepersaus en aardappelkoekjes.* Weet u wat aardappelkoekjes zijn?'

'Maar al te goed', zei Bourlin. 'Laten we geen tijd meer verliezen. Victor, mijn sympathie hebt u.'

De vier mannen liepen snel door het donker, drie over het asfalt, Adamsberg door het gras in de berm.

'Komt u niet uit de stad, commissaris?' vroeg Victor.

'Uit de Pyreneeën.'

'En u raakt niet gewend aan Parijs?'

'Ik wen overal. Ik heb het waarschijnlijk niet goed verstaan daarnet, uw achternaam is me ontgaan.'

'Niet goed verstaan? Ik geloof u niet. Masfauré. Victor Masfauré. En nee, ik ben geen zoon van Henri, noch zijn neef, noch wat dan ook in die zin.'

Victor glimlachte breed in het donker. Een grote, gelijkmatige en gulle glimlach met erg witte tanden, wat het onaantrekkelijke aspect van zijn gezicht even deed vergeten.

'Geen enkel toeval', vervolgde hij bijna lachend. 'Want vanwege mijn naam heb ik de familie Masfauré ontmoet. Het is een weinig voorkomende achternaam en Henri wilde weten of ik familie was. Hij had een heel uitgebreide stamboom. Maar er viel niets aan te doen, hij moest het toegeven. Ik behoor niet tot zijn tak.'

'Masfauré', dacht Danglard hardop na, onweerstaanbaar aangetrokken door ieder ingewikkeld raadsel. '"Mas" zou kunnen verwijzen naar een kleine Provençaalse boerderij. Maar "fauré"? Van Faurest, zeker? Forest, Forestier? De boerderij in het bos? Kwamen uw voorouders uit de Provence?'

'Die van Henri wel. Maar ik heb geen voorouders.'

Victor spreidde zijn armen, gewend aan deze ontboezeming.

'Ik ben een vondeling en opgegroeid in een pleeggezin', zei hij snel. 'Hier is de Auberge du Creux', voegde hij eraan toe, wijzend naar de verlichting aan de weg. 'Lijkt het u wat?'

'Laten we voortmaken', zei Bourlin.

'Auberge du Creux?' herhaalde Danglard. 'Wat een vreemde naam.'

'U legt de vinger op de zere plek, inspecteur', zei Victor, die weer glimlachte. 'Ik zal het u vertellen. Na IJsland', zei hij en opende de deur met de kleine ruitjes die toegang gaf tot het restaurant. 'Laten we ons eerst maar eens van dat verdomde IJsland verlossen.'

Er waren nog drie tafels bezet op dit voor het dorp late uur, en Victor vroeg aan de waardin – nadat hij haar had omhelsd – om de meest afgelegen tafel, vlak bij het raam achterin.

'Het is altijd drukker als er aardappelkoekjes op het menu staan', legde hij Bourlin uit.

8

De maagjes verhuisden van het bord van Danglard naar dat van Bourlin en de inspecteur vulde de glazen. Adamsberg legde zijn hand op het zijne.

'We luisteren naar een getuigenverklaring, een van ons moet helder blijven.'

'Ik ben altijd helder', verklaarde Danglard. 'Trouwens, we nemen het op als Victor Masfauré daarmee akkoord gaat.'

Verguld met zijn dubbele portie maagjessalade vertrouwde Bourlin zijn opnameapparaatje aan Adamsberg toe met een gebaar dat beduidde: ik draag het aan jou over en laat me met rust als ik eet.

'Victor, met z'n hoevelen waren jullie in die groep?' vroeg Adamsberg.

'Met z'n twaalven.'

'Een georganiseerde reis?'

'Nee, beslist niet. Ieder was daar op eigen gelegenheid. Wij hadden onze route, van de ene plaats naar de andere, vanaf Reykjavik tot aan de noordkust uitgestippeld. Op een avond waren we op het eiland Grimsey aangekomen, het meest noordelijke van IJsland, en we zaten te eten in de herberg van Sandvík. Het rook er naar haring, het was er warm. Sandvík is zowel het havendorpje als het enige dorpje daar. Mevrouw Masfauré had er absoluut op gestaan dat we naar Grimsey gingen omdat de poolcirkel over het eiland loopt. Daar wilde ze haar voeten op zetten. Het was bomvol in de herberg. En na het eten zaten we alle drie, Henri, zijn vrouw en ik, aan de *brennivín*. Zo heet de jenever daar. We waren vast luidruchtig. Vooral mevrouw Masfauré, dol van vreugde bij de gedachte over de cirkel te lopen, en het was aanstekelijk. Gaandeweg kwamen steeds meer Fransen ons begroeten en bij ons aan tafel zitten. U weet hoe mensen zijn: ze vertrekken naar het einde van de wereld voor een andere omgeving, maar zodra ze een landgenoot horen, rennen ze erop af als een kameel op een oase. Van alle vrouwen die daar die avond aten was Marie-Adélaïde – Mevrouw Masfauré – veruit de mooiste. Verduiveld aantrekkelijk. Ik geloof dat het vooral haar aanwezigheid was die al die mensen naar onze tafel lokte, de vrouwen inbegrepen.'

'Onweerstaanbaar, zei Amédée.'

'Dat is het woord. Kortom, negen andere Fransen bij ons aan tafel, heel verschillend, van alles wat zo'n beetje. We wisten niets van elkaar, sommigen vertelden wat hun beroep was. Zo was er de onvermijdelijke expert in keizerspinguïns, ik herinner me zijn dikke rode kop. Rood, nou ja, die avond. Toen we vastzaten op het eilandje ertegenover, was er van rood geen sprake meer. Ook een manager van een onderneming, hij heeft niet gezegd wat voor onderneming, hij zag eruit alsof hij dat was vergeten. En een vrouw die op het gebied van het milieu werkzaam was, met haar vriendin.'

Bourlin verplaatste zijn linkerhand zonder zijn vork los te laten en haalde een foto uit zijn leren tas.

'Op deze foto is ze tien jaar ouder', zei hij, 'en is ze dood. Is dit de vriendin?'

Victor wierp een snelle blik op de macabere foto en knikte.

'Zonder twijfel. Ze had te lange oren en oren krimpen niet als je overlijdt. Ja, dat is ze.'

'Alice Gauthier.'

'Heeft zij dan naar Amédée geschreven? Ik kende haar naam niet. Het was een echte akela, een waaghals, een verbazingwekkende vrouw. En toch heeft ze gezwegen net als de anderen, was ze bang net als de anderen.'

'Wie waren de anderen?' vervolgde Adamsberg.

'Er was een grote forse vent met een kaalgeschoren kop, en een arts – zijn vrouw was in Reykjavik gebleven. Ook een vulkanoloog, en die is cruciaal.'

Bourlin had zijn wijsvinger op de aardappelkoekjes gelegd

om te voelen hoe zacht ze waren. Tevreden keek hij naar Victor, die op zijn vingers zat te tellen, nadacht en zijn eten koud liet worden.

'En een sportieveling,' vervolgde Victor, 'een skileraar misschien. En die gast ten slotte. Maar die avond is ons niets angstwekkends opgevallen.'

'Je moet eten', sprak Bourlin hem haast bevelend toe. 'Wat viel er op?'

'Niets. Het was een gewone vent, niet onsympathiek, niet charmant. Gemiddelde lengte, nietszeggend gezicht, in de vijftig, klein ringbaardje, bijna ronde bril en een uitdrukkingsloze blik. Maar veel haar, bruin met grijs. Een burgerman, type zakenman of leraar, dat hebben we nooit geweten. Hij had een stok met een ijzeren punt eraan, zoals je die wel meer ziet op IJsland, om het terrein voor je af te tasten. Die tilde hij een stukje op en liet hem dan op de grond stuiteren. En toen vertelde de vulkanoloog – hij heette Sylvain – ons een plaatselijke legende. Afgaand op de manier waarop de arts hem vol ontzag de hand had gedrukt, moest Sylvain wel een kopstuk zijn op zijn vakgebied. Maar hij was heel oprecht, zonder pretenties. Op dat moment is het uit de hand gelopen. Tenminste, als het niet door de brennivín kwam. Nou ja, toen is het uit de hand gelopen.'

De dochter des huizes kwam een tweede fles brengen. Een allerliefst gezicht, een beetje pafferig, maar fris. Adamsberg zat naar haar te kijken. Al was zij wat jonger, ze deed hem aan Danica denken, en aan de nacht die hij met haar op zijn kamer in Kiseljevo had doorgebracht.

Danglard had zich onder andere tot taak gesteld Adamsberg bij de les te houden wanneer hij merkte dat hij in gedachten naar een andere wereld was vertrokken. Hij legde een wijsvinger op zijn pols en Adamsberg knipperde met zijn ogen.

'Waar was u?' fluisterde Danglard.

'In Servië.'

De inspecteur wierp een blik op het meisje, dat al was teruggekeerd naar de bar.

'Ik zie het al', zei hij. 'Er is gezegd dat niet iedereen daar zo gelukkig mee was, weet u nog?'

Adamsberg knikte met een vage glimlach.

'Sorry', zei hij en wendde zich weer tot Victor. 'Waarom is het uit de hand gelopen?'

'Door dat verhaal van de vulkanoloog.'

'Sylvain', dacht Danglard hardop. 'Sylvain Dutrémont? Pikzwart haar, een dikke baard, helblauwe ogen? Littekens van brandwonden op zijn wang?'

'Ik weet het niet,' aarzelde Victor, 'we kenden elkaars namen niet. Ja, hij had wel een gehavende wang. Ik herinner me dat daarop geen baard meer groeide.'

'Als het Dutrémont is, dan is hij omgekomen bij de uitbarsting van de Eyjafjöll. Die ene die IJsland in een aswolk hulde.'

'Dat zijn er al vijf', zei Victor zacht. 'Van de twaalf. Maar dat was een ongeluk, neem ik aan?'

'Daar is over getwist', lichtte Danglard toe. 'Want zijn lichaam is vrij ver van de vulkaankegel gevonden, met bloeduitstortingen. Van een val, misschien, toen hij de lavastroom probeerde te ontvluchten. Het onderzoek heeft niets opgeleverd.'

Bourlin verbrak de korte meditatieve stilte.

'Wat heeft Sylvain verteld?'

'Dat voor de kust van Grimsey, op een steenworp afstand, te midden van al die verlaten eilandjes er eentje heel bijzonder was, zowel gevreesd als gewild. Er werd gezegd dat daar een steen lag die nog warm was, ongeveer zo groot als een grafsteen, vol oude inscripties. En als je op die lauwwarme steen ging liggen, zou je nagenoeg onkwetsbaar worden, kortom: het eeuwige leven hebben. Want er zouden golven uit het binnenste van de aarde door je heen gaan. Nou ja, iets dergelijks. Ik moet zeggen dat er heel wat honderdjarigen op Grimsey waren, en dat werd daaraan toegeschreven. Sylvain zei dat hij er de volgende dag naartoe ging om het fenomeen wetenschappelijk te onderzoeken, maar dat mocht absoluut niet worden doorverteld, omdat de bewoners van Grimsey amper tolereerden dat iemand een voet op dat eilandje zette. Want er huisde een demon, een "afturganga", een soort levende dode. De arts moest lachen, we hebben er allemaal om gelachen. Dat neemt niet weg dat de hele groep een uur later ervoor in was om met de vulkanoloog mee te gaan, zelfs de arts. We doen alsof we sceptisch zijn, maar even boven op een steen van het eeuwige leven liggen, dat vinden we allemaal aanlokkelijk. Al deed iedereen alsof hij erheen ging uit provocatie of vanwege een onnozele weddenschap. Het lag op een kilometer of drie, een uur lopen over het pakijs, we zouden voor de lunch terug zijn. Nou, mooi niet.'

Bourlin bestelde een tweede portie aardappelen en iedereen keek welwillend toe. De rabelaisiaanse levenslust van de commissaris kwam de sfeer ten goede naarmate ze het epicentrum van het verhaal naderden.

'We vertrokken om negen uur vanaf de punt van de pier in de haven. Sylvain waarschuwde ons nogmaals: geen woord tegen de plaatselijke bevolking, want niet alleen de "afturganga" maar ook zijzelf hadden er een hekel aan dat stomme toeristen de warme steen bevuilden door er met hun kont bovenop te gaan zitten. De lucht was blauw, het was ijskoud en perfect weer, geen wolk aan de hemel. Maar op IJsland zeggen ze dat het weer voortdurend verandert, dat wil zeggen om de vijf minuten als het zo uitkomt. Vanaf de haven had Sylvain ons onopvallend de zwarte rots aangewezen met zijn bijzondere vorm, als een "vossenkop", zeiden ze, dat wil zeggen met twee kegeltjes erbovenop als oren, en het donkere strand in de vorm van een snuit. We arriveerden er zonder problemen door de scheuren tussen de ijsschollen te vermijden. Het eilandje was piepklein, we hadden het zo gezien, en het was de manager – Jean? Heette hij niet Jean? – die de steen vond.'

'Ik dacht dat u een uitzonderlijk geheugen had', merkte Danglard op.

'O, ik onthou alleen wat me gevraagd wordt. Verder wis ik alles, dat maakt ruimte. Doet u dat niet?'

'Beslist niet. En toen, die Jean?'

'Hij was op die steen gaan liggen en hij lachte, alle terughoudendheid was verdwenen. En terwijl iedereen om de beurt de steen – die warm was, dat klopt – uitprobeerde, verstreek de tijd. Die vent met die geschoren schedel had zich er bloedserieus op uitgestrekt, zonder een woord te zeggen, met gesloten ogen. Plotseling begon Sylvain hem door elkaar te schudden en hij riep haast schreeuwend: "We gaan nu, we gaan terug." En hij strekte zijn arm uit naar een dik pak mist dat op ons afkwam. Zo snel, dat Sylvain het na twintig meter op het pakijs opgaf en we rechtsomkeert maakten. We hadden nog maar zes meter zicht voor ons, toen vier en toen twee. Hij beval ons elkaar bij de hand vast te houden en leidde ons terug naar het eilandje. Hij stelde ons gerust en zei dat alles binnen tien minuten kon optrekken, of binnen een uur. Maar er trok niets op. We zouden daar twee weken blijven. Twee weken in een gruwelijke kou en zonder iets te eten. Het was een onherbergzaam eilandje, een plek voor de doden, een plek voor de afturganga die erover waakte. Zwarte, met sneeuw bedekte rotsen, geen boom, geen beestje, geen ...'

Victor zweeg abrupt, met zijn mes in de lucht, en zijn angst was zo duidelijk dat iedereen net als hij verstarde. Adamsberg en Danglard draaiden zich om en volgden de richting van zijn blik. Er was niets anders te zien dan een muur en twee deuren met ruitjes. Ertussenin hing een knullig schilderij van de vallei van Chevreuse. Werk van Céleste, een exacte kopie van het schilderijtje in de werkkamer van Masfauré. Victor bleef in dezelfde houding zitten en ademde nauwelijks. Adamsberg gebaarde naar zijn collega's om stilletjes weer een ongedwongen houding aan te nemen. Hij nam het mes uit de hand van de jongeman en legde vervolgens zijn arm op tafel, alsof hij met een etalagepop bezig was. Hij pakte hem bij zijn kin beet en draaide zijn gezicht naar zich toe.

'Dat is hem', fluisterde Victor.

'De man aan de tafel achter ons, die u in de spiegel ziet?'

'Ja.'

Victor brieste als een paard uit de stoeterij, sloeg zijn glas in één keer achterover en wreef over zijn gezicht.

'Het spijt me', zei hij. 'Ik had niet gedacht dat het vertellen van het verhaal me zo van mijn stuk zou brengen. Ik heb het nooit aan iemand verteld. Hij is het niet, ik ben misleid door de weerspiegeling. Trouwens, hij ziet er veel jonger uit dan tien jaar geleden.'

Adamsberg bekeek de man die even na hen het restaurant was binnengekomen. Hij zat alleen te eten, afwezig, de plaatselijke krant op tafel uitgespreid, en hij wierp een verveelde blik de zaal in. Hij zag eruit alsof hij moe was na een lange dag en simpelweg naar zijn bed verlangde.

'Victor,' sprak Adamsberg zachtjes, 'hij heeft geen ringbaardje, geen grijze haren, behalve bij zijn slapen. Denk goed na. Wat deed u aan hem denken?'

Victor fronste zijn lage voorhoofd en draaide een krul van zijn haar snel tussen zijn vingers rond.

'Het spijt me', herhaalde hij.

'Denk goed na', herhaalde Adamsberg rustig.

'Zijn ogen misschien', sprak Victor aarzelend, alsof hij er een gooi naar deed. 'Zijn nietszeggende ogen, die alles zien, die je aanstaren als je er het minst op verdacht bent.'

'Staarde hij naar ons?'

'Naar u, ja.'

Adamsberg liep in zijn – lichtelijk – waggelende tred naar de waardin, die achter de bar bezig was. Even later kwam ze bij hen aan tafel zitten.

'U bent niet de eerste', zei de grote vrouw geamuseerd, 'en u zal ook wel niet de laatste zijn, of u nou commissaris bent of niet. Zelfs restaurants van naam zijn langs geweest in een poging erachter te komen. Nee hoor,' zei ze terwijl ze met haar theedoek zwaaide, 'het is van ons en het blijft hier. Stel je voor!'

Adamsberg schonk haar een glas wijn in.

'O, u kunt het daarmee proberen!' vervolgde de vrouw terwijl ze een slokje nam. 'Maar ik zeg het pas als ik met één been in het graf sta, en dan nog tegen mijn eigen dochter!'

'Bekentenis op het sterfbed', mompelde Danglard. 'Kom, mevrouw, we vertellen het aan niemand door, op mijn erewoord.'

'Er blijft geen erewoord overeind, hierbij niet en ergens anders ook niet. Ik heb een flensjesbakster gekend in de Finistère, nou, ze hebben haar gemarteld zodat zij haar geheim prijs zou geven. Uiteindelijk zei ze dat ze bier door haar beslag deed en toen lieten ze haar gaan. Maar het was geen bier.'

'Waar hebben we het eigenlijk over?' vroeg Bourlin een beetje loom, terwijl Danglard daarentegen levendiger werd naarmate hij meer ophad. Je zou haast denken dat alcohol goed voor hem was.

'Over het recept van de aardappelkoekjes', zei Danglard.

'Maar ook over uw gast in zijn eentje, daarginds, vlak bij de deur', zei Adamsberg. 'Drie woorden over hem en ik laat u gaan.'

'Nou, die ken ik niet. En ik weet niet of ik over mijn gasten mag praten. En verder, wij en de politie, dat strookt niet met elkaar. Nietwaar, Victor?'

'Helemaal waar, Mélanie.'

'Daar zijn we het over eens', bevestigde Adamsberg glimlachend, zijn hoofd een beetje schuin.

Danglard observeerde hoe Adamsberg te werk ging, hoe hij onbewust zijn schonkige, welhaast bij elkaar geraapte gezicht tot een even charmante als onverwachte valstrik wist om te toveren.

'U kent hem niet, maar u wilt niet over hem praten. Dus u weet toch iets van hem?' zei Adamsberg.

'Drie woorden dan', zei Mélanie, zogenaamd mokkend.

'Vijf', onderhandelde Adamsberg.

'Ik vond hem vreemd, meer niet.'

'Waarom?'

'Omdat hij me vroeg of ik de schoenmaker kende.'

'Sorry?'

'De schoenmaker van Sombrevert. Ik begreep het niet. Ik zei ja, dat iedereen elkaar hier kent, hoezo? Ik hou niet van zulke manieren. Toen haalde hij zijn kaartje tevoorschijn en daar stond op "belastinginspecteur". Toen zei ik: "Nou en? Wat denkt u dat de schoenmaker verbergt? Veters?"'

'Goed geantwoord', zei Victor.

'Irritant, dat soort types, altijd aan het wroeten in de stront – o, sorry, commissaris.'

'Maakt niet uit.'

'Nou ja, om arme mensen op de zenuwen te werken, terwijl het echte geld ergens anders zit. Ik dacht bij mezelf dat hij er alleen maar op uit was om me zijn kaartje te laten zien. Om indruk op me te maken eigenlijk. En dat lukt ze, dat is het ergste, zelfs als je niets te verwijten valt. In de keuken hebben ze goed opgelet bij het braden van zijn vlees. Zo zie je toch maar. Hoe eerder hij de tent verlaat hoe beter.'

'Mélanie,' onderbrak Victor haar, 'dat kleine privévertrek van je, zouden wij daar terechtkunnen? Deze heren en ik willen graag ergens rustig zitten, snap je?'

'Dat snap ik, maar het is niet verwarmd, ik zal een vuurtje aanleggen. Is dat in verband met de dood van die arme meneer Henri?'

'Inderdaad, Mélanie.'

De waardin schudde traag haar hoofd.

'Een weldoener', zei ze. 'Victor, waar is de ceremonie morgen? In Malvoisine of in Sombrevert?'

'In geen van beide. Er is een mis in Le Creux. In de kleine kapel. Ach, je weet wel dat hij niet gelovig was. Maar om niemand voor het hoofd te stoten.'

'In Le Creux, ik weet niet of dat wel zo gepast is', zei Mélanie, waarbij haar wangen schudden. 'Ach, we zitten hier wel goed, in Le Creux. Zolang we uit de buurt van de toren blijven.'

Danglard hield zich in, dit was niet het moment om uit te weiden over het bijgeloof in 'Le Creux'. Mélanie had de open haard aangestoken in het bijvertrek en de mannen gingen naast elkaar op een blauwgeverfde schoolbank zitten, dicht bij het vuur. Behalve Adamsberg, die liep achter hen heen en weer.

'Ik droom er vaak over, weet u', zei Victor. 'Vreemd genoeg niet over de messteken of over haar. Ik droom over hoe we erin geslaagd waren een vuur aan te leggen, dankzij de legionair – zo noemden we die vent met de geschoren schedel. De dag van onze aankomst bleven we allemaal als imbecielen aan het strand zitten uitkijken naar het optrekken van de mist. Hij gaf orders: een houtvoorraad aanleggen voor het vuur, als windscherm twee muren van sneeuw optrekken, dieren zoeken om op te kunnen eten. Hij commandeerde ons als een adjudant en wij gehoorzaamden als soldaten. "Waar is dat hout dan?" vroeg de manager. "Er groeit niets op dit eiland." "Daarboven, idioot!" schreeuwde de legionair. "Heeft niemand van jullie dan ook maar iets gezien? Er staan barakken van wel dertig meter lang daar op het plateau, een oude visdrogerij. Haal die uit elkaar, plank voor plank! De anderen verzamelen sneeuw, stamp het stevig aan, maak er blokken van. Werk met zijn drieën, hou elkaar bij de hand vast! En schiet op voordat het donker wordt!" Eén brok energie, die legionair. Je zou haast denken dat zijn rustpauze op de warme steen hem goed had gedaan.'

Victor stak zijn handen uit naar de open haard.

'Vuur, verdraaid nog aan toe, als we dat toch niet hadden gehad. En dat was dankzij dat heethoofd. Een botterik, maar wel een efficiënte botterik. Het brandde goed 's avonds, we hadden de sneeuwmuren op afstand van de vlammen opgetrokken en de enige smalle uitgang met onze rugzakken geblokkeerd.'

Bourlin trok aan zijn sigaret, en in de ban van het ijs van IJsland warmde hij zich aan de vlammen. Dit hier was privé, en Mélanie had asbakken gebracht en koffiekopjes neergezet, plus een glas voor een digestief voor meneer Danglard.

'Dat was ons onderkomen', ging Victor verder. 'Binnen was het 0 graden, maar buiten -6 of -7 graden, met de wind. Toch raakten we helemaal verstijfd en de legionair dwong ons ieder uur op te staan, dag en nacht, desnoods door klappen uit te delen, want hij wilde dat we zouden bewegen en praten – hardop het alfabet opzeggen – zodat onze ledematen of ons gezicht niet zouden bevriezen. Er was niets te eten, we zaten rechtop te doezelen. Geschoren schedel wilde niet dat we in de sneeuw gingen liggen. Wat een ramp, die kerel, maar hij heeft ons wel het leven gered. Totdat die vuile hond met zijn ringbaardje hem uit de weg ruimde. Hij verdroeg de orders van de legionair niet. Er ontstond een gevecht, we hadden al drie dagen niets gegeten, en ineens werd die vuile hond driftig. Hij trok een barbaars mes en met één steek was het einde legionair. Het bloed spoot eruit in de sneeuw, het was weerzinwekkend. Hij zei alleen maar: "Hij zat steeds te zeiken." Daar moesten wij het mee doen.'

Victor sloeg zijn ogen op naar Adamsberg.

'Ik wou dat ik sneller ging. Of anders neem ik een borrel, net als de inspecteur.'

'Allebei maar', antwoordde Adamsberg, die tegen de schouw leunde. 'Dit teken,' zei Adamsberg terwijl hij zijn notitieboekje opensloeg, 'zegt u dat iets?'

'Helemaal niets. Hoezo? Wat is dat?'

'Wat is dat?' met dezelfde verbazing als Amédée.

'Niets', ging Adamsberg verder. 'We luisteren, Victor.'

'Hij ging weg om het lichaam tussen de ijsschotsen te laten zinken, zodat de vogels zijn ogen er niet uit pikten, of hem voor onze neus opaten terwijl hij nog warm was. En toen verklaarde hij drie dagen later dat als hij toch ging creperen hij eerst nog een nummertje zou maken, waarbij hij naar mevrouw Masfauré keek. Henri en ik kwamen overeind. Opnieuw vechten.'

Victor raakte zijn neus aan.

'Hij heeft me zo'n directe stomp verkocht dat hij mijn neus heeft gebroken. Vroeger had ik een gewone neus, nu heb ik dit geval. Henri gooide hij met één armbeweging omver. Hij leek wel van staal, die vent. En op zijn bevel, met getrokken mes, zijn we allemaal weer gaan zitten. Stelletje lafaards, hè? Maar al zes dagen zonder eten en ijskoud tot op het bot, waren we krachteloos. Hij zal op die rotsteen ook wel iets van de energie uit het binnenste van de aarde hebben gehaald. Maar die nacht klonk er gegil, mevrouw Masfauré brulde, en die weerzinwekkende gast zat onder haar jas te wroeten, zijn handen in haar broek. Ik ga snel door, commissaris, ik hou niet van deze scène. Henri en ik stonden er weer bij, als bevroren zombies. Anderen ook. Mevrouw Masfauré gaf die gast een harde zet en hij viel in het vuur.'

Victor glimlachte breed, net als Amédée.

'Verdomd, zijn broek stond in de fik, hij sloeg erop, het brandde, je kon haast zijn verschroeide billen zien bij het licht van het vuur. Een van ons – Jean, de manager? – schreeuwde: "We zien je blote reet, moordenaar! Dat je mag branden in de hel!" En mevrouw Masfauré nam hem in de zeik en schold hem uit voor van alles en nog wat. Toen trok die gast zijn rotmes weer tevoorschijn en plantte het in haar lichaam. Bij mevrouw Masfauré. Recht in haar hart.'

Victor pakte het glas cognac aan dat Mélanie hem bracht.

'We hebben die hele nacht doodsangst uitgestaan. Terwijl die vent was vertrokken om het lichaam weg te gooien en Henri zat te snikken, hebben we gezworen hem om zeep te helpen. Maar toen het ochtend werd was hij er niet. Elke dag struinde hij onophoudelijk het eiland af, hij gaf niet op. Hij zocht eten en wij zwegen. Op een avond verscheen hij weer, hij beval ons stenen in het vuur te gooien, waarna hij er vlees op smeet. Kilo's vis, we waren gebiologeerd. Hij zei: "Als iemand van jullie zeehonden weet te lokken, laat-ie dan opstaan. Ik heb vijf dagen valstrikken gezet. Als jullie willen eten, ga je gang. Maar wie eet houdt zijn mond. En wie praat gaat eraan." We hebben gegeten. Het was een fors mannetje, maar met z'n tienen deden we er niet lang mee. 's Morgens vertrok hij weer om zijn valstrikken te zetten en om het eiland rond te lopen met zijn stok. Het moet gezegd worden, terwijl wij als verslagenen ineengedoken bij het vuur zaten en het alfabet opdreunden, hield hij stand, hij zocht en hij zocht. En later kwam hij met nog een zeehond aanzetten, een jonge dit keer.'

'Sorry,' zei Danglard, 'Amédée heeft het maar over één zeehond gehad. Is dat een vergissing van Alice Gauthier?'

'Kan niet. Amédée heeft nooit goed opgelet, nu al helemaal niet. Twee zeehonden. Een fors mannetje en toen dat jong. Die vent heeft ons het leven gered, dat moet je hem nageven. Hij had tenslotte zijn buit ergens in zijn eentje kunnen verslinden zonder dat wij er iets van wisten. Maar hij heeft gedeeld. Met Henri heb ik het er later een paar keer over gehad. Dat die gast geschift genoeg was om iemand te doden alsof het niks is, en menselijk genoeg om zijn vlees te delen. Want ja, als hij ons allemaal had afgeslacht, en dat kon hij, en hij had die zeehonden in zijn eentje opgegeten, dan had hij tijd zat gehad om te wachten tot de mist zou optrekken. Eindelijk trok die rotmist op, en nog wel binnen tien minuten. We hebben elkaar bij de schouders vastgepakt en we zijn op weg gegaan. We konden de daken van het dorp weer zien. We zijn opgevangen, gevoed, gewassen – we stonken van top tot teen naar zeehondenvet en rotte vis – maar we hielden allemaal onze lippen stijf op elkaar. Niet helemaal. We vertelden als uit één mond dat we daar twee leden van het gezelschap hadden verloren. Van de kou gestorven, dat was de verplichte versie. Anders gingen wij er ook aan, dat had hij ons gezegd. Wij, onze naasten, onze kinderen, onze ouders, onze vrienden. Ik had geen kinderen, geen ouders, geen vrienden. Uit naam van zijn zoon heeft Henri me gesmeekt te zwijgen. We hebben de moordenaar met rust gelaten, en ik zweer u dat hij gevaarlijk was. En dat hij dat nog is.'

'En de namen?' vroeg Adamsberg. 'De namen van de andere leden van de groep?'

'Die kent niemand. Behalve hij.'

'Dat is onmogelijk, Victor. Twee doden, er moet wel een onderzoek zijn ingesteld bij jullie terugkeer. Jullie zullen als getuigen zijn gehoord en jullie identiteit zal zijn vastgesteld.'

'Dat was inderdaad de bedoeling van de politie van Akureyri, aan de overkant, op het vasteland. Maar die vent had alles gepland. Zonder ons de tijd te gunnen om te herstellen, liet hij ons de volgende dag op de ferry stappen naar het plaatsje Dalvík. En zo kwamen we niet in Akureyri. Ik dacht dat Henri het loodje zou leggen tijdens die zes uur durende overvaart. Van daaruit naar Reykjavik en toen naar Parijs. De autoriteiten in Akureyri stonden er geen moment bij stil dat we zouden proberen ervandoor te gaan. Waarom zouden we dat doen? Dus zij namen de tijd. Zo zijn wij tussen hun vingers door geglipt.'

'Masfauré heeft toch het overlijden van zijn vrouw moeten aangeven?'

'Natuurlijk. Maar het deerde de moordenaar niet dat de namen bekend werden van de doden, van de twee "die van de kou gestorven waren". Maar zíjn naam in geen geval, noch die van ons. De "legionair" is ook geïdentificeerd, via een getuigenis van zijn zus. Een zekere Éric, Éric Courtelin geloof ik. U kunt dit allemaal natrekken in de nieuwsberichten uit die tijd. Stil!' beval hij terwijl hij plotseling ging staan.

'Maar we zeggen niets', wierp Danglard tegen, terwijl Bourlin opkeek met halfgesloten ogen.

Dit keer sprak er geen angst uit het gezicht van Victor, maar een nogal hevige opwinding. Adamsberg hoorde buiten geschraap en een klaaglijke, smartelijke kreet.

'Dat is Marc', zei Victor terwijl hij snel het raam opendeed.

Adamsberg kwam dichterbij en vroeg zich af wat voor knul zo'n irritant en tegelijk onmenselijk gekerm kon voortbrengen. Zonder enige toelichting stapte Victor op de vensterbank en sprong op straat, alsof het geen uitstel kon lijden.

'Ik kom terug', zei Adamsberg tegen Mélanie. 'Hebt u misschien een bescheiden plekje, een overloop, een leunstoel, of wat dan ook waar de commissaris kan slapen? Ik kom terug.'

'Ik kom terug.' Deze drie woorden, talloze keren gezegd, alsof Adamsberg voortdurend zijn omgeving geruststelde, terwijl hij zelf vreesde nooit meer terug te zullen komen. Je slaat een bospad in, je kijkt naar de bomen, en wie weet wat er dan gebeurt?

9

Adamsberg zat Victor al op de hielen, die zelf de kreunende en grommende Marc op de hielen zat, toen hij Danglard op de voor hem karakteristieke wijze achter zich aan hoorde komen.
Wie inspecteur Danglard nog nooit had zien rennen, verbaasde zich erover. Mélanie keek vanaf de drempel van haar deur toe hoe dit wezen zich op hoogst bizarre wijze verplaatste, de vormeloze romp naar voren geworpen, gevolgd, ver daarachter leek het wel, door twee lange, slappe benen, die haar deden denken aan de gesmolten kaarsen in de kerk van Sombrevert. God beware hem.
'Achter wat voor beest zit hij aan?' hijgde Danglard terwijl hij Adamsberg naderde.
'Het is geen beest, het is een kerel.'
'Zo'n kerel noem ik een beest.'
Adamsberg haalde Victor in en greep hem bij zijn bezwete nek.
'Verdomme!' schreeuwde Victor tegen hem. 'Het gaat om Céleste! Marc is me komen halen.'
'Wie is Marc?'
'Haar wild zwijn, godsamme!'
Adamsberg draaide zich om naar Danglard, die al een achterstand van tien meter had opgelopen.
'U had gelijk, inspecteur. Het is een beest. Dat ons rechtstreeks naar Céleste leidt, vraag me niet waarom of hoe.'

In plaats van de laan naar het huis te nemen, liep Victor in westelijke richting het bos in, want hij kende het pad op zijn duimpje. Adamsberg zat vlak achter hem, Danglard met zijn zaklamp liep buiten adem in de achterhoede, terwijl hij hardnekkig poogde zijn schoenen te sparen. Een dikke kilometer bos inwaarts, schatte Adamsberg toen hij achter Victor halt hield voor een oude houten hut, waar inderdaad een reusachtig wild zwijn voor de deur stond te hijgen.

'Kijk uit,' waarschuwde Victor, 'Marc houdt niet van vreemden en al helemaal niet als ze in de buurt van Célestes hut komen. Pak mijn hand vast, ik leid u wel, onze geuren moeten zich vermengen. Geef hem een aai over zijn kop. U zult zien dat zijn snoet net zo donzig is als die van een eendenkuiken. Dat is het eigenaardige aan hem: hij heeft de snuit van een jong gehouden.'

Victor legde de hand van de commissaris op de zogenaamd jeugdige kop van het imposante zwarte beest met zijn dikke vacht, dat zo'n een meter zestig lang was, schatte Adamsberg, en waarvan de massieve kop ver boven zijn broekriem uitstak.

'Hé, Marc, dat zijn vrienden', zei Victor terwijl hij het dier over zijn hals aaide en intussen op de zware, van boomstammetjes gemaakte deur klopte. 'Céleste! Doe open!'

'Hij is niet op slot', sprak een iele stem geërgerd.

Victor duwde de deur open en boog zich voorover om de krappe, armoedige hut te betreden. Het wild zwijn rende op Céleste af, draaide zich daarna direct om en hield hen tegen met zijn lijf en witte slagtanden. Even groot en wit als Victors tanden.

'Geen paniek', zei Céleste meteen, wapperend met haar handen.

'Marc is me komen halen bij het restaurant. Vertel.'

'Hij was bang.'

'Hij is de sterkste van de roedel. Marc is alleen bang als jij bang bent.'

'Hij kan zo zijn zorgen hebben, of niet soms? Wat weet jij nou van de zorgen van een wild zwijn.'

Adamsberg kwam, nadat hij eromheen was gelopen, de blokhut binnen.

'Het ruikt hier naar paard', zei hij.

'Alles ruikt hier naar paard', antwoordde Céleste.

'Buiten niet, in het bos niet. Het ruikt ook vooral naar zalf.

Een mengsel van munt, hyacint en kamfer. Dat deden ze bij ons op de poten van ezels. Is hij hier geweest?'

'Wie?'

'Degene die Dionysos heeft teruggefloten.'

'O, Pelletier?' sprak Céleste op onverschillige, haast onschuldige toon.

'Is hij hier geweest?'

'Dat zou me verbazen', zei Victor. 'Marc kan hem niet hem niet luchten of zien.'

'En vanavond?' drong Adamsberg aan.

'De deur kraakte en Marc werd zenuwachtig', zei Céleste met een boos en ongeduldig gezicht. 'Het is tenslotte maar een beest.'

'Nee', beweerde Victor. 'Marc is zo slim als een vos. Hij is me komen halen omdat jij in gevaar verkeerde.'

De kleine vrouw, die haar toevlucht had gezocht op de enige kruk in het armzalige onderkomen, haalde een pijp uit haar jasschort en begon die te stoppen. Een korte, nogal mannelijke pijp met een grote kop.

'Céleste,' drong Victor aan, 'morgen begraven we Henri. Dit is niet het moment om te liegen. Iemand die zelfmoord heeft gepleegd of vermoord is, komt niet op dezelfde manier in de hemel.'

'God zal het weten', zei Céleste terwijl ze haar pijp aanstak en dikke rookwolken uitblies. 'Waarom heb je het over moord, Victor? Schaam je je niet voor zo'n beschuldiging?'

'Ik heb het erover omdat de politie het erover heeft. Of God of jij moet toch weten wat Pelletier hier vanavond kwam doen.'

'Het ruikt naar paard en zalf', herhaalde Adamsberg vriendelijk, behoorlijk gefascineerd door de magere vrouw met die pijp tussen haar tanden geklemd. 'Maar ik hou wel van de geur van zalf', voegde hij eraan toe en draaide zijn gezicht naar het donker, want de hut werd maar door twee kaarsen verlicht.

'Oké', gaf Céleste toe. 'Hij heeft alleen maar aan de deur gerammeld.'

'Hij heeft hem ingetrapt', zei Victor, terwijl hij haar houtsplinters aanreikte. 'Waarmee heeft hij dat hout kapot gekregen? Met zijn bijl?'

'Hij was dronken, daar kan hij niets aan doen. Ik moet er eikenhout op zetten in plaats van grenen, je ziet wel dat het niet stevig genoeg is, ik heb het er nog met meneer Henri over gehad.'

'Hou op, Céleste. Wat heeft-ie je aangedaan?'

'Niets.'

'Niets? Daarom is Marc helemaal naar het restaurant gerend?'

'Het is maar een beest', herhaalde ze.

'Wie? Pelletier?' vroeg Victor op luidere toon.

'Maak je niet dik, hij heeft me alleen maar een beetje bij mijn schouders door elkaar geschud.'

'Een beetje? Laat zien.'

'Raak me niet aan', beval ze.

En Marc nam zijn dreigende houding weer aan, waarbij hij dit keer zijn tanden liet klapperen.

'Henri Masfauré heeft geen zelfmoord gepleegd, Céleste', onderbrak Adamsberg hen voorzichtig. 'Wat heeft Pelletier tegen u gezegd?'

En Céleste kreeg de indruk dat de wazige ogen van deze commissaris haar niet zouden loslaten, net zomin als die van haar onderwijzer, nee, niet voordat ze haar huiswerk af had. Terwijl Marc, vreemd genoeg, rustig werd en zelfs twee passen zette in de richting van de commissaris, waarbij hij zijn kop naar hem ophief. Adamsberg streek voorzichtig met twee vingers over het kuikendons van zijn snuit. Deze goede verstandhouding leek Céleste tot een besluit te bewegen.

'Hij zei alleen maar dat ik hem sinds de dood van meneer Henri lelijk aankijk. En dat ik daarmee moet ophouden.'

'En waarom kijkt u hem lelijk aan?'

Céleste haalde een pijpenstopper uit haar andere zak, drukte de tabak aan en nam een lange haal.

'Hij was dronken. Hij haalt zich van alles in zijn hoofd. En toen viel Marc hem aan en rende hij het bos in. Ik had geen idee dat hij Victor ging halen.'

'Wanneer is hij hier gekomen?'

'Negen jaar geleden. Hij was al heel jong zijn ouders kwijt, afgeslacht als oud vuil, en zijn broertjes en zusjes zijn in de modder gecrepeerd.'

'Je kunt je wel voorstellen dat dit invloed heeft gehad op zijn karakter', zei Danglard, die iedereen vergeten was en die buiten stond, bijna rechtop, leunend tegen de kapotte deurpost.

'Ik had het over Pelletier, niet over Marc', zei Adamsberg. 'Wanneer is hij gekomen?'

'O, hij? Vlak na mij. Wat doet dat ertoe?'

'Alles doet ertoe als er iemand dood is aangetroffen', zei Danglard.

'Want u denkt dat hij meneer Henri heeft vermoord? Die zijn weldoener was? Dit allemaal omdat Marc dol werd? Hij is nog bronstig, als u het zo graag wilt weten. Zijn worp heeft niet goed uitgepakt. Hij is te laat, hij moet nog eens. En dat maakt hem zenuwachtig, dat moet je begrijpen.'

'Er zijn er heel wat die hun weldoener uit de weg hebben geruimd', zei Danglard.

'Nadat hij was vertrokken,' zei Céleste op een andere toon, alsof ze nog de bediening verzorgde in de grote woonkamer, 'hoorde ik een adder buiten sissen.'

Ze fronste bezorgd haar wenkbrauwen en blies rook uit.

'Ik zal de kieren moeten dichtstoppen met houtvuller. Anders komen ze binnen.'

Victor wierp Adamsberg hoofdschuddend een blik toe. Ze zouden er geen woord meer uit krijgen, in ieder geval nu niet.

'Of kraaienpoep verspreiden', gaf Adamsberg als suggestie.

'Daar slaan adders voor op de vlucht.'

'Daarvan ligt er zat in de toren', zei Victor.

'Ik wil niets wat uit die toren komt. Dat weet je best, Victor.'

'Waarom zwijgt u, Céleste? Vanwege Pelletier?'

'Nu meneer Henri deze wereld heeft verlaten, weten we niet wat er met ons zal gebeuren. Met mij, Victor, Pelletier. Dus ik ga hem niet ook nog eens belasteren vanwege een simpele dronkenschap.'

Ze verliet haar kruk en met de pijp tussen haar tanden rommelde ze wat in de hut, goot met een oude lampetkan water in een emaillen waskom en trok daarna zorgvuldig de deken glad over haar schuimrubber matras, dat op de grond lag op een blauw plastic zeil als bescherming tegen het vocht. Adamsberg bekeek de troosteloze ruimte, de oude kolenkachel, de lemen vloer, waarop een donkere ronde vlek van een centimeter of twintig zijn aandacht trok. Hij ging op zijn hurken zitten en legde zijn hand erop. Gewoon een kringetje dat iets vochtiger was dan de omgeving.

'Piest Marc hier?' vroeg hij.

'Ja', antwoordde Céleste beslist.

'Nee', zei Adamsberg. 'Hij markeert zijn territorium buiten de hut.'

Hij begon met zijn vingertoppen de verse aarde weg te halen onder de radeloze blik van Céleste.

'U hebt het recht niet', zei ze met stemverheffing. 'Daar ligt mijn geld begraven!'

'Ik geef het u terug', zei Adamsberg en hij ging door met het weghalen van de brokkelige aarde.

Hij hoefde niet diep te graven voordat zijn vingers op de rand van een dik glas zonder voet stootten, dat hij uit het kuiltje haalde. Hij kwam overeind, schudde het heen en weer en bracht het naar zijn neus.

'Whisky', sprak hij kalm.

'Het glas van Henri Masfauré?' vroeg Danglard.

Vergiftigd, dacht de inspecteur. Céleste verliefd op de vooraanstaande luchtexpert. Masfauré zou hertrouwen, wie weet? En zij heeft hem vermoord. Maar waarom was het glas in dat geval niet vernietigd?

'Marc brengt u terug naar de laan', kondigde Céleste abrupt aan, alsof ze het over haar hoofdbutler had na een chic feestje.

'Na de ontdekking van Amédée', zei Adamsberg, 'bent u naar zijn werkkamer gegaan. U hebt de fles opgeruimd en het glas meegenomen.'

'Ja. Marc brengt u terug naar de laan.'

'Waarom, Céleste?'

Céleste ging weer op de kruk zitten, schommelde even op en neer, terwijl het wild zwijn troostend langs haar benen heen en weer streek, zodanig dat ze er rood van werden. Toen liep hij opnieuw naar Adamsberg en hief zijn snuit op. Onbevreesd ditmaal, aaide Adamsberg hem over zijn kop.

'Hij had zelfmoord gepleegd. De politie, de journalisten zouden het zeggen. Dat hij iedere avond whisky dronk. Ze zouden kwaad van hem spreken. Daarom heb ik het glas meegenomen.'

'En waarom hebt u het begraven?'

'Het is zijn laatste glas, het is een aandenken. Je gooit het laatste glas van een dode niet weg.'

'Ik moet het meenemen voor onderzoek', zei Adamsberg terwijl hij het meteen in zijn zak stopte. 'Ik zal het u teruggeven.'

'Ik begrijp het. Maak het niet schoon, alstublieft. Marc brengt u terug naar de laan.'

En ditmaal gehoorzaamden de mannen. Adamsberg gebaarde naar Victor nog even bij haar te blijven. Gehoorzaam dribbelde Marc, zonder nog een greintje vijandigheid, voor hen uit – naar de laan, had zijn moeder, Céleste, bevolen.

'Een man, een vrouw', sprak Danglard, die met zijn lamp het pad onder zijn voeten bescheen.

'Maar welke man, Danglard?' vroeg Adamsberg.

'Henri Masfauré, wie anders?'

'Dat geloof ik niet. U vergeet het bezoekje van Pelletier. Céleste weet iets, hij is bang voor haar, erger nog, hij bedreigt haar. Maar toch beschermt zij hem. Hoe oud was zij toen hij kwam? Vijfendertig jaar.'

'Nou en?'

'Nou en? Een man, een vrouw.'

De twee mannen liepen zwijgend verder, voorafgegaan door het luide geritsel van Marc.

'Van wie is die toren?' vroeg Adamsberg ineens.

'Van Le Creux.'

'En wat is ermee?'

'Slechte reputatie, volgens Céleste. Ze zei dat die ooit als onderaardse kerker is gebruikt. Er werden gevangenen in gestouwd en die lieten ze creperen.'

'Ja, wat wil je.'

'Ja, wat wil je, je hoort hun zielen nog janken en hun geesten vergelding eisen.'

'Begrijpelijk.'

'Natuurlijk.'

Marc stopte niet bij de laan maar leidde hen door het bos naar een opening in de omheining.

'Logisch', zei Adamsberg. 'Hij weet dat we er niet uit kunnen. De poort is driedubbel vergrendeld.'

'Célestes opdracht luidde: "Naar de laan."'

'Ik wil niemand beledigen, Danglard, maar Marc is misschien slimmer dan zij. Waarom? Omdat hij zich aanpast, terwijl Céleste verstart.'

Adamsberg aaide over de kindersnuit van het zware wild zwijn.

'Ik kom terug', zei hij tegen hem.

Bourlin lag te slapen op de blauwe houten bank, die onder zijn massieve lichaam schuilging. Adamsberg schudde aan zijn schouder.

'Ik ga terug naar Parijs, Bourlin, met Danglard.'

'Jammer,' zei Bourlin terwijl hij ging zitten, 'ik had het goed hier. Mélanie zou iedere avond aardappelkoekjes voor me hebben gemaakt.'

'Vast.'

'Nog nooit zulke lekkere gegeten. Het is me uit handen genomen, dat spreekt vanzelf. Ik heb het bericht net ontvangen. Klaarblijkelijk strekt het 15de arrondissement zich niet uit tot aan de Auberge du Creux. Het is jouw pakkie-an.'

'Ja.'

'Wat was dat nou, dat gegil?'

'Een wild zwijn dat hulp zocht. Pelletier heeft Céleste ervanlangs gegeven. Ze woont in een armoedige blokhut in het bos en rookt pijp. Net als de heksen.'

'Een blokhut? Wat was dat voor baas? Een weldoener of een slavendrijver?'

'Het zou handig zijn als we dat wisten. Vergeet niet om een foto te maken van het teken in het leren bureaublad.'

'Dat verdomde teken.'

'Net een guillotine.'

'Dat heb je al gezegd. Heb jij weleens een guillotine met twee valbijlen gezien?'

'Nog nooit.'

10

Adamsberg vervolgde zijn weg nadat hij het whiskyglas bij de gendarmerie van Rambouillet had afgegeven. Met uitdrukkelijk bevel het na onderzoek aan Céleste terug te geven. Danglard werd wakker van het kletteren van de regen op de voorruit.
'Waar zijn we?' vroeg hij.
'Voorbij Versailles.'
'Ik bedoel de zaak. Moorden of zelfmoorden.'
'Twee zelfmoordenaars die hetzelfde teken achterlaten, Danglard. Twee zelfmoordenaars die verband houden met dezelfde IJslandse rots. Dat kan niet. En Amédée als link tussen die twee.'
'Je kunt je hem moeilijk voorstellen als een fanatieke moordenaar die in twee dagen tijd de ene moord na de andere pleegt. Eerder als een dichter, met bleke wangen en een pen in de hand. En geen geweer en geen scheermes.'
'Maar hij heeft iets ongrijpbaars. Wisselende persoonlijkheid, nerveus temperament, ogen die afwezigheid en dan weer drift uitstralen.'
'Angstig ook, zozeer dat hij te paard op de vlucht slaat.'
'Als hij wilde vluchten, Danglard, dan was de beste methode nog altijd in de auto springen.'
'De beste methode voor imbecielen, commissaris. Te paard konden we niet achter hem aan komen. Hij had naar Rambouillet kunnen rijden en daar de trein naar Parijs kunnen pakken. En van daaruit naar Lissabon, Napels, Kopenhagen, wat dan ook. Veel sneller dan wij.'
'Voor zo'n plan had hij Dionysos niet genomen, en dan nog wel zonder zadel. Nee, hij had iets anders in zijn hoofd', zei Adamsberg terwijl hij zijn raampje opendraaide en een arm naar buiten stak.
Dat deed hij altijd, de regen op zijn hand voelen.

'Of hij had niets in zijn hoofd', zei Danglard.
'Wat nog verontrustender zou zijn, maar mogelijk. Een leeg hoofd met een mooi gezicht? Het tegendeel van Victor. Een overladen geest met een lelijk gezicht.'
'En hij, Victor? Hij kan de brief van Alice Gauthier hebben gelezen en naar Parijs zijn gescheurd.'
'Om haar het zwijgen op te leggen, ja. Maar Victor heeft geen enkele reden om zijn baas te vermoorden. En voor de anderen geldt het tegendeel.'
'Precies', zei Danglard. 'Céleste, Pelletier, of een of andere buurman had Henri Masfauré wel kunnen willen vermoorden. Volgens Bourlin bezit hij een fortuin. De familie heeft tussen 1870 en 1930 bijna duizend schilderijen verzameld. En een enorme hoeveelheid geld, alles wat maar nodig is om drama's en woede te ontketenen. Maar daarentegen geen enkel motief om Alice Gauthier te gaan verdrinken.'
'Al helemaal niet om het teken achter te laten.'
'Zijn we weer terug bij dat teken.'
Danglard zuchtte terwijl hij zich in zijn stoel nestelde.
'Het irriteert u dat u het niet hebt kunnen ontcijferen', zei Adamsberg.
'Meer dan dat. Waarom had u het over de guillotine? Het lijkt allesbehalve op een guillotine.'
'Ik had het erover, Danglard, omdat het een guillotine is.'
De inspecteur schudde zijn hoofd in het donker. Adamsberg minderde vaart en parkeerde in de berm van de rijksweg.
'Wat nou weer?' gromde Danglard.
'Ik stop niet om te piesen, maar om die guillotine voor u te tekenen. Of liever die tekening van een guillotine. Dus ik teken een tekening voor u.'
'O.'
Adamsberg ontstak zijn waarschuwingslichten en draaide zich naar de inspecteur.
'Herinnert u zich de Revolutie nog?' vroeg hij terwijl hij een

bolletje kleefkruid van zijn broek trok.
'De Franse? Ik was er niet bij maar die herinner ik me, ja.'
'Des te beter, want ik niet. Maar ik weet wel dat op een of ander moment een ingenieur heeft voorgesteld de guillotine aan te passen voor de ter dood veroordeelden, zodat ze allemaal op dezelfde wijze zouden worden geëxecuteerd en zonder te lijden. In die tijd was het niet de bedoeling dat ze voor het Schrikbewind zou worden gebruikt.'
'Geen ingenieur, een beroemde arts. Dokter Guillotin.'
'Kijk aan.'
'Joseph-Ignace Guillotin.'
'Ook goed.'
'Die eerst de arts was van de graaf van Provence.'
'Danglard, zal ik die tekening nou voor u tekenen, ja of nee?'
'Ga uw gang.'
'Op een bepaalde dag was de koning nog koning. En zeg nou niet dat hij Lodewijk XVI heette, want dat weet ik. Tijdens weet ik welke vergadering komt Guillotin zijn apparaat laten zien. Er wordt gezegd dat de koning erbij aanwezig is.'
'Vóór augustus 1792, dus.'
'Wellicht, Danglard.'
De inspecteur fronste zijn wenkbrauwen en Adamsberg stak een verlepte sigaret op terwijl hij er ook een aan zijn collega aanbood. Twee gloeiende puntjes in de stille cabine.
'Je zou haast denken dat we alleen op de wereld zijn', sprak Adamsberg zacht. 'Waar zijn de mensen? De anderen?'
'Ze bestaan. Ze zijn alleen geen tekeningen aan het tekenen langs de kant van de weg.'
'Ze zeggen', ging Adamsberg verder, 'dat de arts een tekening van de klassieke guillotine heeft laten zien. Want in feite bestond die allang.'
'Vanaf de zestiende eeuw. Maar Guillotin had het systeem verbeterd.'
'Want hoe zag die guillotine er voorheen dan uit?'

'Met een bol mes.'

'Zo dus', zei Adamsberg en hij tekende op de beslagen voorruit twee verticale strepen en daartussen een lijn in de vorm van een halvemaan.

'Zo. Of met een recht mes. En Guillotin meende dat een schuin mes veel effectiever en sneller zou zijn.'

'Nou, dat is niet wat mij is verteld. Mij is verteld dat de koning, die veel meer verstand had van mechanica dan van politiek, zich de schets heeft toegeëigend, hem heeft bestudeerd, erover heeft nagedacht en toen met een schuine lijn een streep heeft gehaald door het bolle mes, om aan te geven wat hij wilde wijzigen. Híj heeft het apparaat veranderd, híj heeft het verbeterd.'

Adamsberg voegde een dwarslijn toe aan zijn tekening op de voorruit.

'Zo.'

Danglard draaide op zijn beurt zijn raampje open, tikte de as van zijn sigaret. Adamsberg trok een tweede bolletje kleefkruid los. Als dit echt zaden waren, kon hij ze wel in zijn piepkleine tuin planten. Hij legde het op het dashboard van de auto.

'Wat is dat voor verhaal?' vroeg Danglard.

'Het is een verhaal, precies, en ik heb niet gezegd dat het waar is. Ik zeg dat dit verteld wordt. Dat Lodewijk XVI zelf het perfecte werktuig had getekend waarmee hij onthoofd zou worden.'

Danglard was ontstemd en blies de rook tussen zijn tanden door.

'Waar hebt u dat gelezen?'

'Dat heb ik niet gelezen. Herinnert u zich die oude erudiete man van het place Edgar-Quinet? Hij heeft het me een keer verteld terwijl hij dezelfde tekening maakte met zijn vinger op het vochtige tafeltje van het café, in de Viking. Het spijt me, Danglard', zei Adamsberg en hij startte de auto. 'Het is geen schande om dingen niet te weten. Anders zou ik door een stroom van modder ploegen.'

'Ik ben niet gekrenkt, ik ben verbluft.'

'En, wat denkt u nu dan? Van het teken?'

'Niet iets van de Revolutie in ieder geval. Anders zou er niet zijn gezinspeeld op de koning.'

'Op een onthoofde koning, Danglard. Dat is niet hetzelfde. Je kunt het zien als een teken van opperste terreur, van opperste kastijding.'

'Als dat is wat de moordenaar ermee heeft willen weergeven.'

'Het kan toeval zijn. Maar dan een opmerkelijk toeval.'

'Dan zou het gaan om een moordenaar die in geschiedenis is geïnteresseerd.'

'Niet per se. Ik kende zelf die tekening. Of een moordenaar die alles onthoudt.'

'Iemand met hypermnesie.'

'Zoals Victor bijvoorbeeld.'

Adamsberg zweeg terwijl ze de invalswegen van Parijs naderden.

'We zijn toch niet alleen op de wereld', zei hij toen hij een vrachtwagen inhaalde. 'Vast een man die aan de Revolutie denkt.'

'Dat lijdt geen twijfel.'

11

In tegenstelling tot Danglard had Adamsberg niet veel slaap nodig. Om zeven uur deed hij zijn ogen open en hij zette alvast koffie terwijl Zerk, zijn zoon, het brood sneed. Zerk was net als hij niet overdreven precies, en zijn boterhammen waren dik en ongelijkmatig.
'Nog problemen gehad vannacht?'
'Een dode in de vallei van Chevreuse. Ondervragingen, een nerveuze, meisjesachtig knappe zoon, een secretaris met een ongewoon geheugen, een stoeterij geleid door een bruut, een vrouw die in een boshut woont, een wild zwijn, de plaatselijke herberg, de guillotine van Lodewijk xvi, een vervloekte toren vol kraaienpoep, en dat allemaal op een plek die "Le Creux" wordt genoemd en die niet op de kaart staat.'
'Krijg je er geen vat op?'
'Het is veel tegelijk.'
'De duif kwam gisteren langs. Je bent hem misgelopen.'
'Het is wel twee maanden geleden dat hij hier was. Ging het goed met hem?'
'Heel goed, maar hij heeft weer op de tafel gescheten.'
'Dat is een cadeautje, Zerk.'

Om negen uur had Adamsberg bijna al zijn medewerkers verzameld in het grootste lokaal van de brigade, door Danglard op zekere dag met een deftig woord de 'conciliezaal' genoemd. Als contrast met de minder ruime 'kapittelzaal', waar kleinere groepen agenten bijeenkwamen. De benamingen waren deel gaan uitmaken van het gangbare taalgebruik. Danglard, nog niet goed wakker, was die ochtend zelf op het concilie, en hij reikte naar de koffie die Estalère hem bracht. Op het concilie zowel als elders had de jonge brigadier zichzelf de rol van koffiezetter toebedeeld, een rol die hij uitstekend vervulde – de enige, beweerden sommigen. Voor de rest leek hij met zijn opengesperde groene ogen voortdurend in verbijstering te verkeren. Estalère aanbad op de brigade twee idolen, de commissaris en de krachtige, almachtige Violette Retancourt, die van haar ouders op grond van een misverstand de naam van een teer bloempje had gekregen zonder dat ze hadden voorzien dat ze een meter vierentachtig zou worden, met een spiermassa van honderdtien kilo. De fundamentele ongelijkheid van zijn twee goden leidde bij Estalère vaak tot een gemelijk soort vertwijfeling, want hij was niet in staat op de tweesprong van uiteenlopende wegen een keuze te maken.

Adamsberg had geen talent voor de grote lijnen en overzichtelijke uiteenzettingen, en hij liet voor het ogenblik deze taak aan Danglard, die de gebeurtenissen samenvatte, vanaf de vrouw in het bad – geheel gekleed, verduidelijkte hij voor brigadier Noël, de meest platvloerse medewerker van de brigade – tot aan het rennen door het bos achter het wild zwijn aan. Dit alles in zowel chronologische als thematische volgorde, in een kundig vlechtwerk waar Adamsberg bewondering voor had. Iedereen wist natuurlijk dat inspecteur Danglard hier en daar een paar erudiete zijpaden zou inslaan, waardoor zijn verhaal langer werd, maar dat nam men voor lief. De vrouw in de boshut en de lugubere toren wekten de belangstelling van inspecteur Mordent, die met dat opgerichte rimpelige hoofd op die lange nek weer eens verrassend veel weg had van een oude reiger die weemoedig naar een vis staat uit te kijken. Mordent was een groot kenner van sprookjes, een vakgebied dat geen enkel nut had voor het werk op de brigade, net zomin als de specialistische kennis van Voisenet op het gebied van de ichtyologie – ofwel de viskunde, had Adamsberg uiteindelijk in zijn geheugen geprent. En dan met name zoetwatervissen. Zijn passie gold ook andere faunagebieden, en Voisenet vroeg zich al af welke vogels er in de toren woonden, kauwen, kraaien – zwarte of bonte? – of roeken?

De bescheiden Justin, gezeten naast Retancourt, die hem met één ademtocht leek te kunnen wegblazen, was de enige die onafgebroken aantekeningen maakte.

Terwijl Adamsberg bolletjes kleefkruid van de zoom van zijn broek zat te plukken, liet Danglard de afbeelding van het teken de tafel rondgaan, en verbijsterd schudden ze de een na de ander hun hoofd, met uitzondering van brigadier Veyrenc de Bilhc, een Pyreneeër afkomstig uit hetzelfde stukje gebergte als Adamsberg. Veyrenc hield het papier even in zijn hand, terwijl de commissaris aandachtig toekeek, aangezien zijn streekgenoot in een eerder leven geschiedenisles had gegeven.

'Niets, Veyrenc?' vroeg Adamsberg opkijkend.

'Ik twijfel. Zijn dat kleefkruidbolletjes?'

'Ja, maar van vorig jaar. Ze zijn verdord, maar ze kleven nog verdomd goed. Mij doet het denken aan een guillotine. Nou, Danglard, ga uw gang, zo mogelijk zonder al te lang uit te weiden over Joseph-Ignace Guillotin.'

Er volgde een moment van besluiteloosheid na het exposé dat Danglard zonder enige overtuiging had gegeven over Lodewijk XVI, het bolle mes en de correctie in de vorm van een recht en schuin mes. Alleen Veyrenc zond Adamsberg een glimlachje, zo'n gekrulde, scheve glimlach die erop wees dat hij stilletjes tevreden was.

'De Revolutie?' zei Retancourt en ze sloeg haar dikke armen over elkaar. 'Ik geloof dat we daar wel een streep onder kunnen zetten, toch?'

'Ik heb niet gezegd dat het dat was', antwoordde Adamsberg. 'Ik heb gezegd dat het me daaraan deed denken. En nader onderzoek van het teken heeft aangetoond dat het inderdaad zo is aangebracht: eerst de twee verticale halen, daarna de gebogen lijn en vervolgens de schuine streep erdoorheen.'

'Het idee is leuk', mengde Mercadet zich erin, die voorlopig even wakker was en wiens geest nu op volle snelheid werkte.

Mercadet leed aan narcolepsie en moest om de drie uur een dutje doen, en de brigade stond en bloc om hem heen om dit voor de korpschef verborgen te houden.

'Maar het is waar', ging hij verder, 'dat niet duidelijk is wat een guillotine – die deels te maken heeft met de koning, en deels met de Revolutie – zou betekenen in de context van het IJslandse drama.'

'We hebben zelfs geen flauw idee', beaamde Adamsberg.

'Vooral omdat we niet kunnen aantonen dat het om moorden gaat', zei Noël met zijn schorre stem, terwijl hij zijn vuisten in de zakken van zijn leren jack duwde. 'Die twee, Alice Gauthier en Henri Masfauré, waren misschien weg van elkaar – weg, ja, zeg dat wel', grinnikte hij – 'en ze hadden besloten samen te sterven.'

'Maar we hebben geen spoor van enig telefoongesprek tussen Gauthier en Masfauré', zei Danglard. 'Bourlin heeft haar nummer over de periode van een jaar nagetrokken.'

'Misschien heeft ze geschreven. Ze plegen zelfmoord en laten hun afgesproken teken achter. Nee, niets bewijst dat het moord is.'

'Nu wel', zei Adamsberg en hij opende zijn mobiele telefoon. 'Het lab heeft snel gewerkt. Danglard heeft jullie verteld dat de handen van zelfmoordenaar Henri Masfauré onder het kruit zaten. Terwijl in het geval van een eventuele moordenaar, die met handschoenen aan op de duim van Masfauré drukte om te schieten, de nagel vrij van kruitsporen zou zijn gebleven. Maar nee, overal zat kruit. Dus zelfmoord. Ik heb nog een nader onderzoek aangevraagd.'

'Ik begrijp het', verklaarde Estalère met een ernstig gezicht, wat kortstondig consternatie wekte.

'En er zit inderdaad geen kruit op de polsen', vervolgde Adamsberg, 'op de plek waar de moordenaar de handen van Masfauré zou hebben vastgehouden. En we hebben een overduidelijk spoor op de rechterduim. Een lijn, een witte streep van drie millimeter breed. De moordenaar heeft dus wel op de duim van het slachtoffer gedrukt, maar met behulp van een touwtje, of liever gezegd: een stevige leren veter. Masfauré is vermoord.'

'Als het hetzelfde teken is,' hield Estalère vol terwijl hij over zijn voorhoofd wreef, 'dan is die vrouw op een gewelddadige manier in haar badkuip verdronken.'

'Juist. En heeft de moordenaar het teken aangebracht.'

'Dat snijdt geen hout', mengde Retancourt zich erin. 'Als hij de twee moorden voor zelfmoord wil laten doorgaan, waarom brengt hij dan een teken aan? Zonder dat teken zouden de twee moorden los van elkaar zijn geseponeerd en sprak niemand er meer over. Dus?'

'Omdat hij ze opeist?' stelde Voisenet voor. 'Misschien brengt hij het merkteken van zijn macht aan. Met die vermoedelijke guillotine.'

'Banale beweegredenen', zei Retancourt.

'Kan wel zijn', zei Mordent. 'Maar banaliteit is de teelaarde van het leven. Zelden valt er een parel, een zandkorrel, een glanzend deeltje op onze schouder. En in die oceaan van doodgewone golven is macht de banale ondeugd die zich bij de mens het prettigst voelt. Dus waarom niet het symbool van een guillotine om je macht te markeren?'

'Koningsgezind?' zei Adamsberg. 'Revolutionair? Wat doet het er eigenlijk toe. Het is een teken dat duidt op het uiteindelijke voltrekken van de doodstraf.'

'Waar slaat dat "uiteindelijke" op?' vroeg Mercadet.

'IJsland. Hij hield daar elf mensen in zijn greep, en dat doet hij nog steeds, en dat stijgt hem naar het hoofd. Nog maar zes op dit moment.'

'Allen in levensgevaar', zei Justin.

'Alleen als ze praten.'

'Maar het bouwwerk van het stilzwijgen begon scheuren te

vertonen', zei Adamsberg. 'Twee doden in twee dagen. Openbaar gemaakt in de pers. De zes anderen hebben het begrepen. Zullen ze hun mond houden, zich verstoppen, gaan ze door de knieën?'

'En het is onmogelijk ze te beschermen', voegde Danglard er neerslachtig aan toe. 'Behalve Victor zijn ze allemaal anoniem. We hebben een manager – Jean –, een "Dok", een ecologe – de vriendin van Gauthier –, een deskundige op het gebied van keizerspinguïns, een sportieveling. Verder niets. Amédée kunnen we aan de lijst van bedreigden toevoegen.'

'Als Amédée niet zelf iemand heeft vermoord', deed Mordent er nog een schepje bovenop. 'Motieven had hij wel. Zodat je je afvraagt waarom we hem niet nu al de duimschroeven aandraaien.'

'Omdat het op dit ogenblik nergens op slaat', zei Adamsberg. Die onder zijn vingers een hoopje kleefkruidbolletjes verzamelde en een tijdje bleef zwijgen.

'Acht van jullie vertrekken meteen na de lunch naar Le Creux', beval hij. 'U ook, Estalère.'

'Estalère kan de dienst waarnemen op de brigade', zei Noël op zijn bekende spottende toon.

'Estalère wekt vertrouwen bij de mensen die hij verhoort,' verduidelijkte Adamsberg, 'in tegenstelling tot de meeste agenten, en tot u bijvoorbeeld, brigadier. Vertel me alles wat u daar aan roddels hoort. Kwaadsprekerij, loftuitingen, wrok, waarheden, leugens, verdenkingen, rancunes. Spreek met de dorpelingen, de notabelen, de burgemeesters van Sombrevert en Malvoisine, alles wat u kunt doen. Wie was Henri Masfauré? Wat voor iemand was zijn vrouw? En wie is Céleste? En Pelletier? Amédée? Victor? Wie, wat, hoe?'

'Het is grappig als je bedenkt', merkte Danglard op, 'dat de eerste die in 1792 onder de nieuwe guillotine kwam, een dief was met de naam Pelletier.'

'Danglard, alstublieft,' zei Adamsberg zwakjes, 'ze hebben

allemaal honger, en ze vertrekken om twee uur. U ook. U gaat langs bij de notaris van Henri Masfauré. Mercadet gaat met u mee, hij is goed in cijfers. Ze zijn zeer vermogend, zegt men. Mordent, neem mee wie u wilt en duik in het verleden van de echtgenote. Noël, richt uw aandacht op de bruut die de stoeterij leidt, een ex-gedetineerde, dat is uw afdeling. Neem Retancourt met u mee. Gezien het soort kerel dat het is, zal dat niet overbodig zijn. En ga niet achter de paarden staan, hij is in staat met een simpel fluitje bevel te geven tot een achterwaartse trap. Veyrenc, u gaat achter Amédée, de zoon, aan. Froissy, u blijft hier, u doet nader onderzoek naar Alice Gauthier, u verhoort nogmaals de buurman, de verpleegster, de collega's, ga alles na.'

'Kunnen we die toren gaan bekijken?' vroeg Voisenet, nieuwsgierig naar de kraaivogels.

'Waarom?'

'Om overal een idee van te krijgen.'

'Ga uw gang als u daar zin in hebt, brigadier. En als u de tijd hebt, neem dan een emmer vogelpoep mee om die rond de hut van Céleste uit te smeren. Vertel niet dat het van de toren komt, want daar is ze doodsbang voor. Ruwe bolster, maar blanke pit.'

'Hoezo?' vroeg Kernorkian.

'Hoezo ruwe bolster?'

'Nee, hoezo die vogelpoep.'

'Er zijn daar adders. Of dat verbeeldt ze zich. En haar hut is niet goed geïsoleerd. Het moet helemaal rondom worden verspreid.'

'Heel goed,' beaamde Voisenet, 'ze vluchten voor de geur. Maar zijzelf? Ruwe bolster, blanke pit?'

'Zo is het vaak wanneer je een kind door dik en dun beschermt. En waarom beschermt ze hem zozeer? Zoek het uit, jullie allemaal. Ga eten bij de Auberge du Creux, de keuken is de moeite waard volgens commissaris Bourlin.'

'De Auberge du Creux?' vroeg Mercadet verwonderd.

'Zo is het, brigadier, het heet daar "Le Creux", "Het Gat".

Het is een verdwaalde lap grond tussen twee dorpen in en het staat niet op de kaart. De herberg van Le Creux, de kapel van Le Creux, de toren van Le Creux.'

'Die toren kan me gestolen worden', bromde Noël.

'Nooit kan ons iets gestolen worden, Noël. Een toren niet, een duif niet en Retancourt niet. Weet u nog?'

Misnoegd boog Noël haast onmerkbaar zijn hoofd. Toch had hij ooit bij een spoedgeval zijn bloed afgestaan voor Retancourt. Adamsberg gaf nog net niet de hoop op hem enigszins te kunnen corrigeren.

Dat uitdelen van bevelen – het was een rotklus en hij kon Danglard er niet mee belasten – dat irriteerde hem. Hij maakte zich er gauw van af en het team ging uiteen voor de lunch, waarvoor sommigen zich naar de welvarende, burgerlijke en decadente Brasserie des Philosophes begaven, en anderen naar het kleine café de Cornet à dés, waar de echtgenote, met opgekropte woede, zwijgend de bevelen van haar norse man opvolgde, maar intussen wel buitengewoon lekkere broodjes maakte. De baas werd 'Gros-Plant' genoemd. In feite werd hij niet met die naam aangesproken, want de man hield niet van praten. Er was een heftige klassenstrijd gaande tussen de twee tegenover elkaar gelegen etablissementen. Op een dag zou er een dode vallen, voorspelde Veyrenc steeds.

Adamsberg keek hoe Veyrenc de deur uit liep, hij die het teken van de guillotine had begrepen. De zon scheen nu het grote lokaal binnen. En in dat aprillicht glansden de veertien ongewoon rode lokken in het donkerbruine haar van de brigadier.

'Toen ik wakker werd moest ik ergens aan denken', fluisterde Danglard voordat hij vertrok, op de samenzweerderstoon die niet veel goeds voorspelde. 'Nou ja, het was een gedachte bij het ontwaken.'

'Een beetje opschieten, inspecteur, u hebt nauwelijks de tijd om een hapje te eten voordat u vertrekt.'

'Wel, ik dacht aan dat verhaal van de graaf van Provence.'

'Ik volg het niet.'
'Ik heb u verteld dat Guillotin de dokter was van de graaf.'
'Dat hebt u verteld.'
'In mijn halfslaap voerde de graaf van Provence me van lieverlede naar grafelijke en hertogelijke families.'
'U hebt maar geluk, Danglard', zei Adamsberg glimlachend.
'Gedachten bij het ontwaken zijn zelden zo positief.'
'Goed, ik dacht aan de namen Amédée – die je niet vaak hoort, dat moet u toegeven – en Victor, namen die al sinds onheuglijke tijden voorkwamen bij de hertogen van Savoie. Dat was toen ik nog bijna sliep en ik bespaar u de lijst van alle Amédées de Savoie.'
'Dank u, inspecteur.'
'Maar vanaf 1630, en tot 1796, waren er drie Victor-Amédées de Savoie. Victor-Amédée III probeerde de Revolutie tegen te houden, en de Franse troepen drongen in wilde woede zijn hertogdom binnen.'
'En dus?' zei Adamsberg vermoeid.
'Nou niets. Ik vind het grappig dat de een Victor heet en de ander Amédée.'
'Alstublieft, Danglard,' zei Adamsberg terwijl hij een bolletje kleefkruid lospulkte, 'het moet niet een gewoonte worden dat u onzinnige dingen zegt. Anders brengen wij het samen niet ver.'
'Ik begrijp het', zei Danglard na een poosje.
Adamsberg had gelijk, bedacht hij terwijl hij de deur openduwde. Zijn invloed breidde zich sluipenderwijs uit, als een overstroming, en het klopte dat hij daarvoor moest uitkijken. Zich verre moest houden van de glibberige oevers van die rivier.

12

Adamsberg had Justin bij zich gehouden om de verslagen te noteren die vanuit Le Creux arriveerden. De telefoon was op de luidspreker aangesloten en Justin zat op de computer te typen, veel sneller dan Adamsberg, die maar twee vingers gebruikte.

'De overledene was zesentwintig jaar geleden getrouwd met de onweerstaanbare Adélaïde', vertelde Mordent met zijn uitdrukkingsloze stem. 'Maar hun zoon kwam pas op zijn vijfde bij hen wonen. De komst van het joch verraste iedereen. Later hoorde men dat hij al op heel jonge leeftijd was geplaatst in een tehuis voor kinderen met psychomotorische klachten. Dat is niet de term die zij gebruiken, maar daar komt het wel op neer. Kortom, de jongen was niet "normaal" dus.'

'Maar Amédée herinnert zich bijna niets van die tijd, noch van dat instituut', voegde de basstem van Retancourt er op de achtergrond aan toe. 'Hij herinnert zich bijvoorbeeld wel eenden die werden onthoofd.'

'Pardon?' zei Justin terwijl hij opkeek en zijn blonde lok herschikte, die hij opzij droeg, waardoor hij eruitzag als een vooroorlogse modelleerling. Zei u echt "onthoofd"? Niet "gestoofd" of "geroofd" of ...'

'Onthoofd', besliste Retancourt. 'Eenden.'

'Guillotine', mompelde Adamsberg.

'Commissaris,' zei Retancourt, 'met alle respect, maar bij eenden wordt altijd de kop afgehakt. Dat is heel gewoon.'

'Daarbij denk je eerder aan een boerderij dan aan een instelling', merkte Justin op.

'Misschien een instelling waar ze activiteiten organiseerden die met dieren te maken hebben,' zei Mordent, 'dat is in. Contact met beesten, verantwoordelijkheden, karweitjes in de openlucht, voer geven, water verversen.'

'Voor een kind is eenden onthoofden geen onschuldig "karweitje in de openlucht"', zei Adamsberg.

'Hij kan het toevallig hebben gezien. In ieder geval was het joch niet goed snik. En misschien is-ie dat nog steeds.'

'Wat herinnert Amédée zich nog meer?'

'Een koud bed, een schreeuwende vrouw. Dat is zo ongeveer alles.'

'Geen andere kinderen die daar met hem waren?'

'Hij weet nog dat er een grote jongen was die met hem ging wandelen en die hij heel graag mocht. Waarschijnlijk een verpleeghulp. De dokter van de familie zit in Versailles, ik ga erheen met Veyrenc. Retancourt neemt Pelletier voor haar rekening, je hebt geen vat op die vent.'

Danglard belde op de andere lijn.

'De notaris zit in Versailles, ik kom er net vandaan.'

'Die lui deden alles in Versailles.'

'Dat staat duidelijk beter aangeschreven dan Malvoisine. De bedragen die in het geding zijn in aanmerking genomen, had Masfauré de voorkeur gegeven aan een groot kantoor. Heel mooi trouwens, van vloer tot plafond oude lambrisering, tapijtwerk uit Aubusson, een jachttafereel met een paar enigszins gewaagde details, zoals ...'

'Danglard, alstublieft', onderbrak Adamsberg hem.

'Pardon. De notaris is nog niet klaar met de precieze schatting van het vermogen, maar het komt op zoiets als vijftig miljoen euro. Kun je nagaan! Eerst was er nog veel meer, maar Henri Masfauré heeft persoonlijk geïnvesteerd in onderzoek naar het wegpompen van CO_2 en de recycling van reststoffen. De eerste fabriek die de technologie gaat testen, in de Creuse, is bijna voltooid. Een weldoener en een groot wetenschappelijk onderzoeker, dat bevestigt de notaris. Er is een testament dat dateert van een jaar en vijf maanden terug.'

'Ga uw gang', zei Adamsberg en hij haalde een kromme sigaret uit zijn jasje.

De commissaris, die geacht werd niet te roken, nam sigaretten uit de pakjes van zijn zoon en stopte ze los in zijn zakken, waar ze kromtrokken, hun inhoud verloren en in vrijheid een nieuw leven leidden.

'Alles gaat naar zijn zoon Amédée, mits hij ervoor zorgt dat de fabriek wordt afgebouwd en gaat draaien. Behoudens een legaat van honderdduizend euro voor Victor, en een van vijfhonderdduizend voor Céleste.'

'Dat voor Céleste begrijp ik', zei Adamsberg. 'Maar honderdduizend euro nalaten aan je secretaris, is heel ongebruikelijk. Je kunt je afvragen welke dienst hij heeft verleend om zo rijkelijk beloond te worden.'

'Die mensen hebben doodeenvoudig niet hetzelfde idee van geld als wij, commissaris. In ieder geval zijn het bedragen die ruimschoots voldoende zijn om tot moord aan te zetten.'

'Om Masfauré te vermoorden, maar niet de lerares wiskunde.'

'Tenzij', zei Danglard, 'het idee is eerst nog een moord te plegen, met datzelfde gecompliceerde teken, om de argwaan weg te nemen. En in dat geval hebben we te maken met de klassieke valstriktechniek.'

'Ga ik door met noteren?' vroeg Justin. 'Want dit is geen verslag meer, maar commentaar.'

De zorgvuldigheid van Justin werd op prijs gesteld, je kon erop rekenen dat zijn processen-verbaal uitstekend waren, maar het maniakale aspect ervan wekte ergernis.

'Ja, Justin, u noteert alles', gelastte Adamsberg. 'En hoe zou Victor of Céleste van het bestaan van Alice Gauthier hebben kunnen weten?'

'Victor kende haar inderdaad sinds IJsland', zei Danglard. 'En Céleste had alle kans om in het huis rond te neuzen en een eventuele briefwisseling tussen haar en Masfauré te vinden. Als de politie in twee zelfmoorden gelooft, is dat des te beter. Als ze met IJsland op een dwaalspoor raken is het ook prima. Ware het niet dat we nog zitten met dat mallotige teken, bedacht om ons het zicht te vertroebelen. Goed werk, anticiperend op de logica van de politie.'

'Dat is mogelijk.'

'Ik ben het ermee eens', voegde Justin eraan toe. 'Maar dat noteer ik niet', verduidelijkte hij voor zichzelf.

'En hoe konden zij van het testament hebben geweten?' ging Adamsberg weer verder.

'Er lag een duplicaat bij Masfauré', zei Danglard. 'Onvindbaar. Ik stop, commissaris, ik ga onze tafels reserveren bij de herberg. Overigens weet ik waarom ze deze plek "Le Creux" noemen. Het heeft niets met ons onderzoek te maken, maar het is wel grappig. O pardon, Pelletier, heel belangrijk. Hij krijgt niets. Dat wil zeggen: hij krijgt nu niets meer. In het vorige testament sleepte hij nog een legaat van vijftigduizend euro in de wacht. En volgens de notaris, een vormelijke maar welwillende man – hij gedraagt zich een beetje als een oude edelman, maar volgens mij heeft hij zich dat voorvoegsel onrechtmatig toegeëigend, want alle Des Mar...'

'Danglard.'

'Dat heb ik niet genoteerd', liet Justin op neutrale toon weten.

'Dus Pelletier krijgt niets', begon Danglard weer. 'Want Masfauré verdacht hem ervan de aankoopprijs van de paarden en hun sperma te hoog te taxeren. Alleen al een hengst uit een beroemd geslacht kan honderdduizenden euro's kosten, en dan heb ik het nog niet eens over bekroonde dieren met een fantastische stamboom.'

'Nee, heb het daar maar niet over, inspecteur.'

'Masfauré verdacht Pelletier ervan illegale handel te drijven met de verkopers, valse facturen uit te schrijven en het verschil contant met hen te delen.'

'Dat vermoedde Céleste al', zei Adamsberg.

'Dat geloof ik graag. En als het waar is, moet je je voorstellen wat een spaarpotje hij heeft kunnen aanleggen. Masfauré heeft zijn testament dus gewijzigd.'

'Weet de notaris met het nepvoorvoegsel waarom Masfauré geen rechtsvervolging tegen Pelletier heeft ingesteld?'

'Omdat hij de zaak verder wilde onderzoeken alvorens daartoe over te gaan. Pelletier is een buitengewone stoeterijbaas, hij zou door een walsje te fluiten zijn paarden op één been kunnen laten dansen. Vandaar dat Masfauré zekerheid wilde voordat hij hem kwijtraakte. Dat is ook voor Pelletier een mooi motief voor een moord.'

'En Voisenet?'

'Hij is hard bezig met die op IJsland overleden echtgenote.'

'Geef hem mij maar even.'

'Dat wil zeggen, hij is net vertrokken voor een kort bezoekje aan de toren der veroordeelden.'

'Prima', zei Adamsberg. 'Dan wordt er ten minste één ding duidelijk in dit mistveld.'

'Weten we of het kauwen of bonte kraaien zijn', beaamde Danglard.

De hele avond zat Adamsberg de verslagen van zijn medewerkers uit te pluizen. Hij had de verwarming niet aangedaan en maakte na het eten een haardvuur. Met zijn voeten op een haardijzer, en de laptop – de 'tölva' – schuin op zijn dijen, nam hij de informatie door die Justin hem bleef sturen vanuit zijn huis, dat wil zeggen vanuit het huis van zijn ouders, waar hij op zijn achtendertigste nog steeds woonde. Omdat hij zich niet om het huishouden hoefde te bekommeren, was Justin bijna altijd beschikbaar, behalve als hij een spelletje poker speelde.

Noël had ervoor gekozen Pelletier met fluwelen handschoenen aan te pakken om de werkelijke prijs van de paarden te weten te komen, want hij verwachtte met niet-rechtstreekse vragen resultaat te bereiken. Maar Retancourt, die niet zo gewend was aan fluwelen handschoenen, had hem onomwonden gevraagd naar het gerucht dat er sprake zou zijn van malversatie. Meteen was Pelletier kwaad geworden en had zich, zijn reflexen getrouw, op de grote vrouw gestort, niet beseffend dat ze net zomin uit haar evenwicht was te krijgen als een betonnen paal. Retancourt had hem met een logge beweging van haar bovenlichaam tegen de grond geduwd zonder een klap uit te delen. Omdat het er in haar kinderjaren met vier strijdlustige broers nogal onbehouwen aan toe was gegaan, had de kleine Violette heel bijzondere vechttechnieken verworven. Maar toen de man eenmaal op de grond lag, had hij nogal geraffineerde wijsjes gefloten en waren er onmiddellijk twee agressieve hengsten, blazend uit hun neus, op hen afgestormd. Toen hij weer overeind stond, had Pelletier de paarden op een halve meter afstand van de politiemensen laten stilhouden, en iedereen had begrepen dat de grote mannetjesdieren op een enkel teken van hun baas konden aanvallen door met hun hoeven te gaan schoppen. Noël had zijn wapen getrokken.

'Geen geintjes,' had Pelletier verordend, 'hij is vierhonderdvijftigduizend waard. Zou me verbazen als jullie, agentjes, dat konden betalen.'

Retancourt noemde dat in haar verslag, Noël niet. Adamsberg kon zich makkelijk voorstellen hoe woedend Noël was over die vernedering. Niemand had hem tot nu toe voor 'agentje' uitgemaakt.

'Terwijl u, bij overlijden,' had Pelletier vervolgd, die als een veekoopman de prijs van Noël stond te berekenen, 'tienduizend waard bent, en dan schat ik het nog hoog in. En zij,' had hij eraan toegevoegd, waarbij hij op de grond spugend naar Retancourt wees, 'dat wordt duurder, tien keer dat bedrag. Ik knoei niet met de verkoop, dat jullie het goed in je hoofd prenten. En als ik het nog eens te horen krijg, doe ik jullie een proces aan.'

Amédée. De commissaris begreep nu beter het aarzelende, teruggetrokken, ja zelfs opgewonden karakter van de jongeman met zijn neiging tot weglopen. En zijn mogelijke onevenwichtigheid. Hij had vijf jaar lang in afzondering doorgebracht. In een 'koud' bed. Koud, in een luxe psychiatrische inrichting? Had hij regelmatig bezoek gekregen? Je kon er niet achter komen. Volgens de dokter in Versailles leed Amédée, naast steeds terugkerende keel- en oorontstekingen, symptomen van angst, aan 'verdringing'. Dat betekende dat hij bijna alle herinneringen aan zijn eerste jaren had gewist. 'Te zwaar?' krabbelde Adamsberg neer. 'Slecht behandeld? In de steek gelaten?' Daarna schreef hij erbij: '*onthoofde* eenden'.

Want zijn moeder, hoe onweerstaanbaar ook, had in de buurt geen goede pers gekregen, noch in Malvoisine, noch in Sombrevert en zelfs niet in Versailles. Dat was de heersende opinie, behalve bij de burgemeester van Sombrevert, voor wie de stem van Masfauré junior van belang was. Er waren zestien eensluidende getuigenissen, in een heel scala aan taaluitingen, van de afgemeten woorden van een medewerkster van het gemeentehuis, door Estalère voor een kop koffie uitgenodigd: 'Laten we zeggen dat ze een beetje de voorname dame uithing', tot de meer platvloerse formulering van de eigenaresse van de stomerij, nauwkeurig weergegeven door Justin: 'Ze wilde altijd hoger vliegen dan ze kon.' Een vrouw 'die het hoog in de bol had', 'die op je neerkeek', 'er kon geen groet of bedankje af'. Een verleidster maar ook een streber 'die zich niet om haar kind bekommerde, gelukkig maar dat Céleste er was', een op geld beluste vrouw, 'inhalig', 'trots op haar centen', 'die nooit genoeg had, die arme Henri'. En de gegoede burgers uit Versailles beschouwden haar hooghartig als een ordinaire parvenu.

Dankzij een briefwisseling, gedeeltelijk bewaard in naar de zolder verbannen dozen, waren Voisenet en Kernorkian erin geslaagd te achterhalen met wie Marie-Adélaïde Masfauré – geboren Pouillard – was omgegaan vóór haar fabuleuze huwelijk. Het plaatje was niet compleet, maar wees op onbemiddelde ouders uit de arbeidersklasse, voor wie ze zich algauw schaamde, een eerste baan bij een kapper in Parijs, daarna een opleiding als grimeuse, gevolgd door een bescheiden entree in de toneelwereld. Dankzij haar schoonheid en strijdbare levendigheid was ze bij minstens drie producers in bed beland.

Adamsberg keek op naar zijn zoon, die geruisloos door de keuken rondliep.

'Danglard komt zo langs', zei hij, waarna Zerk meteen begon te glimlachen en een glas uit de keukenkast pakte.

'Slaapt hij niet ter plekke met de anderen?'

'Danglard slaapt waar zijn kinderen zijn. In zijn leger.'

'Je zei dat zijn kinderen het nest hadden verlaten.'

'Dan nog. Danglard slaapt vlak bij de bedden van zijn kinderen.'

Het hek piepte en Zerk deed de deur open.

'Hij is in de tuin blijven staan', zei hij. 'Lucio biedt hem een biertje aan.'

De inspecteur had een fles witte wijn in het gras neergezet en zat te praten met de oude Spanjaard Lucio, die met Adamsberg de kleine gemeenschappelijke tuin deelde. Lucio, scherpzinnig en statig, dronk buiten in het donker, onafhankelijk van het weer, altijd twee biertjes. Voordat hij naar binnen ging pieste hij dan tegen de beuk, en dat was het enige strijdpunt tussen de twee buurmannen, want Adamsberg beweerde dat hij de voet van de boom ruïneerde, terwijl Lucio volhield dat hij de grond van heilzame stikstof voorzag. Danglard was naast de oude man op de houten kist onder de beuk gaan zitten en leek niet van plan op te staan. Adamsberg bracht twee krukjes naar buiten, gevolgd door Zerk met het glas voor de inspecteur, en tussen zijn vingers twee biertjes en een kurkentrekker. In de tijd dat Adamsberg op late leeftijd zijn zoon van achtentwintig had leren kennen, zei Zerk altijd 'kurkenhaak' en hij gebruikte nog wel meer van dat soort vreemde termen. Adamsberg had zich afgevraagd of de jongeman intelligent en zonderling was, of juist traag en niet al te slim. Maar aangezien hij wat hemzelf betrof zich dit ook afvroeg zonder er belang aan te hechten, had hij het raadsel gelaten voor wat het was.

'Hoeveel katten wonen hier nu?' vroeg Danglard toen hij sierlijke schimmen voorbij zag komen.

'De kleine is groot geworden,' zei Adamsberg, 'ze is heel vruchtbaar. Zes, zeven, ik weet het niet, ik haal ze allemaal door elkaar, behalve de moeder, die me altijd kopjes komt geven.'

'Jij hebt haar op de wereld geholpen en ze houdt van je, *hombre*', zei Lucio. 'We hebben twee nestjes gehad, het zijn er negen: Pedro, Manuel, Esperanza', begon hij op zijn vingers te tellen.

Terwijl Lucio de namen noemde, reikte Adamsberg Danglard een bundel papieren aan.

'Ik heb net de verslagen geprint. Echtgenote eerder inhalig dan moederlijk. En over het lot van de kleine Amédée is tot zijn vijfde jaar niets bekend.'

'Carmen en Francesco', besloot Lucio, klaar met het tellen van de katten.

'Céleste is inderdaad pas gekomen toen het jongetje vijf was', zei Danglard en hij hield Zerk zijn glas voor.

'Waar kwam zij vandaan?'

'Uit een dorp vlak bij Sombrevert, met goede referenties. Tussen de regels door – ze wil niemand afvallen – maakte ze wel duidelijk dat het kind zonder haar nooit een prettig leven zou hebben gekend, noch gevoelsmatig, noch wat zijn voeding betreft. De moeder vertrok wanneer het haar uitkwam, ging naar Parijs of elders, terwijl de vader tot 's avonds laat in zijn kamer zat te werken. Alles kwam neer op Céleste, en zo gaat het nog steeds. Op de een of andere manier, maakt ze duidelijk, heeft de dood van de moeder, afgezien van de schok en het verdriet, niets veranderd aan het dagelijks leven van de opgroeiende jongen.'

'Hoe reageerde Amédée toen hij hoorde dat zijn vader geen zelfmoord heeft gepleegd?'

'Hij is opgelucht dat hij er geen schuld aan heeft. Maar hij heeft wel door dat hij nu een "verdomd goeie verdachte" is, om zijn woorden te gebruiken. Hij verwacht ieder moment gearresteerd te worden. Alles is daar tot stilstand gekomen, behalve Victor, die de papieren van Masfauré ordent, en Pelletier, die zich blijft afbeulen, moord of geen moord, de paarden moeten vreten. Amédée loopt doelloos door de bossen en de weiden, met bolletjes kleefkruid aan zijn broek. Af en toe gaat hij op een bank zitten en haalt hij ze eraf.'

'Goed van hem.'

'Vind ik niet', zei Danglard. 'Hij heeft veel te weinig omhanden.'

'Dat is een existentiële kwestie', kwam Lucio tussenbeide. 'Heeft een mens genoeg omhanden? Ik heb nog maar één hand en toch vraag ik het me af. Op mijn leeftijd.'

Lucio had als kind een arm verloren tijdens de Spaanse burgeroorlog, en die amputatie had tot een aanhoudende dwanggedachte geleid, die door de jaren heen onveranderd was gebleven en steeds opdook. Want vlak voordat hij die arm verloor, was hij gebeten door een spin, en hij was dus nog niet klaar geweest met krabben aan die beet. Voor Lucio was 'klaar zijn met krabben' een richtinggevend begrip geworden in zijn levenshouding. Klaar zijn met krabben, altijd maar weer, want anders bleef je er je hele leven last van ondervinden.

'Amédée komt pas tot leven wanneer Victor zijn werk in de steek laat om hem op te zoeken', ging Danglard verder. 'Amédée lijkt geen ander houvast te hebben dan Céleste en Victor. Ook geen meisje. Victor beschermt hem, dat zie je. Je krijgt de indruk dat hij dat zijn hele leven heeft gedaan. Om de twee uur verlaat hij zijn werkkamer om een eindje met hem te gaan lopen.'

'En Victor zelf?'

'Net als iedereen vraagt hij zich af wie toch zijn baas heeft vermoord. Zijn baas en Alice Gauthier. Voisenet waagde het Amédées schuld ter sprake te brengen en Victors voorhoofd zakte omlaag als een gevechtshelm en zijn ogen verdwenen bijna onder een dikke frons. Hij ging met zijn rug naar hem toe staan als om te voorkomen dat hij hem zou slaan. Daarna keerde hij zich weer om. Hij zei: "IJsland, verdomme, wat anders? Ik heb jullie verteld over die krankzinnige moordenaar. Wat anders?" Voisenet antwoordde onhandig dat we die man op geen enkele manier konden identificeren, net zomin als de andere leden van de groep. "Nou en," zei Victor, "omdat jullie machteloos zijn, zoeken jullie het bij Amédée? Want jullie moeten nou eenmaal een of andere vogel vinden?" Over vogels gesproken, het zijn bonte kraaien. Voisenet is enigszins teleurgesteld, ik geloof dat hij op grote raven hoopte. Ik denk dat hij door dat gedoe met die toren bij het verhoor minder goed presteerde. Maar hij heeft de tijd genomen om een lijn van vogelpoep om de hut heen aan te brengen, zonder dat Céleste ervan weet.'

'Oké. Dan zijn we in dat opzicht in ieder geval nuttig geweest.'

'Die Amédée,' onderbrak Lucio hen, 'is dat de jongen die zei dat er niets bekend is van voor zijn vijfde jaar?'

'Ja.'

'Geen wonder dat hij geen moer uitvoert. Hij is nog niet klaar met krabben, dat is alles.'

'Het is vooral zo dat hij niet wil krabben, Lucio', zei Adamsberg. 'Hij heeft al zijn herinneringen gewist, hij is niet in staat te vertellen waar hij was, of met wie, of waarom.'

'Dan is hij lelijk gebeten.'

'Hij zat als het goed is in een kindertehuis, en zeker niet een van laag allooi. Zijn vader is schatrijk.'

'Kindertehuis, schei uit', reageerde Lucio. 'Hij zat ergens waar hij het zwaar te verduren heeft gehad. Hij moet noodgedwongen krabben, er zit niks anders op. En waar dat kind zat, dat wisten de ouders. Dus dat zijn twee lekkere smeerlappen. Is dat soms geen motief voor moord? Hup, een goed schot met een geweer en klaar is Kees.'

'Lucio, er is nog een vrouw vermoord, in Parijs, en zij heeft niets te maken met de kinderjaren van Amédée.'

'Op hetzelfde moment, die vrouw?'

'De dag ervoor.'

'Nou, dat is om jullie erin te luizen. Zitten er honden achter je aan? Gooi ze een stuk vlees toe en vervolg rustig je weg.'

'Dat zei ik vanmiddag ook,' merkte Danglard op, 'maar dan anders. In ieder geval heeft Henri Masfauré Céleste niet uitgebuit. Hij laat haar niet alleen een half miljoen na, maar zijzelf wilde met alle geweld in de hut in het bos wonen, dat lijdt geen twijfel. Amédée heeft dat aan Estalère uitgelegd. Aan het eind van de dag wilde hij alleen nog met Estalère praten.'

'We luisteren naar je, hombre.'

Het was voor het eerst dat Lucio hem zo noemde, en Danglard beschouwde het als een eer. Hij had de indruk dat de oude man nogal geneigd was weinig bewondering te hebben voor zijn wijdlopigheden.

'Ze had die hut al lang geleden ontdekt – een vroegere droogplaats voor appels – maar pas toen Amédée twaalf was, heeft ze haar verzoek tot haar baas gericht. Iedere avond van haar leven wanneer ze insliep – ik probeer het in haar bewoordingen weer te geven, zoals Amédée het heeft verteld – "ging ze naar haar hut" om haar zorgen te verdrijven. Een soort van hut in haar kop natuurlijk, zei ze, omringd door gevaren, wind, onweer, dieren. Dat heeft ze talloze malen gedaan, nooit tot tevredenheid, nooit vond ze de perfecte geborgenheid van de ideale hut, tot ze dit krot in het bos ontdekte. Masfauré weigerde eerst: het was te gevaarlijk. Maar dat vond ze juist zo aantrekkelijk. Want je ervaart geen geborgenheid zonder gevoel van gevaar. Ze slaapt nooit zo lekker als wanneer de regen op het dak klettert en een wild zwijn zich tegen de houten wanden schurkt.'

'Dat veranderde zeker met de komst van Marc?'

'Een beetje. Hij slaapt buiten en beschermt haar. Ze vond hem toen hij ouderloos en creperend van de honger, voor haar deur stond te piepen.'

'Wie is die pieper?' vroeg Lucio.

'Een everjong', legde Adamsberg uit. 'Dat ze Marc heeft genoemd. Marc verdedigt haar beter dan een heel regiment soldaten.'

'Het heeft gewoon te maken met de baarmoeder, die hut', zei Lucio. 'Als je daar eenmaal als een onnozel wezen uit tevoorschijn komt, zit er niks anders op dan te vechten, zeiden ze bij ons thuis, of te zorgen dat je er weer een vindt.'

'Waaruit?' vroeg Zerk.

Adamsberg vroeg Zerk om een sigaret, misschien om de domme opmerking van zijn zoon te verhullen.

'Uit de moederschoot', legde hij schielijk uit.

'Als je zo redeneert,' zei Zerk en hij gaf zijn vader een vuurtje, 'zouden we allemaal in een hut wonen.'

'Dat proberen we ook', zei Lucio. 'Die vrouw? Is er wat gebeurd met haar moeder?'

'Een ruzie toen ze nog jong was', zei Danglard. 'Maar haar moeder was dood voordat ze het konden bijleggen.'

'Wat zei ik?' zei Lucio terwijl hij met zijn tanden een nieuw flesje bier opende. 'Ze heeft die ruzie niet kunnen vergeten, ze was nog niet klaar met krabben. En dat leidt nou regelrecht tot die hut. Die vrouw moet je daar vooral niet weghalen.'

De poes kwam kopjes geven tegen Adamsbergs been, en nam in het voorbijgaan een paar bolletjes kleefkruid mee. Adamsberg aaide over haar kop, wat tot gevolg had dat ze binnen een paar minuten in slaap viel. Dat deed hij ook altijd met zijn zoontje Tom, met hetzelfde resultaat. In Adamsbergs vingers – en ook in zijn stem – zat een kalmerend en slaapverwekkend middel dat beter werkte dan welke hut dan ook. Maar hij ging

Céleste niet op haar hoofd staan krabben.

'Ik verdwijn naar mijn hut', zei hij en stond op. 'Het gaat regenen, dat komt goed uit. Lucio, niet tegen de boom piesen.'

'Ik doe wat ik wil, hombre.'

13

Commissaris Bourlin wekte Adamsberg om zes uur 's ochtends.
'Ik zit weer met een zelfmoordenaar opgescheept, collega. Heb je wat om mee te schrijven? In het 15de arrondissement uiteraard, anders zou ik niet direct erbij gehaald worden.'
'Bourlin, ga je me nou elke keer bellen als je een dode hebt?'
'Rue de Vaugirard 417, derde verdieping, code 1789B.'
'De Franse Revolutie, steeds maar weer de Revolutie.'
'Wat zit je te mompelen?'
'Niks. Ik probeer me met één hand aan te kleden.'
'Maar de code is gebroken. Daar hebben ze maling aan.'
'Zijn er sporen van braak op de deur van het appartement?'
'Geen enkel. Het is een perfecte zelfmoord. Nou ja, nogal gruwelijk, op z'n Japans, die vent heeft een mes in zijn buik gestoken. Vermoedelijke aanleiding: hij stond aan het hoofd van een uitgeverij van kunstboeken, faillissementsaanvrage, schuldenlast, en je bent geruïneerd.'
'Zitten er vingerafdrukken op het mes?'
'Die van hem.'
'En waarom kleed ik me dan aan, Bourlin?'
'Omdat er in zijn boekenkast drie boeken over IJsland staan. Terwijl het geen reiziger was. Iets over Rome, een plattegrond van Londen, een bezoek aan de Camargue, en daar houdt het mee op. Maar drie over IJsland. Dus heb ik naar het teken laten zoeken. Dat heeft nogal wat gekost, geloof me. Want wit op wit was het niet makkelijk te vinden. Je moest er heilig van overtuigd zijn.'
'Schiet eens op.'
'Het is er, met de punt van een mes gekrast in een plint vlak boven de grond. Het is net gebeurd, er ligt een klein laagje afgebladderde verf op de grond.'
'Geef mij het adres nog even, ik heb niet geluisterd.'

De man was vermoord in de keuken, die in een bloedplas was veranderd, waar op dit moment loopplankjes overheen waren geplaatst zodat de agenten uit de voeten konden. De technische dienst was al langs geweest, met veel moeite werd het lichaam weggehaald. Het slachtoffer was klein, maar dik en zwaar, en met handschoenen had je geen vat op de bebloede kamerjas.

'Hoe laat?' vroeg Adamsberg.

'Vijf over twee 's nachts, op de kop af', zei Bourlin. 'De buurman hoorde een vreselijke schreeuw en het geluid van een val. Hij heeft ons gebeld. Kijk, hier zit het teken.'

Adamsberg liet zich op zijn knieën zakken en opende zijn notitieboekje om het na te tekenen.

'Dat is 't, ja. Maar het lijkt me kleiner, met minder overtuiging getekend.'

'Dat zag ik. Denk je aan een imitatie?'

'Bourlin, voorlopig dolen we rond als zeepbellen in de wind. We kunnen beter niet te veel denken.'

'Net wat jou uitkomt.'

'Heb je de foto's van het slachtoffer al op je apparaat?'

'Op mijn "rekenheks"? Ja. Victor zou hem kunnen identificeren. Hij heet Jean Breuguel. Niet zoals Brueghel de Oude, zou Danglard zeggen, maar alleen Breuguel.'

'Natuurlijk', zei Adamsberg, die niet snapte waar Bourlin op zinspeelde. 'Stuur ze naar Victor. Leg hem in een paar woorden de situatie uit. Dit is zijn mailadres', zei Adamsberg en hij reikte hem zijn notitieboekje aan.

Een boekje met allemaal tekeningen in de kantlijn of over de volle pagina, merkte Bourlin op, terwijl hij voorbereidingen trof om de foto's naar Le Creux te sturen.

'Maak jij dat? Die tekeningen?'

Adamsberg zag hoe het plastic loopplankje doorboog onder het gewicht van Bourlin, omringd door de plas bloed.

'Ja', zei Adamsberg schouderophalend.

'Is dat het portret van Victor, daar onder zijn adres?'

'Ja.'

'En daar Amédée, Céleste, Pelletier', zei Bourlin terwijl hij het boekje doorbladerde.

'Je moet weten dat Masfauré hem uit zijn testament heeft geschrapt. Op verdenking van fraude bij de aankoop van paarden en sperma.'

Bourlin luisterde niet want hij was bezig de tekeningen te bekijken terwijl hij nog steeds twintig centimeter boven het gestolde bloed hing. Uiteindelijk tikte hij het mailadres van Victor in en met een wantrouwende blik gaf hij de commissaris zijn boekje terug.

'Heb je mij ook getekend?'

Adamsberg glimlachte en bladerde terug tot helemaal voor in zijn boekje.

'Uit mijn hoofd,' verduidelijkte hij, 'bij ons eerste bezoek aan Le Creux.'

'Je hebt me niet al te lelijk gemaakt', zei Bourlin, best blij met het beeld van hemzelf dat de tekening weergaf.

'Hier', zei Adamsberg, en hij scheurde het blaadje eruit en reikte het zijn collega aan. 'Als je het wilt hebben.'

'Kan je mijn kinderen ook doen?'

'Niet nu, Bourlin.'

'Ja, maar een keer?'

'Een keer, ja, wanneer we weer gaan eten bij de Auberge du Creux.'

'De foto's zijn verzonden', zei Bourlin en hij deed de laptop uit. 'Kom eens kijken naar die boeken over IJsland. Hier', zei hij en liep de woonkamer in. 'Ik heb ze op de salontafel gelegd. Je kunt je gang gaan, er zijn geen vingerafdrukken.'

Adamsberg schudde zijn hoofd.

'Natuurlijk, die boeken zijn nieuw. Alle drie. Geen stof, geen ezelsoren, in perfecte staat.'

Adamsberg sloeg een boek open en stak zijn neus erin.

'Het ruikt zelfs nieuw.'

'Wacht even', zei Bourlin en hij ging naast Adamsberg op een ingezakte grijze bank zitten. 'Wacht even. Je bedoelt dat ze die boeken voor ons neerzetten om ons richting IJsland te sturen? Maar dat ze nieuw zijn en we dus een verkeerd spoor te pakken hebben?'
'Precies. We hebben ons vergist, Bourlin.'
'En hij heeft een stommiteit begaan. Hij had tweedehands boeken kunnen kopen.'
'Tijdgebrek ongetwijfeld. Drie moorden in een week, kun je nagaan. Hij heeft haast. Maar zijn boeken hebben ons in ieder geval naar een doelwit geleid: het teken zoeken.'
'Waarom steeds dat rotteken als hij wil dat we in zelfmoord geloven?'
'Hij weet dat we niet meer in zelfmoord geloven. Of hij wil het niet echt. Een moordenaar die zijn handtekening zet, wordt verteerd door trots, en dat is banaal, zou Retancourt zeggen. Als we de zaak geseponeerd hadden, zou hij op zekere dag bekend hebben gemaakt dat het moorden waren, zíjn moorden, zíjn werk. Zodat die doden niet in de vergeetput van de toren van Le Creux terechtkomen.'
'Tenzij het teken niet voor ons is bedoeld. Maar voor de anderen. De mensen die nog over zijn van die IJslandse groep.'
'Maar die knaap is niet in IJsland geweest, Bourlin.'
'Shit, dat vergat ik', zei Bourlin hoofdschuddend. 'En deze keer is het teken een beetje anders. Wie weet er nog meer dat er een verband bestaat tussen de eerste twee moorden en het teken? Victor en Amédée, en zij alleen. Aan hen heb je de tekening laten zien.'

Zwijgend zaten de twee mannen even te peinzen. Dat wil zeggen dat Adamsberg zat te mijmeren, terwijl Bourlin nadacht en zelfs piekerde en wel twintig keer van gedachten veranderde, intussen steeds snuitend vanwege zijn voorjaarsverkoudheid.
'Tenzij het niet dezelfde moordenaar is', zei Adamsberg. 'Ten-

zij iemand weet van die twee andere moorden en het teken, en daar gebruik van maakt om deze moord te plegen. En ons intussen boeken over IJsland toeschuift. Maar niet genoeg ervaring heeft in het aanbrengen van het teken.'

'Je denkt aan Victor.'

'Ja, om iedere verdenking van Amédée weg te nemen. Amédée die voor vannacht een heel goed alibi zal hebben. Wie kan het komen en gaan van Victor in de gaten houden? 's Avonds is Céleste in het bos en Pelletier ver weg in zijn stoeterij.'

Bourlin liet zijn voorhoofd in zijn twee grote handen rusten.

'Niet dat ik me wil drukken, Adamsberg, maar ik vind het niet erg dat jij dit op je dak krijgt. Ik kan er niet uit wijs.'

'Dat komt doordat je niet geslapen hebt.'

'Kan jij er dan wijs uit?'

'Ik ben eraan gewend, dat is wat anders.'

'Ik ga de thermosfles halen.'

Bourlin schonk koffie in twee glazen met gegraveerde voet, het enige drinkgerei dat hij buiten de keuken kon vinden.

'Waaraan gewend?' vroeg Bourlin.

'Er niet uit wijs te kunnen. Bourlin, stel dat je over een strand van zand en rotsen loopt.'

'Oké.'

'Zie je die verschrompelde algen voor je die aan elkaar blijven vastzitten en één onontwarbare kluwen vormen? Die een grote en soms een heel erg grote bal vormen?'

'Jawel.'

'Nou, dat is wat wij hebben.'

'Een bal stront.'

'Helaas niet. Heb je geen suiker?'

'Nee, die ligt in de keuken. Ik durf daar geen suiker te gaan stelen. Kwestie van respect, Adamsberg.'

'Ik heb het niet over suiker, maar over die bal stront. Ik zeg: helaas niet. Want stront is een samenhangende, homogene materie. Terwijl een bal algen bestaat uit een wirwar van duizenden stukjes die zelf weer afkomstig zijn van tientallen verschillende algen.'

Vermoeid dronken de twee mannen hun bittere koffie. In de vroege ochtend zag het er treurig uit in die kleine woonkamer, waar al minstens twintig jaar niets meer aan was gedaan, en in het zwakke licht van een bleek opkomend zonnetje rook het er naar mislukking en verwaarlozing. En het was ongepast om daar koffie te drinken uit glazen met een gegraveerde voet.

'Kijk eens op de tölva of Victor heeft geantwoord', zei Adamsberg zonder zich te verroeren, opgeslokt door de oude grijze bank met brandgaatjes van sigaretten.

Bourlin typte drie keer opnieuw zijn code in, de toetsen waren te klein voor zijn dikke vingers.

'Je kunt nog een alg aan de kluwen toevoegen', zei hij ten slotte. 'Victor bezweert dat hij die knaap nooit heeft gezien. En hij heeft nog wel ... hypermnasie, zei Danglard.'

'Hypermnesie, geloof ik. Maar ik weet het niet zeker.'

'Dan is het zoals jij zei. Breuguel heeft nooit aan die reis deelgenomen. Maar ze proberen ons dat wijs te maken.'

'Heb je kunnen vaststellen hoe de moordenaar is binnengekomen?'

'De keukendeur komt uit op de diensttrap,' legde Bourlin uit, 'maar met name op de stortkoker, die op iedere verdieping zit. Elke avond – nog steeds informatie van de onderbuurman – gooide Breuguel daar voor het slapengaan zijn vuilniszak in. Ze hoefden hem maar op te wachten op de overloop en konden hem aanvallen als hij naar zijn keuken terugliep.'

'En zijn gewoontes kennen.'

'Of hem een tijdje in de gaten houden om die te leren kennen. Net als de anderen had die vent weleens kunnen gaan praten. Geruïneerd, depressief, alles bij elkaar omstandigheden voor een mogelijke bekentenis.'

'Een bekentenis waarover?'

'Over IJsland natuurlijk.'

'Die vent was niet in IJsland', zei Adamsberg.

'Shit', zei Bourlin en hij duwde zijn voorhoofd weer in zijn handen.

'Ik zei het al. Het komt door die kluwen algen. Daar ontkom je niet aan. Weet jij hoe laat het is?'

'Je hebt twee horloges om. Waarom kijk je zelf niet?'

'Omdat ze stilstaan.'

'Waarom draag je ze dan? En waarom trouwens twee horloges?'

'Ik weet het niet, dat is iets van lang geleden. Kun je me zeggen hoe laat het is?'

'Kwart over acht.'

Bourlin schonk nogmaals koffie in de twee glazen met gegraveerde voet.

'We hebben nog steeds geen suiker', zei hij spijtig, alsof deze onvolkomenheid de alarmerende staat weergaf waarin het onderzoek verkeerde. 'En ik heb honger.'

'Je kunt geen eten gaan jatten in de keuken, Bourlin. Dat heb je zelf gezegd. We gaan geen dode beroven door over een plas bloed heen te sluipen.'

'Nou, dat kan me geen donder schelen.'

Adamsberg hees zich uit de oude bank overeind en wandelde door de smoezelige kleine woonkamer. Bourlin kwam terug met poedersuiker en een blik ravioli, die hij met de punt van zijn zakmes koud naar binnen werkte.

'Gaat het weer een beetje?' vroeg Adamsberg.

'Ja, maar het smaakt smerig.'

'We moeten onder ogen zien', legde Adamsberg langzaam uit, als ging het om iets wetenschappelijks, 'dat de kluwen waarover we spraken', zei hij en bewoog zijn handen steeds verder uit elkaar, 'nog dikker kan zijn dan we dachten.'

'Hoe dik dan?'

'Zo dik als jij.'

Zwijgend overwogen de twee mannen deze eventualiteit. Daarna dook Bourlin weer in het blik ravioli.

'Dan zijn we verloren', zei hij. 'Dan vinden we de moordenaar nooit.'

'Dat is best mogelijk. Wanneer je dertig biljartballen in je handen krijgt gestopt, is het bijna onmogelijk de juiste te herkennen. Dat wil zeggen die waarmee je begint.'

Adamsberg pakte een stukje van de punt van Bourlins mes.

'Wat vind jij van die kouwe ravioli?' vroeg Bourlin.

'Smerig.'

'Dat is dan al één ding dat vaststaat.'

'Met de kraaien van die toren, die bonte kraaien zijn.'

'Twee dingen dus.'

'In deze situatie', ging Adamsberg verder en hij bleef stilstaan, 'moeten we onze eigen bal opgooien. Hoe weinig die ook voorstelt. Gebruikmaken van ouderwetse methoden.'

'Een bericht in de pers?'

'In de pers en op sociale netwerken. Zo bereik je binnen zes uur de hele wereld.'

'Om tegen de moordenaar te zeggen dat we weten dat het geen zelfmoorden zijn?'

'Dat zal hem ongetwijfeld veel plezier doen. Maar we gaan niet voor de lol iemand provoceren die geobsedeerd is door de guillotine.'

'Als het een guillotine is.'

'Als het er een is. Dat vergeet ik niet, Bourlin. We zorgen ervoor dat de andere leden van de IJslandse groep veilig zijn. Het hek is van de dam, niets garandeert ons dat hij niet van plan is om ze achter elkaar uit de weg te ruimen zodat hij eens en voor altijd rust heeft.'

'Wat maak je me nou? Je zei dat we IJsland loslieten. Vanwege hem, vanwege die nieuwe boeken.'

'En stel dat Victor liegt? Stel dat hij hem kende?'

'Dus we keren weer terug?'

'Hoe kun je nou ergens weggaan wanneer je niet weet waar je bent?'

'Hebben we het in dat persbericht over het teken?'

'Nee', zei Adamsberg na een moment. 'Dat houden we nog voor onszelf. We komen met zoiets als – Danglard moet het maar schrijven: "Drie moorden in één week". We geven de namen en de foto's.'

'Drie?' viel Bourlin hem in de rede. 'Als Breuguel nou niet in IJsland was?'

'Dat is dan jammer. En vervolgens: "De politie heeft redenen om aan te nemen dat de deelnemers aan de dramatische reis enzovoort, naar IJsland enzovoort, bedreigd worden door een moordenaar. De betreffende personen wordt voor hun eigen veiligheid enzovoort verzocht zich zo spoedig mogelijk te melden bij een bureau van de gendarmerie of de gemeentepolitie enzovoort." Met mailadres van de brigade en telefoonnummer.'

Bourlin nam de laatste hap van zijn ontbijt, vouwde het blik dubbel door er één keer met zijn vuist op te drukken, zette de laptop uit en werkte zich, steunend op de armleuning, uit de grijze bank omhoog.

'Gooi die bal maar op', zei hij.

14

Om half elf 's ochtends had Adamsberg, ongeschoren en met zijn T-shirt binnenstebuiten, de leden van de brigade de laatste informatie gegeven over de omstandigheden van de derde moord. En over het feit dat het bij Céleste aangetroffen whiskyglas niets verdachts bevatte, wat kon betekenen dat zij onschuldig was, een geheim liefdesdrama voorbehouden, had Danglard nogmaals gezegd. Ze zou de laatste afdruk van de lippen van Henri Masfauré voor zichzelf hebben bewaard.

Het persbericht werd opgesteld en brigadier Froissy zou ervoor zorgen dat het ogenblikkelijk werd verspreid. Bijna allemaal waren ze die ochtend terug van hun dienstreis naar het departement Yvelines.

De conciliezaal liep leeg en Adamsberg hield Froissy bij haar mouw tegen.

'Brigadier,' zei hij, 'wilt u na het versturen van het bericht, maar pas daarna, iets te eten voor me halen? Ik heb sinds gisteravond niks meer gehad.'

'Ik doe het meteen', zei Froissy haastig.

Eten was een zwak van Hélène Froissy, pathologisch noemden sommigen het. Heel anders dan Bourlin, die ongeremd grote hoeveelheden voedsel naar binnen werkte, at Froissy weinig, bleef slank en elegant, maar werd gekweld door een panische angst tekort te komen. De metalen kast in haar werkkamer was veranderd in een soort opslagplaats voor noodvoorraden in geval van oorlog, en de leden van de brigade haalden er hier en daar wat uit wanneer er tijdens de overuren niet genoeg te eten was. Deze aderlatingen brachten Froissy zodanig in de war dat ze stante pede tot vervanging overging, waarbij ze onwerkelijke redenen aanvoerde om stilletjes te vertrekken en boodschappen te gaan doen. De plotselinge honger van de commissaris weerspiegelde haar eigen angst. Ze zou elke willekeurige taak hebben opgegeven om anderen van voedsel te voorzien. Dit gevoelige punt daargelaten, was Froissy verreweg de beste computerdeskundige van het team, gevolgd door Mercadet. Maar op dit tijdstip lag Mercadet boven te slapen in het vertrek waar de drankenautomaat stond.

'Het heeft geen enkele haast', stelde Adamsberg haar gerust. 'Eerst het persbericht. Zo snel mogelijk. En terwijl ik een hapje eet, vertelt u me wat u hebt gevonden over Alice Gauthier.'

Snel als ze was had Froissy al binnen tien minuten het communiqué verstuurd, dat nu was begonnen aan zijn reis om de wereld, en vervolgens had ze op Adamsbergs bureau iets te eten neergezet. Op een bord, met mes en vork, want de brigadier zorgde voor een goede bediening. Adamsberg had zo'n vermoeden waarom er geen vers brood was: Froissy was bang geweest dat de commissaris, terwijl zij even snel naar de bakker liep, van de honger zou sterven. Er moest dringend gegeten worden.

'Ga uw gang', zei Adamsberg en hij sneed een plak paté aan.

'Dit is een luchtige wildzwijnpaté met armagnac. Ik heb ook flinterdunne Italiaanse ham, vacuümverpakt natuurlijk en dat is minder lekker, of eendenfilet, of ...'

'Het is prima zo, Froissy', zei Adamsberg en hij hief zijn hand. 'Vertel eens. Bent u iets te weten gekomen over de bezoeker van Alice Gauthier op dinsdag 7 april, de dag nadat Amédée langs was geweest?'

'Volgens de buurman is het dezelfde jongen die aan de deur klopte, want hij hoorde dat "Dé" in zijn voornaam. En was het op hetzelfde tijdstip, toen de patiënte alleen was. Maar hij durft het niet onder ede te bevestigen.'

'En wat zeggen de collega's van Gauthier?'

'Ik heb er twee gesproken en de rector. Bij haar terugkeer uit IJsland hebben ze haar als een soort heldin onthaald, maar ze wilde het er niet over hebben. Ze weigerde iedere vorm van medelijden. Zoals ze begrepen, was het geen zacht eitje. Het onderwerp mocht van haar niet besproken worden en daar hield men zich aan. Van haar leven wisten ze niets. Een van haar collega's denkt dat ze lesbisch was, maar ze is er niet zeker van en het kan haar ook niet schelen. Je wordt er niet wijzer van. Ik heb de rector gevraagd naar eventuele jongeren die het bij haar moeilijk zouden hebben gehad en wraak konden hebben genomen. Maar volgens hem liepen de kinderen, zelfs als ze boos waren, in het gareel.'

'Zelfs de chanteurs die ze heeft aangegeven?'

'Schijnbaar wel. Ze waren jong, ze hebben niet eens een voorwaardelijke straf gekregen. Daarvoor ga je niet jaren later een moord plegen. Nee, het enige hete – of liever gezegd ijskoude – hangijzer in haar leven is dat drama in IJsland.'

'Is er niet ergens een vertrouwelinge, een vriend of vriendin aan wie ze iets kon hebben onthuld voordat ze met Amédée sprak?'

'Niemand zo op het oog. De twee collega's zeggen dat ze na het drama een teruggetrokken leven leidde. Dat ze de vrouw die haar weleens bij het uitgaan van de school opwachtte, niet meer hadden gezien. Ik neem aan dat dit haar vriendin, de "ecologe", was. Ze zouden dus gebroken hebben. En op de tweejaarlijkse etentjes van de leraren onderling kwam ze niet meer. Het huiswerk had ze altijd de volgende dag al nagekeken, wat bewijst dat ze vaak thuis was. De conciërge van haar flat bevestigt dat ze niet uitging en geen gasten ontving En toen werd ze twee jaar geleden ziek. Zat ze thuis opgesloten.'

'Een impasse', concludeerde Adamsberg. 'Ofwel meerdere impasses, ofwel honderd hypotheses die verstrikt raken in tegenstrijdigheden en kronkels.'

'Dat persbericht zal ons eruit helpen, commissaris. Wanneer we alle overlevenden van dat dodeneilandje hebben verhoord, zal de mist binnen tien minuten optrekken, net als daar op IJsland.'

Adamsberg glimlachte. Froissy verstond de kunst soms een

paar optimistische, naïeve woorden te zeggen, zoals ze tegen een kind zou hebben gesproken. Voeden, geruststellen en troosten.

'Blijf in de buurt van de computer, Froissy, zorg alstublieft dat u geen enkel bericht mist.'

'Dag en nacht, commissaris', verzekerde Froissy hem terwijl ze het lege bord weghaalde. 'Ik heb een geluidssignaal geïnstalleerd dat afgaat bij iedere reactie op ons bericht.'

Dag en nacht, ze was er nog toe in staat ook. In haar stoel zitten te dommelen en wachten op het signaal. Een gericht geluidssignaal, Adamsberg wist niet eens dat het bestond bij 'rekenheksen'.

15

En de brigade hulde zich steeds meer in een stomverbaasd en vervolgens angstig stilzwijgen.

De avond na het verschijnen van het bericht had nog geen van de resterende leden van de IJslandse groep iets van zich laten horen. Adamsberg had de laatste bolletjes kleefkruid van zijn broek geplukt en liep doelloos van de ene werkkamer naar de andere, te midden van zijn verbouwereerde agenten, wier bedrijvigheid afnam naarmate de uren verstreken, want iedereen zat te wachten tot Froissy met een opwekkende mededeling haar kamer uit zou komen. Op de gang had zich een kleine praatgroep gevormd.

'Ook al zitten ze niet allemaal op sociale netwerken,' zei Voisenet, 'of zelfs geen van hen, toch moet iemand ze al hebben gewaarschuwd. Een vriend, een familielid.'

'Ze zijn bang', zei Retancourt.

Ze droeg de dikke witte kat van de brigade, die als een dubbelgevouwen schone doek futloos op haar arm lag, ontspannen en vol vertrouwen, zijn poten aan weerskanten heen en weer bungelend. Retancourt was de favoriet van de kat, ook wel De Bol genoemd, een bol die in uitgerekte vorm tachtig centimeter lang kon worden. Ze maakte aanstalten hem te gaan voeren, dat wil zeggen hem naar de verdieping te dragen waar zijn etensbak werd neergezet, want de kat – in perfecte gezondheid – weigerde zelf de trap op te lopen en te gaan eten als hij geen gezelschap had. Je moest dus bij hem staan wachten tot hij zijn portie naar binnen had gewerkt en hem daarna weer naar beneden brengen om hem op zijn lievelingsplekje neer te leggen, het warme kopieerapparaat dat hij als slaapplaats gebruikte.

'Banger voor de moordenaar dan om morgen vermoord te worden?'

'Ze houden zich aan de opdracht te zwijgen. Als ze zich melden, als ze met ons praten, worden ze geëxecuteerd. Wat heeft het voor zin om voortijdig op te komen draven? Ze verbeelden zich dat ze veilig zijn zolang ze zwijgen.'

'Na drie doden zou op zijn minst een van hen wel proberen een schuilplaats te zoeken.'

'Victor spreekt de waarheid wanneer hij beweert dat ze doodsbang zijn voor die kerel.'

'Tien jaar later nog?'

Adamsberg kwam erbij staan.

'Ja, tien jaar later nog', bevestigde hij. 'En dat hij ze nog zozeer in zijn greep heeft, betekent dat hij zorgt dat ze hem niet vergeten. Hij ziet ze of hij schrijft ze. Voortdurend blijft hij waakzaam en oefent hij druk op ze uit.'

'En waarom uiteindelijk?' vroeg Mordent. 'Van die groep die zich op een avond in een hotelletje, in een opwelling heeft gevormd, wist niemand elkaars naam. Wat zouden ze ons eigenlijk kunnen vertellen waardoor hij in gevaar komt?'

'We zouden een persoonsbeschrijving kunnen krijgen', zei Voisenet. 'Sommigen weten misschien wat zijn beroep is. Of weten veel meer dan je vermoedt.'

'Denkt u aan Victor?' vroeg Adamsberg.

'Bijvoorbeeld. Hij had geen andere keus dan met ons te praten. Maar misschien heeft hij alleen het allernoodzakelijkste losgelaten. Te riskant voor hem, en ook voor de anderen, om ons precieze informatie over die kerel te geven. Hetzelfde geldt voor Amédée. Mogelijk heeft Alice Gauthier hem veel meer verteld. En hij moet eveneens zijn mond houden, wil hij overleven.'

'Wat doen we?' vroeg Estalère, die door de machteloosheid van het team van zijn stuk werd gebracht.

'We geven de kat te eten', zei Retancourt en ze liep de trap op.

'Mercadet slaapt,' zei Estalère, op zijn vingers tellend, 'Danglard zit te drinken, Retancourt vult de etensbak, Froissy houdt haar scherm in de gaten. En wij?'

Adamsberg schudde zijn hoofd. Er was geen sliertje in die kluwen algen dat je kon pakken zonder dat het afbrak. Hij bleef het hele weekend op nog geen meter afstand van zijn telefoon, het geluid zo hard mogelijk, in afwachting van een bericht van Froissy. Maar hij had geen hoop meer. Allemaal waren ze doodsbang, hielden ze zich schuil en zwegen ze. En in politiebescherming geloofde geen mens. Wie zou zich verbeelden dat twee agenten die voor een deur staan opgesteld de moordenaar van zijn plannen af zouden weten te houden? Zíj wisten wat ze konden verwachten, zíj hadden hem gekend, hadden hem bezig gezien. En hoelang zou die bescherming duren? Twee maanden? Een jaar? Was de politie wel in staat tien jaar lang vijftig man in te zetten om hen te beveiligen? Nee. De moordenaar had hen gewaarschuwd: zelfs gevangenisstraf zou hem er niet van weerhouden hen uit de weg te ruimen. Henzelf, hun echtgenoten, hun kinderen, broers en zussen. Dus waarom zou je je domweg bij de politie melden? Dan kon je net zo goed naar het abattoir gaan.

Als IJsland tenminste het juiste spoor was.

Het was zacht weer die zondagavond. Adamsberg liep met zijn mobiel in de hand door de tuin, met de moederpoes achter zich aan. Alsof hij voor zijn raam naar hem had staan uitkijken, kwam de oude Spanjaard met twee biertjes naar hem toe.

'Kom je er niet uit, hombre?'

'Het lukt me niet, Lucio. Er zijn er in een week drie dood, anderen zijn in gevaar, van wie ik er vier niet eens ken. Morgen worden ze vermoord, of over een jaar, over twintig jaar, het valt niet te zeggen.'

'Heb je alles geprobeerd?'

'Ik denk het. Zelfs iets wat niet werkt.'

Want het bericht dat hij had verstuurd, zou uiteindelijk alleen maar de moordenaar in staat van alarm hebben gebracht. Zonder dat het ook maar een greintje had opgeleverd. Een stommiteit, punt uit. Misschien had hij niet goed nagedacht. Misschien had hij zich niet zeven keer bedacht. Lucio wipte zijn biertje met zijn tanden open.

'Je maakt je tanden kapot door zo je flessen te openen.'
'Het zijn mijn tanden niet.'
'Dat is waar.'
'Het is niet zoals een onderzoek waarmee je halverwege zou kunnen stoppen', zei Lucio. 'Het is een verhaal dat eindigt. Dat zou niet moeten jeuken.'
'Het jeukt niet. Maar het verhaal is niet geëindigd. Weer een dag, weer een dode. Zover ben ik al, dat ik wacht tot er iemand dood is, dat ik hoop dat hij een spoor achterlaat. En dat doet hij niet, geloof me maar.'
'Er is een weg die je niet hebt gezien.'
'Er is geen weg. Het is een dikke kluwen verwarde algen. Droge bovendien. Daarin vind je geen weg. En hij heeft die kluwen gemaakt. En wanneer je denkt dat je de juiste kant op gaat, brengt hij die kluwen op een andere manier weer in de war.'
'Die kerel heeft er lol in.'
Lucio krabde in het luchtledige aan zijn ontbrekende arm, op de plek waar de spin hem had gebeten.
'Je bent zo omdat je al in geen maanden een vrouw hebt gehad.'
'Wat bedoel je met "zo"?' vroeg Adamsberg terwijl hij met een snelle beweging zijn fles opende door de hals tegen de stam van de beuk te slaan.
'Daar gaat de boom ook van kapot. "Zo" dat je iedereen verveelt met die kluwen algen van je.'
'En hoe weet je dat ik geen vrouw heb? Ik heb altijd ergens een vrouw.'
'Welnee.'

16

Hij was maandagochtend pas om tien voor half tien op de brigade. Kluwen, slecht geslapen. Een stuk of twaalf leden van zijn team hadden zich op de receptie rond agent Gardon gegroepeerd, waar de massieve Retancourt boven uitstak, die als spil van deze wat schilderachtige scène evenwicht leek te brengen in de compositie van het geheel. Ze zaten zwijgend, gespannen te wachten, hun blikken gericht op de balie, alsof Gardon een gunst van de Voorzienigheid of een of ander explosief in zijn handen had. Gardon had nog nooit in zo'n positie verkeerd, als het middelpunt van ieders nieuwsgierigheid, en hij wist niet wat hij moest zeggen of doen. Hoewel iedereen wist dat Gardons capaciteiten beperkt waren, haalde niemand het in zijn hoofd hem de brief uit handen te nemen. Dat zou een belediging van de receptionist zijn. Hij was degene die het schrijven had ontvangen, dus het was aan hem zijn taak te volbrengen.

'Dit is door een speciale koerier afgeleverd', meldde hij de commissaris.

'Wat, Gardon?'

'Deze brief. Hij is aan u gericht. Maar vanwege het dikke papier en het handschrift dat zo mooi is, als op een huwelijksaankondiging, commissaris, en hierom,' zei hij terwijl hij met zijn wijsvinger naar de linkerhoek van de envelop wees, 'heb ik hem aan brigadier Veyrenc laten zien en vervolgens kwam iedereen kijken.'

Gardon legde hem plat neer in de handen van Adamsberg, alsof hij hem op een zilveren schaaltje presenteerde, en iedereen bleef in dezelfde houding staan, zonder te bewegen, alleen richtten de blikken zich nu op de commissaris. 'Zij weten iets wat jij niet weet', dacht Adamsberg terwijl hij de schorre stem van Lucio hoorde.

Adres met vulpen geschreven, en niet met viltstift of ballpoint, in schoonschrift haast, luxe gevoerde envelop. Hij aarzelde bijna om de naam van de afzender te lezen, die in kleine letters links bovenaan stond en die zijn team had doen verstarren:

VERENIGING TER BESTUDERING VAN DE GESCHRIFTEN VAN
MAXIMILIEN ROBESPIERRE

Hij sloot zijn vingers iets steviger om de envelop en keek op.
'De guillotine', zei Veyrenc zacht, de gedachten – de enige gedachte – van iedereen samenvattend, waarna ze instemmend knikten, de handen spreidden of over hun wangen wreven.
Adamsbergs interpretatie van het teken had hen geamuseerd of geïrriteerd: gewoon tijdverspilling, in nevelen van het spoor afdwalen, dat waren ze al zo lang van hem gewend, en ze hadden er geen waarde aan gehecht, behalve Veyrenc. Adamsberg kruiste zijn blik en zag dat hij glimlachte.
'*Haar vreeslijk lemmet schittert in het ochtendlicht*', declameerde de brigadier met zachte stem,
'*Haar zwarte schragen reiken naar de hemelboog,*
Genadeloos vervult ze haar sinistere plicht,
Wij weigerden te zien wat plaatsvond voor ons oog.'
'De stomme "e's", verdomme, Veyrenc, de stomme "e's"', zei Danglard.
Veyrenc haalde zijn schouders op. Zijn onbedwingbare neiging – geërfd van zijn nochtans onontwikkelde grootmoeder – om ijdele en slechte verzen te reciteren die hij 'raciniaans' noemde, ergerde de inspecteur. Als enige te midden van alle anderen stond Danglard daar met gebogen hoofd en kromme schouders. Adamsberg kon zijn gedachten wel raden. Zijn collega moest er voortdurend aan denken dat het hem niet was gelukt het teken te ontraadselen en dat hij zich nogal scherp had uitgelaten over de interpretatie van Adamsberg. Hij had net als de anderen geweigerd *wat plaatsvond voor ons oog* in overweging te nemen.

'Nou, commissaris, een brief open je toch?' vroeg Gardon zonder dat het beledigend klonk, en zijn tussenkomst brak op prozaïsche wijze het moment van collectieve spanning, dat hen had meegevoerd naar verontrustende of, misschien, poëtische contreien.

'Een brievenopener', zei Adamsberg en hij stak zijn hand uit. 'Ik ga dit niet met mijn vinger openscheuren. Conciliezaal,' voegde hij eraan toe, 'trommel iedereen op die in de kantoren of bij de automaat rondhangt.'

'Mercadet is de kat aan het voeren', verklaarde Estalère.

'Nou, breng dan de kat en Mercadet naar beneden.'

'Ik ga wel', zei Retancourt, waartegen niemand zich verzette, want het was geen sinecure om De Bol en de halfslapende brigadier naar beneden te halen, vooral niet met die stomme ongelijke trede waarover iedereen regelmatig struikelde.

Adamsberg las de brief eerst zelf door terwijl Estalère zich bezighield met het uitdelen van de koffie in de conciliezaal. Adamsberg was niet goed in vlot hardop lezen, en hij struikelde over woorden, veranderde ze zelfs. Niet dat hij zich daarvoor tegenover zijn collega's geneerde, maar hij wilde hun liever een min of meer duidelijke tekst presenteren, omdat hij wel vermoedde dat het proza van zijn geraffineerde correspondent niet zo eenvoudig zou zijn.

Froissy kwam als laatste binnen, met kringen onder haar ogen van drie dagen en drie nachten lang waken voor haar stille beeldscherm.

'Eindelijk hebben we antwoord ontvangen, maar op ouderwetse wijze', zei Adamsberg tegen haar.

Adamsberg wachtte totdat het getik van de lepeltjes in de kopjes tot rust was gekomen voordat hij begon voor te lezen.

'Van François Château, voorzitter van de Vereniging ter Bestudering van de Geschriften van Maximilien Robespierre.

Geachte commissaris,

Pas gisteravond laat heb ik, via een collega, gehoord van het bericht dat uw dienst heeft laten uitgaan betreffende de recente moord op drie personen binnen enkele dagen, te weten: mevrouw Alice Gauthier, en de heren Henri Masfauré en Jean Breuguel. Uit het genoemde bericht heb ik hun namen vernomen, die ik niet kende. Van de foto's daarentegen heb ik deze drie jammerlijke slachtoffers herkend, zonder de geringste twijfel.

Het lijkt me van het hoogste belang u te laten weten dat zij alle drie lid waren van bovengenoemde vereniging, waarvan ik de eer heb voorzitter te zijn. Hoewel incidentele bezoekers, verschenen deze personen sinds een jaar of zeven à tien – preciezer kan ik niet zijn – een of twee keer per jaar op onze bijeenkomsten, en wel aan het begin van de herfst en de lente.

Dat ze "van het toneel verdwenen" had me in het geheel niet verontrust als ik uw communiqué niet had gelezen. In onze statuten komt geen aanwezigheidsplicht voor, en eenieder is vrij om te komen en gaan naar believen. Niettemin heb ik het recht verontrust te zijn over de overeenkomst tussen deze drie sterfgevallen en hun regelmatige bezoek aan onze studiegroep. Temeer daar me de opmerkelijke afwezigheid opvalt van een vierde, veel trouwer lid, dat enig contact met de overledenen leek te onderhouden. Althans, ze groetten elkaar, dat weet ik zeker.

Vergeeft u me bij voorbaat de lengte van dit schrijven, maar u zult wel begrijpen dat ik vrees – om een formulering te kiezen die een politiefunctionaris niet zal afkeuren – dat er een moordenaar tussen onze muren huist, wat mogelijk tot andere tragische sterfgevallen zou kunnen leiden en zeker het einde zou betekenen van onze activiteiten.

Om die redenen zou ik u hoogst erkentelijk zijn als u accepteert mij ten spoedigste te ontmoeten, en zo mogelijk om half een, na ontvangst van deze brief. Gezien deze alarmerende factoren lijkt het me niet wenselijk dat iemand mij bij uw bureau naar binnen ziet gaan. U zou me daarom een groot genoegen doen – in de hoop dat u me wilt excuseren voor deze ongewone, door de omstandigheden gedicteerde handelwijze – door naar Café des joueurs te komen, rue des Tanneurs, en u bij de cafébaas te melden als een kennis van mij. Hij zal u via de uitgang aan de achterzijde naar een steegje brengen dat naar een ondergrondse parkeergarage leidt. Via trap 4 komt u uit vlak naast de achterdeur van café La Tournée de la Tournelle, op de gelijknamige kade. Ik zit dan aan een tafeltje achter in de zaal rechts, recht tegenover u, bij een klein lampje te lezen in Motoren van gisteren en nu. *Het zou fijn zijn als u deze brief meeneemt zodat ik zeker weet wie u bent.*

Hoogachtend –'

Adamsberg was maar over een woord of tien gestruikeld – en wie niet? dacht hij. Er volgde op het voorlezen een beduusde stilte, op dat moment eerder te wijten aan de toon dan aan de inhoud van de brief.

'Kunnen we het nog een keer horen?' vroeg Danglard terwijl hij de radeloze blik van Estalère opmerkte, die duidelijk uit het veld geslagen was.

Adamsberg keek automatisch op zijn twee stilstaande horloges, vroeg hoe laat het was – tien over tien – en deed als gevraagd zonder dat iemand daar bezwaar tegen maakte.

'Vaarwel, IJsland', luidde Voisenets samenvatting toen de commissaris de brief neerlegde.

'Inderdaad', zei Noël. 'Het kan nog wel even duren voordat jij de vissen in de noordelijke wateren onder de loep gaat nemen. Aan de andere kant, en als ik het goed begrijp, duiken we in een aquarium waarin vissen zwemmen die nog veel merkwaardiger zijn dan alle vissen die jij kent. Een aquarium met stapelgekke robespierristen, dat is vast een omweggetje waard.'

'Net zo'n ijzig klimaat', zei Voisenet.

'Er blijkt nergens uit dat het om een vereniging van "robespierristen" gaat', zei Mordent met de lichte minachting waarmee hij zich gewoonlijk tot Noël richtte. 'Maar om onderzoekers die de teksten van Robespierre analyseren. Dat maakt nogal een verschil.'

'Dan nog,' zei Noël, 'het zijn wel figuren die verzot zijn op die vent. We zitten hier bij de Misdaadbrigade. We gaan toch geen massamoordenaars verdedigen, of wel?'

'Einde debat, Noël', sprak Adamsberg.

Noël dook weg in zijn zware leren jack, dat viriele pantser waarin hij twee keer zo forsgebouwd leek als hij was.

'Een valstrik?' vroeg Justin, waarbij hij even naar de brief wees. 'Hij vraagt u een waar doolhof te doorkruisen om hem te ontmoeten.'

'Wat mensen niet allemaal aan trucjes kennen om smerissen te lozen', zei Kernorkian.

'Wat in een bepaald opzicht weer eerder geruststellend is', gaf Adamsberg als commentaar.

'Er wordt u gevraagd', benadrukte Justin, 'om daarginds, als u het steegje of de parkeergarage al overleeft, een onbekende te ontmoeten die praat als een boek, van wie we niet weten of hij de waarheid spreekt, en ook niet of hij echt de voorzitter is van die vereniging. Het klinkt allemaal nogal samenzweerderig, het heeft veel weg van een intrige uit een ver verleden.'

'Ik ga niet alleen, Justin. Veyrenc en Danglard gaan met me mee, ze zullen me helpen om aansluiting te vinden bij de historische context van het gesprek.'

'Het sausje eroverheen, als het ware', zei Voisenet.

'Geschiedenis is geen sausje', protesteerde Danglard.

'Sorry, inspecteur.'

'En als bescherming,' vervolgde Adamsberg, 'want je weet het inderdaad nooit, neem ik nog vijf agenten mee in de achterhoede. Dat wil zeggen, u alleen, Retancourt. Wacht op ons in de parkeergarage en kom achter ons aan. Dat is het gevaarlijke punt van het parcours. Ga dan La Tournée de la Tournelle in via de voordeur, als een willekeurige klant die komt lunchen. Zorg dat u niet opvalt.'

'Dat wordt moeilijk', sprak Noël ironisch.

'Minder dan voor u, brigadier', zei Adamsberg. 'U ruikt al op honderd meter afstand naar een smeris die erop los wil rammen. Terwijl Retancourt naar eigen goeddunken schrik aanjaagt of geruststelt.'

Adamsberg zag aan Retancourts kalme gezicht dat de belediging van Noël hem nog weleens betaald gezet zou worden, dat was niet voor het eerst.

'De vereniging bestaat echt, dat heb ik net nagetrokken', zei Froissy, die zelden haar blik van het scherm afwendde en wie de laatste woordenwisseling was ontgaan. 'Die is twaalf jaar geleden opgericht. Maar op deze site worden geen namen van bestuursleden genoemd.'

'Dat kunnen we natrekken in het Officiële register', zei Mercadet. 'Dat doe ik wel.'

'Hun site is zo simpel als maar kan', vervolgde Froissy. 'Afbeeldingen uit die tijd, wat teksten van Robespierre, foto's van de locatie, data van de bijeenkomsten en een adres. Het lijkt op een oud pakhuis of zo.'

Danglard kwam van zijn plaats om het scherm te kunnen bekijken.

'Waarschijnlijk een graanopslag', zei hij. 'De van boven lichtgewelfde ramen duiden erop dat het eind achttiende eeuw is gebouwd. Waar is dit?'

'Helemaal in het noorden, aan de rand van Saint-Ouen, rue des Courts-Logis 42', antwoordde Froissy. 'Ze vermelden dat er zeshonderdzevenentachtig leden staan ingeschreven. Ze beschikken over een grote debatzaal, met tribunes, plus een zelfbedieningsrestaurant, een ontvangkamer en kleedkamers. De bijeenkomsten – die "gewoon" of "speciaal" worden genoemd – vinden één keer per week plaats op maandagavond.'

'Vanavond dus', zei Adamsberg met een lichte huivering.

'En vanavond is een "speciale"', voegde Froissy eraan toe.
'Hoe laat?'
'Om acht uur.'
'Het kost veel geld om zo'n locatie te huren. Zoek dat even uit, Froissy. Eigenaar, huurders, enzovoort.'
De zittende houding had de commissaris lang genoeg geduurd en hij stond op om door de grote ruimte te ijsberen.
'Laten we niet vergeten dat we van het begin af aan met een kluitje in het riet worden gestuurd', zei hij. 'Eerst naar IJsland, terwijl we tegelijkertijd op de guillotine worden voorbereid met een teken dat zo onduidelijk is dat het niet eenvoudig is te ontraadselen. Daarna leiden ze ons met de moord op Jean Breuguel opnieuw naar IJsland, ten onrechte, om ons vervolgens weer terug te sturen naar die guillotine, maar met een teken dat op een iets andere wijze is aangebracht. Met bevende hand. We stuiteren heen en weer van zelfmoorden naar moorden, en van de ene verdachte naar de andere. Amédée, Victor, Céleste, Pelletier, of de "moordenaar van het eiland". En nu staan we dan voor Robespierre. Of liever gezegd voor een moordenaar die, binnen die vereniging, Robespierre-fanaten om zeep helpt.'
'Een infiltrant, hè', zei Kernorkian.
'Of infiltranten. Politieke moorden?'
'Of persoonlijke wraak', stelde Voisenet voor. 'Want voor robespierristen leken onze drie slachtoffers niet erg trouwe bezoekers van de bijeenkomsten.'
'Als de voorzitter de waarheid spreekt.'
'En als hij bestaat.'
'Of,' zei Mordent, 'zoals die vent suggereert – hoe heet-ie eigenlijk?'
'François Château.'
'Of, zoals François Château suggereert, iemand is erop uit de vereniging kapot te maken. Wie blijft er bij een groep waarvan een krankzinnige moordenaar de leden elimineert? In minder dan een jaar tijd is die leeggelopen en opgeheven. Hetzij om

politieke, hetzij om persoonlijke redenen.'

'Maar', zei Justin terwijl hij in zijn aantekeningen keek, 'waarom worden we dan in het begin naar dat IJslandse drama gestuurd?'

'Ik weet niet of wij daar ooit naartoe zijn "gestuurd"', sprak Adamsberg traag, op zijn schreden terugkerend. 'Ik heb me vergist, of ik heb me niet goed uitgedrukt, of ik ben verdwaald. Dat komt door die verdomde kluwen algen, daarin vindt een poes haar kittens nog niet terug.'

'Zelfs De Bol niet', zei Estalère.

'Niemand heeft ons een richting aangegeven', ging Adamsberg verder. 'We hebben zelf die richting gekozen. Al bij de eerste moord had de moordenaar een teken achtergelaten dat met IJsland niets van doen had. Maar toen was er die brief van Alice Gauthier, en daarna kwam Amédée, en de tweede moord in Le Creux, en de IJslandse rots. We zijn zelf de kant van IJsland op gegaan.'

'Daar waar de mist in vijf minuten neerdaalt en ons opslokt', zei Mordent hoofdschuddend.

'Waarom voer jij
jouw dichte mist,
heks van de regen,
over de velden?'

Danglard keek hem licht verbijsterd aan.

'Sorry voor de onderbreking', zei Mordent. 'Dit is niet van mij, Veyrenc, het is een IJslands gedicht.'

Toen strekte Mordent zijn magere nek, een teken van bezorgdheid van een reiger die zich geen houding weet te geven.

'Dat neemt niet weg dat de eerste twee slachtoffers allebei op IJsland zijn geweest', zei hij. 'Toeval? We houden niet van toeval.'

'Niet per se', zei Adamsberg terwijl hij weer een nieuw rondje begon te lopen. 'Die twee kunnen elkaar na het drama weer zijn tegengekomen. Stel dat een van de twee lid was van die studieclub. En dat de eerste, zeg Henri Masfauré, de tweede, zeg Alice Gauthier, heeft geïntroduceerd op de bijeenkomsten van de Robespierre-vereniging.'

'Niets wijst op een dergelijke activiteit bij Gauthier of Masfauré.'

'Toch waren ze, als die voorzitter de waarheid spreekt, wel degelijk lid van die vereniging, Mordent. En Jean Breuguel ook. Dit is niet bepaald iets wat je van de daken af schreeuwt. "Bestudering van Robespierre", dat zou bij de rector van mevrouw Gauthier of de industriële sponsoren van Masfauré niet per se in de smaak zijn gevallen.'

'Het blijft een netelig onderwerp', bevestigde Danglard.

'Maar als de moordenaar niets met IJsland te maken heeft,' zei Mercadet, 'waarom heeft-ie dan die boeken bij Jean Breuguel neergezet?'

'Om ons een rad voor ogen te draaien, brigadier, om ons aan te moedigen het verkeerde spoor waarop we zaten te blijven volgen, en om ons bij de vereniging weg te houden. Dat zou verklaren waarom die guillotine zo gekunsteld was. Hij moest die tekenen, maar niet als zodanig herkenbaar.'

'Ik heb het', klonk de zachte hoge stem van Froissy.

'Wat?'

'Het pakhuis, oftewel de "Korenschuur", is eigendom van de stad Saint-Ouen. Het wordt gehuurd door verschillende groeperingen en één keer per week door de Robespierre-vereniging. Geregistreerde huurder voor de maandagen: Henri Masfauré,' voegde ze er kalm aan toe, 'voor honderdtwintigduizend euro per maand.'

'Nee maar', zei Adamsberg en hij stopte met zijn gewandel. 'Dit is een nog volledig onbetreden bergflank, een onzichtbaar gebleven filantropische kant.'

'Een filantroop en Robespierre, dat is een wereld van verschil.'

'Daarin vergist u zich, Kernorkian', sprak Danglard op een wat scherpe toon. 'In de geest was Robespierre filantroop, geloof me. Het geluk van het gemene volk, een bestaan voor iedereen, afschaffing van de slavernij, opheffing van de doodstraf – jazeker – algemeen stemrecht, een eerbare status voor alle verschoppelingen, voor de zwarten, de Joden, de bastaards, en de "sublieme" perfectie hier op aarde.'

'Danglard,' onderbrak Adamsberg hem, 'laten we allemaal proberen bij het onderwerp te blijven. En dat is: een moordenaar in de Robespierre-vereniging, die de leden executeert. Bij het onderwerp blijven.'

Een verbazingwekkende instructie van Adamsberg, die zelf alles had van een op drift geraakte spons en niets van een schelp die halsstarrig aan een rots blijft plakken. Hij vroeg opnieuw hoe laat het was: kwart over elf.

'Hij moet die batterijen van zijn beide horloges eens vervangen', fluisterde Froissy.

'We blijven bij het onderwerp', herhaalde Adamsberg nog wat krachtiger. 'Veyrenc, Danglard, maak jullie klaar, maar wel ongewapend. Mordent, vraag aan de notaris van Masfauré of dat klopt van die huur van de Korenschuur. Was dat officieel of werd het contant betaald? Informeer bij Victor naar de inhoud van zijn boekenkast, zitten daar geschiedenisboeken bij, studies over de Revolutie? Of hield Masfauré zijn sympathie verborgen?'

'Honderdtwintigduizend per maand, dat noem ik geen sympathie meer', zei Mercadet.

'Inderdaad. En Froissy, verstuur met spoed een opsporingsbericht, maar intern ditmaal, bestemd voor alle politiebureaus en gendarmeries in de regio: we zoeken een "zelfmoord" met een teken van de guillotine. Stuur de tekening erbij, in alle drie de vormen die we kennen.'

'Welke zelfmoord?' vroeg Estalère.

'Weet u nog', legde Adamsberg uit met het minzame geduld waarvan hij altijd blijk gaf jegens de agent, 'dat François Château ons wijst op een vierde ontbrekende man, die wat contact had gehad met onze doden. Waar of niet waar, hem zoeken we. De politie kan een zogenaamde zelfmoord over het hoofd hebben gezien.'

'Zonder het teken op te merken', vulde Mercadet aan. 'Het was bijna onzichtbaar bij Masfauré, en Bourlin heeft het bij Breuguel alleen gevonden vanwege die boeken over IJsland.'

'We beginnen het onderzoek bij de zelfmoorden van de afgelopen maand. Laten de agenten ter plekke terugkeren op zoek naar het teken. Als dat niets oplevert, eenzelfde onderzoek naar de zelfmoorden van de maand ervoor, enzovoort. Licht de korpschef in over de uitbreiding van het onderzoek. Justin, stel het bericht op, en u, Froissy, maak mijn handtekening na. We vertrekken over tien minuten. Retancourt, maak u klaar en vertrek alvast.'

'Danglard,' vroeg Adamsberg terwijl hij de zaal uit liep, 'hoe zat dat met dat kunstje van "Als de berg niet naar jou komt, dan ga jij naar de berg"?'

'Ik dacht dat we bij het onderwerp moesten blijven', zei Danglard een beetje kortaf.

'Dat is zo. Maar Mordent had dat IJslandse gedicht niet hoeven op te zeggen. U steekt ze aan, inspecteur, allemaal stuk voor stuk. Totdat er uiteindelijk op deze brigade niet één agent meer is die zich weet te concentreren. En dat is wat ik nodig heb, geconcentreerd werkende agenten.'

'Omdat u dat niet bent.'

'Precies. Nou, hoe zit het met dat kunstje van die berg?'

'Dat is strikt genomen geen "kunstje", commissaris. Het gaat hier om een uitdrukking uit de Koran. Het gaat hier zelfs om Mohammed, eerlijk gezegd. "Als de berg niet naar Mohammed komt, dan komt Mohammed naar de berg."'

'Nou, wat mij betreft, en in alle bescheidenheid, zeg ik: "Als ik niet naar de berg ben gegaan, dan is de berg naar mij toe gekomen." Want ik heb de weg erheen niet gezien.'

'Jawel. U hebt het teken begrepen.'

'Maar ik ben niet verder gegaan, Danglard. Ik ben de guillotine niet gepasseerd.'

'Dat is maar goed ook, commissaris.'

'En zonder die brief van vanmorgen zaten we nog altijd vast op hetzelfde punt.'

'Maar die brief is gekomen. En die is gekomen dankzij uw persbericht.'

'Inspecteur, u bent mild voor me, vandaag', zei Adamsberg glimlachend.

17

Adamsberg belde commissaris Bourlin vanuit de auto.
'We verlaten IJsland, Bourlin', zei hij. 'Definitief.'
'En waar varen we heen?'
'Naar de Vereniging ter bestudering van Robespierre.'
'De Vereniging ter Bestudering van de Geschriften van Maximilien Robespierre', corrigeerde Danglard met luide stem.
'Shit', zei Bourlin. 'Je guillotine.'
'De voorzitter heeft ons persoonlijk geschreven, hij betreurt drie ontbrekende leden.'
'Onze drie zelfmoordenaars?'
'Precies. En een vierde lid zou afwezig zijn, volgens hem.'
'Met hoeveel zijn ze daar?'
'Bijna zevenhonderd.'
'Shit', herhaalde Bourlin.
'Dit wilde ik je even melden.'
'Hou je het voor mogelijk dat de moordenaar de boel zal opblazen? Kwestie van tijdsbesparing?'
'Nee, hij amuseert zich kostelijk. Voorlopig.'

De eigenaar van het kleine Café des joueurs wachtte al op hun komst.
'Er is me niet gezegd dat u met zijn drieën zou zijn.'
'Dat is ons ook niet verboden', zei Adamsberg terwijl hij de brief uit zijn zak haalde.
Alleen al bij de aanblik van het elegante handschrift kalmeerde de man en hij bracht hen naar de achterdeur. Toen naar een binnenplaatsje, daarna naar een tweede, vervolgens naar een steegje en een stalen branddeur.
'Hierdoor komt u in de parkeergarage van La Tournelle. Ik veronderstel dat ze u hebben verteld welke uitgang u moet nemen?'

'Ja.'

'Nou, vooruit', voegde de man er naar rechts en links kijkend aan toe. 'Zorg dat u niet opvalt. Hoewel dat met hem', zei hij nog terwijl hij naar Veyrencs haar wees, 'bij voorbaat een verloren zaak is.'

Daarna maakte hij plotseling rechtsomkeert. Justin had gelijk: het riekte naar samenzweringen, complotten, konkelaars uit voorbije tijden.

'Een beetje belachelijk, niet?' zei Veyrenc.

'Wellicht', zei Adamsberg. 'Maar hij heeft geen ongelijk wat jou betreft.'

'Wiens schuld is dat?'

Adamsberg grijnsde. Hij wist zeker dat niemand Veyrenc kon vergeten, dat volle, knappe gezicht maar met een haardos in twee kleuren, zoals de pels van een luipaard, maar dan omgekeerd. Hij was wel de laatste agent die je erop uit zou sturen om iemand te schaduwen, of bij een achttiende-eeuwse samenzwering. Jochies hadden hem als kind gemarteld, hem veertien snijwonden op zijn hoofdhuid toegebracht en op de littekens was rood haar gegroeid. Dat was bij hen daarginds op de Hoge Wei van Laubazac gebeurd, achter de wijngaard. Adamsberg kon er nooit aan terugdenken zonder een stomp in zijn maag te voelen.

Ze kwamen naar buiten via trap 4 en duwden de achterdeur open van La Tournée de la Tournelle. Een grote, vrij luxueuze zaal, witte tafelkleden, vol klanten op dit uur. Danglard zag Retancourt in een hoek zitten, met een zachtroze band in haar korte blonde haar en in een bijpassend mantelpak. Op tafel een tijdschrift voor wollen babykleding. De imposante brigadier zat te breien zonder zelfs maar naar de naalden te kijken, stopte alleen om een hapje van haar bord te nemen en trok haar witte wol uit een grote gebloemde mand die bij haar voeten stond.

'Wist je dat?' fluisterde Veyrenc. 'Dat ze kon breien? En zo goed?'

'Eerlijk gezegd niet.'

'Je zou niet zeggen dat het een gecamoufleerde tank is, hè? Nee, ze is hartstikke goed. Met haar blaffer onder de bollen wol.'

'Onze man zit daar,' zei Danglard, 'vlak bij de kapstok. Die ene in dat witte overhemd en grijze gilet, die zijn nagels zit te verzorgen.'

'Dat geloof ik niet', zei Veyrenc. 'Ik kan me haast niet voorstellen dat voorzitter Château zijn nagels verzorgt in een restaurant.'

'Hij pakt het tijdschrift op,' zei Adamsberg, '*Motoren van gisteren en nu*. Hij kijkt naar ons. Hij aarzelt omdat we met zijn drieën zijn.'

Ze meldden zich aan zijn tafel en de man kwam half overeind om ze de hand te schudden.

'Heren? Hebt u de brief bij u?'

Adamsberg sloeg zijn jasje open, de envelop stak uit zijn binnenzak.

'U bent commissaris Adamsberg, nietwaar?' zei François Château. 'Ik geloof dat ik u van gezicht ken. En deze heren zijn?'

'Inspecteur Danglard en brigadier Veyrenc.'

'We bundelen onze competenties', zei Danglard.

'Neemt u plaats, alstublieft.'

Gerustgesteld stopte Château zijn blinkend stalen nagelmesje in de zak van zijn gilet en hij vroeg hun een keuze te maken uit het menu, waarbij hij de champignons met zuring in bladerdeeg en de kalfslever op zijn Venetiaans aanraadde. De man was niet groot, smal in de schouders, met een rond gezicht en lichtroze wangen. Donkerblond haar, dat boven op zijn schedel dun was, kleine, onopvallende blauwe ogen. Niets opmerkelijks, behalve dat uit de toon vallende nagelmesje en zijn kaarsrechte, serieuze houding, zoals hij op een stoel in de kerk zou zitten. Adamsberg was teleurgesteld, alsof de voorzitter van de Robespierre-vereniging intimiderend behoorde te zijn.

'Drinkt u?' vroeg Danglard terwijl hij de wijnkaart bekeek.

'Met mate, maar gaarne in uw gezelschap', zei Château en zijn glimlach leek minder gespannen. 'Wit voor mij bij voorkeur.'

'Dat is goed', zei Danglard en hij gaf de bestelling meteen door.

'Ik vraag u opnieuw me te verontschuldigen voor de manier waarop ik u heb ontboden. Ik ben daar helaas toe gedwongen.'

'Wordt u bedreigd?' vroeg Veyrenc.

'Al sinds geruime tijd', zei de kleine Château en hij klemde zijn lippen weer op elkaar. 'En dat wordt steeds erger. Verontschuldigt u me eveneens voor het reinigen van mijn handen', zei hij terwijl hij zijn vingers uitstak met nagels zwart van de aarde. 'Het moest nu eenmaal.'

'Bent u tuinman?' vroeg Adamsberg.

'Ik heb net drie Mexicaanse sinaasappelboompjes geplant, ik verwacht dat ze mooi zullen bloeien. Wat die bedreigingen betreft, heren, moet u begrijpen dat het besturen van een vereniging gericht op Robespierre niets gemeen heeft met de stuurmanskunst op een koopvaardijschip, nietwaar. Het heeft meer weg van een oorlogsschip dat vijanden en stormen trotseert, in de zin dat de naam Robespierre alleen al hartstochten aanwakkert die woest komen aanrollen en op de boeg uiteenspatten. Ik moet toegeven dat ik, toen ik deze studiegroep opzette, het enorme succes niet had verwacht en evenmin dat deze zo veel zowel vurige als haatdragende driften zou ontketenen. En soms', zei hij terwijl hij met de punt van zijn mes op zijn bord speelde, 'denk ik erover om af te treden. Het wordt te concreet, er zijn te veel opgewonden reacties, uitingen van verering of afwijzing, waardoor onze onderzoeksgroep op den duur verandert in een strijdtoneel van hersenschimmen. Dat betreur ik.'

'Is het zo erg?' vroeg Danglard terwijl hij de glazen vulde, op dat van Adamsberg na.

'Ik had uw wantrouwen wel verwacht, werkelijk, dat is heel

normaal. Hier, ik heb twee recente brieven voor u meegenomen die bewijzen dat die dreigementen, nietwaar, geen grapje zijn. Ik heb er nog veel meer op mijn werkkamer. Deze is van ongeveer een maand geleden.'

> *Je denkt dat je een groot man bent, en je denkt dat je al hebt gewonnen, maar ben je voorbereid op de slag die ik je ga toebrengen, kun je die nog ontlopen? Ja, we zijn vastbesloten je van het leven te beroven en Frankrijk te bevrijden van de adder die haar probeert te verscheuren.*

'En hier nog een', ging Château verder. 'Op 10 april gepost. Net na de moorden op Alice Gauthier en Henri Masfauré, als ik me niet vergis. Zoals u ziet is het gewoon papier en is de tekst op de computer geschreven. Dat zegt niets over de schrijver, behalve dat de brief is verzonden vanuit Le Mans, wat ons geen stap verder brengt.'

Danglard wierp zich gretig op de tweede brief.

> *Iedere dag ben ik bij je, ik zie je iedere dag. Elk uur zoekt mijn geheven arm je borst. Och jij allergrootste schurk die er bestaat, leef nog een paar dagen om aan mij te denken, slaap om van mij te dromen. Vaarwel. Vandaag nog zal ik naar je kijken en genieten van je doodsangst.*

'Buitengewoon, nietwaar?' zei Château, die erom probeerde te lachen. 'Maar eet, heren.'

'Des te meer buitengewoon', sprak Danglard op ernstige toon, 'daar deze twee teksten exacte kopieën zijn van echte brieven die aan Maximilien Robespierre zijn gestuurd, na de stemming over de verschrikkelijke wet van 10 juni 1794.'

'Wie bent u?' riep Château uit terwijl hij abrupt zijn stoel achteruitschoof. 'U bent niet van de politie! Wie bent u?'

Adamsberg hield de man bij zijn arm beet, probeerde zijn

fletse blik te zoeken. Château ademde snel, maar de uitdrukking van de commissaris, als hij tenminste commissaris was, leek hem wat te kalmeren.

'Wij zijn van de politie', stelde hij hem gerust. 'Danglard, laat hem even uw pasje zien. De inspecteur weet veel over de periode van de Revolutie.'

'Ik ken niemand', sprak Château mat, nog altijd op zijn hoede, 'die de tekst van die brieven kent, behalve historici.'

'Hij', zei Veyrenc en hij wees met zijn vork naar de inspecteur.

'Het geheugen van inspecteur Danglard', bevestigde Adamsberg, 'is een bovenaardse diepte die je maar beter niet kunt betreden.'

'Het spijt me', zei Danglard en hij schudde zijn lange onschuldige hoofd. 'Maar die brieven zijn toch vrij bekend. Denkt u dat als ik een van diegenen zou zijn die u bedreigen, ik me op zo'n stomme wijze zou hebben verraden?'

'Ja, dat is waar', zei Château, die enigszins tot rust gebracht zijn stoel weer aanschoof. 'Maar toch.'

Danglard schonk nog wat wijn in en knikte lichtjes naar Château, bij wijze van verzoening.

'Aan wie zijn die brieven geadresseerd?' vroeg hij. 'Op de envelop, bedoel ik.'

'Geloof het of niet, aan "Dhr. Maximilien Robespierre". Alsof hij nog leeft. Alsof hij nog een bedreiging vormt. Daarom zeg ik dat er echte krankzinnigen onze bijeenkomsten bezoeken en nu onze leden aanvallen. Met als oogmerk, althans dat denk ik, een angstklimaat te creëren dat uiteindelijk ook mij zal raken. U hebt de zin gelezen: *Vandaag nog zal ik naar je kijken en genieten van je doodsangst.* Ik heb de vereniging opgericht, het was mijn idee, ik heb het concept ervan bedacht, en in die hoedanigheid ben ik al twaalf jaar de voorzitter. Het lijkt me werkelijk logisch dat de schrijver van de brieven, of een andere bezetene, uiteindelijk uit is op het hoofd, nietwaar?'

'Staat u er alleen voor?' vroeg Adamsberg.

'Met een penningmeester en een secretaris, die eveneens mijn bodyguards zijn. De namen die in het Officiële register staan, zijn niet hun echte namen. De mijne wel. In het begin lette ik werkelijk niet op.'

'En een financier', voegde Veyrenc eraan toe.

'Misschien.'

'Een mecenas, zelfs.'

'Ja.'

'Henri Masfauré.'

'Klopt', zei Château. 'En die is net vermoord. Hij betaalde de huur van de zaal. Toen hij negen jaar geleden lid werd, stonden we er slecht voor, hij heeft de zaak op zich genomen. Met zijn verscheiden heeft de moordenaar ons van de zenuw van de oorlog beroofd, van het geld.'

Adamsberg keek hoe de kleine voorzitter met zijn vuile handen zorgvuldig zijn bladerdeegtaartje in stukjes sneed, en hij probeerde een verklaring te vinden voor dit contrast bij zo'n gesoigneerde man. Zwarte aarde adelt de handen, zwart vuil bezoedelt ze. Iets in die orde.

'Als Masfauré', zei hij, 'zo enthousiast was dat hij u financierde, waarom kwam hij dan niet vaker? U schreef dat hij, net als de twee andere slachtoffers, slechts af en toe verscheen.'

'Henri had een gedenkwaardig wetenschappelijk doel voor ogen – dat zelfs revolutionair was, hiermee zeg ik geen woord te veel – en zijn opdracht nam hem volledig in beslag. Hij liep liever niet het risico bij de vereniging herkend te worden. Dat zou niet in de smaak zijn gevallen, nietwaar, bij iedereen met wie hij samenwerkte. En werkelijk waar, dit probleem geldt voor ons allemaal, ook voor mij. Ik ben hoofd boekhouding bij het Grand Hôtel des Gaules, honderdtweeëntwintig kamers. Kent u het?'

'Ja', zei Veyrenc. 'Maar ik dacht dat u tuinman was.'

'Als het zo uitkomt', sprak Château lusteloos en hij keek naar zijn nagels. 'Ik zorg voor de tuin van het hotel, de anderen hebben daar geen verstand van. Niettemin, als mijn directeur hoort van welke vereniging ik voorzitter ben, sta ik op straat. Want wie toenadering zoekt tot Robespierre is ontegenzeglijk van twijfelachtig allooi, zo eenvoudig ligt dat volgens velen. Voor Henri ging het er simpelweg om dat de vereniging kon voortbestaan. Hij kwam twee keer per jaar.'

'Wat denkt u,' vroeg Adamsberg, 'was Masfauré degene die Alice Gauthier, de vermoorde vrouw, heeft uitgenodigd om een paar zittingen bij te wonen?'

'Dat zou zomaar kunnen. Want ze zaten soms naast elkaar. Ik zal die mevrouw Gauthier, en die meneer Breuguel, zo'n keer of twintig hebben gezien, meer niet. Ik heb ze op uw foto's herkend omdat zij niet vermomd waren. Ze namen deel aan de zittingen van achter de afscheiding, achter de gedeputeerden.'

'Vermomd?' vroeg Adamsberg.

'Ik begrijp het niet', kwam Veyrenc tussenbeide. 'Er zijn in Frankrijk nog meer studiegroepen met betrekking tot Robespierre. Historici die onderzoek doen, navorsen, analyseren en hun resultaten publiceren in een wetenschappelijke omgeving. Maar uw vereniging roept tweespalt op, hartstocht en haat.'

'Dat is een feit', zei Château en hij ging nog wat meer rechtop zitten om plaats te maken voor de komst van de kalfslever op zijn Venetiaans.

'Omdat meneer Château', zei Danglard, 'ons heeft verteld over een "concept" dat de kostbare huur van een groot gebouw vereist. Met "bijzondere" zittingen. Ik veronderstel dat dit de kern van het probleem is: u pluist niet alleen maar archieven uit?'

'Dat is juist, inspecteur. Ik heb wat foto's meegenomen die dit beter illustreren dan mijn woorden. Want ik geef toe', vulde hij aan terwijl hij in zijn tas dook om er de documenten uit te halen, 'dat ik door jaar in jaar uit achttiende-eeuwse vertogen aan te horen, de kwalijke gewoonte heb aangenomen me wat hoogdravend uit te drukken, wat de zaken niet vereenvoudigt. Zelfs in het hotel, nietwaar.'

Er ging een twaalftal foto's over tafel. In een heel grote zaal, verlicht door kroonluchters met nepkaarsen, verdrongen zich zo'n drie- tot vierhonderd personen, allemaal in laatachttiende-eeuwse kleding gehuld, rond een spreekgestoelte, een aantal in het midden, anderen op rijen banken, sommigen zaten, anderen stonden, of verhieven zich en leken met opgestoken handen en gestrekte armen de spreker op het podium af te vallen of toe te juichen. Boven hen, op de tribunes aan de zijkanten, bevond zich een honderdtal mannen en vrouwen in eigentijdse, maar onopvallende kledij, die niet opvielen in het donker en van wie velen zich over de balustrade bogen. Hier en daar wapperde de driekleur. De opnames waren van een te grote afstand gemaakt om gezichten te kunnen onderscheiden. Maar je kon het geluid in die zaal bijna horen, het gedruis op de achtergrond, de stem van de spreker, het gemompel, de uitbarstingen, het gescheld.

'Opmerkelijk', zei Danglard.

'Spreekt dit u aan?' vroeg Château met een echte glimlach en enige trots.

'Is dit een voorstelling?' vroeg Adamsberg. 'Een theaterstuk?'

'Nee', zei Danglard, de ene foto na de andere bekijkend. 'Het gaat hier om een heel nauwkeurige reconstructie van de vergaderingen van de Assemblée nationale tijdens de Revolutie. Of vergis ik me?'

'Nee', zei Château, wiens glimlach zich verbreedde.

'Ik veronderstel dat de redevoeringen van de sprekers en gedeputeerden een nauwkeurige weergave zijn van de historische teksten?'

'Dat spreekt voor zich. Ieder lid ontvangt voorafgaand aan de datum van de bijeenkomst de volledige tekst van de betreffende avond, met inbegrip van zijn eigen interventies al naar gelang zijn rol. Dat gebeurt via een site op internet waarvan iedereen het wachtwoord heeft.'

'Zijn rol?' vroeg Adamsberg. Waarom zou je de Revolutie 'naspelen'?

'Absoluut', zei Château. 'Het ene lid speelt Danton, een ander belichaamt Brissot, Billaud-Varenne, Robespierre, Hébert, Couthon, Saint-Just, Fouché, Barère, enzovoort. Iedereen moet van tevoren weten aan welke tekst hij zich dient te houden. We werken in cycli van twee jaar: van de zittingen van de Assemblée constituante tot aan die van de Convention nationale. We voeren ze niet allemaal uit! Dan zouden de cycli vijf jaar duren, nietwaar. We kiezen de meest typerende of gedenkwaardige dagen uit. Kortom, we brengen de geschiedenis nauwgezet tot leven. Het resultaat is behoorlijk indrukwekkend.'

'En wat noemt u', vroeg Adamsberg, 'de "bijzondere" zittingen? Zoals die van vanavond?'

'De zittingen waarop Robespierre verschijnt. Die trekken veel meer publiek. Hij is maar twee keer per maand aanwezig, want zijn rol is groot en vergt veel inspanning. En hem kunnen we niet vervangen. Op dit moment echter, speelt hij iedere week, we lopen achter.'

Château keek weer bezorgd.

'Er zit een "maar" aan dit succes', zei hij.

'De bevlogenheid', opperde Danglard.

'Dat is een fenomeen dat we in het geheel niet hadden voorzien', gaf Château toe. 'Het kan uit de hand lopen, nietwaar. Is er nog wat wijn, inspecteur? In het begin hebben we de rollen verdeeld op basis van het uiterlijk en het karakter van onze leden. We beschikten over een meesterlijke Danton, erg lelijk en met een stentorstem. Er waren eveneens talentvolle vertolkers voor de verlamde Couthon, de aartsengel Saint-Just, de onbeschaafde Hébert. Maar na een jaar hadden alle afgevaardigden, tot de onbelangrijkste aan toe, zich volledig geïdentificeerd met hun personage en het belang van hun groepering, of het nu centristen van de Plaine waren, gematigde girondijnen, radicale montagnards, dantonnisten, robespierristen, ultrarevolutionairen of fanatici, het was een verschrikkelijk kemphanengevecht. De leden volgden hun eigen tekst niet meer, midden in de vergadering gingen ze zomaar tegen elkaar tekeer of scholden ze elkaar uit: "Wie ben jij, burger, dat je het waagt de Republiek in diskrediet te brengen met je hypocriete uitspraken?" We moesten daar een eind aan maken.'

Château schudde treurig zijn hoofd, de wijn kleurde zijn ronde wangen rood.

'Op welke manier?' vroeg Danglard.

'We verplichten de leden om de vier maanden van politieke partij te wisselen: de centrist gaat naar de montagnards, de ultrarevolutionair wordt een gematigde, u snapt het principe. En geloof me, die gedwongen omschakelingen verlopen niet altijd zonder strubbelingen.'

'Interessant', zei Veyrenc.

'Dermate interessant, werkelijk waar, dat we een baanbrekend onderzoek zijn gestart. Het fenomeen bestuderen dat nog geen historicus ooit heeft weten te doorgronden: hoe heeft de lijkbleke, ijzige Robespierre, zonder enig charisma en inlevingsvermogen, met zijn schrille stem en levenloze lichaam, zo'n verafgoding weten op te roepen? Met zijn sombere gezicht, zijn knipperende, lege ogen achter zijn brillenglazen? Wel, dat is wat we observeren, wat we optekenen.'

'Hoelang bent u al bezig met dit onderzoek?' vroeg Danglard, die inmiddels meer belangstelling leek te hebben voor deze bijzondere vereniging dan voor het lopende onderzoek.

'Ongeveer zes jaar.'

'Hebt u al resultaten geboekt?'

'Jazeker. We hebben al duizenden pagina's met aantekeningen, observaties en syntheses. Onze secretaris leidt het project. De vrouwen bijvoorbeeld, die duizenden vurige, begerige bewonderaarsters van Robespierre, van wie hij echter niets wilde weten. Wel, inspecteur, die hebben wij op onze tribunes. Geloof het of niet, maar ze zijn verliefd op hem.'

'Ik zou graag wat willen bewegen', zei Adamsberg. 'Hebt u bezwaar tegen een wandeling over de kade?'

'Integendeel, heren, ik zit hier al veel te lang.'

De drie mannen troffen elkaar deze keer bij het ruiterstandbeeld van koning Hendrik IV op de square du Vert-Galant, waar ze plaatsnamen op een bank in de zon.

'Hebt u foto's', vroeg Adamsberg, 'die van dichterbij zijn genomen?'

'Dat is volgens onze statuten verboden', zei Château, die weer was begonnen de aarde onder zijn nagels vandaan te halen. 'Onze leden schrijven zich anoniem in en alle opnames zijn verboden. Om redenen van geheimhouding die ik genoemd heb. En iedereen moet zijn uitgeschakelde mobiel bij binnenkomst inleveren.'

'Dus u kunt ons niet de naam van de vierde man geven wiens afwezigheid u verontrust, en ook geen foto van hem.'

'Dat klopt. Bovendien is hij gegrimeerd en is hij deelnemer. Niet vanaf het begin. Maar hij raakte na een tijdje door de koorts bevangen, zoals vele anderen, nietwaar. Daarom maak ik me druk om zijn afwezigheid. Hij had er twee weken geleden moeten zijn, hij had een rol te spelen. Hij had dat niet willen missen, hij deed het veel te graag. Maar ik zou u te midden van al die opgewonden gezichten geen verdachte kunnen aanwijzen. Wat ik u wel kan vertellen, is dat de leden die het meest buitensporig op de verschijning van Robespierre reageren, zo'n vijftig in getal zijn. De moordenaar echter, kan evengoed een man van de donkere tribune zijn, nietwaar, een onopvallende snuffelaar die niets van zijn haat laat blijken.'

Château was op dat moment zorgvuldig in de weer met de nagels van zijn ringvingers.

'En dit hier?' onderbrak Adamsberg hem terwijl hij hem de

tekening van het teken liet zien. 'Hebt u dit al eens gezien? Het komt voor op de plaats delict van de drie moorden.'

'Nooit', zei Château zijn hoofd schuddend. 'Wat wordt het geacht voor te stellen?'

'Dat vragen we ons af. Naar uw idee? In deze context?'

'In deze context?' zei Château over zijn kalende schedel wrijvend.

'Ja. In uw context.'

'De guillotine?' opperde Château, een beetje als een aarzelende leerling voor de klas. 'Maar welke? Die van ervoor? Of die van erna? Een combinatie van guillotines? Dat zou erg onzinnig zijn.'

'Dat is waar', zei Adamsberg.

Die zijn handen in zijn zakken stopte. Hij wist ook niet hoe hij een man op het spoor kon komen tussen zo'n zevenhonderd anonieme en gegrimeerde leden. Er vormde zich aan zijn horizon een nieuwe massa algen, die zich in nog meer richtingen vertakte dan de massa die hem al sinds de vorige dag obsedeerde, maar er ook mee samenklonterde en er zomaar in opging.

'U zegt dat men aan uw zittingen kan deelnemen als "incidenteel lid".'

'Ja, drie keer per jaar.'

'Vanavond bijvoorbeeld', zei Adamsberg.

'Wie? U drieën?' vroeg Château verrast en hij liet zijn nagelmesje met rust.

'Waarom niet?'

'Maar wat hoopt u daar op te pikken?'

'Een indruk', zei Adamsberg zijn schouders ophalend.

'Het is een belangrijke vergadering, vanavond. Het gaat om de eindeloze toespraak van 5 februari 1794, van 17 pluviôse van het jaar II. Die zal worden ingekort, daar kunt u van op aan.'

'Dat zou ik graag willen zien', zei Danglard.

'Al naar gelang het u schikt. Meldt u zich om zeven uur bij de achterdeur van het pand, op nummer 17. Ik zal voor kostuums en pruiken zorgen. Als u dat niet ontrieft. In uw gewone kleding, zou u, werkelijk waar, helemaal naar achteren worden gestuurd of naar de tribunes, en dan ziet u niets.'

'Die Robespierre van u,' zei Adamsberg, 'waarom kunt u hem niet vervangen?'

Château zweeg, peinzend en geërgerd.

'Heren, dat zult u vanavond begrijpen', zei hij.

18

Adamsberg stond naar zichzelf te kijken voor de hoge spiegels in de kleedkamers van de vereniging, het zwarte, steile haar tot halverwege zijn rug in een paardenstaart gebonden, en gehuld in een antracietkleurige geklede jas met een dubbele rij knopen, een witte blouse met een kraag tot aan zijn oren en een los vallende halsdoek die van voren tot een grote strik was geknoopt. 'Elegant maar eenvoudig', had Château voor de commissaris aanbevolen. 'Zonder fratsels,' had hij eraan toegevoegd, 'want ik betwijfel of u dat staat. U bent de zoon van een kleine notabele uit de provincie, laten we het daarbij houden. Uw inspecteur Danglard daarentegen, crèmekleurig gilet, donkerpaars kostuum, kanten bef, is een weinig heroïsche afstammeling van een illustere soldatenfamilie. En uw collega met de rode lokken, pruik, donkerblauw gilet, bijpassende jas, witte broek, is de zoon van een Parijse advocaat, briljant maar harder.'

Tientallen bedrijvige, in zijde, velours, kant geklede mannen, liepen hun voorbij en haastten zich naar de grote zaal van de Assemblée nationale. Sommigen hadden zich in een hoekje teruggetrokken om de tekst van hun interventie nog eens door te lezen. Anderen spraken met elkaar in een taal uit een ver verleden, ze noemden elkaar 'burger' en weidden uit over een vrouw die was overleden aan een irritatie van haar onderlichaam, over een molenaar die was gestenigd omdat hij meel zou hebben achtergehouden, over een neef, priester van beroep, die in ballingschap was gegaan. Enigszins verloren te midden van wat hem als één grote infantiele maskerade voorkwam, maar geamuseerd door zijn eigen uitdossing, was Adamsberg bijna zijn twee collega's misgelopen.

'Haast je, "burger",' zei Veyrenc tegen hem terwijl hij een

hand op zijn schouder legde, 'de vergadering begint over tien minuten.'

Aan zijn schuin opgetrokken lip had Adamsberg, lichtelijk gechoqueerd, de brigadier herkend. Ja, een moordenaar kon hier, waar alle mannen onherkenbaar en hun namen onbekend waren, makkelijk onopvallend binnensluipen om iedereen naar hartenlust te observeren.

Een Danglard die er in zijn paarse zijden kostuum nogal zwierig bijliep, overhandigde zijn mobiel aan een surveillant.

'Jammer', zei hij nogal opgewekt, 'dat deze kleren niet meer gedragen worden. Ik ga er erg op achteruit in de schamele hedendaagse plunje. Hoe is het mogelijk dat onze verbeelding zo pover is geworden?'

'Het toneel op, Danglard', zei Adamsberg en hij duwde hem naar de grote houten deuren, even vergeten dat hij alleen maar naar dit vreemde theater was gekomen om tot de kern van de kluwen glibberige algen door te dringen.

Ze namen plaats op de 'Plaine' van de centristen, op een paar passen afstand van het spreekgestoelte, waarop een onbekende redenaar de recente overwinningen van de patriottische strijdkrachten van de Republiek roemde. Het was koud tussen de stenen muren, bedekt met draperieën, en onder het enorme houten gewelf. Er werd niet gestookt, de omstandigheden van de tijd werden in ere gehouden. Bij het licht van de grote kroonluchters liet Danglard zijn onderzoekende blik over de menigte glijden en met name over de banken links, waar de montagnards van zich lieten horen.

'Daar heb je Danton,' fluisterde hij Adamsberg toe, 'derde rij, zesde plaats. Hij wordt over exact twee maanden onthoofd, en dat voorvoelt hij al.'

'Van het 8ste eskadron', bromde een gedeputeerde naast hen, 'bleef niet meer over dan twaalf paarden en negen man.'

De voorzitter van de Assemblée gaf nu het woord aan burger Robespierre. Stilte, een man loopt onbevangen de trap van het spreekgestoelte op en draait zich om. Uitbundig applaus, gegil van vrouwen die op de tribunes opeengepakt staan, gezwaai met vlaggen.

De acteur, onverstoorbaar, met een vale huidskleur onder zijn witte pruik, de stramme, magere borst ingesnoerd in een gestreept kostuum, liet zijn blik dwalen over de gezichten van de gedeputeerden, zette vervolgens zijn kleine ronde bril recht voordat hij zich over zijn tekst boog.

'Hij ziet lijkbleek', zei Adamsberg.

'Hij is gepoederd, dat is hij altijd', fluisterde Danglard, die hem beval te zwijgen, terwijl het publiek tegelijkertijd ineens stil was, na een nauwelijks zichtbaar teken van de acteur.

Zijn stem weerklonk in de ruimte, kil, snerpend, zonder veel volume. Gedurende het afsteken van zijn rede herhaalde hij zichzelf soms, was dan weer ontzettend getalenteerd, boosaardig, geruststellend, agressief, terwijl hij het geheel met enkele grote, onwillekeurige gebaren kracht bijzette.

'Het is tijd om het doel van de Revolutie duidelijk te omschrijven en de termijn waarop we dit willen bereiken; het is tijd om tegenover onszelf verantwoording af te leggen en ons rekenschap te geven van de obstakels die ons nog in de weg staan ...'

Na een kwartier voelde Adamsberg zijn oogleden zwaarder worden. Hij draaide zich om naar Danglard, maar de inspecteur keek, naar voren gebogen, geboeid en met open mond boven zijn kanten bef, naar de redenaar, alsof hij een onbekende diersoort voor zich zag. Het leek Adamsberg onmogelijk de inspecteur uit deze staat van verbijstering los te rukken.

'... We willen een samenleving waarin alle lage en wrede driften worden bedwongen, alle edelmoedige en weldadige driften worden aangemoedigd door de wetten ...'

Verveeld zocht Adamsberg naar wat begrip aan zijn rechterzijde, bij zijn streekgenoot en zoon van een wijnboer, Veyrenc. Minder onherkenbaar dan Danglard, maar even verbluft staarde Veyrenc, zonder ook maar iets van het schouwspel te missen, aandachtig naar de kleine, bleke en gespannen man die daarboven stond te oreren. Adamsberg keerde terug naar de acteur en vroeg zich af hoe het kwam dat hij zijn collega's zo fascineerde. Zeer elegant, subtiel en precies in al zijn gebaren wist de man te boeien door zijn bezielende voordracht, te verbazen door zijn strenge voorkomen, verwarring te zaaien door zijn bleekblauwe strakke blik en zijn bij tussenpozen knipperende ogen, te verontrusten door zijn verkrampte lippen, die zich nooit tot een glimlach leken te hebben geplooid. Dit was de geschiedenis tot leven gebracht, de voorzitter had hen gewaarschuwd, de acteur belichaamde de Onomkoopbare van de Revolutie zo goed als hij kon. En hij slaagde daar volkomen in.

'... *Wij willen dat in ons land de moraal heerst in plaats van het egoïsme, de macht van de rede in plaats van de dictatuur van de mode, minachting voor losbandigheid in plaats van minachting voor tegenspoed, trots in plaats van arrogantie, de zucht naar roem in plaats van geldzucht, we willen goede mensen in plaats van goed gezelschap, begaafdheid in plaats van geestigheid, de charme van het geluk in plaats van de verveling van de wellust* ...'

'Burger Robespierre!' onderbrak hem een stem van rechts in de Assemblée. 'Hoe kom je er, voor de duivel, bij dat de mens zodanig voor verbetering vatbaar is? Wil jij dat die "goede mensen" door almaar deugdzaam te zijn hun verstand verliezen, waarvan je zelf zo hoog opgeeft?'

'Dat staat niet in de tekst', fluisterde Danglard opgewonden in Adamsbergs oor. 'De rede van 17 pluviôse werd niet onderbroken.'

Adamsberg besefte dat Danglard oprecht geschokt was door deze afwijking. Evenals Robespierre, die zijn bril afzette en wiens bijna kleurloze blik onverbiddelijk naar de lastpost

gleed, wie hij slechts een minachtende grimas schonk. De man ging meteen weer zitten, zijn vuur was gedoofd.
'Mijn god', mompelde Veyrenc.
De redenaar had onverstoorbaar de draad weer opgepakt.
'... en dat we door ons werk met ons bloed te bezegelen, op zijn minst de dageraad van het universele geluk kunnen zien schitteren. Dat is onze ambitie, dat is ons doel.'
Het publiek stond als één man op en de zaal vulde zich met het geluid van verschuivende stoelen, schrapende banken, applaus, geschreeuw, onbeheerste uitvallen van gedeputeerden onderling, terwijl vanaf de tribunes van het volk de blauw-witrode vlaggen van de Revolutie zich ontvouwden.
Onthutst had Adamsberg onopvallend de zaal verlaten. Hij stond met zijn rug tegen een boom op zijn collega's te wachten en rookte een van Zerks sigaretten. Deze verbijsterende avond had hem evenzeer geërgerd als in verwarring gebracht en hij keek met een haast verbaasde blik naar mensen en gewone voorwerpen om hem heen: een boomrooster, voorbijgangers in jeans, de donkere etalage van een apotheek, een krantenkiosk. In amper een uur tijd had hij zich al min of meer gevoegd naar die andere tijd en was hij gewend geraakt aan de kleding, het licht, de declamaties, het gegons van de Assemblée. Wat Danglard en Veyrenc betrof, met hen viel die avond niet veel meer te beginnen, die waren gefascineerd en opgeslokt door de opgewonden sfeer van die tijd. Ja, hij begreep het nu. Wat een ontzagwekkend en gevaarlijk iets had die kleine François Château gecreëerd. In de greep van wat voor onvoorziene impulsen konden deze mannen geraken die al jarenlang meegesleurd werden in het raderwerk van die avonden, en wat voor afschrikwekkende moordenaar kon daaruit voortkomen.

Anderhalf uur later reden de drie mannen naar het zuiden zonder een woord te zeggen. Nadat hij hun gechoqueerde gezichten had gezien, besloot Adamsberg ze in stilte naar deze eeuw terug te laten keren. Pas nadat ze de Seine waren overgestoken en stilstonden voor een stoplicht, bromde hij kalm binnensmonds: 'Voetgangers, asfalt, stank, eenentwintigste eeuw.'

'Je hebt er niets van begrepen', antwoordde Veyrenc.

'Zolang jij me geen "burger" noemt, heb ik nog hoop.'

'Werkelijk niets van begrepen', hield Veyrenc vol.

'Weten jullie nog', zei Danglard vanaf de achterbank, 'wat Château tegen ons zei? Dat ze Robespierre niet konden vervangen? Dat we dat vanavond zouden begrijpen?'

'Ja', zei Adamsberg. 'Omdat die acteur voortreffelijk is.'

'Nee, commissaris. Omdat hij hem is.'

'Wie "hem"?'

'Robespierre. De acteur, zoals u het noemt, dat is Hem, dat ís Robespierre. Dat ís de Onomkoopbare.'

Adamsberg voelde dat het zinloos en misplaatst en bijna ordinair zou zijn om zijn verhitte collega's eraan te herinneren dat Robespierre onthoofd was. Wat werd bevestigd door Veyrenc, die zijn gezicht naar het raampje had gedraaid en voor zich uit zat te mompelen: 'Daar valt niets aan toe te voegen. Het was Hem.'

19

'Hebbes, commissaris', zei Mordent, die met grote passen het kantoor van Adamsberg binnenliep.
Ongetwijfeld werd door de lange, dunne benen van Mordent zijn steltlopershouding geaccentueerd.
'Wat?' zei de commissaris zonder op te kijken.
Adamsberg stond achter zijn tafel, en dat was niet wat Mordent ergerde, want de commissaris werkte bijna altijd staand. Maar juist dat hij niet werkte. Hij was aan het tekenen. Terwijl de hele brigade zenuwachtig in afwachting was van de telefoontjes van de commissariaten en gendarmeries uit het hele land, na het door Adamsberg zelf verstuurde opsporingsbericht met betrekking tot de vierde, zogenaamde zelfmoord. Erger nog dan tekenen, hij was aan het aquarelleren, waarvoor hij ongetwijfeld materiaal had geleend van Froissy, die als het haar uitkwam weleens landschappen schilderde.
'Bent u aan het tekenen?' vroeg Estalère, die Mordent op de voet was gevolgd.
Estalère moest altijd – en niemand wist waarom – iemand op de voet volgen. Als een verloren eendenkuiken dat zich in een rij voegt. Het maakte niet uit op wie de agent stuitte als hij in de gang een hoek om sloeg, Mordent, Voisenet, Noël, Justin, Kernorkian, Froissy of een ander, hij haakte aan en volgde. Zodat inmiddels iedere agent eraan gewend was plotsklaps de jongeman achter zich te zien lopen en een deel van de taken waarmee hij bezig was aan hem te delegeren.
'Afgelopen nacht, Estalère, werd ik tegen vieren wakker met een gedachte in mijn hoofd', legde Adamsberg hem uit. 'Die heb ik op een papiertje geschreven en ik ben weer in slaap gevallen.'
Adamsberg haalde een verkreukeld velletje papier uit zijn zak en gaf het aan de jongeman.
'"Tekenen",' las Estalère. 'Was dat uw gedachte, commissaris?'

'Ja. Dus ik gehoorzaam. Je moet luisteren naar de gedachten die 's nachts opkomen. Let op, Estalère, beslist niet naar die van 's avonds, die zijn vaak overspannen en fnuikend.'

'En die van 's nachts dan? Wat zijn die?'

'Dat valt niet te zeggen', zei Adamsberg hoofdschuddend en hij doopte zijn fijne penseel in een kom water.

'Commissaris,' onderbrak Mordent hem, 'ik meldde u net iets toen ik binnenkwam.'

'Dat weet ik, inspecteur. U bent zelf opgehouden met praten. U zei: "Hebbes", en ik antwoordde: "Wat?" Ziet u wel dat ik naar u luister.'

'We hebben onze dode', zei Mordent op nadrukkelijke toon.

'De vierde? Met het teken?'

'Ja. Al weten we nog niet of het de goede dode is.'

'Wat is dat, een "goede dode"?' vroeg Estalère.

'Dat wil zeggen', begon Adamsberg uit te leggen terwijl hij achteruitstapte om zijn tekening te beoordelen, 'dat we niet weten of het de ontbrekende man is op wie de voorzitter van de vereniging ons heeft gewezen. Of dat we op een andere dode zijn gestuit. In de IJslandse zaak, die geen zaak meer is, waren we bang dat er nog zes doden zouden vallen toen de moordenaar eenmaal de vaart erin had. In deze zaak kunnen we vrezen voor meer dan zeshonderd. Sorry,' zei hij terwijl hij zijn penseel neerlegde en Mordent aankeek, 'maar bij het aquarelleren zijn er penseelstreken die je niet kunt laten drogen voordat je er helemaal klaar mee bent. Wie? Waar? Hoe? Voer alle agenten af naar de conciliezaal.'

Estalère snelde het kantoor uit, ditmaal zonder iemand te volgen. Conciliezaal betekent vergadering, betekent koffie halen. Met suiker, zonder suiker, een of twee klontjes, met melk, zonder melk, of een wolkje, sterk of gewoon, hij kende dat allemaal op zijn duimpje al naar gelang ieders wens. Zelf dronk hij geen koffie. Adamsberg keek op zijn stilstaande horloges en Mordent wees hem erop dat het elf uur was.

'Het telefoontje kwam van de gendarmerie van Brinvilliers-le-Haut, vlak bij Montargis', meldde Mordent toen ze eenmaal allen in de zaal zaten.
'In de Loiret', preciseerde Danglard.
'Ze hadden daar geen zelfmoord maar een dodelijk ongeluk negentien dagen geleden, in het dorpje Mérecourt-le-Vieux.'
'Dat is vier dagen voor de dood van Alice Gauthier', rekende Veyrenc uit.
'Waarom hebben ze onze oproep beantwoord?' vroeg Justin. 'Daarin was geen sprake van "ongeluk" maar van "vermoedelijke zelfmoord".'
'Omdat een van de brigadiers, die op de avond van het "ongeluk" daarheen is gegaan, helblauwe krijtvlekken van een muur op zijn mouw had. Na onze oproep – hij was behoorlijk opgewonden aan de telefoon, dus ik vertel de dingen maar zoals hij ze heeft gezegd – vroeg hij zich af wat dat blauwe krijt daar deed op de trap van een oude donkere kelder. De trap was smal, daarom had hij die vlekken opgelopen toen hij met zijn jasje langs de muur streek.'
'Heeft het ongeluk dan in een oude donkere kelder plaatsgevonden?' vroeg Voisenet.
'Inderdaad.'
'Man? Vrouw?'
'Een man van zestig. Hij ging iedere avond na de maaltijd – in het donker dus – alvast twee flessen wijn halen voor de volgende dag. Twee flessen die hij altijd horizontaal in zijn handen hield om de droesem niet op te schudden. Dat zei zijn zus, want hij woonde bij het gezin van zijn zus. Ze heeft op dit feit gewezen om het ongeluk te verklaren: hij is de trap op lopend over een van de treden gestruikeld en is achterovergevallen. Omdat hij beide handen niet vrij had – vanwege die flessen wijn – heeft hij zich niet kunnen vastgrijpen. Hij is achterover de hele trap af getuimeld. De flessen ook, waarvan er trouwens een heel is gebleven, vermeldde de agent nog.'

'Er bestaat geen gerechtigheid', zei Kernorkian.

'Wat heeft het onderzoek opgeleverd?' vroeg Adamsberg. 'Zou een van de familieleden hem een duw kunnen hebben gegeven?'

'Ze zaten allemaal nog aan tafel op het moment van de val. Aan het laatste restje van de wijn die hij de vorige avond uit de kelder had gehaald', zei Mordent, zijn aantekeningen raadplegend.

'En, die brigadier?'

'Een oude rot in het vak. Hij is vanmorgen teruggegaan om die trap te bekijken, vanwege die krijtvlek.'

'Slim, die vent', zei Veyrenc.

'Nogal, ja. En hij heeft een helblauw figuurtje op de vuile muur aangetroffen. Van zo'n vijftien centimeter groot ongeveer. De tekening is beschadigd doordat het jasje erlangs is gestreken, maar het teken is nog duidelijk te zien.'

Mordent liet de print van de door de gendarme gestuurde foto rondgaan.

'De moordenaar is niet uit op verfijning', zei Danglard. 'Krijt, oogpotlood, punt van een schaar, van een mes. Zolang hij zijn stempel maar kan zetten, daar gaat het hem om. En zoals we hebben gemerkt, hoeft het voor hem niet op te vallen. Maar hij kan het niet laten het te plaatsen en dat is een teken van trots bij bepaalde moordenaars. Banaal', voegde hij eraan toe terwijl hij naar Retancourt keek.

'Ik denk', zei Adamsberg, die de blauwe tag bestudeerde, 'dat de moordenaar in het geval van Jean Breuguel het teken met zijn linkerhand heeft aangebracht. Dat zou verklaren waarom het zo onbeholpen is getekend.'

'Waarom met de linkerhand?'

'Omdat zijn rechterhand droop van het bloed.'

'Wat schieten we daarmee op?' vroeg Noël, die weliswaar een vrouwenhater was en een oppervlakkige, agressieve man, maar beslist niet dom.

'Dat we weten, brigadier, dat het geval Breuguel, niet te verwarren met Brueghel, niet tot onze serie behoort.'

'Wat is dat, dat gedoe van "Breuguel niet te verwarren met Brueghel"?'

'Vraag dat maar aan Bourlin, dit heb ik van hem.'

'Als je "Breuguel" zegt,' legde Danglard uit, 'ben je geneigd te denken dat het om Brueghel de Oude gaat, een Vlaamse schilder uit de zestiende eeuw.'

'Nee,' zei Noël, 'dat ben je niet geneigd te denken.'

'Dat is waar', erkende Adamsberg. 'Mordent, wat is de naam van het slachtoffer, is er een foto, wat is zijn beroep?'

'Angelino Gonzalez. Hij is hoogleraar zoölogie geweest aan de universiteit van Laval, in Quebec, en daarna aan die van Jussieu in Parijs. Sinds zijn pensionering woonde hij bij zijn zus totdat hij een appartement had gevonden in Bretagne. Het is een Breton.'

'Angelino Gonzalez een Breton?' zei Noël grinnikend.

'Kop dicht, Noël', zei Adamsberg enkel, en hij stond op het punt eraan toe te voegen: 'En waar komt u vandaan?' aangezien de brigadier een voogdijkind was dat op een kerstmorgen in een besneeuwd kerkportaal was gevonden, als in een sprookje, zou Mordent hebben gezegd. Behalve dan dat dit bepaald niet sprookjesachtig was.

'Wat voor soort zoöloog?' vroeg Voisenet.

'Een vogeldeskundige.'

'Victor heeft het over een keizerspinguïndeskundige gehad, in hun groep', zei Kernorkian.

'Er staat niet bij dat Gonzalez een deskundige in noordpoolvogels was', zei Mordent.

'We hebben IJsland laten vallen', bracht Mercadet kordaat in herinnering.

'Helemaal', stemde Adamsberg hiermee in. 'Justin, laat zijn paspoort niettemin controleren.'

'Dat is gedaan,' zei Mordent, 'maar het is pas acht jaar oud.

Twee retourtjes Frankrijk-Canada, meer niet.'

'We hebben IJsland laten vallen', herhaalde Mercadet.

'Hoe vaak gaan we dat nog zeggen?' vroeg Danglard lichtelijk ongeduldig.

'Het is logisch', zei Adamsberg, 'dat IJsland nog in ons hoofd zit. Stuur de foto van Angelino Gonzalez naar de voorzitter van de vereniging. En naar Victor.'

'Verdomme', zei Danglard. 'Waarom naar Victor?'

'Waarom niet, inspecteur', zei Adamsberg terwijl hij opstond. 'Maak u niet druk, we hebben de witte rotsen achter ons gelaten. Ik vrees overigens dat onze volgende reis naar de noordpoolcirkel van Robespierre nog ijziger zal zijn.'

Het team ging ongedisciplineerd uiteen om te lunchen in de Cornet à dés of in de Brasserie des Philosophes, terwijl sommigen met een broodje bleven waar ze waren, wat de keus van Adamsberg was, die nog iets 'te doen' had, dat wil zeggen: te tekenen.

De antwoorden lieten niet lang op zich wachten. Dat van Victor, die 'deze man, die beslist niet op de pinguïnliefhebber leek, nooit had gezien', en dat van François Château, die hem, ja, wel dacht te herkennen. Maar, kon hij nog andere foto's zien voor alle zekerheid?

Ze hadden om drie uur afgesproken op zijn kantoor, op het adres van de vereniging. Een teken van vertrouwen, maar op de uitdrukkelijke voorwaarde dat, als Veyrenc meekwam, hij zijn hoofd moest bedekken. Wat hij deed door zijn haar te verbergen onder een zwarte pet, waarop in gouden letters PARIJS stond.

'Dit is het enige wat ik in de voorraad heb gevonden', zei Veyrenc. 'En ik heb dit kaki jack van Retancourt geleend. Goed, hè? Ik loop achter jullie aan.'

'Waarom zien ze ons,' zei Adamsberg, 'wat we ook doen, altijd aan voor smerissen?'

'Vanwege onze verdorven blik,' zei Danglard, 'onze misplaatste waakzaamheid, ons wantrouwen, de macht die we denken te hebben, een aanval die iedereen voor mogelijk houdt. Kwestie van feromonen, de kap maakt de monnik niet.'

'Over die kap gesproken,' zei Adamsberg, 'Danglard, hebt u ons gisteravond gefotografeerd, verkleed als achttiende-eeuwse afgevaardigden? En hebt u die beelden verspreid via de mobieltjes van alle agenten van de brigade?'

'Uiteraard. Ik vond ons zeer achtenswaardig.'

'Maar ze moesten allemaal om ons lachen.'

'De lach is een verdediging tegen wat indruk maakt. U viel erg in de smaak, kan ik u vertellen. Froissy is sinds vanmorgen tien voor half tien verliefd op u. Dit verstoort het gebruikelijke beeld dat ze van u hebben. Mannen zowel als vrouwen.'

'Heel goed, Danglard. En wat levert me dat op?'

'Ambiguïteit.'

Adamsberg was het gewend met zijn mond vol tanden te staan na een weerwoord van zijn collega.

20

'Werkelijk, ik geloof dat, ja, ik geloof dat ik hem hier heb gezien', zei François Château terwijl hij de vier foto's bekeek die Adamsberg had meegebracht. 'U kunt uw pet nu wel afzetten, brigadier', voegde hij er glimlachend aan toe.
'Hij heet Angelino Gonzalez', zei Veyrenc en hij schudde vervolgens zijn haren los.
'Brigadier, u had niet moeten optreden in de Assemblée van de Revolutie', ging Château nog steeds glimlachend verder. 'Maar in de Romeinse senaat. Een echt klassiek borstbeeld, u zou er geknipt voor zijn geweest. Maar neem me niet kwalijk, ik dwaal af, ik zoek een rol voor u. Angelino Gonzalez? Ik ken hun namen niet, dat heb ik u gezegd.'
'Maar u observeert ze wel', zei Adamsberg.
'We moeten weten wat voor soort mensen hier komen, nietwaar. Na de zitting – u bent gisteren te vroeg vertrokken – wordt er in een kleinere zaal een buffet opgediend. Niet kosteloos, maar bijna iedereen gaat erheen. Dat is het moment om niet alleen een hapje te eten en te drinken, maar ook om zomaar wat te praten. Zo nu en dan ben ik erbij, doe ik mee, vang ik gesprekken op. Ik kan welhaast met zekerheid zeggen dat vijfenzeventig procent van onze leden van beroep historicus is, wat niet wegneemt dat ze in vuur en vlam raken, dat heb ik u verteld. Nog eens vijftien procent is amateurhistoricus, uit allerlei beroepsgroepen, nieuwsgierige mensen, dorstend naar kennis. Zoals er, neem me niet kwalijk, een politieman als inspecteur Danglard tussen zou kunnen zitten, nietwaar. De overige tien procent is van alles wat, vrije beroepen, ambtenaren, psychologen en psychiaters, industriëlen, pedagogen, leraren, theatermensen ook. Er zijn een paar kunstenaars bij, maar ik constateer dat er nauwelijks verband bestaat tussen belangstelling voor geschiedenis en het beoefenen van kunst. Na een jaar

of twaalf ken ik ze om zo te zeggen allemaal. En allemaal, stuk voor stuk, zijn ze gecharmeerd van de opvoering in kostuum, de natuurgetrouwe teksten, de sfeer van die tijd en, ik denk dat ik dat wel kan zeggen, van het feit dat we de historische kleding dragen. Dat zet de zaak luister bij.'

'Dat viel me op', zei Danglard.

'Ziet u. En dan noem ik nog niet eens het feit dat we een rol spelen, zelfs zonder woorden. Hier telt iedereen, inspecteur, iedere stem is belangrijk. We stemmen op de vergaderingen. We formuleren gezamenlijk ideeën en wetten. Kortom, we worden belangrijk.'

'En de "incidentelen"?' vroeg Adamsberg.

'Die veronachtzaam ik beslist niet. Onder hen zou je "infiltranten" kunnen aantreffen, "spionnen", tegenstanders. Zonder dat ze de jaarlijkse contributie betalen – die hoog is, denkt u alleen al aan de prijs van de kostuums en het wassen ervan – hebben zij recht op drie zittingen per jaar, waarbij ze per avond betalen, net als in het theater. We kunnen niet zonder hen: al onze vaste leden zijn begonnen als "incidentelen". Maar anderen blijven zeer beslist bezoekers. Dat gold – vanzelfsprekend – voor Henri Masfauré, maar ook voor Alice Gauthier en uw derde man, met de naam van de schilder.'

'Jean Breuguel.'

'Precies.'

'Als u niet naar een naam of identiteitskaart vraagt, hoe kunt u dan weten dat uw "incidentelen" maar drie keer komen?' vroeg Veyrenc. 'Of hoe weet u bij uw vaste leden dat een ander niet hun plaats inneemt?'

'We vragen een pseudoniem en we fotograferen een van beide handpalmen. Bij de balie vergelijken we de tekening van de handlijnen met onze foto. Het is betrouwbaar en gaat heel snel, en het is heel wat anders dan een vingerafdruk.'

'Goed bedacht', zei Veyrenc.

'Nee, dat is zo gek nog niet', zei Château tevreden. 'Anderen dachten aan de achterkant van de identiteitskaart, maar dat is te veel informatie. Dan zou je gemakkelijk bij de persoon uitkomen.'

'Welke "anderen"?' vroeg Adamsberg.

'Mijn twee medestichters, ik heb u over hen verteld, de secretaris en de penningmeester, die eveneens anoniem zijn en over mijn persoon waken.'

'Zijn het ook boekhouders?'

Opnieuw glimlachte Château. Na zijn aanvankelijke aarzeling was de man, alles welbeschouwd, innemend en fijnzinnig.

'Daar hebben we het maar niet over, commissaris. Laten we zeggen dat ze allebei verzot zijn op geschiedenis.'

'Verzot', herhaalde Danglard. 'Ze zijn dus niet historicus van beroep.'

'Dat heb ik niet gezegd, inspecteur. Zij zijn degenen die met het experimentele aspect van ons werk belast zijn.'

'Het onderzoek naar "het Robespierre-effect".'

'Dat niet alleen. Ook het therapeutische effect. Dat hebben we pas later ontdekt. Veel mensen die depressief zijn of ziekelijk verlegen, of die zich zorgen maken, zijn hier herrezen. Ze vinden weer vaste grond onder de voeten, ze kunnen de werkelijkheid weer aan via deze nieuwe werkelijkheid op een ander plan. U begrijpt wat ik bedoel, nietwaar? U moet mijn compagnons maar ontmoeten – laten we ze Leblond en Lebrun noemen, als u het goedvindt – zij kennen onze leden beter dan ik, en met name de vreemde, de ongewone. En misschien die "incidentelen", die trouw zijn maar vastbesloten in de marge te blijven. Dat is een zorg.'

'En een onduidelijke kwestie', zei Veyrenc. 'Waarom heeft men het op hen gemunt terwijl zij het minst representatief zijn voor uw bijeenkomsten?'

'Een ongelukkige samenloop van omstandigheden misschien, want het vierde slachtoffer, Gonzalez nietwaar, was geen incidentele. Maar ik kan wat hem betreft niets met zekerheid zeggen. Want als het de man is aan wie ik denk, dan droeg hij altijd pruik en kostuum. Ik vind het dus heel moeilijk hem te identificeren op grond van deze foto van een dode. Niettemin had hij een lange neus, vermoeide ogen en dikke lippen, ik denk niet dat ik me vergis.'

'Eén moment', zei Adamsberg en hij stond op. 'Hebt u papier?'

'Natuurlijk', zei Château lichtelijk verbaasd en hij reikte hem een blaadje aan.

Adamsberg koos een foto uit van Gonzalez en maakte een snelle, precieze tekening van hem.

'Mooi', zei Château. 'U hebt waarschijnlijk geen grote belangstelling voor geschiedenis, nietwaar?'

'Ik heb geen geheugen voor geschreven tekst, ik onthou alleen wat ik zie. Nu moet u goed opletten.'

Met trefzekere, dunne lijnen voorzag Adamsberg het gezicht van Gonzalez van een pruik, een halsdoek, een opgezette kraag en een tot bef gestrikte das.

'En nu?' vroeg hij terwijl hij Château de tekening aanreikte.

De voorzitter knikte instemmend, en geïmponeerd wreef hij vervolgens over zijn kale kruin.

'Natuurlijk,' zei hij, 'ik ken hem. Ik zie hem nu zelfs heel duidelijk voor me.'

'Een incidentele?'

'Nee. Een liefhebber van heftige emoties. Hij komt vaak, voor de grote voorstellingen. Deze Gonzalez gaf zich altijd op voor een rol. Hij heeft een uitstekende Hébert neergezet, onbeschaamd, liederlijk grof – dat was de man die *Le Père Duchesne* redigeerde, weet u.'

'Nooit van gehoord', zei Adamsberg.

'Neemt u me niet kwalijk', herstelde Château zich en hij kreeg een kleur. 'Ik wilde u niet beledigen.'

'Geen centje pijn.'

'Ik bedoelde dat hij in de rol van Hébert om de vijf woorden "sodemieter dit" en "sodemieter dat" zei. Gonzalez heeft zich helemaal uitgeleefd, het waren mooie zittingen. "Laten die onderkruipsels van de Plaine in de zak niezen!" Robespierre was vreselijk geschokt, zoals elke keer dat Hébert begon te schelden in zijn platvloerse taal.'

'In de zak niezen?' vroeg Adamsberg.

'Een uitdrukking uit die tijd voor "eindigen onder de guillotine". Gonzalez had eveneens succes met de ongegeneerde rol van Marat. Hij had werkelijk bijzondere zorg besteed aan zijn opmaak, want hij wilde hangende oogleden hebben. We hebben hier drie grimeuses', verduidelijkte de kleine Château terwijl hij weer opleefde, zoals telkens wanneer hij het over zijn 'concept' had. 'In een heel andere stijl heeft hij de onontkoombare Couthon neergezet. Ja,' zei hij en gaf Adamsberg het portret terug, 'dat vond hij heerlijk. Koffie?' vroeg hij en stond op.

Adamsberg keek op zijn horloges en daarna op de klok aan de houten wand.

'U bent veel tijd aan ons kwijt', zei hij.

'Nog meer dan u gaat het mij ter harte erachter te komen wie onze verenigingsleden vermoordt. Ik heb alle tijd voor u', zei hij onder het geronk van het koffieapparaat. 'Vier moorden in drie weken. Maar het zal verschrikkelijk lastig worden in deze mensenmassa de moordenaar aan te wijzen.'

'Dat wil zeggen', merkte Adamsberg op, 'dat we betere kansen zouden hebben als iedereen de waarheid sprak.'

En hij zag de helse wirwar van algen weer voor zich die hem tot 's nachts aan toe gevangenhield. Wat hem nu te doen stond, vond hij niet prettig.

'Waar vindt u nu een ingang, commissaris, en op basis waarvan?' vroeg de voorzitter kalmpjes.

'Op basis van Robespierre.'

'Buitengewoon, nietwaar?' zei Château en hij zette de kopjes op zijn bureau. 'Ik heb het u ronduit gezegd. En toch, de toespraak van 17 pluviôse is zonder twijfel een bravourestuk, maar hier en daar nogal saai, zoals heel vaak bij de Onomkoopbare. Nou ja, hij slaagt er evengoed in om dat acceptabel te maken.'

'Net als hij.'

'Welke hij?'

'Dat zeiden mijn medewerkers toen we gisteravond naar huis gingen. Ze kwamen bijna in shocktoestand bij de zitting vandaan.'

'Nu al?' glimlachte Château en hij ging met de suikerpot rond.

'"Het was hem", zeiden ze. *In eigen persoon*: Robespierre.'

De voorzitter wierp een verraste blik op Danglard en Veyrenc, die zelf niet-begrijpend naar Adamsberg zaten te kijken, in verwarring gebracht doordat de commissaris hun reacties van de vorige dag bekendmaakte.

'Ze hadden gelijk', ging Adamsberg verder. 'Het was hem. En daarom kunnen jullie hem natuurlijk niet vervangen.'

'Waar hebt u het over, commissaris?' vroeg Château hoofdschuddend. 'Uw eigen medewerkers kunnen u niet meer volgen, of vergis ik me?'

'Mag ik roken?'

'Ga uw gang', zei Château en hij haalde een asbak uit zijn la.

Adamsberg wurmde een sigaret tevoorschijn terwijl hij met zijn andere hand een map pakte en op het bureau legde. Hij haalde er een aquarel uit op stevig papier, die hij aan Château gaf.

'Wat vindt u hiervan?' vroeg hij.

'Het is geen knappe man,' zei Château na enig stilzwijgen waarbij hij zijn lippen op elkaar had geknepen, 'maar het is een voortreffelijk portret. U hebt werkelijk talent.'

'En lijkt het?' ging Adamsberg verder terwijl hij het portret aan zijn medewerkers overhandigde.

Hij stak zijn sigaret aan, leunde achteruit in zijn stoel en, wat hem zelden in zijn leven overkwam, het lukte hem niet tot rust te komen.

'Zeker', zei Château. 'Ik ben het.'

'Ontegenzeggelijk', zei Danglard nogal verbaasd, en hij legde de aquarel voorzichtig op het bureau terug om hem niet te beschadigen.

'Is het een cadeau, commissaris?' vroeg Château, op zijn hoede.

'Met alle genoegen, maar later. Denkt u maar weer aan wat we zojuist hebben ervaren met het gezicht van Gonzalez toen we hem pruik en kostuum gaven. Ik ben zo vrij geweest voor u exact de kleding te kiezen die Robespierre gisteravond droeg. Een gestreept kostuum in twee goudbruine tinten ton sur ton, roomwit voor de kanten bef, glanzend wit voor de pruik, een ronde bril en natuurlijk een gepoederd, lijkbleek gezicht.'

Adamsberg liet de tweede tekening aan zijn medewerkers zien en overhandigde haar vervolgens aan de voorzitter. De drie mannen zaten gespannen af te wachten en Adamsberg liet onbedoeld zijn as op het parket vallen.

'Een gezicht zonder de roze gelaatskleur die u van nature hebt', voegde hij eraan toe.

Ziezo, dat was dat, en Adamsberg stond op om even wat heen en weer te lopen, waarbij hij onopvallend zijn armen in neerwaartse richting uitrekte.

'Het is hem', zei Danglard zacht, terwijl Veyrenc, ontsteld, alleen maar naar het portret bleef staren.

'Welke hem?' vroeg Adamsberg voorzichtig. 'Hem, Maximilien Robespierre, onthoofd in 1794? Of u, hier tegenover ons, de heer François Château? Robespierre teruggekeerd uit het rijk der schimmen? Of François Château, die hem zo goed, zo door en door kent dat hij in staat is te laten zien hoe verkrampt hij glimlacht, met zijn ogen knippert, zijn gezicht in de plooi houdt, subtiele bewegingen met zijn handen imiteert, zijn stem nabootst en in een stijve houding blijft staan, met een kaarsrechte rug? Een rug', zei hij terwijl hij naar het bureau terugliep en zich naar Château boog, 'die u overigens van nature heel recht houdt, gebaren die bij u van nature subtiel zijn, een stem die bij u van nature zwak klinkt, ogen die bij u van nature licht zijn, een glimlach die bij u van nature verkrampt is.'

Château leed, en zijn pijn verspreidde zich als een giftige geur door de kleine kamer en raakte de mannen stuk voor stuk. In zijn ontreddering, en nu de tekeningen van Adamsberg de dubbelganger hadden ontmaskerd, herkenden ze in hem de Robespierre van gisteren. Hij zat er verkrampt bij, zijn lippen waren smal geworden en het jeugdige roze was uit zijn wangen weggetrokken. Adamsberg liet zich uitgeput op zijn stoel neervallen, alsof hij moe was en diepbedroefd over zijn eigen uitval. Hij legde zijn gedoofde peuk in de asbak en schudde nogal treurig zijn hoofd.

'Maar u, meneer Château, u kunt glimlachen, terwijl Hij dat tot zijn schade niet kon. U hebt niet zijn bleke gelaatskleur, u draagt geen bril, u hebt geen zenuwtrekking in uw gezicht. Zoals u ook geen korsten op uw benen hebt en geen bloedneuzen. Ik heb me gisteren een beetje gedocumenteerd, zoals u ziet.'

'Dan betekent het gewoon', zei Château op neutrale toon, 'dat ik een heel goede acteur ben. Maar nogmaals, commissaris, mijn complimenten. Ik ben zelf iemand die goed oplet, maar ik was ervan overtuigd dat geen mens ooit zou vermoeden dat mijn alledaagse gezicht schuilging achter het zijne. Uw eigen medewerkers hebben het niet eens herkend, naar wat ik constateer.'

'Zodat u terecht meent dat u in gevaar verkeert. Als ik François Château achter Robespierre kon zien, dan kan een ander dat ook. Geen mens zal u kunnen vervangen op dat spreekgestoelte. Niemand is daartoe in staat. Uw dood betekent het einde van de vereniging. Sterker nog: als u er niet meer bent, verdwijnt Robespierre op zijn beurt, dan verlaat hij de wereld voor de tweede keer. Toch hadden ze destijds uit voorzorg zijn lichaam bedekt met kalk, zodat er niets meer van hem over was. Maar zijn ziel? Waar is zijn ziel heen gegaan?'

'Ik kan me niet vinden in die verhalen over een ziel, commissaris', zei Château op wat hardere toon.

'We zullen u met rust laten, meneer Château. Ik neem de vrijheid over drie uur terug te komen.'

'En om welke reden, als ik vragen mag?'

'Omdat u niet een "heel goede acteur" bent. U bént *Hem*, zoals mijn medewerkers hebben gezegd. Of, anders gezegd, u bent een uitstekende acteur, want u bént *Hem*.'

'U laat nu alle redelijkheid varen, commissaris.'

'Ik ben terug' – Adamsberg wierp een blik op de klok – 'om half acht. Zorg intussen goed voor uzelf, nog beter dan u voor mogelijk houdt.'

21

Zodra hij het kantoor van de vereniging had verlaten – je moest langs twee hekken met een bewaker, die voorzien waren van veiligheidssloten en elektronische codes, zodat de voorzitter beschermd was als in een vesting – gaf Adamsberg Retancourt de opdracht om continu zorg te dragen voor de veiligheid van François Château. De moordenaar had Masfauré uit de weg geruimd, want zonder zijn financiële bijdrage bestond de vereniging niet meer. Die eerste slag was fataal. Vermoedelijk was na deze moord Robespierre het volgende doelwit. Gaandeweg de mensen bezorgd maken, dan angst zaaien en ten slotte een schrikbewind instellen, zoals Robespierre had gedaan, voordat hij toesloeg. *Leef nog een paar dagen om aan mij te denken, slaap om van mij te dromen. Vaarwel. Vandaag nog zal ik naar je kijken en genieten van je doodsangst.* Hoeveel leden was hij van plan te vermoorden? Genoeg om het gerucht in de wereld te brengen en te zorgen dat de vereniging leden verloor voordat hij haar in de ziel trof? Genoeg om Robespierre-Château in zijn eentje getuige te laten zijn van de ineenstorting van zijn levenswerk? Ja, zijn teken duidde erop dat hij anti-Robespierre was, het was een tekening van de guillotine 'à la Lodewijk XVI'. Het was het kenmerk van de ultieme macht van de koning, zelfs over het apparaat dat hem zou onthoofden.

'Blijf vlak bij hem, Retancourt – zet de kleine Justin erop, die trekt geen aandacht – met Kernorkian op de motor. Rouleer met wie u wilt, maar niet met Mercadet, Mordent of Noël.'

Retancourt leidde hieruit af: de een is te slaperig, de ander te uitgeput en de laatste te impulsief.

'Laat Froissy op haar post, ik heb haar nodig voor het onderzoek. Weet u of ze al iets heeft gevonden?'

'Nog niet. Ze is op zoek naar een directere weg, dat wil zeggen een illegale.'

'Prima. Ik denk dat ik het kantoor van de vereniging omstreeks half negen verlaat. Dan moeten Justin en Kernorkian al klaarstaan, ik geloof dat de man echt in gevaar verkeert. Maar dat hoeft niet nu te zijn. Het kan weken duren', waarschuwde Adamsberg, die wist hoe zenuwslopend het was om eindeloos zonder duidelijk resultaat iemand te schaduwen. 'Danglard en Veyrenc gaan terug naar de brigade, zij leggen het team uit wat de situatie is.'

'Je had het bij het juiste eind,' zei Veyrenc, 'François Château speelt Robespierre. Maar wat schieten we ermee op? Waarom bijt je je nu toch weer in hem vast?'

De drie mannen bleven nog even bij hun auto staan. Adamsberg ging een stukje lopen, dat was zonneklaar zonder dat het met zoveel woorden gezegd hoefde te worden. Hij had zijn schoudertas met tekeningen aan Veyrenc meegegeven voor het verslag aan de collega's en liep met zijn handen in zijn zakken.

'Omdat we nu weten dat de man in gevaar verkeert', zei Adamsberg.

'Dat hebben we begrepen', zei Danglard. 'De vraag is: waarom je vastbijten?'

'Danglard, hebt u ooit een eenmaal aangebroken fles half leeggedronken?'

'Wat heeft dat ermee te maken?'

'Dat snapt u best. We hebben de fles François Château niet leeggedronken. We kunnen de zaak vanuit twee standpunten bekijken: François Château ís Robespierre, en hij verkeert in gevaar. Of: François Château ís Robespierre, en hij is gevaarlijk. Of het is nog minder eenvoudig.'

Veyrenc – zijn haar weer weggestopt onder zijn toeristenpet – fronste zijn wenkbrauwen en stak een sigaret op, waarna hij als vanzelf Adamsberg zijn pakje voorhield.

'Zou Château zo van Robespierre vervuld zijn dat hij met hem samensmelt?' zei hij. 'Dat hij die slachtingen nabootst? En dat hij zodra hij een vijand heeft gedood, weer een ander als vijand ziet?'

'Dat kan eindeloos doorgaan,' wist Danglard, 'want de vijand op wie Robespierre jacht maakte, zat in hemzelf. Maar waarom zou Château ons in dat geval geschreven hebben?'

'Ik heb geen idee', zei Adamsberg, die van het ene been op het andere stond te wippen, een teken dat hij elk moment kon vertrekken. 'We moeten de fles leegdrinken. Tot wat er op de bodem ligt.'

'De droesem', zei Danglard.

'Nee', corrigeerde Adamsberg. 'Het is als een fles met twee kurken. Het eerste deel hebben we leeg. Als Froissy haar werk op tijd klaar heeft, hoop ik de tweede kurk te laten knallen.'

'Wat hebt u Froissy gevraagd?'

'Uit te zoeken wie François Château is.'

'Denkt u dat hij een valse naam voert?'

'Absoluut niet. Stuur me vanaf de brigade een foto van Victor.'

'Wat heeft Victor er nu weer mee te maken?' vroeg Danglard.

'Hij was secretaris van Masfauré, hij kan dus met hem zijn meegegaan naar de vereniging, dingen hebben gehoord, dingen te weten zijn gekomen. Zeg, Danglard, had Robespierre nakomelingen?'

'U zit helemaal verkeerd, commissaris. Men zegt dat Robespierre een levenloze buik had. Dat wil zeggen, begrijp me goed, een levenloze onderbuik.'

'Dat was me duidelijk.'

'Ik heb het niet over impotentie maar over invaliditeit. Een opmerkelijk symptoom van zijn voortgewoekerde ziekte.'

'Zerk heeft voor vanavond een lamsbout klaargemaakt', onderbrak Adamsberg hem. 'Het is te veel voor ons tweeën.'

'Ik zorg voor de wijn', zei Danglard haastig, want de witte wijn die Zerk op de hoek van de straat kocht bezorgde hem buikkrampen als was het een schoonmaakmiddel.

'Het gaat me niet zozeer om uw gezelschap,' voegde Adamsberg er glimlachend aan toe, 'maar ik moet weer eens weten wat u weet.'

'Wanneer het onderzoek is afgesloten, gesteld dat het zover komt, mag ik dan een van de tekeningen houden?' vroeg Danglard.

'U ook al? Waarom?'

'Gewoon, het is een mooi portret van Robespierre.'

'Een portret van Château', verbeterde Adamsberg hem. 'Nu haalt u zelf die twee al door elkaar. Wat moeten we dan van hem wel niet denken?'

De Seine was te ver weg om heen en terug te kunnen, vooral in het rustige tempo waarin hij liep. Het was het beste om naar het canal Saint-Martin te gaan. Dat was ook water. Het was natuurlijk niet de Gave de Pau, maar het was nog altijd een soort rivier waar je langs kon lopen, met die meeuwen erboven. De panden aan de kaden waren ook niet de flanken van de Pyreneeën, maar het was nog altijd steen. Steen en water, bladeren aan de bomen, meeuwen, hoe verfomfaaid die er ook uitzagen, het was altijd de moeite waard.

Zijn mobieltje trilde op het moment dat hij bij het kanaal aankwam en de nattelappenlucht van het smerige stadswater opsnoof. Hij hoopte vurig op een antwoord van Froissy en keek omhoog naar de schreeuwerige meeuwen om een heidens gebed tot hen te richten. Maar de meeuwen hielden zich niet met hem bezig, en het was de foto van Victor. Dit alles bracht, in plaats van IJsland, de jongens in Le Creux weer in beeld. Want als Victor op de hoogte was van de nevenactiviteiten van zijn filantropische baas, kon hij dat aan Amédée hebben toevertrouwd. En wie weet wat Victor en hij vonden van Henri's grote liefde voor Robespierre? Gevaarlijk? Te duur? Victor had bezworen dat er in Masfaurés boekenkast geen enkel boek over de Revolutie stond. Logisch, als het zijn bedoeling was zijn banden met de vereniging geheim te houden. En dat deed hij inderdaad: Mordent had bevestigd dat de notaris geen aanwijzingen had dat er geld was overgemaakt naar een of andere culturele vereniging. Er werd dus contant betaald.

Steen, water, vogels. Hij boog zich achterover op de bank die hij had uitgekozen, zijn handen in zijn nek, en tuurde naar de hemel om de meest gedweeë meeuwen te spotten. Het was voor Adamsberg een koud kunstje er een uit te kiezen, op zijn rug te klimmen, zich losjes vasthoudend, de juiste koers aan te houden door voorzichtig met de vleugels te manoeuvreren, over de velden te vliegen, de zee te bereiken en daar te spelen dat hij de tegenwind trotseerde.

Nadat hij op die manier zo'n zeshonderd kilometer had afgelegd, ging Adamsberg weer rechtop zitten, vroeg hoe laat het was en hield een taxi aan. De gedachte terug te moeten keren naar het donkere kantoor van Château stond hem niet aan. En vooral niet de gedachte hem te dwingen die fles leeg te drinken. Gesteld dat het hem lukte de tweede kurk eruit te trekken.

Om vijf voor half acht deed de bewaker met veel lawaai opnieuw de hekken van het gebouw voor hem open en verzocht hem op de heer Château te wachten in zijn werkkamer, hij zou zo komen. Omdat hij geen verfrommelde sigaretten van Zerk bij zich had, had Adamsberg een nieuw pakje gekocht. Er zou in de gelambriseerde werkkamer van de kleine voorzitter wel heel wat gerookt en heen en weer gelopen moeten worden, wilde hij die kurk eruit krijgen. Het tweede antwoord van Froissy had hij zeven minuten geleden ontvangen. Die bovenste beste Froissy. Dat hij in dat opzicht gelijk had gehad, deed hem lichtelijk duizelen, alsof hij zich waagde in irrationele sferen waarvan hij het mechanisme niet kende en, erger nog, ook niet wist hoe het zou aflopen. Terwijl hij in zijn eentje 's nachts op een bergkam zich evenzeer op zijn gemak voelde als een berggems. Maar de wereld van François Château, die zojuist nog ondoorzichtiger was geworden, was niet zijn territorium. Hij dacht aan het verhaal dat Mordent zo graag vertelde en waarin, zodra je het bos in loopt, de takken zich achter je sluiten en de terugweg niet meer begaanbaar, noch zichtbaar is.

Adamsberg had het er niet op gewaagd de bureaula te openen om de asbak eruit te halen en hij keek naar de boeken in de kast zonder de titels te lezen.

'Goedenavond, commissaris', zei een snerpende stem achter hem.

Een stem die hij de vorige avond ook had gehoord. François Château was binnengekomen, of liever gezegd, deze keer was het Maximilien Robespierre. Adamsberg bleef stomverbaasd staan tegenover de figuur die hij gisteravond niet van zo dichtbij had gezien. Armen over elkaar, rug kaarsrecht, gekleed in een prachtig blauw kostuum, bepruikt en gepoederd, wierp de man hem de starre glimlach toe die geen glimlach was, en knipperde met zijn ogen van achter een rond brilletje met getinte glazen. Adamsberg verroerde zich niet, net zomin als anderen dat in hun tijd hadden gedaan. Praten met Château was één ding, een gesprek voeren met Robespierre was iets anders.

Zonder een woord te zeggen opende de figuur zijn la en zette de asbak op het bureau.

'Mooi kostuum', zei Adamsberg vlak, terwijl hij ongemakkelijk op het puntje van de stoel plaatsnam.

'Ik droeg het op het feest van het Opperwezen, dat mijn inwijding zou zijn', verklaarde de man kortaf en hij ging weer in dezelfde houding staan. 'De enige ochtend waarop men mij echt en liefdevol zag glimlachen, zeiden sommigen, dol op anekdotes, daar een goddelijk licht aan de Parijse hemel was verschenen. U hebt nooit zo'n ongekend schijnsel aanschouwd, u zult het nooit zien. Ik heb dit kostuum weer aangetrokken op 8 thermidor ten overstaan van de Assemblée. Maar het kon niet voorkómen dat ik ter dood werd gebracht, wat twee dagen later plotseling gebeurde en waarmee de doodsklok werd geluid over de Republiek.'

Adamsberg maakte zijn pakje sigaretten open en hield het vergeefs voor aan Château, of hoe moest hij die man noemen? Hij, die het gezicht van de kleine voorzitter had herkend achter dat van Robespierre, had door deze verschijning niet geschokt hoeven te zijn. Maar met het kostuum was ook de persoonlijkheid van de man veranderd, alsof het onbewogen gelaat van Robespierre het vriendelijke, enigszins kinderlijke gezicht van Château had verjaagd en zelfs ruwweg had uitgebannen. Van de bescheiden voorzitter was niets meer over, en Adamsberg wist niet wat hij denken moest van deze overdreven en lachwekkende mise-en-scène, die hem ondanks alles van zijn stuk bracht. Hoopte Château voor dit gesprek uit Robespierre een kracht te putten waarover hij vreesde niet te beschikken? Hem door deze ijzige houding te imponeren? Maar er was nog iets anders, concludeerde hij terwijl hij hem door de rook heen observeerde. Château had gehuild, en had voor geen prijs gewild dat iemand dit zou merken. Door de poeder heen zag Adamsberg ondanks alles dat zijn onderste oogleden een rode rand hadden en dat hij wallen onder zijn gezwollen ogen had. Onwillekeurig sprak Adamsberg zo zacht en vriendelijk mogelijk.

'Werkelijk?' zei hij, nog steeds ongemakkelijk op zijn stoel.

'Zou u daaraan willen twijfelen, meneer de commissaris? De Reactie trok over Frankrijk, dat als een nalatige vrouw van lichte zeden in de armen viel van een tiran. En later? Wat gebeurde er toen? Een paar korte opwellingen van verzet, herinneringen aan ons roemrijke streven, nu opgegaan in een verachtelijke republiek, waar laagheid en gelddorst onze idealen het zwijgen hebben opgelegd, maar waarvan de namen, Vrijheid, Gelijkheid en Broederschap, nog als een hunkering over de wereld gaan. Een leus die uw frontons siert maar die intussen geen mens in zijn diepste wezen scandeert.'

'Is die van u? Die leus?'

'Nee, dat niet. De woorden dwaalden hier en daar rond, maar ik, ja ik heb ze tot één zwaard gesmeed: *Vrijheid, Gelijkheid, Broederschap, of de dood.*'

Château, met trillende neusvleugels, brak plotseling zijn toespraak af en boog zich naar Adamsberg terwijl hij zijn slanke handen plat op het bureau legde.

'Is het zo genoeg, meneer de commissaris? Hebben we ons voldoende geamuseerd? Want zo wilde u me toch graag zien, nietwaar? Mij zien als *Hem*? Heeft deze voorstelling u behaagd? Zijn we nu klaar?'

'Wat gaat er gebeuren met dit alles?' vroeg Adamsberg prozaïsch terwijl hij met een weids gebaar het gebouw aanduidde.

'Wat gaat u dat aan? Onze financiën zullen ons in staat stellen ons onderzoek te voltooien.'

De gebiedende, welhaast ijzingwekkende toon van Robespierre bleef doorklinken in de stem van de voorzitter en dat gaf Adamsberg nog steeds een ongemakkelijk gevoel.

'Kent u hem?' vervolgde hij en reikte hem de foto van Victor aan.

'Nog een dode? Nog een verachtelijke verrader?' zei Château en hij pakte de mobiele telefoon aan die de commissaris hem voorhield.

'Hebt u hem hier ooit gezien?'

'Uiteraard. Het is de secretaris van Henri Masfauré, Victor genaamd, een bastaard en een volksjongen. Ook uit de weg geruimd?' vroeg hij koeltjes.

'Hij leeft nog. Hij kwam dus met zijn baas mee tijdens diens bezoekjes aan de bijeenkomsten?'

'Henri kon niet zonder zijn secretaris. Victor gehoorzaamt, Victor onthoudt. U moet ook hem verhoren.'

'Dat ben ik ook van plan', antwoordde Adamsberg, zich ervan bewust dat Château in zijn autoritaire rol hem zojuist een bevel had gegeven.

Het hinderde hem niet, maar hij vond het frappant. Hij stond op, deed een paar passen, legde zijn mobieltje op het bureau, nadat hij de 4 had ingetoetst, waarmee hij werd verbonden met Danglard, zodat zijn medewerker vanaf de brigade dit gesprek kon volgen. De mening van de inspecteur was voor hem van belang in deze bijzondere situatie.

'Weet u hoe het komt dat u zo op Robespierre lijkt?' vervolgde Adamsberg zonder weer te gaan zitten.

'Door de schmink, meneer de commissaris.'

'Nee. U lijkt echt op hem.'

'Grapje van de natuur, bemoeienis van het Opperwezen, aan u de keus', zei Château en hij ging zitten met zijn benen over elkaar.

'Een gelijkenis die u ertoe heeft gebracht in de voetsporen te treden van Robespierre en deze vereniging op te richten, dit "concept".'

'Geenszins.'

'Totdat u beetje bij beetje helemaal in het personage opgaat.'

'Waarschijnlijk komt het doordat het al laat is, meneer de commissaris, en u een vermoeiende dag hebt gehad, maar u wordt er niet scherpzinniger op. U maakt nu aanstalten mij te vragen of ik met hem "versmelt", volgens weet ik wat voor abnormaal psychisch proces, of ik ten prooi ben aan een dubbele persoonlijkheid en andere merkwaardige stupiditeiten. Ik wil dat u stopt met die onzin. Ik speel Robespierre, zoals ik u zojuist heb laten zien, en daar hou ik het bij. En ik word er trouwens heel goed voor betaald.'

'U bent snel.'

'Het is niet moeilijk om u voor te zijn.'

'Hij gaat het verliezen', zei Danglard op de bezorgde toon van een man die het verloop van een sportwedstrijd van commentaar voorziet.

De agenten zaten met z'n allen dicht opeengepakt, sommige met hun bovenlijf over de tafel gebogen, om beter de stemmen te kunnen horen die uit het apparaat kwamen dat daar lag.

'U bent François Château, dat weet ik', zei Adamsberg.

'Zeer goed. Daarmee is de discussie gesloten.'

'En u bent de zoon van Maximilien Barthélemy François Château. Die weer de zoon is van Maximilien Château.'

Château-Robespierre verstijfde en aan de andere kant van Parijs gebeurde hetzelfde met Danglard en Veyrenc.

'Wat?' vroeg Voisenet, waarna zijn collega's hem aankeken.

'Dat zijn de voornamen van de vader en de grootvader van Robespierre', legde Danglard snel uit. 'De familie Château heeft zich de voornamen toegeëigend van de familie Robespierre.'

Voorzitter Château kreeg, net als de Onomkoopbare wanneer hij werd aangevallen, een woedeaanval en sloeg met zijn vuist op de tafel, met dunne, trillende lippen, scheldend en agressief.

'Is hij in gevaar?' vroeg Kernorkian.

'Stil toch eens, verdorie', zei Veyrenc. 'Retancourt is vlak in de buurt.'

De wetenschap dat de brigadier dicht bij de commissaris was, stelde het team onmiddellijk gerust, Noël inbegrepen. De hoofden bogen zich nog meer in de richting van de luidspreker.

'Verrader!' schreeuwde Château nu. 'In vertrouwen roep ik u te hulp en u, verachtelijke hypocriet die u bent, maakt daar gebruik van door als een rat in mijn eigen familie te gaan snuffelen!'

'"Verachtelijke hypocriet", een favoriete uitdrukking van Robespierre', verklaarde Danglard op gedempte toon.

'En wat dan nog?' ging Château verder. 'Ja, de hele familie was overtuigd robespierrist, en geloof me, ik wens u niet toe dat mee te maken!'

'Waarom bent u niet naar die heilige vernoemd?'

'Dankzij mijn moeder!' brulde Château. 'Die er alles aan heeft gedaan om me te beschermen tegen die devote gekken en die voor mijn ogen is verdronken toen ik twaalf was! Bent u nu tevreden, meneer de commissaris?'

Het mannetje was opgestaan, had zijn pruik afgerukt en met kracht op de grond gesmeten.

'Masker af', zei Danglard. 'De tweede kurk is uit de fles geknald.'

'Zijn er flessen met twee kurken?' vroeg Estalère.

'Natuurlijk', zei Danglard. 'Stil nu. We horen het geluid van stromend water. Er is een wastafel in zijn werkkamer, bij het koffieapparaat. Misschien schminkt hij zich af.'

Château wreef ruw over zijn gezicht, waarna het wegstromende water wit kleurde. Vervolgens droogde hij zich schaamteloos spuwend en snuivend af, zijn huid was nu deels roze en deels lijkbleek, waarna hij trots maar ook uitgeput weer ging zitten en een elegante hand uitstak om, dit keer, een sigaret te vragen.

'U bent een bekwaam strijder, commissaris, ik had u eerder moeten guillotineren', zei hij, bijna weer in staat tot een glimlach, die deze avond een tamelijk ongelukkige indruk maakte. 'U als eerste van het stel guillotineren. Want daar denkt u toch aan, nietwaar? Dat mijn dwaze familie me heeft ingewijd als "afstammeling" van Robespierre? Dat ze die opdracht mij als kind hebben ingeprent? Nou, dat klopt. Mijn grootvader had dit toekomstplan gesmeed, een stijfkoppige oude man, zelf grootgebracht in aanbidding van het grote idool. Mijn moeder verzette zich ertegen en mijn vader was een slappeling. Moet ik nog doorgaan?'

'Alstublieft. Mijn eigen grootvader was een imbeciel, door de oorlog kapotgemaakt, en een despoot.'

'Die ouwe begon met mijn opvoeding toen ik vier was', zei Château enigszins gekalmeerd. 'Hij leerde me de teksten, maar ook de houding, de stem, de mimiek, en meer nog, hij gaf me als stelregel mee vijanden te wantrouwen, iedereen met argwaan te bejegenen en zuiverheid te betrachten. Want die stinkend trotse oude idioot was ervan overtuigd dat hij van de grote man afstamde. Mijn moeder hielp me in mijn verzet daartegen.

Elke avond, zoals Penelope met haar kleed, tornde ze voor mij los wat die ouwe overdag had vervaardigd. Maar ze overleed. Ik heb altijd gedacht dat die ouwe een gat had aangebracht in het bootje waarmee ze is verdronken. À la Robespierre: het obstakel uit de weg ruimen dat zich tussen hem en mij verhief. Na haar dood versterkte hij zijn dictatuur. Onderwijl was ik twaalf, en het schild dat mijn moeder had gesmeed, was klaar. Die ouwe vond dus nog een obstakel op zijn weg en dat was ik.'

Adamsberg bleef voor het bureau staan, en beide mannen namen nog een sigaret. De aanblik die Château bood, met zijn gezicht zonder enige allure, half schoongemaakt en bedekt met witte strepen, zijn kale hoofd omkranst door natte haren, en zijn gezwollen ogen, terwijl zijn lichaam nog gehuld was in het blauwe kostuum van Robespierre, was even schitterend als deerniswekkend. Hij had potsierlijk kunnen zijn. Maar zijn ontreddering, zijn elegante houding en zijn komische uiterlijk vermurwden de commissaris, ontroerden hem. Hij, Adamsberg, had deze nederlaag gewild, en zelfs dit debacle, het was noodzakelijk voor het onderzoek. Tot aan de tweede kurk, tot aan de droesem. Maar tegen welke prijs.

Soortgelijke gedachten kwamen op bij de brigade, waar men zijn adem inhield en de ontroering voelbaar was, maar alleen Estalère gaf er uiting aan.

'Treurig, hè?' zei hij.

'Mijn vader was dol op Napoleon,' zei Voisenet, 'maar hij heeft me nooit gevraagd Rusland te gaan veroveren. Al vond hij mij met mijn vissen verdomd irritant.'

'Stilte', eiste Danglard.

'Uw argwaan echter gaat verder', hernam Château, de rook uitblazend. 'U stelt zich voor dat die ouwe mijn persoonlijkheid heeft verwrongen zoals een smid een ijzeren staaf vervormt. Dat de rol van "uitverkorene" die hij me had toegekend een wezenlijk deel van mij is geworden en dat ik nu, nietwaar, het destructieve gedrag van Robespierre voortzet. Dat ik de leden van mijn eigen gezelschap uit de weg ruim. Dat denkt u. Daarin vergist u zich, commissaris.'

Château sloot en opende de vingers van zijn hand op zijn borst, op de nat geworden kanten bef, alsof hij iets wilde vastpakken of strelen. Adamsberg had hem de vorige dag dit dwangmatige gebaar al zien maken. Een hanger, veronderstelde hij, een talisman, een portret van zijn moeder, of een haarlok.

'Waarom hebt u ondanks dat "schild" van uw moeder toch deze vereniging gesticht en de rol op u genomen waar u zo'n hekel aan had?'

'Vanaf mijn vijftiende had ik Robespierre helemaal in mijn vingers. Zelfs na de dood van die ouwe bleef de figuur me obsederen, hij volgde me op de voet, deed mijn gebaren na, hij schaduwde me, liet me niet los. Toen heb ik me omgedraaid en, werkelijk, ik heb hem recht in zijn gezicht gekeken. Recht in zijn gezicht, commissaris. Met de wens er een eind aan te maken, met hem af te rekenen. Toen heb ik hem vastgegrepen. Ik heb hem beetgepakt en ik heb hem gespeeld en nogmaals gespeeld. Ík heb hém geschapen en niet meer andersom. Ik heb nu de touwtjes in handen.'

Adamsberg knikte.

'We zijn moe, toch?' zei hij en terwijl hij zijn sigaret uitdrukte, ging hij weer zitten.

'Ja.'

'Uw collega's, de medeoprichters – hoe worden die ook alweer genoemd?'

'Leblond en Lebrun.'

'Weten Leblond en Lebrun dit allemaal?'

'Beslist niet. Mag ik u verzoeken, voor zover men de politie iets kan verzoeken, om hen daarvan onkundig te laten?'

22

Zerk was nog geen goede kok maar hij maakte vorderingen. Zijn lamsbout was naar wens en de boontjes uit blik konden ermee door. Danglard schonk met ruime hand wijn in en Adamsberg wachtte tot na het eten voordat hij de zaak opnieuw aankaartte. Zijn collega's hadden er begrip voor en lieten het gesprek vrolijk van het ene op het andere onderwerp overgaan, wat erg op prijs werd gesteld door Zerk, die niet veel meer talent had voor verbale steekspelletjes dan zijn vader. Zo hoefde Adamsberg zich ook even niet bezig te houden met die samenklontering van algen, die voorlopig niet minder dicht of duister werd.

Ze gingen met hun koffie rond het brandende haardvuur zitten, Danglard op zijn gebruikelijke plaats aan de linkerkant. Adamsberg rechts, met zijn voeten op een haardijzer, Veyrenc in het midden.

'Wat is jullie indruk?' vroeg Adamsberg.

'Hij leek oprecht', zei Danglard.

'Net zo oprecht als tijdens onze lunch aan de quai de la Tournelle,' zei Veyrenc sceptisch, 'terwijl hij voor ons verborgen hield dat hij Robespierre speelde. Wat hij overigens niet verplicht was ons te vertellen.'

'Misschien zit er onder in de fles nog een derde kurk', zei Adamsberg.

'Er bestaan flessen met negen kurken, dat komt voor', zei Danglard en hij schonk zich nog een glas in.

'Niet voor u, inspecteur.'

'Kurken schrikken mij inderdaad niet af. Ze springen als tamme diertjes in mijn handen.'

Zerk had te veel gedronken, hij lag met zijn voorhoofd op zijn armen op tafel te slapen.

'Hij beweert de touwtjes van het personage in handen te hebben,' zei Adamsberg, 'hem voor de tribune te spelen en zich dus niets van hem aan te trekken. Maar toen hij vanavond Robespierre was, toen hij woedend op mij werd, toen de woorden "verrader", "verachtelijke hypocriet", "bastaard en volksjongen" hem ontvielen, had ik niet de indruk dat de kleine Château het voor het zeggen had. Alsof hij, eenmaal in kledij – hij droeg een blauw kostuum, zoals Hij aanhad op de dag van God ...'

'Van het Opperwezen', corrigeerde Danglard.

'Alsof', ging Adamsberg door, 'de kleine Château op dat moment volledig ontvankelijk is, poreus wordt, alsof hij zonder enige terughoudendheid het personage in zich opneemt. Robespierre neemt naar willekeur bezit van hem en op zulke momenten is er geen François Château meer. Is hij helemaal weg. In tegenstelling tot wat hij me probeerde wijs te maken. Ook daarin heeft hij gelogen. En toch had hij het moeilijk. En zijn glimlach deed pijn.'

'*Die glimlach doet pijn*', reciteerde Danglard. '*De hartstocht die klaarblijkelijk al zijn bloed heeft opgezogen en zijn botten heeft doen uitdrogen, laat het zenuwgestel intact, als bij een lang geleden verdronken kat die door galvanisme is herrezen of misschien een reptiel dat verstijft en zich dan met een onbeschrijflijke blik zeer gracieus opricht. Maar vergis u niet, er ontstaat geen gevoel van haat; wat men ervaart, is een pijnlijk medelijden, vermengd met angst.*'

'Is dat een beschrijving van Hem?'

'Ja.'

'Hoe kwam je op het idee om naar de voornamen in zijn familie te gaan zoeken?' vroeg Veyrenc.

'Dat Château zo vol was van die man, deed mij veronderstellen dat er mogelijk verwantschap was. Op dat moment wist ik niet dat Robespierre geen kinderen had.'

'Geen enkele nakomeling', bezwoer Danglard nogmaals. 'Voor vrouwen en alles wat met seks te maken had was hij doodsbang. Op dat principe heeft hij het steeds terugkerende begrip "losbandigheid" gebaseerd, onbewust natuurlijk. Hij verloor zijn moeder toen hij zes was, en die moeder, die de ene zwangerschap na de andere doormaakte, had nauwelijks tijd om haar kind Maximilien te zien voordat ze in het kraambed stierf. Na haar overlijden vertrok de voorbeeldige vader, de vriendelijke advocaat uit Arras, en verdween vervolgens voorgoed, met achterlating van zijn vier kinderen. Op zijn zesde werd Maximilien hoofd van het gezin zonder ook maar een greintje liefde te hebben ontvangen. Het kind verstarde, zegt men, en niemand zag hem ooit nog spelen of lachen.'

'Komt dat niet aardig overeen met Château?' zei Veyrenc.

'Heel aardig zelfs.'

'In kale staat,' zei Adamsberg, 'ik bedoel wanneer Château het omhulsel van Robespierre aflegt, lijkt hij eerder aseksueel.'

'Als Robespierre de Revolutie niet op zijn weg had gevonden,' zei Danglard, 'had hij misschien, als onbeduidend advocaatje in Arras, inderdaad op onze Château geleken. Talentvol en verstard, geëxalteerd en monddood gemaakt. Zonder ooit een vrouw te kunnen benaderen. En toch, bij god, wat waren de vrouwen dol op hem. Maar nee, geen nageslacht. Geen van de vier kinderen Robespierre was vruchtdragend. Misschien heeft Maximilien zich een paar keer of zelfs maar één keer verlaagd, voordat hij Robespierre werd. Het wordt sterk betwijfeld.'

Danglard hield op met praten, peinzend, en daarna met gefronste wenkbrauwen, als een aarzelend dier, plotseling ontevreden en op zijn qui-vive.

'Verdomme', zei hij. 'Château! Nee, niets zeggen, dan ben ik het kwijt.'

De inspecteur drukte met halfgesloten ogen zijn glas tegen zijn lippen.

'Ik heb het', zei hij. 'Het is het verhaal van dat gerucht. En ik was het helemaal vergeten. Het was me bijna door de vingers geglipt, als de katten in de tuin.'

'Ga uw gang, inspecteur', zei Adamsberg en hij haalde een sigaret uit zijn eigen pakje.

Morgen zou hij het voor Zerk achterlaten en weer andere van

hem stelen. De sigaretten van zijn zoon, daar was hij op uit. Maar je steelt niet van iemand die slaapt.

'Er gaat een hardnekkig gerucht over een verborgen zoon van Robespierre', legde Danglard uit, 'die zou zijn geboren in 1790. Hij heette Didier Château.'

'Château?' zei Adamsberg en hij ging rechtop zitten.

'Net als Château.'

'Ga door, inspecteur.'

'Hij heette zelfs *François* Didier Château. François, zoals François. Er is maar één "bewijs" van dat voorgeslacht en dat is een brief. In 1840, wanneer François Didier Château dus vijftig is, doet de president van het gerechtshof in Parijs, jawel, een dringend verzoek een baan voor hem te vinden. Voor een man die niet meer dan een eenvoudige herbergier uit de provincie is. Hoe heeft de nederige François Didier Château als "bastaard en volksjongen" zo'n band kunnen aanknopen met de machtige president in Parijs? Dat is het eerste raadsel. In een brief aan de prefect verzoekt deze president om aan de herbergier het poststation te geven van ...'

Danglard wreef over zijn voorhoofd, ging rechtop zitten en nam een slok witte wijn.

'Van Château-Renard, in de Loiret', wist hij, opgelucht, snel zijn zin af te maken. 'Wat nog mooier is, de president van het hof wijst erop dat zijn beschermeling eveneens wordt aanbevolen door prominenten als de kantonrechter, de burgemeester en een aantal kasteelheren. Dus wat had die herbergier, dat hij over zo veel hooggeplaatste beschermers beschikte?'

'Een reputatie', zei Veyrenc.

'Precies. Want in zijn antwoord, dat negatief luidt, zegt de prefect ... Mag ik even uw laptop, commissaris.'

'Hier', vervolgde Danglard even later. '... *Welnu, de heer Château die u zo vriendelijk bent mij aan te bevelen, is de onwettige zoon van Robespierre. Let op hoezeer de prefect daarvan overtuigd is, zonder enige twijfel. Ik ga verder. Hij is niet verantwoordelijk voor* zijn afstamming, dat weet ik, maar helaas heeft zijn afkomst op een betreurenswaardige manier invloed gehad op zijn meningen en gedrag en is hij uiterst radicaal.'

Danglard zette de laptop op de grond en sloeg zijn armen over elkaar, glimlachend en tevreden.

'Wat nog meer, Danglard?' vroeg Adamsberg stomverbaasd, naar zijn medewerker gebogen als was hij de magische lamp van Aladdin.

'Niet veel, maar toch. Na de dood van Robespierre zocht de moeder van François Didier met haar vierjarige zoon haar toevlucht in Château-Renard. Gingen er geruchten? Was ze bang dat haar zoon iets overkwam? Verkeerde hij in levensgevaar? Dat is best mogelijk. Een paar jaar daarvoor was men ook al bang dat het kind in de Tempel een gevaar betekende. Het gevaar van de stem van het bloed, die ontwaakt en om wraak roept. Zoals bij terechtgestelden in de toren van Le Creux.'

'Wat is dat, het kind in de Tempel?' vroeg Adamsberg.

'De zoon van Lodewijk XVI.'

'Wat weet u nog meer over de verborgen zoon?'

'Er bestaat een beschrijving van hoe hij eruitzag toen hij in het leger van Napoleon diende. Die bewijst niets maar sluit ook niet uit dat het zijn vader was. Daarmee bedoel ik dat hij geen reus was met een adelaarsneus en donkere ogen. Nee, hij was nog geen een meter zestig, had blauwe ogen en blond haar, een kleine neus en mond.'

'Dat is inderdaad vaag.'

'Maar nu het tweede raadsel: vijf jaar nadat het hem niet was gelukt baas van een poststation te worden, wordt onze herbergier directeur van de openbare rijtuigen. Van de postkoetsen van de staat! Zo', zei Danglard en hij knipte met zijn vingers. 'Belangrijke relaties, nog steeds. Dat is alles, verder heb ik niets meer te bieden.'

'Dat is heel wat, Danglard. De verklaring van de prefect liegt er niet om.'

'Ik geloof er niet in', zei Danglard. 'Dat Robespierre met een vrouw naar bed is geweest. Wie zegt ons dat die Denise Patillaut – zo heette die moeder, dat schiet me nu te binnen – buitenechtelijk zwanger, zich niet heeft laten voorstaan op dat beroemde vaderschap om de schande van haar toestand als ongehuwde moeder te verzachten? Vervolgens zou de familie Château de legende hebben vereeuwigd. Tot onze huidige François aan toe. Als hij echt een afstammeling is van die François Didier.'

'We hebben nog een aanwijzing', zei Veyrenc. 'Zijn buitengewone gelijkenis met Robespierre.'

'Dat zullen we nooit weten', zei Danglard. 'Noch wij, noch de familie Château. Er is geen DNA-vergelijking mogelijk, de resten van Robespierre werden uiteindelijk verspreid over de catacomben van Parijs.'

'Maar het belangrijkste is niet de waarheid', zei Adamsberg terwijl hij opnieuw zijn voeten op het haardijzer legde. 'Dat is dat de Châteaus erin geloofden. Dat de grootvader er rotsvast van overtuigd was, zoals eerder diens voorouders. Dat ze de vlam brandend hebben gehouden, de verering in stand hielden. Wat gelooft onze François dus? Dat hij afstamt van robespierristen, zoals hij me heeft verteld, of van Robespierre zélf, in vlees en bloed? Dat zou de zaak veranderen.'

'Die vent liegt als een tandentrekker', zei Veyrenc.

'Als hij denkt dat hij een afstammeling is', zei Danglard, 'en als hij onze moordenaar is, waarom, herhaal ik, zou hij ons dan hebben geschreven?'

'Precies zijn grootvader', zei Veyrenc. 'Omdat Robespierre niet stilletjes moorden pleegt, als een "hypocriete" schurk uit een achterbuurt. Omdat hij in het openbaar executeert. Omdat zijn doden als voorbeeld moeten dienen.'

'Er zit onder in de fles dus nog een derde kurk', concludeerde Adamsberg nauwelijks hoorbaar.

23

Na een oproep van Adamsberg stemden de beide compagnons van François Château er zonder aarzelen in toe zich om drie uur 's middags bij de brigade te melden. Intussen zocht Froissy nu in de archieven van Château-Renard naar het nageslacht van François Didier Château, herbergier in 1840, en bleven Retancourt en haar mannen de wacht houden bij de voorzitter.

Geen bijzonderheden, had Retancourt per sms gemeld. Om tien uur 's avonds thuisgekomen, in zijn eentje gegeten en geslapen, woont alleen. Momenteel aan het werk in het hotel, werktijden van elf tot vijf. Komisch voorval: ben vannacht overvallen tijdens observatie in rue Norevin door drie rotjochies met kaalgeschoren kop die dachten dat ik een begerenswaardige vrouw was. Ben erg gevleid. Justin getuige, zo te zien niks aan de hand maar de knapen zitten op het bureau van het 18de, een beetje toegetakeld.

'Behoorlijk toegetakeld', verbeterde Adamsberg en hij pakte de telefoon om zijn collega van het 18de arrondissement te bellen.

'Montreux? Adamsberg hier. Heb je vannacht drie knapen opgehaald?'

'Komt dat bij jou vandaan, wat ze over zich heen hebben gekregen? Een boom of zo?'

'Een heilige boom, dat klopt. Hoe gaat het met die knapen?'

'Tot op het bot vernederd. Ze heeft ze met een directe brutaalweg tegen de grond gewerkt, geen vechtpartij, die "boom" van je weet zich in te houden. Geen schade aan de testikels.'

'Alles met zachte hand.'

'Maar toch, voor de finale aanval, een verbrijzelde neus bij de een, een oor aan flarden bij de ander met zijn drie piercings – die knaap brult dat hij zijn oorknopjes terug wil hebben op zijn gehavende huid – en een flinke snee in zijn wang bij de derde.

Ze stond in haar recht, ze probeerden haar te pakken, straalbezopen. We hebben de getuigenis van haar collega. Wie is dat kleine kereltje, in verhouding tot de boom? Een narcisje?'
'Een rustig denkend riet.'
'Dat is mooi, dat is tenminste van alles wat. Ik heb vijf mafkezen. En jij?'
'Eentje, geloof ik.'

Net toen Adamsberg weer ophing, liet Estalère de twee compagnons van François Château binnen. Een tengere en een potige, zoals bij de beste koppels, maar allebei met een flinke baard, erg veel haar voor hun leeftijd – een jaar of vijftig – en brildragend.
'Aha', zei Adamsberg glimlachend en hij nodigde hen uit plaats te nemen. 'U bent bang voor clandestiene foto's. Estalère, koffie alsjeblieft. Ik heb al beloofd niet naar uw naam te vragen.'
'We werken onder geheimhouding,' zei de potige, 'daar zijn we toe verplicht. De mensen zijn zo bekrompen dat een misverstand snel is ontstaan.'
'De voorzitter heeft me uw geheimhoudingsregels lang en breed uitgelegd. Mooi gemaakt, die baarden.'
'U weet waarschijnlijk dat we bij de vereniging over uitstekende grimeuses beschikken. Baarden zijn maar een kleinigheid. Het is een hele metamorfose.'
'Nou, maakt u het zich gemakkelijk', zei Adamsberg.
'Heeft hij iets gezien?' vroeg de slankste zodra de jongeman weg was.
'Estalère? Zijn ogen staan altijd zo.'
'Met donker haar zou hij een goede Billaud-Varenne kunnen zijn.'
'Een robespierrist?'
'Ja', zei de potige.
'Estalère is een heel zachtaardig mens.'
'Maar hij is knap, zoals Billaud dat ook was. Het karakter doet

er niet toe. U hebt gezien hoe François Château de zaal in zijn ban weet te houden. Ik kan u garanderen dat hij in zijn hotel niet zo veel indruk maakt! En de man die dienst heeft bij de receptie, die niet zo knap is, sorry dat ik het zeg, zou een goede Marat zijn.'

'Ik betwijfel of hij een tekst kan declameren. Ikzelf zou er niet toe in staat zijn.'

Adamsberg zweeg terwijl Estalère met de koffie kwam.

'Maar François heeft u vast wel uitgelegd dat onze vereniging vrijheid in woord en gedrag bevordert', zei de potige.

'Zelfs oprechte hartstochten doet ontluiken, vergaande vereenzelviging met de personages die worden gespeeld', zei de slanke.

'En ook als de acteur in werkelijkheid niet de minste politieke affiniteit heeft met zijn personage, en er soms zelfs lijnrecht tegenover staat. We zien orthodox-rechtse jongens veranderen in authentieke fanatici van extreem-links. Dat is een van de onderwerpen waar wij onderzoek naar doen: het groepseffect dat de persoonlijke opvattingen van tafel veegt. Maar omdat we om de vier maanden wisselen, zijn we momenteel op zoek naar een Billaud-Varenne en een Marat.'

'En een Tallien.'

'Maar geen Robespierre', zei Adamsberg.

De slanke glimlachte allervriendelijkst.

'Gisteravond hebt u begrepen waarom?'

'Maar al te goed.'

'Hij is buitengewoon, onvervangbaar.'

'Overkomt het hem ook weleens dat hij slachtoffer wordt van een "vergaande vereenzelviging"?'

De potige werkte waarschijnlijk ergens in de psychiatrie. Het was begrijpelijk dat zijn patiënten niet mochten weten dat hij kanten kleding en een bef droeg.

'Toen hij net begon, kon dat weleens gebeuren', zei de slanke nadenkend. 'Maar hij speelt al twaalf jaar de rol van Maximilien. Het is routine geworden, hij doet het zoals een ander zou dammen. Geconcentreerd, intens, maar meer ook niet.'

'Een ogenblik', onderbrak Adamsberg hem. 'Wie van u tweeën is de penningmeester, zogenaamd Leblond, en wie is de secretaris, zogenaamd Lebrun?'

'Leblond', verklaarde de slanke met de lichte, zijdeachtige baard.

'En u bent dus Lebrun. Mag ik roken?' vroeg Adamsberg terwijl hij in zijn zak zocht, want hij had 's ochtends een kleine voorraad aangelegd uit de reserves van Zerk.

'U bent hier thuis, commissaris.'

'Vier doden al, allen lid van uw vereniging. Henri Masfauré, de financiële spil, Alice Gauthier, Jean Breuguel en Angelino Gonzalez. Kent u hen van gezicht?'

'Jazeker', zei Lebrun met de donkere, dichte baard. 'Gonzalez was gekostumeerd, maar we hebben uw tekening gezien. Dat is hem.'

'François Château heeft me dringend geadviseerd u om raad te vragen. Want nog meer dan hij, zegt hij, houdt u de leden in de gaten.'

'Sterker nog', zei Leblond glimlachend. 'We bespioneren ze.'

'Gaat het zo ver?'

'U ziet dat we eerlijk tegenover u zijn. Deze "levende geschiedenis" is ons boven het hoofd gegroeid en heeft verbluffende psychologische veranderingen teweeggebracht.'

'Ja,' vervolgde Lebrun, 'pathologische uitwassen zelfs. Wat we ongetwijfeld op dit moment meemaken. En wat voor ons het bewijs is dat we terecht onze leden goed in de gaten hebben gehouden.'

'Hoe gaat u te werk?'

'De grote meerderheid van de aanwezigen neemt een gebruikelijke houding aan', ging Lebrun verder. 'Ze geven zich, ze gáán voor hun rol, soms al te zeer. Dat bestrijkt een heel gamma aan gedragingen, van mensen die zich amuseren – zoals Gonzalez dat deed, wat niet wegnam dat hij een fantastische Hébert neerzette, hè, Leblond?'

'Dat deed hij uitstekend. Het ging me aan het hart om Hébert te moeten doorgeven aan een ander, die niet slecht is maar het niet haalt bij hem. Dat is niet erg, bij de volgende zitting is hij al een week dood. Neem me niet kwalijk,' zei hij en hief zijn handen, 'we hebben het over ons vak.'

'Dus', begon Lebrun weer, 'het gaat van mensen die zich amuseren tot mensen die zichzelf serieus nemen, van mensen die meedoen tot mensen die in vuur en vlam raken.'

'En dat alles doorloopt het hele spectrum aan diversiteiten en graduele nuances tussen deze twee polen.'

... *spectrum aan diversiteiten en graduele nuances* ... noteerde Adamsberg. Was Leblond fysicus?

'Maar dat blijft allemaal binnen de gebruikelijke grenzen van "het normale", van dat "dwaze normale",' zei Lebrun, 'vooral sinds we de rollen bij toerbeurt spelen. Waar mijn collega en ik een oogje op houden, dat zijn de anderen, een twintigtal leden. De "infra's", zoals wij ze onderling noemen.'

'Stoort het u als ik heen en weer loop?' vroeg Adamsberg terwijl hij opstond.

'U bent hier thuis', herhaalde Lebrun.

'Wie noemt u de "infra's"?'

'Degenen die buiten het gewone spectrum vallen,' legde Leblond uit, 'zoals infrarode stralen bijvoorbeeld, die wij met onze ogen niet kunnen zien. Stelt u zich een komisch tafereel voor waarbij iemand niet lacht. Of een hartverscheurende film waarbij een toeschouwer onaangedaan blijft.'

'Terwijl degenen die naar onze bijeenkomsten komen over het geheel genomen "zich te buiten gaan", om het maar simpel te zeggen.'

'En dan hebben we het niet over een "moment"', verduidelijkte Leblond. 'Maar over een constante. Een onveranderlijk kenmerk.'

Een onveranderlijk kenmerk. Een wetenschapper in ieder geval.'

'De "infra's"', vervolgde Lebrun – en Adamsberg merkte op hoe goed dit welhaast onderling verwisselbare duo op elkaar ingespeeld was – 'blijven opvallend neutraal. Niet verdrietig of onoplettend, maar ondoorgrondelijk. Zeker niet onverschillig – wat zouden ze anders bij ons komen doen? – maar afstandelijk.'
'Aha', zei Adamsberg terwijl hij heen en weer bleef lopen.
'In feite', zei Leblond, 'zijn ze aandachtig aanwezig, maar hun deelname is van een heel andere orde dan normaal.'
'Eigenlijk houden ze de boel in de gaten', ging Lebrun verder. 'En wij houden hén weer in de gaten. Ze horen niet bij ons. Wat komen ze bij ons doen? Wat zoeken ze?'
'Wat is uw antwoord?'
'Moeilijk te zeggen', ging Lebrun verder. 'In de loop der tijd hebben mijn collega en ik onder de infra's twee verschillende groepen onderscheiden. De ene groep noemen we de "infiltranten" en de andere de "geguillotineerden". Als we ons niet hebben vergist, waren er nog geen tien infiltranten.'
'We rekenen Henri Masfauré niet mee, hoewel hij ze ook nauwlettend in de gaten heeft gehouden. Soms sprak hij met deze of gene. Victor was erbij als registrerend oor. Onder hen had je Gauthier en Breuguel, die vermoord zijn, en een man die we al een paar jaar niet meer hebben gezien. U ziet dat, Gonzalez uitgezonderd, de moordenaar ervoor heeft gekozen deze infiltranten, deze verspieders, deze snuffelaars uit de weg te ruimen. Dat betekent dus dat ze niet ongevaarlijk zijn.'
'Hoe zou u de anderen beschrijven? De overlevenden?'
Adamsberg hield stil bij zijn tafel en zonder te gaan zitten maakte hij aanstalten het een en ander te noteren.
'We kunnen er vier met zekerheid thuisbrengen', zei Lebrun. 'Een vrouw en drie mannen. Zij is in de zestig, met halflang steil haar, geblondeerd, een scherpomlijnd gezicht, stralende blau-

we ogen, ze is waarschijnlijk heel mooi geweest. Leblond heeft een paar keer met haar kunnen praten, al zijn de infiltranten weinig aanspreekbaar. Hij denkt dat ze misschien actrice is geweest. De ex-wielrenner moet jij maar beschrijven, die ken jij beter dan ik.'

'Hij wordt de "ex-wielrenner" genoemd vanwege zijn stevige benen, waar altijd een beetje ruimte tussen zit. Alsof, sorry dat ik het zeg, hij nog steeds zadelpijn heeft. Vandaar zijn bijnaam. Ik zou zeggen veertig jaar, kortgeknipt bruin haar, een regelmatig maar uitdrukkingloos gezicht. Tenzij hij elke gelaatsuitdrukking uitbant om te voorkomen dat er over hem gepraat wordt. Zoals alle infiltranten, ieder op zijn eigen manier.'

'Een actrice, een wielrenner', noteerde Adamsberg. 'En de derde?'

'Ik vermoed dat hij tandarts is', zei Lebrun. 'Hij kan op een bepaalde manier naar je kijken alsof hij je gebit beoordeelt. Er hangt ook een lichte geur van ontsmettingsmiddel om hem heen, afkomstig van zijn handen. Vijfenvijftig jaar misschien. Bruine, onderzoekende, maar ook treurige ogen, dunne lippen, nieuwe tanden. Hij heeft iets verbitterds, en hij heeft roos.'

'Onderzoekende, verbitterde tandarts met roos', vatte Adamsberg het in zijn notitie samen. 'En de vierde?'

'Niets opmerkelijks', zei Lebrun met een misnoegde trek om zijn mond. 'Het is een inconsistent type zonder opvallende kenmerken, ik heb er geen grip op.'

'Blijven ze bij elkaar?'

'Nee', zei Leblond. 'Maar ze kennen elkaar ongetwijfeld. Het is een vreemd geschuifel. Ze komen elkaar tegen, wisselen snel een paar woorden, koersen weer op een ander af, enzovoort. Contacten die zowel vluchtig zijn als noodzakelijk en discreet, willens en wetens denk ik. Ze vertrekken altijd voor het einde van de avond. Zodat Lebrun en ik hen nooit hebben kunnen volgen. Want wij zijn verplicht te blijven om de veiligheid van François te waarborgen.'

Adamsberg voegde aan de lijst van 'infiltranten' de namen van de overledenen toe: Gauthier, Masfauré, Breuguel, en daaronder, in de marge: Gonzalez. Hij trok een scheidingslijn en gaf zijn tweede kolom de naam: 'geguillotineerden'.

'Nog koffie?' vroeg hij. 'Of thee, chocolademelk? Een biertje?'

De belangstelling van beide mannen was gewekt, Adamsberg ging nog een stapje verder.

'Of witte wijn als u wilt. We hebben hier een uitstekende landwijn.'

'Bier', kozen de twee mannen eenstemmig.

'Dat is boven, ik loop met u mee. Pas op, er is een ongelijke tree die ons al heel wat ellende heeft bezorgd.'

Adamsberg was zo gewend aan de inrichting van het kamertje waar de drankenautomaat stond, dat hij er binnenstapte zonder zijn gasten te waarschuwen. De kat, in gezelschap van Voisenet, was bezig zijn bak met brokjes leeg te eten, maar bovenal lag daar agent Mercadet in diepe slaap op een rij speciaal voor hem neergelegde blauwe kussens.

'We hebben een agent met narcolepsie,' legde Adamsberg uit, 'hij moet om de drie uur even slapen.'

Adamsberg haalde drie flesjes bier uit de koelkast – waarvan een voor hemzelf, je moest meedoen om de goede verstandhouding te bezegelen – en wipte ze open op een smalle bar waaraan vier krukken stonden.

'We hebben alleen maar plastic bekers', verontschuldigde hij zich.

'We realiseren ons dat u hier geen luxe bar hebt. En dat dit bier verboden is.'

'Uiteraard', zei Adamsberg met een elleboog op de tapkast geleund. 'Kent u dit', vroeg hij en liet hun de schets van het teken zien. 'Bent u het al eens eerder tegengekomen?'

'Nog nooit', zei Leblond, gevolgd door een ontkennend gebaar van Lebrun.

'Maar hoe zou u het interpreteren? Als u weet dat het op de

een of andere manier op de plek van de vier moorden is getekend?'

'Ik zou het niet weten', zei Lebrun.

'Maar in uw context? Die van de Revolutie?' hielp Adamsberg.

'Eén moment', zei Lebrun en hij pakte de tekening. 'Twee guillotines? De oude Engelse, en de nieuwe Franse, in één teken versleuteld? Een waarschuwing?'

'Waarvoor?'

'Voor een executie?'

'Maar vanwege welk vergrijp?'

'In "onze context"', zei Leblond enigszins treurig, 'verraad.'

'De moordenaar zou dus de infiltranten hebben opgespoord? De spionnen?'

'Waarschijnlijk', zei Lebrun. 'Maar dit teken zou eerder van een royalist afkomstig zijn. Ze zeggen dat Lodewijk XVI persoonlijk een wijziging heeft aangebracht in het oude model van de guillotine door het ronde lemmet met een haal af te schaffen. Niettemin is er geen enkel bewijs van.'

'Een heel goede ingenieur', zei Leblond kort en bondig en hij nam een slok bier.

'Blijft nog over de tweede groep,' zei Adamsberg en hij schoof de tekening opzij, 'die van de "geguillotineerden", zoals u ze noemt.'

'Of de "afstammelingen".'

'Welke afstammelingen?'

Voisenet ving de blik op van Adamsberg, die hem beduidde zich er niet in te mengen. De agent tilde de verzadigde kat op en verliet het kamertje.

'Draagt hij de kat?' vroeg Lebrun.

'De kat houdt niet van traplopen. Hij eet ook niet wanneer er niet iemand naast hem staat te wachten.'

'Waarom zet u zijn bakje dan niet beneden neer?' vroeg Leblond, de logicus.

'Omdat hij alleen hier wil eten. En beneden slapen.'

'Apart.'

'Ja.'

'Bent u niet bang dat we uw agent wakker maken?'

'Dat zit er niet in, dat is juist het probleem. Daarentegen is hij twee keer zo wakker als gemiddeld wanneer het zover is.'

'Ingewikkeld, leidinggeven aan zo'n bureau', constateerde Lebrun.

'Sommigen zijn van mening dat hier enige onduidelijkheid heerst', zei Adamsberg en hij nam een slok uit de fles.

Hij had helemaal geen zin in dat bier.

'En u hebt wel succes?'

'Ach jawel. Dankzij de onduidelijkheid, neem ik aan.'

'Interessant', zei Lebrun als tegen zichzelf.

Lebrun, secretaris van de vereniging, en psychiater.

De drie mannen liepen weer naar beneden, met een fles in de hand, en ondanks de waarschuwing verloor Leblond bijna zijn evenwicht op de ongelijke tree. Weer terug in de werkkamer van de commissaris was de sfeer, tot nu toe simpelweg beleefd, losser geworden. Leblond was degene die uit zichzelf de werkzitting weer opende.

'De "geguillotineerden"', zei hij. 'Dat zijn eenlingen, ze kennen elkaar niet, ze spreken niet met elkaar. Het zijn vaste leden, trouwe leden zelfs, maar geen van hen heeft de rol van afgevaardigde. Ze gaan achteraf zitten op de hoge tribunes, ze verdwijnen in de massa. Zwijgend, waakzaam, ernstig, zonder zichtbare emotie. Door die ongebruikelijke manier van expressie hebben Lebrun en ik ze opgespoord, een voor een. Drie van hen blijven altijd tot het eind en drinken in stilte een glas bij het buffet wanneer de zitting is afgelopen.'

'Afstammelingen van wie?'

'Van geguillotineerden.'

'Hoe bent u daarachter gekomen?'

'Die drie', zei Lebrun, 'hebben we kunnen volgen. Als François eenmaal veilig thuis is, komen we terug om het eind van

het buffet bij te wonen. En dan volgen we ze heimelijk.'
'Bedoelt u dat u hun namen kent?'
'Sterker nog. Hun naam, adres en beroep.'
'En u weet dus wie hun voorouders zijn?'
'Precies', zei Lebrun met een brede, hartelijke glimlach.
'Maar die namen kunt u mij niet geven?'
'Wij zijn strikt gebonden aan de regel die luidt dat de identiteit van onze leden niet openbaar gemaakt mag worden. Dat geldt net zo goed voor hen als voor de anderen. Maar het is niet verboden om ze u tijdens een bijeenkomst aan te wijzen. En het staat u vervolgens vrij hen te volgen als u meent op de goede weg te zijn.'
'Let wel', zei Leblond, 'dat wij die mensen nergens van beschuldigen. Noch de "infiltranten", noch de "geguillotineerden". Het is alleen zo dat de redenen waarom de infiltranten onze bijeenkomsten bijwonen, ons niet duidelijk zijn, dat hebben we u verteld.'
'De redenen van de "afstammelingen van geguillotineerden" zijn duidelijker', ging Lebrun verder, 'en hebben ongetwijfeld te maken met een intense, hardnekkige haat, doorgegeven van de ene generatie op de andere, en misschien morbide. Een gevoel van gruwelijk onrecht. Robespierre in levenden lijve zien en haten lucht misschien op. Tenzij ze het op prijs stellen aanwezig te zijn bij de onafwendbare loop van de geschiedenis, die tot de ondergang van de Onomkoopbare zal leiden. Tot aan die heftige vergadering die het einde markeert van de cyclus van de Conventie, waar verslag wordt gedaan van de zo smartelijke dood van Robespierre. Dat leidt tot afkeurend gejoel en applaus, een uiteindelijke catharsis, in teksten en getuigenissen, want nooit ofte nimmer spelen we de executiescènes. We zijn geen perverselingen of sadisten. Waarmee we maar willen zeggen dat we u misschien ongewild op een verkeerd spoor zetten. Deze "afstammelingen" en "infiltranten" hebben misschien totaal geen moordplannen. En waarom zouden ze gewone leden

vermoorden en niet Robespierre zelf?'

'Kern van de vraag, kern van de kluwen', mompelde Adamsberg. 'Maar kunt u me toch de namen van die voorouders geven?'

'Ja, voor zover ze verschillen van de namen van hun afstammelingen.'

'Zegt u het maar.'

'We schrijven ze liever op in uw notitieboekje', zei Leblond glimlachend. 'Zodoende kan niet gezegd worden dat wij ook maar enige naam met betrekking tot de vereniging hebben uitgesproken.'

'Hypocrisie', zei Adamsberg, eveneens glimlachend.

'"Verachtelijke hypocrisie" zelfs', zei Lebrun, die snel drie namen noteerde in het notitieboekje dat de commissaris hem aanreikte.

Hij had tweeënhalf uur met hen doorgebracht en enigszins versuft trok Adamsberg na hun vertrek zijn jasje aan. Hij sloeg zijn notitieboekje open en las nogmaals de drie namen: Sanson, Danton, Desmoulins. Van de drie kende hij er maar één, de naam Danton. En dan nog alleen vanwege het standbeeld op het carrefour de l'Odéon, en de uitspraak die daarop gegraveerd stond: DURF IS WAT WE NODIG HEBBEN, DURF, NOG STEEDS EN ALTIJD WEER. Maar wat Danton precies had voorgesteld en gedaan, en hoe hij onder de guillotine was geëindigd, dat wist hij niet.

De vele sporen die het duo Lebrun en Leblond, de psychiater en de logicus, hem geheel eendrachtig had gewezen, zonder dat een van beiden ooit de boventoon voerde, voegden zich als een harmonische klank bij de onsamenhangende kluwen algen. Een kluwen die nog dikker was geworden en die hem tot aan de Seine hardnekkig bleef volgen. Hij liep langs de stalletjes van de bouquinisten, verbaasd dat hij plotseling meer belangstelling voelde voor oude boeken. Sinds twee dagen leefde hij in de achttiende eeuw, waarvan hij gaandeweg de smaak te pakken kreeg. Nee, hij kreeg niet de smaak te pakken, hij raakte eraan gewend, meer niet. Hij kon zich heel goed die François Didier Château voorstellen, de voor nederig gehouden zoon, de merkwaardige bevoorrechte man die het beheer voerde over de openbare rijtuigen die in de Loiret rondreden. Met de plaatsen waar de paarden werden gewisseld, de haltes en de herbergen. Hij liep tot aan de rivier, vond een stenen bank zonder mos en viel daarop in slaap, zoals een jongen misschien al eerder had gedaan, een jongen meer dan twee eeuwen terug. En dat vond hij passend en plezierig.

24

Adamsberg werd wakker toen de zon al bijna onderging en kleur gaf aan de Notre-Dame en het smerige water.
'Danglard, waar eet u?' belde hij.
'Op dit moment eet ik niet, ik drink.'
'Ja, maar waar eet u? Bij Brasserie Meyer bijvoorbeeld? Tussen uw huis en de Seine? Ik heb drie namen, waarvan ik er twee niet ken.'
'Namen van wie?'
'Van geguillotineerden. Van wie afstammelingen hoog op de tribunes gehuld in het donker de vereniging bezoeken.'
'Over twintig minuten', zei Danglard. 'Waar was u? We zochten u.'
'Ik werkte buiten.'
'We hebben meerdere keren geprobeerd u te bereiken.'
'Ik sliep, Danglard. Op een stenen bank uit de achttiende eeuw. U ziet, ik blijf bij het onderwerp.'

In Brasserie Meyer was al zestig jaar niets aan het interieur veranderd. De geur van zuurkool was overweldigend en Danglard kon erop rekenen dat de witte wijn uitstekend zou zijn. Adamsberg wachtte totdat zijn collega een worstje en twee glazen ophad voordat hij hem verslag deed van het perfecte koppel Lebrun met de dikke baard en Leblond met het zijdezachte haar, hem gedetailleerd informeerde over de kwestie van de 'infiltranten' en 'geguillotineerden', en zijn notitieboekje voor hem neerlegde met de drie namen van de 'afstammelingen'.
'Kent u er maar eentje?' vroeg Danglard.
'Ik ken Danton. Zijn naam, zijn beeld, zijn uitspraak, dat is alles. De anderen zijn twee mij volslagen onbekenden.'
'Wat heerlijk, die naïeve oprechtheid.'

'Steek van wal, Danglard', beval Adamsberg, die aarzelend naar zijn bord keek.

Hij hoefde alleen nog maar te luisteren – en eventueel proberen wat in te korten, daar bereidde hij zich op voor.

'Danton was van meet af aan een vriend van Robespierre, een echte patriot met een geweldige stem, iemand die er gulzig op los leefde, een hartelijke man, een man van overtuigingen, maar tegelijkertijd een driftige man, een vrouwenversierder, uit op genot en plezier, wat hem flink wat kostte, waarbij hij geen onderscheid maakte tussen zijn geld en dat van de staat, en marchandeerde met het hof. Als je dan toch ergens van kunt profiteren, doe het dan goed. Loyaal en corrupt. Hij heeft Robespierre verbazingwekkende liefdesbrieven geschreven. De Onomkoopbare heeft hem in april 1794 op het schavot gebracht. Robespierre kende geen gevoelens van vriendschap, noch de positieve noch de negatieve aspecten ervan. Tegen het einde van zijn leven wilde hij alleen nog maar opgehemeld worden, zoals zijn broer en de jonge Saint-Just deden. De buitensporige levenswijze van de grote Danton moet uiteindelijk een onuitsprekelijke afkeer bij hem hebben gewekt. De krachtige man had zijn gehoor in de hand zonder zijn stem te hoeven verheffen, terwijl de tengere Robespierre de longen uit zijn lijf moest schreeuwen. Na vier jaar was het begrip dat Robespierre in het begin had gehad danig veranderd. De executie van de patriot Danton en zijn vrienden, na een schertsproces, was de eerste traumatische schok voor het volk en een groot deel van de Assemblée. De kar waarop Danton naar de guillotine werd geleid reed door de rue Saint-Honoré, waar Robespierre woonde. Toen hij langs zijn huis kwam riep Danton: "Jij bent de volgende, Robespierre!" En iedereen weet wat hij tegen de beul zei voordat hij op de plank van de guillotine ging liggen.'

'Nee', zei Adamsberg geduldig. 'Niet iedereen.'

'"Toon mijn hoofd aan het volk! Dat is het waard!"'

Adamsberg, toch niet zo gevoelig, of eerder geneigd te voorkomen dat hij onaangenaam getroffen zou worden, zoals een voorzichtige vogel vlak langs de muren vliegt, besloot het Elzasser worstje liever met zijn vingers te eten dan het te snijden, dan het stukje voor stukje, kop voor kop, met zijn scherpe mes in stukken te zagen. Het smaakte trouwens veel beter zo. Danglard wierp hem een afkeurende blik toe.

'Eet u tegenwoordig met uw vingers? Ik bedoel: hier in Brasserie Meyer?'

'Inderdaad', zei Adamsberg. 'Durf, nog steeds en altijd weer durf.'

'Tot zover Danton. Het was een verschrikkelijke executie. Ook al was Danton bij lange na geen "deugdzaam mens".'

'En Dumoulins?'

'Desmoulins. Nog erger, als je hier al van gradaties kunt spreken. Hij was de schoolkameraad van Robespierre. Als fervent republikein verafgoodde Camille Desmoulins hem. Hij nodigde Robespierre bij hem thuis uit, hij en zijn jonge, knappe vrouw beschouwden hem als een vriend. Robespierre speelde met hun baby, of hield die althans op schoot. Maar vriend Camille gaf te kennen dat hij genoeg had van het Schrikbewind en dat hij bang was voor de gevolgen ervan. Hij werd onthoofd op 5 april, tegelijk met Danton. En meteen de volgende dag besloot Robespierre dat zijn jonge vrouw ook gedood moest worden. Het jongetje dat hij in zijn armen had gehad, liet hij als wees achter. Iedereen begreep die dag dat er geen medelijden bestond, hoe langdurig of hoe nauw de banden met Robespierre ook waren geweest. Want Robespierre kende geen banden en al helemaal geen nauwe. Deze onthoofding was afschuwelijk en tegelijkertijd een openbaring.'

Adamsberg had zijn Elzasser worstjes op. Hij had alleen nog zuurkool, en die deed hem, in minder imposante en lossere vorm, denken aan de enorme kluwen algen. Een al met al wel heel speciale maaltijd.

'En die ander?' vroeg hij. 'Die Sanson? Werd die ook op dezelfde dag onthoofd? Met de vrienden van Danton?'

Danglard glimlachte, veegde langzaam zijn lippen af en genoot bij voorbaat van het kleine verrassingseffect.

'Sanson heeft hen diezelfde dag onthoofd.'

'Sorry?'

'Zoals hij Lodewijk XVI, koningin Marie-Antoinette en al die anderen daarna tijdens het Schrikbewind heeft onthoofd. Zonder te verzaken hebben Sanson en zijn zoon de valbijl van het gruwelijke apparaat in drie jaar tijd duizenden keren laten vallen.'

'Wie was dat, Danglard?'

'De beroemde beul van Parijs dus, commissaris. De "scherprechter", dat was zijn titel. Charles-Henri Sanson heeft een beroerd leven gehad, kun je wel stellen. Ik zeg nadrukkelijk "Charles-Henri" om te voorkomen dat hij wordt verward met de andere Sansons.'

'Dat zal mij niet gebeuren, Danglard.'

'Want de Sansons', vervolgde Danglard zonder acht te slaan op de onderbreking, 'waren beul van vader op zoon vanaf Lodewijk XIV tot aan de negentiende eeuw, totdat een Sanson die gokte, diep in de schulden en homoseksueel, met deze lijn brak. Zes generaties beulen. Maar Charles-Henri had een beroerd leven want hij moest werken onder het Schrikbewind. Meer dan negenentwintighonderd hoofden moesten afgehakt worden. Alle beulen van toen beklaagden zich over die ondraaglijke hoeveelheid "werk", niet uit morele overwegingen, maar omdat ze eigenaar waren van hun toestel en overal voor opdraaiden: voor het schoonmaken en slijpen van het mes, het afvoeren van de lichamen en hoofden, het schoonspoelen van het schavot, het onderhoud van de paarden en de wagens, de vervanging van het bloed absorberende stro, enzovoort. In 1793 gaf Charles-Henri, ongetwijfeld uitgeput, het stokje door aan zijn zoon Henri. Nevendrama van de slachtpartij: zijn andere zoon kwam om het leven door een val van het schavot toen hij een hoofd aan het volk wilde laten zien.'

'En waarom zou een afstammeling van Sanson het gemunt hebben op de Robespierre-vereniging?'

'De beulen, zoals u zult vermoeden, hebben nooit een goede naam gehad, zelfs niet vóór het Schrikbewind. Niemand schudde hun de hand, ze werden niet aangeraakt, hun loon werd op de grond neergelegd, waarbij hun handen niet werden beroerd. Ze konden alleen met kinderen uit beulenfamilies trouwen. Niemand was van hen gediend. Maar van al die pariafamilies, uit alle provincies van Frankrijk, is er één naam in het geheugen blijven hangen: Sanson. Omdat hij de koning heeft onthoofd. En de koningin. En al diegenen die het Schrikbewind uitleverde. Robespierre heeft die naam verschrikkelijk beroemd gemaakt, hij heeft hem veranderd in het symbool van verwerpelijke wreedheid.'

'En zou een van de afstammelingen dit niet kunnen verdragen?'

'Het is geen geringe last.'

Danglard liet een stilte vallen, terwijl Adamsberg zonder veel eetlust worstelde met zijn kluwen zuurkool.

'Heel wat anders dan Danton en Desmoulins', zei hij.

En die kluwen, voelde Adamsberg, wierp zich op hem, klampte zich met zijn dorre stekels aan hem vast, één grote massa veelsoortige valstrikken en doodlopende tunnels. Zoiets had de commissaris nooit eerder meegemaakt. Verslagen liet hij zijn vork los.

'We gaan naar huis', zei hij. 'Sinds we begonnen in Le Creux, hadden we al veertien verdachten op het oog. Veertien! Binnen negen dagen. Dat is te veel, Danglard. We schieten alle kanten op, we glibberen als biljartballen over het ijs. We zijn de weg kwijt. Of liever gezegd, we hebben hem nooit gevonden.'

'Vergeet niet dat we eerst over het IJslandse ijs hebben geglibberd. Dat heeft ons handenvol tijd gekost. En dat alles om plotseling in de Revolutie terecht te komen, met de onwaarschijnlijke afstammeling van de Onomkoopbare en zijn wrekers tegenover ons. Daar raak je ook van uit je evenwicht.'

Het gebeurde hoogstzelden dat Danglard, de pessimist, Adamsberg moed insprak, die zo nonchalant van karakter was dat het grensde aan onverschilligheid – een van de belangrijkste grieven van brigadier Retancourt, die woedend kon worden van deze dromerige onverstoorbaarheid. Maar zonder zover te gaan het angst te noemen, bespeurde de inspecteur vanavond een ongewone vorm van onreddering bij de commissaris. Dat verontrustte hem, maar in de eerste plaats voor hemzelf. Want in de ogen van Danglard, eeuwig in de greep van angstaanvallen en kwellingen, die zich in de meest bedreigende en uiteenlopende vormen konden manifesteren, was Adamsberg als een betrouwbaar kompas dat hij nooit uit het oog verloor en waar een kalmerende en heilzame werking van uitging. Maar de commissaris had gelijk. Vanaf het begin van dit onderzoek waren ze als het ware verdwaald diep in een donker bos, verkenden ze doodlopende sporen, organiseerden ze zinloze klopjachten en namen ze voortdurend verhoren af die niets opleverden.

'Nee,' zei Adamsberg, 'het ligt niet aan de feiten. Maar aan ons. We hebben iets over het hoofd gezien. Trouwens, het jeukt zo erg dat het zeer doet.'

'Jeukt? In de luciaanse betekenis van het woord?'

'Wat bedoel je, "luciaanse"?'

'In de betekenis van de leer van de oude Lucio?'

'Precies, Danglard. Er klopt iets niet met het duo penningmeester-secretaris, Leblond&Lebrun.'

'Ik dacht dat het heel goed was verlopen.'

'Heel goed. Het was perfect.'

'En dat is vervelend?'

'Ja. Het is te glad, te gelijkluidend.'

'Voorbereid, bedoelt u? Het is logisch dat ze zich hebben voorbereid.'

Adamsberg aarzelde.

'Misschien. Eensgezind, elkaar keurig afwisselend presenteren ze ons zeven verdachten. Vier infiltranten en drie afstammelingen.'

'U gelooft er niet in?'

'Jawel. Het zijn serieuze sporen en we moeten de "geguillotineerden" ondervragen. U met name, Danglard. Ik denk niet dat ik overweg kan met een afstammeling van Danton, van de beul of van Dumoulins.'

'Desmoulins.'

'Danglard, waarom slaat u eigenlijk die miljarden dingen in uw hoofd op?'

'Om het te vullen, commissaris.'

'Ja, natuurlijk.'

Het zozeer te vullen dat er ten slotte nauwelijks plaats is om aan jezelf te denken. De methode deugde, maar het resultaat was verre van perfect.

'Vindt u het vervelend, die zeven nieuwe verdachten?' vroeg de inspecteur. 'Denkt u dat Leblond&Lebrun ermee aan zijn gekomen om ons dwars te zitten?'

'Waarom niet?'

'Om zodoende een ander te kunnen beschermen? Hun vriend François Château bijvoorbeeld?'

'Denkt u dat dit nergens op slaat?'

'Helemaal niet. Niettemin zet die afstammeling van Sanson me aan het denken. Dat die van Danton en van Desmoulins erbij zijn is min of meer begrijpelijk. Zij hebben, alles welbeschouwd, zonder moordenaars te zijn, een reden het tijdperk te willen leren kennen waarin hun voorvader op dramatische wijze deel van de geschiedenis werd. Maar wat heeft de afstammeling van de beul daar te zoeken? Sanson heeft nooit deel uitgemaakt van de politieke arena. Hij voerde uit, en meer niet. Wat denkt u, zouden Leblond&Lebrun weten dat François Château een moordenaar is?'

'Of ze hebben hun twijfels. Of angsten. Ze zouden bang van

hem kunnen zijn en hem liever beschermen dan er zelf aan te gaan.'

'En Froissy, hoever is zij? Met onze herbergier François Didier?'

'Ze daalt af in de tijd. Er was een vraagtekentje in 1848. Vanwege de Revolutie werd er wat rommelig omgesprongen met het bijhouden van de archieven. Op dit moment zit ze in de buurt van 1912, ze is bijna bij de Eerste Wereldoorlog. De familie Château was destijds nog altijd geworteld in dezelfde regio. Maar het stadhuis sloot om zes uur, Froissy gaat morgen verder.'

'Het lukt haar wel.'

'Natuurlijk.'

'Er bestaat een kans dat de familie na de oorlog verstrooid is geraakt. Als Froissy het geslacht in Château-Renard uit het oog verliest, kan ze gaan kijken bij de grootste door de industrialisatie ontwikkelde steden in de omgeving, Orléans, Montargis, Gien, Pithiviers of, wat kleinere, Courtenay, Châlette-sur-Loing, Amilly.'

'Dat vult het hoofd ook aardig, aardrijkskunde', zei Adamsberg.

'Als cement', zei Danglard met een glimlach.

'Met scheuren.'

'Vanzelfsprekend.'

'Die je niet met vloeibaar hout kunt dichtstoppen.'

'Noch kunt afdekken met de poep van bonte kraaien.'

'Alhoewel? U zou poep bij uw deur en bij uw bed kunnen deponeren.'

'Dat is een poging waard.'

25

Adamsberg ging niet eens even zijn huis binnen voordat hij op de houten kist onder de beuk ging zitten. Drie minuten later verscheen Lucio met drie flesjes bier tussen de vingers van zijn enige hand geklemd.

'Ik heb jeuk, Lucio', zei Adamsberg terwijl hij een biertje aannam.

De commissaris stond op om de dop eraf te wippen met een haal langs de bast van de boom.

'Blijf staan,' zei Lucio, 'dan kan ik je gezicht zien bij het licht van de straat. Tja', zei hij en keerde terug naar zijn eigen flesje. 'Dit keer heb jij jeuk, hombre. Dat lijdt geen twijfel.'

'Het jeukt flink.'

'Dat hoeft niet per se van een spin te zijn. Het kan ook erger. Van een wesp, een horzel zelfs. Je moet erachter zien te komen waardoor je bent gebeten.'

'Dat lukt me niet, Lucio, ik kom niet voor- of achteruit. Veertien verdachten. Min vier die al uit de weg zijn geruimd. Blijven er tien over plus zo'n zevenhonderd anderen. Allemaal even opzienbarend, afkomstig uit een andere eeuw, maar niet één waarop ik ook maar een beetje grip heb. Zelfs al kom ik erachter wat er zo jeukt, dan zou dat tijdverspilling zijn.'

'Dat is het nooit.'

Adamsberg ging met zijn rug tegen de beuk geleund staan.

'Jawel. Want wat jeukt heeft niets te maken met het onderzoek.'

'Nou en?'

'Ik kan het me niet veroorloven om hier en daar naar mijn horzel te gaan zoeken, terwijl er een vent de een na de ander vermoordt.'

'Misschien kun je dat niet, maar je hebt geen keus. Je vindt die vent van je sowieso niet en je hebt alleen nog maar zaagsel in je kop. Dus wat maakt het uit? Kun je erachter komen wanneer het jeuken is begonnen?'

Adamsberg nam een slok en bleef vrij lang zwijgen.

'Ik geloof dat het maandag was, maar dat weet ik niet zeker. Misschien haal ik me maar wat in mijn hoofd.'

'Wat moet een mens anders met zijn hoofd?'

'Ik geloof dat het eerder moet zijn gebeurd. Ik ben vast gebeten in Le Creux.'

'Waar gebeten? Het dondert niet of je nou in je neus of je heup bent gebeten.'

'Nee, Lucio, in Le Creux, Het Gat, dat is de naam van een piepklein gebiedje, in Yvelines.'

'Ah, dat Le Creux?'

'Ken je dat?'

'Ik heb vier jaar daar in die buurt gewerkt.'

'En weet jij waarom dat stukje land zo heet?'

'Als ik het me goed herinner is dat gebeurd in die puinzooi van de Tweede Wereldoorlog. Er was het een en ander verwoest en die lui waren de plattegronden van het kadaster kwijt, begrijp je. Ze hebben lukraak wat borden teruggezet. Kortom, ze zijn er wat klunzig mee omgesprongen en later realiseerden ze zich dat er een gat van een kilometer gaapte tussen het ene dorp en het andere. En toen wisten ze niet meer van wie van de twee dat stuk was.'

'Ze hadden alleen maar een nieuwe kadastrale kaart hoeven te tekenen.'

'Zo simpel was dat niet, hombre. Want in dat "gat" tussen de twee dorpen, stond een soort van kasteel waar het spookte, en dat wilde niemand hebben. Ieder dorp verloor liever wat terrein dan er geesten bij te krijgen. Snap je dat nou? Midden in de oorlog? Alsof er niks belangrijkers was dan je bezig te houden met zulke onzin.'

'Het is een toren waar het spookt. Die diende als kerker voor veroordeelden.'

'Ah, zíj schreeuwen dus 's nachts. Dan begrijp ik het, zeg.'
'Nee, dat zijn bonte kraaien.'
'Denk je? Want ik ben daar 's nachts een keer op de fiets langsgereden, en het was een onmenselijk gekrijs, dat kan ik je verzekeren.'
'Dat is onmenselijk, het gekras van een kraai. Die zingt niet. Je kent het gebied verdomd goed, Lucio.'
'Ja. Je zou me aan je verdachtenlijstje moeten toevoegen, dan heb je er vijftien. Verdraaid, ik herinner me nu de naam van een van die gehuchten. Sombrevert. Geen beste naam, hoor.'
'En het andere is Malvoisine. Kende je de mensen die daar woonden?'
'Kom zeg, ik ben er maar kort geweest. Ik zal je zelfs vertellen waarom. Je had een herberg in Le Creux. Soms ging ik er eten. Er werkte daar een jonge meid, Mélanie, een echte schoonheid. Te groot, te mager, maar ik was gek op haar. Als mijn vrouw dat toch eens wist, God bewaar me.'
'Neem me niet kwalijk, Lucio, maar je vrouw is toch al achttien jaar dood?' zei Adamsberg voorzichtig.
'Ja, dat heb ik je verteld.'
'Hoe moet ze dat dan weten?'
'Ik heb gewoon liever dat ze het niet weet, punt uit', zei Lucio terwijl hij in zijn stugge baard krabde. 'Afijn, dat gedoe met dat "gat" tussen die twee dorpen, dat is altijd zo gebleven. Soms zorgt Sombrevert voor het snoeien van de bomen en het repareren van de weg, en soms Malvoisine. En jij denkt dat je in Le Creux bent gebeten?'
'Herinner jij je die grote gekostumeerde bijeenkomst nog waarover ik je heb verteld? Waar ik gekleed was zoals twee eeuwen geleden? Kijk, hier heb je een foto', zei Adamsberg terwijl hij zijn mobiel in het donker aanzette.
'Zo ongeveer. Wat ben je hier knap', zei Lucio. 'Je kunt best knap zijn, en dat weten we niet eens.'
'Goed, ik heb me een beetje vermaakt in dat kostuum. Ik heb

mezelf in de spiegel bekeken. En op dat moment was er tegelijkertijd iets wat niet klopte. Dus het moest eerder zijn gebeurd, in Le Creux. Niet toen ik door het kleefkruid liep. Nee, daarna. Was het Céleste in haar oude blokhut met haar wild zwijn? Pelletier die naar paarden stonk? Ik weet het niet. Of toen ik op de voorruit zat te tekenen?'

Wát zat te tekenen? Dat kon Lucio niks schelen.

'Hoeveel uur zat er tussen het kleefkruid en die voorruit?'

'Een uur of acht.'

'Nou, dat is niet te veel, dan zou je het moeten kunnen vinden. Graaf diep. Het gaat om een gedachte die je gedacht hebt en die je niet helemaal hebt uitgedacht. Je moet je gedachten niet zomaar kwijtraken, hombre. Je moet opletten waar je je zaakjes opbergt. Heeft je collega, de inspecteur, ook jeuk? En die andere met dat rode haar?'

'Nee. Geen van beiden.'

'Dan is het echt een gedachte van jou. Het is jammer, als je erover nadenkt, dat gedachten geen naam hebben. Anders zou je ze kunnen roepen en dan kwamen ze zo aan je voeten liggen.'

'Ik geloof dat je tienduizend gedachten per dag hebt. Of miljarden, zonder het te beseffen.'

'Tja', zei Lucio, terwijl hij zijn tweede biertje opende. 'Dan zou het een zooitje worden.'

Adamsberg liep de keuken door, waarbij hij zijn zoon tegenkwam, die, voorzien van brood en kaas, sieraden zat te maken.

'Ga je al naar bed?'

'Ik moet op zoek naar gedachten die ik gedacht heb en waarvan ik vergeten ben dat ik ze gedacht heb.'

'Ik snap het', zei Zerk volkomen oprecht.

Op zijn bed liggend had Adamsberg in het donker moeite zijn ogen open te houden. Dankzij het bier van Lucio werd zijn nek wat losser. Hij dwong zichzelf zijn ogen weer te openen. "Graaf

diep", had hij gezegd. Zoek. Denk na. Wees capabel.
En hij viel gedachteloos in slaap.

Twee uur later werd hij wakker van treden die kraakten onder de voetstappen van Zerk, die naar boven liep om te gaan slapen. Je hebt niet gegraven. Adamsberg dwong zichzelf te gaan zitten. De onaangename herinnering aan het perfecte duo Leblond&Lebrun zat nog steeds in zijn hoofd, en hij wist zeker dat dit hem ergerde, maar dat was niet wat jeukte. Met een gevoel van onbehagen liep hij de trap af naar de keuken en warmde een kliekje op voor zichzelf. Pasta met tonijn, zoals Zerk in het begin voortdurend klaarmaakte toen hij nog niets anders kon koken.

Adamsberg voegde er koude tomatensaus aan toe zodat het makkelijk naar binnen gleed. Het was al na tweeën. Het duo Leblond&Lebrun. Hoe noemde hij hen ook alweer? Het koppel. Hun onberispelijke verhalen, hun elkaar overlappende verhalen. Nee. Niet elkaar overlappend, maar elkaar tegemoetkomend. Elkaar overlappend, dat gold voor Amédée en Victor. Die twee hadden los van elkaar over IJsland verteld, ieder met zijn eigen reacties en emoties, maar hun versies waren haast identiek geweest. Tot en met het verhaal van de moordenaar die zijn kont in het vuur had verbrand, die op zijn broek sloeg, tot en met het gevloek van Adélaïde Masfauré, tot en met die vent die beval dat ze stenen moesten opwarmen. Tot en met de kwalificatie 'weerzinwekkend'. Wil dat zeggen dat Alice Gauthier de zaken op dezelfde wijze aan Amédée had voorgesteld als Victor? Met identieke woorden? Neem tien getuigen van eenzelfde tafereel, en niemand zal het vanuit dezelfde invalshoek vertellen, niemand zal dezelfde details vermelden of dezelfde woorden gebruiken. Zij wel.

Adamsberg legde zijn vork voorzichtig neer, zoals altijd wanneer een idee, dat nog geen idee was, een embryo van een idee, een kikkervisje, traag naar het oppervlak van zijn bewustzijn steeg. Op zulke momenten, dat wist hij, moest je geen enkel geluid maken want anders dook het kikkervisje direct weg om voor altijd te verdwijnen. Maar een kikkervisje kwam niet zomaar zijn vormeloze kopje boven het wateroppervlak uitsteken. En als het alleen maar voor de lol was, nou, dan zette hij het wel weer terug in het water. Ondertussen wachtte Adamsberg bewegingloos totdat het kikkervisje wat dichterbij kwam en in een kikker begon te veranderen. Amédée-Victor, een overeenstemmend verhaal, net als de gladde getuigenis van Leblond&Lebrun. Alsof zij, net als de eensgezinde penningmeester en secretaris, met elkaar hadden afgesproken hoe ze de zaken zouden voorstellen.

Onmogelijk, want toen ze onverwacht in Le Creux waren aangekomen, hadden de twee jongemannen de ondervraging niet kunnen voorzien en niet van tevoren overleg kunnen plegen.

Natuurlijk wel. Nog altijd onbeweeglijk, terwijl zijn ogen de rimpelingen van zijn wateren aftastten, observeerde Adamsberg het kikkervisjesidee, dat nu twee achterpootjes leek te hebben gekregen. Nog niet genoeg om het met een snel gebaar te kunnen grijpen. Natuurlijk wel, ze hadden buiten over Alice Gauthier staan praten. Céleste was op de hoogte, dat had ze verteld. Victor had hen gehoord. Noch hij, noch Danglard had een plausibele reden weten te bedenken voor Amédées gevaarlijke vlucht te paard, zonder zadel op Dionysos. Waar Victor direct op Hécate achteraan was gegaan. En daar, in het bos, hadden ze net genoeg tijd gehad om een gemeenschappelijk verhaal op te stellen. En om vervolgens de terugkeerscène te spelen: Victor die Amédée niet had kunnen inhalen, het fluitje van Pelletier om de onstuimige hengst te laten terugkomen met een ontredderde Amédée. Natuurlijk waren die twee als twee handen op één buik, en begrepen ze elkaar veel beter dan gangbaar was in de relatie tussen de zoon van een schatrijke baas en een secretaris. Natuurlijk kenden die twee een open plek in het bos waar je elkaar kon treffen. Natuurlijk bestond er tussen hen een ongewone en hechte verstandhouding. En hun parallel lopende verslagen over IJsland waren een voortvloeisel van deze band. En dat de twee mannen het noodzakelijk hadden gevonden overleg te plegen, betekende dat een deel van het verhaal niet waar was en geheim moest worden gehouden.

Het stel Amédée-Victor had een perfecte verstandhouding. En ze hadden allebei gelogen.

Nu kon Adamsberg zijn vork weer oppakken en zijn koude maaltijd opeten. Het idee was het water uit gekomen, hij zag het nu duidelijk met zijn twee voorpoten op tafel naast zich zitten, opgedoken uit aquatische sferen om op aarde te belanden. Een sluier over de IJslandse gebeurtenissen en ook over de kindertijd van Amédée. Waar was dat joch toch voor zijn vijfde? Dat verhaal over een instelling? Over een handicap die niet eens een naam had? En waarvan Amédée niet de minste gevolgen leek te ondervinden?

Waar was dat joch geweest, verdomme? Dat joch zonder herinnering? En waar kwam de wees Victor vandaan?

Hij geloofde niet meer in dat toeval van de achternaam. Een pasgeborene die bij de Kinderbescherming terechtkomt heeft geen achternaam. Victor was zich Masfauré gaan noemen, een inderdaad weinig voorkomende naam, om een uitstekende smoes te hebben met de familie in contact te komen. Niet alleen ermee in contact te komen maar er binnen te sluipen, zoals een koekoek het nest van een andere vogel binnendringt. Met welk doel? En om wie te benaderen? De grote geleerde, de redder van de lucht? De miljardair? Of Amédée?

Wat had Danglard ook alweer gezegd over de voornamen van jonge mensen? Een erudiete toespeling. Ja, voornamen die gebruikelijk waren onder bepaalde hertogen. Adamsberg zette de anekdote uit zijn hoofd omdat die geen verband hield met het idee waarvan hij jeuk had gekregen. Twee beten in feite: de uitzonderlijke gelijkluidendheid van de getuigenissen van de zoon en de secretaris van Masfauré, en de naar het onbekende verbannen kindertijd van Amédée. Masfauré, de schatkistbewaarder van de Robespierre-vereniging.

Zerk vond zijn vader 's morgens diep in slaap in zijn stoel, zijn benen gestrekt, rustend op het haardijzer, een bord met koude tonijn op tafel. Een teken dat hij naar beneden moest zijn gegaan om die gedachte op te sporen en dat hij, zodra die was gevonden, prompt in slaap was gevallen.

Hij maakte geruisloos koffie, zette voorzichtig de kommen op tafel, liep de keuken uit om het brood te snijden, zodat zijn vader nog wat kon doorslapen. Alles welbeschouwd mocht hij deze man graag. Hij was zich er vooral van bewust dat hij nog niet in staat was dit huis te verlaten. Adamsberg, gewekt door de geur van koffie, zat over zijn gezicht te wrijven toen Zerk binnenkwam met het gesneden brood.

'Gaat het beter?' vroeg Zerk.

'Ja. Maar dat heeft niets met het onderzoek te maken.'

'Dat is niet erg', zei Zerk.

En weer begreep Adamsberg hoe gevaarlijk veel deze zoon op hem leek, en misschien nog erger was dan hij.

26

Gedoucht, geschoren, maar zijn haar met zijn vingers gekamd, sloot Adamsberg zich direct na aankomst op de brigade in zijn kantoor op. Na twintig minuten had hij eindelijk het hoofdbureau van de Kinderbescherming aan de lijn.

'Commissaris Adamsberg, Misdaadbrigade van Parijs.'

'Goed, meneer', antwoordde een serieuze stem. 'Ik bel even uw telefooncentrale om dit te verifiëren. U zult wel begrijpen dat we dit moeten controleren.' 'In orde', zei ze enkele minuten later. 'Wat wenst u, commissaris?'

'Informatie over een zekere Victor Masfauré, bij zijn geboorte afgestaan en zevenendertig jaar geleden in een pleeggezin geplaatst. Met spoed graag.'

'Een ogenblik, commissaris.'

Adamsberg hoorde het getik op een toetsenbord, dat maar voortduurde.

'Het spijt me', zei de vrouw na zes minuten wachten. 'Ik heb geen enkele zuigeling die onder die naam is opgenomen. Ik heb daarentegen wel een echtpaar Masfauré dat een geplaatst kind is komen adopteren. Maar dat was tweeëntwintig jaar geleden, en niet zevenendertig, en de jongen heet geen Victor.'

'Maar Amédée?' zei Adamsberg terwijl hij een pen pakte.

'Dat klopt. Hij was vijf toen deze mensen zich aanmeldden voor adoptie. Alle formaliteiten zijn afgewikkeld.'

'Hij was geplaatst, zegt u? Vanwege onverantwoord ouderschap? Kindermishandeling?'

'Nee, dat niet. Er is bij de geboorte afstand van hem gedaan. De moeder had alleen een voornaam voor hem gekozen.'

'De naam van het pleeggezin en het adres, alstublieft?'

'Het echtpaar Grenier, Antoine en Bernadette. Boerderij van Le Thost, t h o s t, Route du Vieux-Marché, in Santeuil, 28790, Eure-et-Loir.'

Adamsberg keek op zijn stilstaande horloges, de kindertijd van Amédée lag binnen handbereik, op anderhalf uur rijden. Het had niets te maken met het onderzoek-Robespierre, maar de commissaris was al opgestaan, sleutels in zijn zak. Het zou niet zijn leven lang blijven jeuken.

Hij riep Mordent, Danglard en Voisenet bij zich, zijn jasje al aan.

'Ik ga weg,' meldde hij, 'ben binnen een dag op en neer. Danglard en Mordent, neem het hier van me over. Voisenet, hoe staat het met het schaduwen van François Château?'

'Het rapport ligt op uw bureau.'

'Geen tijd gehad om het te lezen, brigadier, het spijt me.'

'Geen nieuws, geen achtervolger te bekennen. Hij komt iedere avond op dezelfde tijd thuis, een superbraaf leven. Maar hij is voorzichtig. Hij verlaat het hotel of zijn kantoor per vooraf bestelde taxi.'

'Zijn alle bewoners van het pand u bekend?'

'Ja, commissaris.'

'Vraag bij anderen die het pand betreden naar hun identiteitsbewijs. En zoals altijd, let goed op schichtige figuren, gebogen hoofden en opvallend relaxte types. Op brillen, petjes en baarden. Volg die gevallen tot in de lift.'

'Natuurlijk.'

'Waar gaat u heen, commissaris?' vroeg Danglard een beetje zuur.

'Naar de kindertijd van Amédée. Hij zat niet in een "instelling". Er is afstand van hem gedaan en hij is in een pleeggezin geplaatst in Eure-et-Loir. De Masfaurés hebben hem geadopteerd toen hij vijf was.'

'Sorry,' kwam Mordent kortaf tussenbeide, 'u zet weer een stap terug? U verlaat Robespierre?'

'Ik verlaat niks. We kunnen de geguillotineerden – nou ja, hun afstammelingen – niet eerder volgen dan aanstaande maandag, de datum van de eerstvolgende bijeenkomst van het gezelschap, wanneer Lebrun hen aanwijst. We hebben voorlopig bij het trio Château-Leblond-Lebrun alles eruit gehaald wat eruit te halen viel. En Froissy is nog niet klaar met de afkomst van herbergier Château. Ze buigt zich nu over Montargis. Dus, ja, ik ga een paar uur weg.'

'Voor een familiegeheim dat ons niks aangaat.'

'Inderdaad, Mordent. Maar we hebben te veel tussen onze vingers door laten glippen in Le Creux.'

'En wat dan nog? Zij hebben er niets meer mee te maken.'

Adamsberg bekeek zijn drie collega's een moment zonder te antwoorden, en op weg naar de uitgang duwde hij voorzichtig Mordent opzij.

'Ik ga', zei hij, nagekeken door de afkeurende blikken van de drie mannen.

Hij reed nog op de drukke randweg toen hij de telefoon opnam, een onbekend nummer, een gehaaste, gesmoorde stem.

'Commissaris Adamsberg, u spreekt met Lebrun. Ik bel u vanuit een telefooncel.'

'Ik luister.'

'Toen ik vanmorgen mijn huis uit kwam, zag ik Danton in mijn straat heen en weer lopen op de stoep aan de overkant.'

'U bedoelt de afstammeling van Danton?'

'Uiteraard!' schreeuwde Lebrun, woedend maar vooral bang. 'Ik ben achteruitgedeinsd, de hal van het pand in, daarna heb ik hem van achter mijn raam bespied. Twee uur, commissaris, hij is daar twee uur gebleven voordat hij het opgaf. Hij is uiteindelijk vertrokken, hij dacht zeker dat ik al eerder naar mijn werk was gegaan.'

'Hebt u hem gevolgd?'

'Waarom zou ik? Ik weet waar hij woont. Begrijpt u wat dit betekent?' klonk de man opgewonden. 'Dat hij weet wie ik ben, dat hij weet hoe ik er werkelijk uitzie en waar ik woon. Hoe is hij daarachter gekomen? Geen idee. Maar nu zit hij mij op de hielen, met een mes of weet ik wat op zak.'

'Wat kan ik daaraan doen, u weigert immers om me ook maar iets te vertellen over hem of over uzelf?'

'Ik vraag beveiliging, commissaris. Er zijn er al vier dood en nu hebben ze mij in het vizier.'

'Ik kan niets doen zonder informatie. Het spijt me', zei Adamsberg en hij maakte rechtsomkeert naar Parijs.

'Goed', zwichtte Lebrun. 'Waar? Wanneer?'

'Over een half uurtje op de brigade.'

'Niet eerder?'

'Ik ben op pad, Lebrun, ik zit op de randweg. Blijf niet in die telefooncel, ga nu meteen naar de brigade. Per taxi. En zonder baard alstublieft.'

Adamsberg ging harder rijden en stapte vijfentwintig minuten later zijn kantoor binnen. Hij had de man, die zich bij zijn binnenkomst naar hem omdraaide, bijna niet herkend. Wit kortgeknipt haar, bril, donkerder gelaatskleur dan in zijn rol van Lebrun en kleinere neus. Een eerbiedwaardiger voorkomen ook, grijs kreukloos kostuum.

'Goedendag, dokter', zei Adamsberg terwijl hij zijn jasje over de rugleuning van zijn stoel gooide.

'Zoals u ziet heeft uw Billaud-Varenne me al koffie gebracht. U noemt mij "dokter"?'

'Dat komt er bij me op, terecht of niet. Psychiater, misschien. Welke Billaud-Varenne?'

'Die jongeman met zulke wijdopen ogen dat je je afvraagt of hij ze 's nachts wel dicht krijgt. Ik had gezegd dat hij een goeie Billaud zou zijn. Verdorie, we hadden met deze hele onderneming moeten stoppen toen we merkten dat het fout begon te lopen. Toen de geesten verhit raakten. Dat hadden we moeten doen. Maar het was fascinerend om opnieuw te beleven hoe die emoties losbarstten. Het klopt, ik ben psychiater.'

'U had een te perfecte Robespierre. Hij heeft van uw "levende geschiedenis" een verontrustende kopie gemaakt.'

'Zozeer dat de scheidslijn tussen realiteit en illusie is doorbroken', sprak Lebrun ernstig. 'En als die lijn wordt doorbroken, commissaris, zijn de gevolgen hoogst gevaarlijk. Zover is het nu gekomen. Dit betekent natuurlijk het einde van ons experiment, maar het heeft al vier levens gekost.'

'Weet u zeker dat het de nakomeling van Danton was die voor uw huis op u wachtte?'

'Heel zeker. Ik had naar buiten moeten gaan, hem moeten trotseren, met hem moeten praten, maar ik had er het lef niet voor. Dat is niet een van mijn beste kwaliteiten. Ik ben een kamergeleerde.'

'Ditmaal, dokter, hebben we zijn naam en adres nodig', zei Adamsberg.

De arts dacht nog even na en knikte.

'Mijn collega's hebben me toestemming gegeven die aan u door te geven', zei hij. 'Maar niet die van de twee andere afstammelingen, zolang ze niets verontrustends hebben gedaan.'

'Wat denkt u dat hij van plan was? Vast niet om u midden op straat neer te schieten, dat is zijn stijl niet.'

'Nadat ik had gemeend zelf gevaar te lopen, bedacht ik dat hij misschien hoopte dat hij via mij bij Robespierre terecht kon komen. Alleen de penningmeester en ik kennen zijn adres.'

'Om meteen de kop eraf te slaan? Daarvoor is het te vroeg, dat geloof ik niet.'

'Op zijn minst erop voorbereid te zijn om toe te slaan, de locaties te kennen. Ik geloof net als u dat dit zijn ultieme doel is. Maar eerst creëert hij een klimaat van toenemende terreur. Hij wil dat Robespierre de angst kent die hij anderen heeft leren kennen. Ik vermoed dus dat hij zich in zijn waanzin inbeeldt tegenover de echte Robespierre te staan.'

'Dat ben ik met u eens', zei Adamsberg terwijl hij een sigaret opstak waaruit de helft van de tabak was verdwenen en waarvan het papier in een hoge vlam snel opbrandde.

'Voor hem is de grens opgelost, die tussen realiteit en fictie, waarover ik het net had.'

'Als u denkt dat Robespierre het doelwit is, waarom wilt u dan beveiliging?'

'Omdat ik nergens zeker van ben. Beperkte beveiliging, commissaris. Maar misschien is dat te veel gevraagd? Ik ben tenslotte niet bedreigd.'

'Beperkt tot?'

'Tot mijn route woning-ziekenhuis, ziekenhuis-woning.'

'Welke woning?' vroeg Adamsberg glimlachend.

'Ik verhuis vandaag naar een vriend', zei de arts op zijn beurt glimlachend. 'Nee, commissaris, ik vertel u nog altijd niet mijn naam. Niet omdat die heilig of onschendbaar zou zijn, maar stelt u zich de reactie van mijn patiënten eens voor als zij hiervan horen. Hun ziel toevertrouwd aan een "koppensneller"! Nee. Ik zie af van elke beveiliging als ik mijn naam moet opgeven. Ik stel u er niet verantwoordelijk voor, maar het is bekend hoezeer politiegeheimen uitlekken.'

'En wat is uw werkadres?' vroeg Adamsberg zuchtend.

'Als u hierin toestemt, wacht me dan iedere avond om zes uur op bij de hoofdingang van het ziekenhuis van Garches, in mijn verschijning met zwarte baard die u bekend is.'

'Bij een intern onderzoek komen we snel uw naam te weten.'

'Ik werk daar maar tijdelijk. En als u mijn foto laat zien, zullen ze u wellicht verwijzen naar dokter Rousselet. En dat is niet mijn naam.'

Adamsberg stond op om door zijn kantoor te ijsberen en voor het raam te kijken of de bladeren van de boom al uitbotten. Linden zijn altijd laat. Deze Lebrun-Rousselet was een lafbek, maar een lafbek die zijn zaakjes goed op orde had.

'Danton, de echte Danton,' vervolgde hij, 'had, naar wat de inspecteur me heeft verteld, ook bloed aan zijn handen, niet?'

'Uiteraard. Hij deed dienst onder het Schrikbewind voordat hij er zelf door werd vermorzeld. Hij heeft de aanzet gegeven tot het revolutionair tribunaal: "Laten we schrikwekkend zijn om het volk hiervan te vrijwaren ..." Kent u deze uitspraak?'

'Nee.'

'"... en een tribunaal organiseren, zodat het volk weet dat het zwaard van de wet boven het hoofd van al zijn vijanden hangt". Bij dit nieuwe tribunaal werden de veroordelingen binnen vierentwintig uur afgeraffeld, waarna de guillotine volgde. Daar werkte de goede Danton aan mee.'

'Een week beveiliging, verlengbaar', stemde Adamsberg toe. 'Ik laat het aan de inspecteurs Mordent en Danglard over om de praktische details voor u te regelen.'

'Uw teamgenoten zullen moeten weten hoe die nakomeling van Danton eruitziet. Hier', zei de arts en hij legde aarzelend een foto op het bureau.

'Ik dacht dat u geen foto's van uw leden had.'

'Voor deze heb ik een uitzondering gemaakt. Oordeelt u zelf maar.'

Adamsberg bekeek het portret van de afstammeling. Het was een van de meest sinistere en lelijke gezichten die hij ooit had gezien.

27

Hij reed met zwaailicht op het dak om de tijd in te halen die hij met dokter Lebrun-Rousselet had doorgebracht. De man had de schijn opgehouden, maar hij had het benauwd. Hij sprak niet zo vlot als tijdens zijn eerste bezoek, hij sloot vaak zijn handen, met zijn duim in zijn vuist. Adamsberg achtte het ook mogelijk dat er die dag iets was veranderd in zijn houding. De man droeg een masker en bewoog zich omzichtig voort, op zijn hoede. Klaar om zich terug te trekken bij het minste of geringste gevaar, zoals de kerels in de arena die een stier ophitsen en zelf met een sprong hun toevlucht zoeken achter de houten hekken.

'Danglard?' belde hij terwijl hij met één hand reed. 'Spreek een beetje luid, ik ben onderweg.'

'Ik dacht dat u terug was, verdomme.'

'Maar boten drijven altijd af voorbij de bakens.'

'Nog steeds op weg naar de zuigeling Amédée? Net nu ik hoor dat de secretaris van de vereniging zojuist is bedreigd en om beveiliging vraagt?'

'Niet bedreigd, bespied.'

'Hebt u de kop van die nakomeling van Danton gezien?'

'Luguber. Zeg, Danglard, hoe noem je die houten hekken waarachter de figuren dekking zoeken die de stier tergen?'

'Sorry?'

'Bij stierengevechten?'

'De *burladeros*. En die "figuren" zijn de *peones* van de toreador. Is dit belangrijk?' voegde Danglard er bits aan toe.

'Helemaal niet. Alleen omdat onze arts – Lebrun is inderdaad psychiater – zo'n man is. Hij vreest de aanval, hij vlucht. Terwijl François Château, die vermoedelijk het doelwit is, om geen enkele vorm van beveiliging heeft gevraagd.'

'Na vier moorden en Danton in zijn straat kan ik me dat wel indenken.'

'We zouden hem kunnen voorstellen zich in te smeren met de poep van bonte kraaien.'
'Dat zal hem vast aanstaan.'
'Ik heb het idee dat onze Lebrun in de Robespierre-vereniging strijdt – je kunt wel spreken van "strijd", toch? – omdat hij daar agressie, geweld en aanvallen meemaakt waartoe hij normaal gesproken niet in staat is. Dat houdt hemzelf in evenwicht.'
'Nou en?'
'Danglard, ik ben over vier uur terug, u hoeft zich niet zo op te winden.'
'Nou en? Wij gaan nu die nazaat van Danton verhoren. En ú vertrekt voor een praatje met de familie van Amédée.'
'U kunt veel beter dan ik vragen stellen aan een man die zo van de geschiedenis vervuld is dat hij er haast zijn verstand bij verliest. Voor een nazaat van Danton heb je een geleerde, fijnbesnaarde man nodig. Ga er niet alleen op af, maar dat spreekt voor zich.'

Adamsberg reed het eenvoudige dorp Santeuil binnen en stopte tegenover een *bar-tabac*, waar de cafébaas bereid was een sandwich voor hem klaar te maken, wat niet de gewoonte van het huis was.
'Ik heb alleen gruyère', zei de man bars.
'Dat is prima. Ik zoek de boerderij van Le Thost.'
'Je kunt wel zien dat u niet van hier bent. Je zegt "Tôt", de s spreek je niet uit. En wat wilt u daar?'
'Een kind helpen dat daar lang geleden heeft gewoond.'
De man trok een bedenkelijk gezicht, dacht na. Natuurlijk, als het om een kind ging, was het iets anders.
'Die ligt zevenhonderd meter verderop, aan de weg naar Réclainville. Dan kruist u de Route du Vieux-Marché en u bent er. Maar u zult er niets meer vinden. Als dat joch zijn ouders zoekt, dan is dat verdrietig. Want ze zijn vijftien jaar geleden in rook opgegaan. De tent is afgebrand, met die man en die vrouw

erbij. Treurig, hè? Een stelletje jongelui vond het een goed idee om 's avonds een kampvuur te maken. Met al dat stro vlakbij, stel je voor. Alles was binnen een uur verdwenen. Aangezien de Greniers slaappillen slikten hebben ze niets zien aankomen. Treurig, treurig.'

'Heel treurig.'

'Let wel, we waren niet erg op ze gesteld. Geen kwaad woord over de doden,' – een openingszin om vervolgens van leer te mogen trekken – 'maar het waren verrekte schoften. Geen greintje gevoel en alles in een oude sok. En ze namen weeskinderen op om wat bij te verdienen. Ik snap niet hoe ze ooit kinderen aan zulke mensen hebben kunnen toevertrouwen. Want die kleintjes werden flink afgebeuld, jazeker.'

'Heette een van die jochies Amédée?'

'Ik kwam daar nooit. Maar iemand die u daarover zou kunnen informeren is Mangematin. Ja, zo heet ze, dat is pech, maar je hebt je naam niet voor het uitkiezen. Een best mens. Nadat u de oude boerderij bent gepasseerd – u kunt zich niet vergissen, er staan nog wat zwartgeblakerde muren – ziet u na dertig meter een groene poort aan uw rechterhand.'

'Kende zij hen goed?'

'Zij ging er iedere maand helpen bij de schoonmaak. En ze nam snoepjes mee voor de kinderen. Een best mens.'

Adamsberg belde iets voor vieren aan bij de groene poort, nadat hij de broodkruimels van zijn jasje had geklopt. Een grote hond beet zijn tanden stuk op het hek, woest blaffend, en Adamsberg legde zijn hand tussen de spijlen door op zijn kop. Na nog wat gegrom, gevolgd door gejank gaf de hond het op.

'U weet hoe je met dieren om moet gaan, zeg', zei een dikke vrouw, die mank lopend naderbij kwam. 'Wat komt u doen?'

'Een onderzoek naar een jochie dat op de boerderij van Le Thost heeft gewoond. Lang geleden.'

'Bij de Greniers?'

'Ja. Hij heette Amédée.'

'Er is hem toch niet iets ergs overkomen?' zei de vrouw terwijl ze het hek opende.

'Nee hoor. Maar hij herinnert zich niet veel uit die tijd, hij heeft daar wat hulp bij nodig.'

'Nou, ik ben niet kort van memorie', zei de vrouw en ze liet hem binnen in haar kleine eetkamer. 'Koffie? Cider?'

Adamsberg koos voor koffie en de vrouw – die Roberta Mangematin heette, dat had hij op haar brievenbus gelezen – haalde een spons over het al schone plastic kleed op de kleine tafel.

'Vindt u het niet erg als ik wel een glas cider neem?' zei ze terwijl ze het kleed nu met een doek droogde. 'Komt u van ver?'

'Uit Parijs.'

'Bent u familie?'

'Politie.'

'Ah', zei de vrouw en ze hing haar doek uit voor een grote radiator.

'Amédée is in een lelijke geschiedenis verwikkeld geraakt – niet door zijn schuld, wees gerust – en hij moet wat meer weten over zijn kindertijd in Le Thost.'

'Je zegt "Tôt", de s spreek je niet uit. Een kindertijd noemt u dat, commandant?'

'Commissaris', zei Adamsberg en hij liet haar zijn pasje zien.

'Een commissaris voor zoiets?'

'Niemand is erin geïnteresseerd, in Amédée. Maar ik wel. Daarom ben ik gekomen.'

Roberta schonk hem vol ontzag koffie in, waarna ze een flink glas met cider vulde.

'Hoe ziet hij er nu uit, die kleine?'

'Hij is heel knap.'

'Er bestond geen mooier jochie in de hele streek. Hij was om op te eten. En nog lief ook. Denkt u dat dit moeder Grenier vriendelijker stemde? Niks daarvan! Ze vond hem te gevoelig. Dus liet ze hem werken als een ezel. Met vier jaar. Om een man van hem te maken, zei ze. Om er een slaaf van te maken, ja. Het brak mijn hart, dat jong, met zijn trieste koppie. En u zegt dat hij zich niets herinnert?'

'Alleen wat flarden. Hij heeft het over onthoofde eenden.'

'Ah, dat', zei de vrouw terwijl ze haar glas onhandig neerzette. 'Wat een kreng was dat. Je moet niet kwaadspreken over de doden, maar daar is geen ander woord voor. Ze had besloten dat Amédée het pluimvee moest doden als ze wat nodig hadden. Vier jaar, dat is toch niet te geloven! Maar Amédée was te gevoelig, hij wilde dat niet, niks aan te doen. Ze deed hem voor hoe hij het moest aanpakken, ze greep een kip en *krak*, ze hakte de nek door met een bijl. Zomaar, voor zijn ogen. Het ene drama na het andere. Want iedere keer dat hij dit weigerde te doen, werd hij gestraft met een hele dag geen eten. Dus op een dag, allicht, draaide die kleine door. Hoe oud was hij? Vijf jaar. Het was niet lang voor zijn vertrek. Hij heeft de bijl gepakt en een bloedbad aangericht, en in één keer zeven of tien eenden onthoofd. De dokter zei tegen mij dat hij wraak nam voor wat hem was aangedaan, zoiets. En dat, als dit zo doorging, het niet lang zou duren voordat hij moeder Grenier zou kelen. Dat denk ik niet.'

Roberta begon heftig haar hoofd te schudden, kin vooruit.

'Wat denkt u?' vroeg Adamsberg.

De koffie was tien keer beter dan op de brigade, daar moest hij het met Estalère over hebben.

'Dat hij alleen maar wilde laten zien dat hij wist hoe het moest,' antwoordde Roberta, 'zodat hij niet langer werd gestraft en als meisje werd behandeld. Hij was niet in orde, die dag, daar hoef je niets achter te zoeken. Het is treurig, zo'n lieve jongen. Zij heeft hem gek gemaakt, dat is wat ze heeft gedaan.'

'En haar man?'

'Niet veel beter dan die helleveeg. Behalve dat hij niet praatte. Maar hij deed alles wat zij zei, hij heeft het kind nooit verdedigd. Een drankverslaafde niksnut, hè,' zei ze terwijl ze haar glas volschonk, 'maar een harde werker, dat moet je hem nageven. Verbaast me niks dat Amédée zich de eenden herinnert. Want weet u wat ze daarna heeft gedaan?'

'Ze heeft hem tot moes geslagen.'

'Natuurlijk, maar daarna?'

'Weet ik niet.'

'Nou, ze heeft hem gedwongen om alle eenden die hij had gedood te plukken en schoon te maken. En vervolgens kreeg hij ze iedere maaltijd te eten, als ontbijt, als lunch, als avondeten. Het jong spuugde alles onder. Godzijdank hielp die grote jongen hem. Hij at porties van hem op, hij begroef stukken, hij gaf hem zijn eigen eten. Zonder hem weet ik niet wat er van die kleine was geworden.'

'Welke grote jongen?'

'O, die was al tien toen Amédée daar als baby kwam. Zo slecht als God hem had bedeeld, zo mooi was Amédée, maar hij had een hart van goud. Hij heeft de kleine beschermd als een kloek. Die twee hielden van elkaar, dat kun je wel zeggen.'

'Welke grote jongen?' herhaalde Adamsberg gealarmeerd.

'De jongen die ze daarvoor had opgenomen, hij was ook in de steek gelaten. De moeder stuurde kostgeld, meer niet. Maar Amédée was blijkbaar niet echt in de steek gelaten want op een dag kwamen zijn ouders hem halen. Die vrouw, je zou haast zeggen dat ze dacht dat ze een hertogin was. Zij was hem niet één keer komen opzoeken maar ze betaalde goed, zei vader Grenier. De Masfaurés heetten ze.'

'Hoe weet u dat?'

'Van de postbode. Iedereen wist dat. Dat had u moeten zien toen ze hem kwamen halen. Ik was aan het schoonmaken. Amédée klampte zich vast aan Victor – dat was de grote jongen – en die drukte hem uit alle macht tegen zich aan, ze waren onmogelijk uit elkaar te halen. Victor fluisterde woorden in het oor van de kleine, hij rende alle kanten op over de binnenplaats met het jong aan hem hangend als een klein aapje, onmogelijk. Ten slotte is vader Grenier zich ermee gaan bemoeien, ze hebben de twee jongens van elkaar losgemaakt en ze hebben de brullende Amédée in de mooie auto gestopt. Binnen drie kwartier was het geregeld.'

'Had Victor blond haar?'

'Ja, en engelachtige krullen. Dat was zo leuk aan hem. En zijn glimlach. Maar die zag je niet vaak.'

'Mevrouw Mangematin, u had het over kostgeld.'

'U denkt toch niet dat de Greniers dit uit goedhartigheid deden?'

'Natuurlijk niet. Dat kostgeld, weet u of dat een of twee keer per maand kwam?'

'Dat zou ik u niet kunnen zeggen. De postbode sprak altijd over "het geld van Masfauré", verder niks. Ik vraag het hem wel als u daar iets aan hebt. Maar pas op, hij is de jongste niet meer. Het is niet gezegd dat hij het zich herinnert.'

De vrouw liep naar een aangrenzend vertrek om te bellen. De bloeddorstige hond was de kamer in gekomen en was meteen tussen Adamsbergs benen gaan liggen. De commissaris krabbelde hem in zijn hals zonder erbij na te denken, want hij dacht aan de twee jongens van de boerderij van Le Thost. Van Le Tôt.

'Je kunt wel zeggen dat u een gave hebt om met beesten om te gaan, commissaris', zei de vrouw toen ze terugkwam. 'Hij heeft ook eens een eend van me opgegeten. Maar dat heeft hier niets mee te maken.'

'Nee.'

'Bij een hond ligt het in zijn aard om te doden.'

'Ja', antwoordde Adamsberg, terwijl hij zich afvroeg of doden nu ook in de aard lag van Amédée, die door moeder Grenier 'gek' was gemaakt.

'Eén envelop per maand,' zei Roberta terwijl ze haar glas cider weer oppakte, 'daar stak hij zijn hand voor in het vuur. Behalve dat die eerst niet van Masfauré kwam, maar van een andere naam. Ze was zeker intussen getrouwd.'

'En hoe wist hij dat het kostgeld was?'

'Dat heeft hij me destijds lachend verteld. Een postbode, die herkent knisperende bankbiljetten in een envelop zoals een kat een muis vindt. Het kwam contant, ze wilde vast geen sporen achterlaten.'

'Wat zou betekenen, mevrouw Mangematin, dat Victor en Amédée broers zijn, nietwaar? Als er één envelop voor hen beiden kwam.'

'Echt, daar heb ik niet aan gedacht,' zei de vrouw terwijl ze de kurk stevig op de fles drukte, 'maar dat zou me niet verbazen, aangezien ze altijd zo bij elkaar kropen. Maar ik kan u vertellen dat toen mevrouw Masfauré Amédée kwam halen, ze Victor geen blik heeft gegund, als was hij een stuk stront, neemt u me niet kwalijk. Zelfs een ontaarde moeder doet zoiets niet, toch? En als zij zijn moeder was, waarom heeft ze de twee jongens dan niet tegelijk meegenomen, die dag?'

Adamsberg zocht een tijd in zijn notitieboekje, waarin niets geordend was.

'Zou u het erg vervelend vinden om de postbode nog eens te bellen en hem te vragen of de envelop, vóór de komst van Amédée, niet van Pouillard kwam? Van ene Marie-Adélaïde Pouillard? Dat was de meisjesnaam van de moeder van Amédée.'

'Helemaal niet, ik bel graag met de postbode.'

Het antwoord kwam even later, bevestigend: Pouillard. Roberta had van de gelegenheid gebruikgemaakt om de postbode voor het eten uit te nodigen.

28

Danglard zat te worstelen met de afstammeling van Danton toen Adamsberg zich midden in het verhoor bij hen voegde. Het was een kleine, onopgeruimde en slecht geventileerde kamer onder de daken van Parijs. De man – een voormalig boekbinder, had Danglard hem verteld – was sinds vier jaar werkloos. Danglards haar zat in de war, sommige plukken stonden rechtovereind, van woede misschien, en Justin zat er met gebogen hoofd bij, zijn armen nerveus over elkaar geslagen.

'Welkom, commissaris', zei de afstammeling uitgelaten. 'Blij dat u erbij bent, uw collega's vermaken me zeer. Zoals u ziet, kan ik u geen stoel meer aanbieden.'

'Doet er niet toe, ik zit nooit.'

'Dan bent u net een paard. Dat heeft zijn voordelen, maar het vervelende is dat u niet verder kijkt dan uw neus lang is. Daardoor hebt u zich in uw hoofd gehaald dat een afstammeling van de grote Danton iemand zou hebben gedood om zijn voorvader eer te bewijzen.'

De man barstte in lachen uit. Sinister en afzichtelijk, dat was hij met zijn ingevallen wangen, zijn lange onregelmatige, grijze tanden en zijn donkere, ver uit elkaar staande ogen.

'De grote Danton, jazeker', zei hij nog nalachend. 'Men zei dat hij een patriot was, oprecht, vurig, warm, liefhebbend en levend op grote voet. Maar ik zeg dat hij verdomd corrupt was, een opportunist, een hoogmoedige kerel die zich van succes verzekerde met zijn zware lijf en zijn ruwe stem, een hebzuchtig mens, een losbol, een moordenaar, een verrader. Robespierre was tenminste onvervalst in zijn schanddaden. Zoals ik uw collega's heb verteld, ben ik royalist. Dat is wel het minste wat ik kan doen, de gruweldaden van een verdorven voorvader herstellen. Hij heeft gestemd voor de dood van de koning, dan moet-ie zich niet beklagen dat zijn eigen hoofd eraan is gegaan.'

'Beklaagt-ie zich dan?'

De vraag deed de woordenvloed van de afstammeling van Danton even haperen.

'Als u royalist bent,' vervolgde Adamsberg het gesprek, 'wat doet u dan bij dat gezelschap?'

'Ik doe onderzoek, commissaris', zei de man, dit keer heel serieus. 'Ik bespioneer, ik achtervolg. Ik verzamel alle zwaktes en ondeugden van zijn leden, leden die zich vermommen en als rioolratten binnensluipen zonder zelfs maar voor hun mening te durven uitkomen. Anoniem, denken ze? Niet voor mij. Malversaties, verborgen kapitaal, smerige streken, zwendelarij, pornografie, wapenhandel, homoseksualiteit, pedofilie, alles is goed. En denk maar niet dat ik met lege handen sta, verre van dat. De republikeinen stinken uit al hun poriën. Verspil uw tijd niet met het zoeken naar mijn dossiers, die zijn allemaal veilig opgeborgen. En dat zijn er al verrekte veel. Nóg wat materiaal en ik steek het lont aan. En ik blaas dat nest vol smerige termieten op, de waardige nazaten van al die afzichtelijke heethoofden die Frankrijk hebben geruïneerd met die krachteloze democratie. En door hen te vernietigen raak ik de Republiek als geheel.'

'Oké', zei Adamsberg. 'En hoe doet u dat, zo'n groot onderzoek in uw eentje?'

'In mijn eentje? U raaskalt, commissaris. De kring van royalisten is veel groter dan u denkt. Zijn tentakels reiken tot aan de rechterlijke macht en tot aan uw politie. En we zijn met velen in die vereniging. Denkt u dat uw Republiek het eeuwige leven heeft?'

De man lachte opnieuw wild, daarna kwam hij met zijn magere lichaam overeind en opende de dubbele deuren van een kleine kast. Aan de binnenkant van de deurpanelen hingen met diverse uitwerpselen bevuilde reproducties van de gezichten van Danton en van Robespierre, waarvan de ogen waren uitgekrabd met rode verf, die langs hun wangen omlaagdroop.

'Bevallen ze u zo?'

'Heftig', gaf Adamsberg als commentaar. Tot moorden in staat, in afwachting van de grote avond van de explosie.

Liefdevol sloot de man zijn kast.

'Alsof ik mijn tijd ga verdoen door ze een voor een om zeep te helpen, terwijl ik binnenkort iets in handen heb om ze allemaal in één keer uit de weg te ruimen.'

Adamsberg gaf zijn collega's het sein te vertrekken.

'Zeg tegen die castraat van een François Château', schreeuwde de man, 'en zijn twee zelfingenomen, pedante kornuiten dat het binnenkort gedaan is met hun zwijnenstal!'

'Heftig', herhaalde Adamsberg eenmaal op straat.

'Danton zal hier wel niet blij mee zijn', zei Justin.

'Van je familie moet je het hebben.'

'Komedie?' vroeg Danglard.

'Nee', zei Adamsberg. 'De affiches zijn oud, dit is niet gespeeld. Hij haat ze.'

'Dat maakt hem tot een heel geloofwaardige moordenaar', zei Justin.

'Ik denk dat hij een hoger doel voor ogen heeft', zei Adamsberg. 'Ze door het slijk halen, de vereniging bezoedelen en zodoende de Revolutie in diskrediet brengen en de Republiek omverwerpen. Daar gaat het om. Wat heeft hij jullie verteld om zijn aanwezigheid voor het appartement van de psychiater te verklaren?'

'Dat Lebrun maar een van de velen was die hij bespioneerde. Hij is op zoek naar een zwakke plek in zijn bestaan.'

'Heeft hij die gevonden?'

'Dat weten we niet. Zijn "dossiers" zijn geheim, dat bleef hij maar herhalen.'

'Ik denk niet dat een van die twee zelfingenomen kornuiten ook maar iets te vrezen heeft van deze magere Danton-zoon. Als de moordenaar de vereniging wil onthoofden, dan executeert hij Robespierre. En voorlopig veroorzaakt de moordenaar, dat hebben we gezien, opschudding op afstand, op grote afstand, door vooral "incidentele bezoekers" te elimineren. Waarom? Omdat een tornado die je sluipend naderbij voelt komen veel beangstigender is dan een wervelwind waardoor je plotseling wordt overweldigd. Hij zal zijn net steeds iets meer dichttrekken, zodat je hem gaandeweg aan de horizon ziet verschijnen. We doen een stapje terug in de bescherming van Lebrun, we zorgen er alleen voor dat hij bij de uitgang van het ziekenhuis veilig in een taxi stapt. We doen hetzelfde bij Leblond. Roep hem op, probeer erachter te komen waar hij woont. Hij is slimmer dan de secretaris, geloof ik.'

'Lebrun gaat piepen van angst', zei Danglard.

'Als hij zo bang is, moet hij maar aftreden.'

'Dat is gezichtsverlies. De psychiater die dekking zoekt achter een burladero.'

'Een wat?'

'Het houten hek bij de stierengevechten', zei Danglard geërgerd. 'U hebt me daar zelf nog geen zes uur geleden naar gevraagd.'

'Dat is waar.'

Het angelus in de klokkentoren van de Saint-François-Xavierkerk luidde zeven uur. Adamsberg stopte.

'Koffie', zei hij.

Aperitief, dacht Danglard. Daar was het tijd voor.

'Als het u interesseert iets dieper in te gaan op "van je familie moet je het hebben"', voegde Adamsberg eraan toe. 'De twee IJslandse moorden zouden weleens niet kunnen zijn wat wij denken.'

'We zeiden dat we IJsland hadden verlaten', zei Justin ietwat klaaglijk.

'Zeker. Wat niet wegneemt dat we er even langs kunnen gaan als we daar zin in hebben.'

Noch de inspecteur, noch de brigadier had er zin in, en ze verroerden zich niet. Adamsberg glimlachte hen toe, stak zijn hand op en liet hen achter. De twee mannen zagen hem weglopen en de deur van een café openduwen. Een paar minuten later schoven ze bij hem aan.

'We gaan niet naar IJsland maar naar de boerderij van Le Thost, in Eure-et-Loir.'

'Waar u vandaag was?' zei Justin.

'Waardoor u het hele begin van ons onderhoud met Danton hebt gemist', zei Danglard zuur.

'Was dat interessant?'

'Nee.'

'Ziet u wel, Danglard. Een half uur is meer dan genoeg voor zulk soort lui. Boerderij van Le Thost, voorheen het bezit van het echtpaar Grenier, een pleeggezin.'

'Waar Amédée Masfauré voor zijn vijfde jaar was ondergebracht, hebt u ons verteld.'

'Gevangengehouden klopt eerder. Slecht behandeld in elk opzicht, totdat het kind ontploft bij dat voorval met die onthoofde eenden.'

'Hij heeft die eenden genoemd in Le Creux', zei Danglard, die zich meteen ontspande toen zijn glas witte wijn eraan kwam.

Gedurende het hele verhaal over de zeven à tien eenden draaide Justin zijn hoofd snel van rechts naar links, alsof hij de beelden als vliegen verjoeg. Het kind met zijn bijl, het bloedbad, het vlees van het gevogelte dat dag na dag tot vervelens toe moest worden opgegeten. De grote jongen die hem hielp om de stukken weg te werken.

'Het is begrijpelijk dat hij al zijn herinneringen heeft uitgevlakt', zei hij.

'Ik geloof niet dat hij ook maar iets heeft uitgevlakt', zei Adamsberg. 'Ik geloof dat hij liegt. En de grote jongen die hem tijdens die vijf jaar durende nachtmerrie heeft beschermd, een kind dat was afgestaan, net als hijzelf, ik geloof ook niet dat Amédée hem heeft kunnen vergeten. Het was – en is wellicht nog – zijn enige liefde, en zijn redder.'

'En?'

'En hij was tien jaar ouder, en hij was niet mooi, afgezien van zijn weelde aan blonde krullen en zijn brede glimlach. Die je maar weinig zag.'

Danglard, voor zich uit starend, strekte een houterige arm uit naar de ober die langskwam.

'Broers, bedoelt u? Zijn het broers?'

'Ik snap het niet', zei Justin.

'Amédée en Victor,' ging Adamsberg verder, 'broers. Tien jaar na elkaar door dezelfde moeder in de steek gelaten.'

'Een bewijs?' vroeg Danglard, wiens arm gestrekt bleef.

'Er werd op de boerderij maar één brief per maand bezorgd, met het kostgeld. Geen twee. Van mevrouw Masfauré. Maar voorheen van mejuffrouw Pouillard. Marie-Adélaïde Pouillard, later echtgenote van Masfauré.'

De ober vulde het tweede glas in de uitgestoken hand van Danglard, die ineens, uit zijn korte verstomming ontwaakt, zijn hoofd omdraaide en hem bedankte.

'En op een mooie dag komt ze hem halen wanneer hij vijf is?' vroeg Justin. 'Voelt ze wroeging? Maar in dat geval, waarom alleen hem?'

'Omdat als het aan haar had gelegen, zij hem nooit was komen halen.'

'Oké', zei Danglard. 'We mogen dus veronderstellen dat Henri Masfauré op de een of andere manier te weten is gekomen dat zijn onweerstaanbare echtgenote een pasgeboren kind in de steek had gelaten. Volgens de data, vlak voor haar huwelijk. Uit vrees Masfauré te verliezen.'

'Wilde hij geen kind?'

'Waarschijnlijk niet', zei Adamsberg. 'Zij ontdeed zich liever van de baby dan het fortuin van Masfauré aan haar neus voorbij te zien gaan. Zelfde scenario ongetwijfeld tien jaar eerder, met een producer. Ze was inhalig, weet u nog. Werd door niets geremd.'

'Natuurlijk', zei Danglard. 'Broers. Amédée en Victor, de dubbele voornamen van de hertogen van Savoie.'

'Precies', realiseerde Adamsberg zich. 'Dat had u goed gezien.'

'Maar niet verder gekeken', zei hij hoofdschuddend. 'Ook al heeft ze hen aan hun lot overgelaten, ze heeft hun voornamen van de hoogste adel gegeven.'

'Toen Masfauré hoorde van het bestaan van die in de steek gelaten zoon,' zei Adamsberg, 'is of zijn hart of zijn moreel een kwartslag gedraaid. Dat laat onverlet dat hij zijn vrouw heeft gedwongen het joch op te halen. Ik denk dat onze filantroop die dag een andere kijk op zijn echtgenote heeft gekregen. Mogelijk heeft ze zijn afkeer gewekt. Mogelijk heeft hij haar vergeven. In elk geval stond het voor Marie-Adélaïde buiten kijf dat Masfauré niet mocht weten dat ze tien jaar eerder nog een kind in de steek had gelaten. Ze vertelde niets over Victor, en toen ze op de boerderij was, gunde ze hem geen blik. Bewust.'

'Verachtelijk', zei Danglard terwijl hij zijn glas neerzette. 'Een "verachtelijke hypocriet".'

'We zijn er bijna', zei Adamsberg kalm. 'Toen hij vijftien was, of al eerder, was Victor oud genoeg om in de papieren van de Greniers te snuffelen en daarin de naam van zijn moeder te vinden: Pouillard. En om vervolgens op grond van hetzelfde handschrift op de enveloppen haar nieuwe naam, Masfauré, te ontdekken. Stel je voor hoe die jonge knul de mooie Adélaïde Pouillard-Masfauré ziet aankomen om de kleine Amédée mee te nemen, terwijl hij straal wordt genegeerd. En ze Amédée uit zijn armen rukt, zijn enige liefde op aarde. De dure auto neemt het snikkende kind mee en de andere zoon wordt aan zijn lot overgelaten.'

'Tot twee keer toe verlaten', zei Justin.

'Ruim voldoende om Victor te veranderen in één bonk woede en haat', zei Danglard.

'Zozeer dat hij haar wil doden, inspecteur?'

Adamsberg wipte peinzend op zijn stoel heen en weer.

'Dat op zijn minst wenst', zei Justin.

'En waarom', vervolgde Adamsberg, 'valt hij tien jaar later bij de Masfaurés binnen? Nadat hij deze naam heeft aangenomen om hun aandacht te trekken? Waarom zegt hij niet dat hij haar zoon is? Waarom ontketent hij geen schandaal? Waarom dringt hij vermomd de familie binnen en nestelt zich daar zonder een woord te zeggen? Met welk ander doel dan haar te doden, Justin?'

'Omdat als hij zich kenbaar maakt en zij sterft,' zei Danglard, 'hij als eerste wordt verdacht. Niemand mag weten dat zij zijn moeder is.'

'En hij neemt de tijd', zei Justin. 'Tot zich een gelegenheid voordoet.'

'IJsland', zei Adamsberg.

'IJsland', herhaalde Danglard. 'Weet Amédée dat Victor zijn broer is?'

'Ik geloof', aarzelde Adamsberg, 'dat Amédée op dringend verzoek van zijn ouders niets over zijn kindertijd heeft verteld. Hij herinnert zich Victor, natuurlijk, zijn god van de boerderij van Le Thost – je spreekt het uit als "Tôt", Danglard – maar hij heeft hem niet herkend. Hij was pas vijf toen hij hem verliet en hij heeft een volwassene van vijfentwintig teruggekregen. Maar onbewust weet hij wel dat hij het is. Er is geen andere verklaring voor zijn kinderlijke toewijding aan hem. Wat Victor betreft ben ik ervan overtuigd dat hij zijn geheim heeft bewaard, zelfs voor zijn dierbare Amédée. Als hij zijn moeder – hun moeder – zozeer haatte dat hij haar wilde doden, moest hij wel zwijgen.'

'Dus het verhaal van het drama op IJsland, het verhaal van de moordenaar met het mes ...' begon Justin.

'Zou niet waar zijn', onderbrak Adamsberg hem.

'Ze hebben niet met elkaar kunnen overleggen voordat we ze hebben ondervraagd', wierp Danglard tegen.

'Natuurlijk wel. Denkt u maar aan die vlucht te paard, inspecteur, die nodeloze vlucht te paard, en Victor die meteen achter Amédée aan ging. Victor heeft Amédée gezegd dat hij dit moest doen zodra Céleste over mevrouw Gauthier begon.'

'En hoe had Victor kunnen raden dat deze mevrouw Gauthier een van de reizigsters was? Hij kende hun namen niet.'

'Omdat Amédée hem de brief heeft laten zien. Hij verborg niets voor Victor.'

'Duidelijk', zei Danglard. 'Ze hebben de tijd gehad om in het bos hun verhaal op elkaar af te stemmen.'

'Denk aan het portret van de moordenaar dat Victor voor ons heeft geschetst. Een gewoon, onbestemd gezicht zonder kenmerk. Hij is vaag gebleven over de identiteit van die vent, een soort onzichtbare man. Hij heeft daarentegen – net als Amédée – zijn barbaarsheid benadrukt. Het "weerzinwekkende", wrede, "gruwelijke" wezen, de geboren moordenaar. Alsof Victor ons nadrukkelijk met een zaklamp de weg wees: zoek die kant op, politie, zoek het weerzinwekkende wezen zonder gezicht en zonder naam. Zoek tot het bittere einde.'

'En de dood van de legionair?' vroeg Justin.

'Om die van de moeder te maskeren?'

'En Masfauré? Zou hij Masfauré ook hebben gedood?'

'Nee. Waarom zijn weldoener doden? Tien jaar later? Nee, daar is geen enkele reden toe. Masfauré hoort bij de serie Robespierre. Twee zaken, twee moordenaars. Die wij voor één hebben aangezien. Vandaar dat het op verstrengelde algen lijkt. Danglard, u legt dit morgen allemaal uit aan het concilie. Ik weet niet zeker of ik daarbij wil zijn.'

'U bent niet tevreden, nietwaar, commissaris?' zei Danglard tamelijk zacht. 'Vanwege Victor?'

Adamsberg draaide zijn hoofd naar zijn collega, zijn blik was wazig. Er waren van die momenten waarop hij in onbereikbare contreien doolde en waarop in zijn ogen de pupil niet meer van de iris te onderscheiden was.

'Tevreden, misschien. Maar ik ben er niet gelukkig mee.'

29

Tijdens de bijeenkomst in de conciliezaal was er na de uiteenzetting van inspecteur Danglard even wat opschudding ontstaan. Er had gefluit weerklonken en vingerknippen, als teken van goedkeuring voor Adamsberg, die was gaan 'luchtfietsen' op de boerderij van Le Thost en was teruggekeerd met stof tot nadenken.

De kwestie 'luchtfietser' – een bijnaam die een agent uit Quebec Adamsberg ooit had gegeven – verdeelde de brigade al sinds lang in 'gelovigen' en 'positivisten'. 'Gelovigen' waren degenen die meegingen in de vaak onuitgesproken of moeilijk te ontraadselen afdwalingen van de commissaris, vanuit loyaliteit of zelfs vanuit het volste vertrouwen – en dat was typisch het geval bij zijn vurige bewonderaar Estalère. 'Positivisten' waren zij die in het belang van het onderzoek bleven vasthouden aan een rationalistische strategie, en die door het gezwalp en de ongrijpbare escapades van de commissaris van hun stuk werden gebracht of geïrriteerd raakten – en de pragmatische Retancourt was de aanvoerder van dit groepje. Maar, en dat verbaasde iedereen, de forse brigadier had de vorige dag geen kritiek gehad op Adamsbergs uitstapje naar de boerderij van Le Thost. 'Zo zijn vrouwen,' had Noël gezegd, 'zodra er een kind in het spel is, hebben ze zaagsel in hun hoofd.' Waarop Kernorkian kortaf had geantwoord dat het al een hele vooruitgang was dat Noël nu eens toegaf dat Retancourt een vrouw was.

Mordent en Voisenet, die hun meerdere de vorige dag waren afgevallen, hielden verlegen het hoofd gebogen.

'Schot in de roos', erkende Mordent terwijl hij zijn lange reigersnek uit zijn kraag omhoogstak.

'Zeker,' zei Justin, 'en de eerdere moorden in IJsland komen daardoor in een ander daglicht te staan.'

'Moorden overigens', merkte Veyrenc op, 'die sinds vier

maanden verjaard zijn. Als Victor Grenier-Masfauré de legionair en zijn moeder heeft koud gemaakt, komt er geen proces of veroordeling.'

'En zo blijven we tijd verliezen met die IJslandse affaire', concludeerde Voisenet.

'Maar we winnen aan kennis', nuanceerde Danglard.

'Jammer', zei Mordent, 'dat we niet weten hoeveel eenden er zijn onthoofd. Zeven, of tien? Dat zou een mooie titel zijn geweest voor een heel wreed sprookje. "De Zeven Eenden van Le Thost".'

Het gebeurde weleens dat Mordent op zijn beurt afdwaalde, maar uitsluitend wanneer hij aan zijn sprookjes en legenden dacht, en het duurde nooit lang. Hij keek nooit flets uit zijn ogen, zoals Adamsberg. Hij hield altijd de strakke, precieze blik van een vogel die op zijn prooi loert. Zijn escapades waren slechts zijsprongen, terwijl die van de commissaris deden denken aan lange wandelingen in de mist zonder kompas.

'Eén,' zei Retancourt en ze stak haar duim op, 'Victor is in staat tot moorden. Twee,' – en ze stak haar wijsvinger op – 'het is een man die tot handelen overgaat. Drie, Victor ging met Masfauré mee naar het Robespierre-gezelschap. Vier, er is geen enkele reden hem van de contrarevolutionaire moorden vrij te spreken.'

'Nee', sprak Danglard haar tegen. 'De moorden van Victor – als hij al heeft gemoord – zijn louter het gevolg van zijn rampzalige jeugd. Iemand blijft niet links en rechts doden om iets omhanden te hebben.'

'De IJslandse moorden zijn een afgesloten hoofdstuk', zei Voisenet. 'Maar de Robespierre-serie duurt voort en de boel zit nog steeds muurvast. De locomotief staat stil tegen het stootjuk, er is geen spoor waarop we verder kunnen.'

'Maandagavond', bracht Mordent in herinnering, 'kunnen we de twee andere "afstammelingen" volgen en identificeren. De nazaten van de beul en die andere vent die is geguillotineerd.'

'Sanson en Desmoulins', zei Veyrenc.

'Intussen', ging Voisenet verder, 'draaien we in een kringetje rond door Château en zijn handlangers te bewaken en zijn we niet in staat de andere leden van de groep "incidentelen" te identificeren.'

Voisenet was een actieveling, van machteloosheid, afwachten en falen werd hij uiterst prikkelbaar. Een geestdriftige natuur, schijnbaar niet te verenigen met het observeren van zoetwatervissen. Adamsberg was juist van mening dat die fixatie op vissen Voisenet een essentieel tegengif bood. En daarom had hij altijd toegelaten dat de brigadier op de brigade zijn gespecialiseerde tijdschriften las.

Mercadet, te vroeg uit zijn slaapcyclus gehaald – hij had de vergadering niet willen missen – vroeg Estalère om een tweede kop koffie.

'Ze zullen zich allemaal koud laten maken terwijl wij rondrijden en verdekt onder koetspoorten staan opgesteld', zei hij.

'Wie zijn er nog in leven?' vroeg Estalère.

Veyrenc koos ervoor de geruststellende rol van Adamsberg over te nemen.

'Van de groep "incidentelen" op zijn minst vier, Estalère.'

'Oké, vier. Wie?'

'Een vrouw, die Lebrun&Leblond "de actrice" noemen.'

'Goed.'

'Een stevig gebouwde kerel, oftewel "de wielrenner".'

'Ja', zei Estalère peinzend.

Zelfs als Estalère in gedachten verdiept was, gingen zijn wenkbrauwen niet omlaag, maar sperde hij zijn ogen nog wijder open dan je voor mogelijk hield.

'Een man met een vorsende blik, een tandarts volgens Lebrun&Leblond. Er hangt een lichte geur van een desinfecterend middel om hem heen. En ten slotte een jongen zonder opvallende kenmerken.'

'Het aantal klopt', zei Estalère, die wegliep om de extra kop, heel sterke, koffie voor Mercadet te gaan maken.

'Er is misschien een klein kansje', zei Voisenet, 'dat we ze op de bijeenkomst van maandagavond zien. We hebben eigenlijk extra manschappen nodig als we de twee afstammelingen en de vier infiltranten moeten schaduwen.'

'Dat kan', erkende Mordent. 'Maar op dit moment, nu er vier van hun groepje zijn vermoord, betwijfel ik of ze weer zullen opduiken. Hoe staat het met Robespierre?'

'Hij werkt tot laat in de avond', zei Justin. 'Ongetwijfeld om zijn toespraak van maandag voor te bereiden.'

'En welke zal dat zijn?' vroeg Veyrenc.

'De zittingen van 11 en 16 germinal van het jaar II, ingekort en gekoppeld', antwoordde Danglard, die informatie had ingewonnen. 'Ofwel die van 31 maart en 5 april 1794.'

'Die waarop Robespierre de arrestatie eist van Danton, en van Desmoulins en zijn vrienden', vulde Veyrenc aan.

'Precies.'

Informatie die alle andere leden van de brigade onverschillig liet. Op dat moment kwam Adamsberg de zaal binnen, zijn hoofd gebogen naar het scherm van zijn telefoon, en hij stak als groet even zijn hand op. Estalère sprong op voor zijn koffietaak.

'Froissy heeft haar werk zojuist afgerond', kondigde de commissaris aan zonder te gaan zitten. 'Ze is de stamboom van dorpje tot dorpje nagegaan, tot aan Montargis. Onze François Château is wel degelijk een nakomeling van de herbergier François Didier Château, de vermoedelijke zoon van Robespierre. Wat zijn zaak aanmerkelijk verzwaart. Danglard, licht u ze allemaal in over onze ongewone herbergier uit 1840. En helpt u me eraan herinneren dat ik u vraag wat die "zo smartelijke dood van Robespierre" inhield. Lebrun gebruikte die woorden. Retancourt, wilt u met me meekomen naar mijn kamer.'

Adamsberg deed de deur zorgvuldig dicht terwijl Retancourt op de bezoekersstoel ging zitten, een stoel die niet was berekend op haar omvang en die onder haar gestalte verdween. Geen enkele stoel was op haar berekend.

'U gaat stoppen met het bewaken van François Château.'

'Oké', zei Retancourt op haar hoede.

Want de wazigheid die nu in Adamsbergs blik te zien was en die Danglard de vorige dag al had opgemerkt, was nog niet verdwenen. En op de brigade wist iedereen wat die storing betekende. Omzwervingen en nevelen, kortom: luchtfietserij.

'Zoals u waarschijnlijk hebt begrepen,' ging Adamsberg verder terwijl hij de sigaret accepteerde die Retancourt hem aanreikte, 'is er in IJsland iets anders gebeurd dan wat de broers Amédée en Victor ons bereid waren te vertellen.'

'Ja.'

'Iets veel ergers.'

'Een moedermoord.'

'Nog erger, Retancourt. Weet u nog: Victor beweert dat de moordenaar alle leden van de groep onder doodsbedreigingen tot zwijgen heeft gebracht. En ze zwijgen inderdaad al tien jaar. Kunt u zich voorstellen dat Victor negen mannen en vrouwen die ouder en ervarener zijn dan hij in die mate terroriseert? Op zijn zevenentwintigste? Want hij was toen zevenentwintig.'

'Jong of oud, wat doet het ertoe? Leeftijd verandert niets aan de zaak.'

'Volgens Victor zou de moordenaar hun hebben verzekerd dat zijn "netwerk", het woord doet er niet toe, hen zou weten te vinden, zelfs als een van hen hem de gevangenis in kreeg. Victor die een "netwerk" heeft? Die jongen van de boerderij, de autodidact? Waar zou hij zo veel macht vandaan halen en zo veel overtuigingskracht?'

'Het is verjaard, commissaris', zei Retancourt schouderophalend.

'Dat maakt me niet uit.'

'Veel erger dan wat? Waar denkt u aan?'
'Nergens aan, Retancourt. Ik weet het immers ook niet. We moeten op onderzoek uit.'
Retancourt schoof met veel lawaai haar stoel naar achteren en haar wantrouwen nam met de seconde toe.
'Waar?' vroeg ze.
'In IJsland. Ik ga naar de warme rots.'
'Dat is niet logisch, commissaris, dat heeft geen zin.'
'Dat maakt me niet uit', herhaalde Adamsberg. 'Maar alles zal afhangen van mijn gesprek vandaag. Ik ga terug naar Le Creux om met Victor en Amédée te praten.'
'Waarvoor? Om ze te vertellen dat ze broers zijn? Zomaar, zonder voorzorgsmaatregelen? Dat zal een schok teweegbrengen, geschreeuw en gehuil.'
'Ongetwijfeld. En daar hou ik niet van.'
'Waarom doet u het dan?'
'Om erachter te komen. Een van beiden zal misschien de waarheid zeggen.'
'En dan?'
'Dan niets. Dan weet ik het, dat is alles.'
'En de moorden van de robespierristen?' wond Retancourt zich op. 'De vier infiltranten die in gevaar verkeren? Laat u die in de steek om "erachter te komen" wat Victor op het warme eiland heeft uitgevreten?'
'Ik laat niets in de steek. Het schaakbord van Robespierre laat voorlopig geen beweging zien. Maar dat komt wel. Niets wordt zomaar afgekapt, niets blijft ooit vastzitten. Beweging krijgt altijd de overhand. Een of andere vent heeft ooit gezegd: "Dieren verroeren zich", maar ik weet niet meer wie dat is. Het gaat vanzelf bewegen, geloof mij maar.'
'Ja, met nog vier extra moorden.'
'Dat weet je nooit.'
'En als het gesprek van vandaag niets oplevert?'
'Dan ga ik naar de warme rots. Er blijven hier drieëntwintig

agenten over, allemaal perfect op de hoogte, allemaal in staat de zaak-Robespierre nauwgezet te volgen.'

'Drieëntwintig? Dat wil zeggen dat u niet in uw eentje gaat?'

'Inderdaad. Niet dat ik bang ben voor de ijsvelden, maar eerder voor mijn manier van zijn. Door die van anderen gade te slaan blijf ik – hoe zegt u dat? – op het rechte pad.'

'Waar u totaal van af bent geweken, commissaris', zei Retancourt en ze stond op, wat betekende dat ze ervandoor wilde. 'U raaskalt. De korpschef hoeft maar te horen dat u achter een nutteloze, geseponeerde zaak aan zit en het lopende onderzoek in de steek laat, en u wordt geschorst.'

'Zou u dat doen? Zou u hem inlichten, Retancourt?'

Adamsberg stak nog een sigaret op en liep naar het raam, zodat hij met zijn rug naar zijn collega toe stond.

'Dat kunt u niet maken, Violette', zei hij – hij noemde haar graag af en toe bij haar voornaam. 'Want u gaat mee op reis. Tenzij, ik zeg het nogmaals, de waarheid vanmiddag uit de put opwelt, maar dat betwijfel ik sterk.'

'Geen sprake van', blafte Retancourt terwijl ze achteruit richting de deur liep. 'Ik laat het team niet in de steek nu de boel stagneert.'

Daar stonden ze nu allebei, als twee koppige dieren die met elkaar de strijd aangaan, dieren die in ieder opzicht van elkaar verschillen.

'Prima', zei Adamsberg, nog steeds naar het raam gekeerd, terwijl zijn as op de grond viel. 'Dan neem ik Justin mee.'

'Justin? Dat is waanzin. Hij kan nog geen gewicht van vijf kilo optillen.'

'En u dan, Violette?'

'Met trekken of met stoten?'

'Wat is het moeilijkst?'

'Trekken.'

'Hoeveel dan met trekken?'

'72 kilo', zei Retancourt lichtelijk blozend.

Adamsberg floot bewonderend.

'Valt wel mee', zei Retancourt. 'Het wereldrecord voor vrouwen in mijn categorie is 148 kilo.'

'Ik hoef geen recordvrouw. U bent ruimschoots in staat mij uit het ijskoude water te halen als ik daarin val.'

'Het is april. Dat zijn niet dezelfde omstandigheden als toen die twaalf idioten in november op de bonnefooi vertrokken.'

'Vergis u niet. In deze periode heb je vijf uurtjes zon per dag, als je geluk hebt, een temperatuur tussen de 2 en 9 graden, kans op sneeuwval, een poolwind, mistvlagen, ijsblokken die op het ijskoude water rondzwalken.'

'Niet Justin', zei Retancourt nogmaals. 'Hij blijft hier. Hij kan heel goed schaduwen, onopvallend als een kat.'

'U en Veyrenc. Niet Danglard natuurlijk. Van alleen al de reis zou hij twee maanden van slag zijn. Denk maar aan Quebec. Danglard blijft hier om samen met Mordent de leiding te voeren. Danglard heeft de kennis, Mordent het juiste oordeel.'

Nu liep Adamsberg aan de ene kant van de lange tafel te ijsberen en Retancourt aan de andere kant. Intussen zorgde ze ervoor niet te struikelen over het grote hertengewei dat in een hoek lag, een aandenken aan een donker bos in Normandië, dat Adamsberg zodra het daar eenmaal was beland rustig had laten liggen. Twee mensen die op gelijke afstand van elkaar, met twee meter ertussen, heen en weer liepen, alleen gescheiden door de houten tafel als symbolische burladero. Niet wetend dat achter de deur nog steeds Estalère stond, met de koffie die hij voor de commissaris had gemaakt en die nu koud was geworden. Hij hoorde aan de geluiden dat er een conflict was, en deze verdeeldheid tussen de twee figuren van wie hij hield, bracht hem in verwarring.

'Als u dat idee niet uit uw hoofd kunt zetten, commissaris,' probeerde Retancourt verzoenend, 'stel het dan uit. Laten we de zaak-Robespierre afronden en vertrek dan daarna. Naar de warme rots om een beetje op te vrolijken.'

'Ik heb al drie tickets voor dinsdag gereserveerd. Open tickets voor het geval dat "de dieren zich zouden verroeren".'

'Tickets op naam?'

'Voor mij wel. Voor u en Veyrenc niet. Anders ga ik met Voisenet – hij zal blij zijn dat hij noordse vissen ziet. Mercadet zou geschikt zijn, maar we kunnen ons niet veroorloven hem drie uur in de sneeuw te laten slapen. Voisenet en Kernorkian. Of Noël.'

'Met Noël houdt u het nog geen drie dagen uit.'

'Natuurlijk wel. Wat hij zegt gaat het ene oor in en het andere weer uit. Hij is sterk en snel als er een leven gered moet worden. Vergeet dat niet, Retancourt.'

'Ik weet het nog.'

'En de kat. Ik neem De Bol mee. Die houdt ons beter warm dan een kruik.'

Retancourt bleef plotseling staan. Adamsberg ook en hij glimlachte naar haar.

'Denk erover na, brigadier. Morgenmiddag op z'n laatst uw antwoord.'

30

Adamsberg had telefoon en autosleutels in zijn zak gestoken en trof Danglard in de gang.

'Gaat u mee, inspecteur?'

'Waarheen?'

'Naar Le Creux. Om erachter te komen wat de twee broers voor ons verborgen wilden houden.'

'De broers die niet weten dat ze broers zijn. Dat kan een aardschok teweegbrengen, een ramp misschien wel.'

'Of het is een weldaad, een noodzaak.'

'Het is al over tweeën, we hebben nog niet gegeten.'

'We nemen wel een boterham in de auto.'

Danglard trok een verongelijkt gezicht en aarzelde. Maar sinds de vorige dag in het café werd een deel van zijn gedachten tegen zijn zin beheerst door het verhaal van de boerderij van Le Thost en de gevolgen daarvan.

'We eten vanavond bij de Auberge du Creux', voegde Adamsberg eraan toe. 'Dat maakt het weer goed.'

'Zouden we misschien het menu kunnen bestellen? Dat met die aardappelkoekjes?'

'Dat gaan we proberen.'

Op zijn weg door de gemeenschappelijke ruimte van de brigade, bleef de commissaris staan bij de tafel waaraan Veyrenc zat te werken.

'Verhoor in Le Creux en vanavond eten in de herberg, lijkt je dat wat?'

'Ik ga mee', zei Veyrenc. 'Die twee types zitten me dwars.'

'Heb je wat met je haar gedaan?'

'Ik heb gisteravond geprobeerd het te verven.'

'Dat heeft niet veel opgeleverd.'

'Nee.'

'Het is erger geworden.'

'Ja.'
'Een beetje paars.'
'Ik zag het.'
Vanaf haar bureau keek Retancourt, gesloten als een oester, de drie mannen na.

Adamsberg wierp een blik op zijn stilstaande horloges toen Céleste eraan kwam om de grote houten toegangspoort voor hen te openen.
'Vier uur', zei Veyrenc tegen hem.
Céleste leek nogal blij hen weer te zien en glimlachend gaf ze hun een hand, terwijl ze Veyrenc aanstaarde.
'Ze is dol op je', fluisterde Adamsberg tegen zijn jeugdvriend. 'Wat zei Château ook alweer? Waarom kon je niet in het revolutionaire parlement meespelen? O ja, de kop van een klassiek standbeeld.'
'Romeins helaas,' zei Veyrenc, 'niet Grieks.'

Adamsberg deed een stap opzij om langs het pad in het gras te kunnen lopen, op zoek naar zijn verdorde kleefkruidplant. Céleste was Amédée en Victor gaan halen, die allebei van de stoeterij kwamen, beiden naar paard ruikend, en met een bezorgde blik. Als de politie de moordenaar van Henri te pakken had gekregen, hadden ze wel gebeld, toch? Wat hadden ze hier nou in eigen persoon te zoeken?
'Het spijt ons u onaangekondigd lastig te vallen', zei Adamsberg.
'Het spijt u niet', antwoordde Victor ad rem. 'De politie komt altijd onaangekondigd. Voor het verrassingseffect.'
'Dat klopt. Waar zouden we kunnen gaan zitten?'
'Gaat het lang duren?'
'Misschien.'
Amédée wees naar een ronde houten tafel midden op het grasveld.

'De zon schijnt nog', zei hij. 'Als het niet te koud voor u is, kunnen we misschien buiten blijven.'

Adamsberg wist dat mensen die verhoord worden zich buiten altijd zelfverzekerder voelen dan in een afgesloten kamer. Het was niet zijn bedoeling hen te vernederen, hij liep naar de tafel.

'Het is lastig', begon Adamsberg zodra ze allemaal zaten. 'Het is lastig u te vertellen wat de reden is van onze komst.'

'En die is?' vroeg Amédée.

'Het feit dat u allebei hebt gelogen. Ik kan het niet anders zeggen.'

'Heeft het te maken met mijn vader?'

'Absoluut niet.'

'Waarmee dan?'

'Met jullie levens.'

'Waarover we u op geen enkele manier verantwoording schuldig zijn', zei Victor en hij stond op. 'Als u een overvaller verhoort, hoeft u niet per se te weten met wie hij het bed deelt.'

'Soms wel. Maar het gaat niet om neukpartijtjes. Ga weer zitten, Victor, zo maakt u Céleste onnodig ongerust.'

Céleste, die haastig kwam aanlopen met een wankelend zwaar dienblad vol met alle mogelijke zoutjes en drankjes. Veyrenc stond meteen op om haar te helpen en zette samen met haar de flessen en glazen op de tafel, terwijl Victor weer plaatsnam, zijn wenkbrauwen in een diepe frons.

'Amédée,' zei Adamsberg en hij wendde zich tot de ongeruste jongeman, 'u zei dat u zich, afgezien van een paar beelden, niets herinnert van uw eerste vijf jaar in het tehuis.'

'Dat klopt.'

'Dat klopt niet. U zat niet in een tehuis. U was ondergebracht op de boerderij van Le Thost, in een hardhandig pleeggezin, waar uw ouders u kwamen ophalen toen u vijf was.'

Amédée strengelde zijn vingers ineen als waren het spinnenpoten en was niet in staat een woord uit te brengen. Victor ging meteen tot de aanval over.

'Waar hebt u dat vandaan?'

'Van de Kinderbescherming en de boerderij van Le Thost, om precies te zijn van mevrouw Mangematin. Roberta. Zij kwam voor de schoonmaak helpen bij het echtpaar Grenier. Ze herinnert zich Amédée, die bij zijn geboorte in de steek is gelaten en vijf jaar later door een echtpaar Masfauré is opgehaald.'

Adamsberg sprak rustig en langzaam, maar was zich ervan bewust dat het voor de jongeman een schok was.

'Er begint u niets te dagen, Amédée, wanneer ik deze namen noem?'

'Niets.'

'Moeten we het dan maar over de eenden hebben? U hebt gezegd dat u zich eenden herinnert.'

'Ja.'

Met zijn hand op de tafel had Victor zojuist de twee kootjes van zijn wijsvinger naar binnen gebogen. Amédée eveneens. Een teken van verstandhouding, een instructie om niets los te laten.

'Op een dag hebt u er in één keer zeven of tien onthoofd. Ze dwongen u de ingewanden eruit te halen en ze vervolgens 's ochtends, 's middags en 's avonds op te eten. Een jongen op de boerderij, die ouder was dan u, kwam u te hulp.'

'Ik herinner me een grotere jongen. Dat heb ik verteld.'

'En die eenden? De bijl? Het bloed?'

'Hij weet het nog', bevestigde Danglard even rustig als Adamsberg.

Amédée strekte zijn wijsvinger.

'Wat heeft dit voor zin', zei hij terwijl er op zijn voorhoofd en bovenlip zweetdruppels verschenen. 'Ja, ik ben als kind bij mensen geplaatst. En mijn ouders hadden me verboden daarover te praten. Ik denk er niet graag aan terug, ik praat er niet graag over. En wat dan nog? Wat doet het ertoe voor u?'

'En de jongen die u hielp die eenden op te eten,' drong Adamsberg aan, 'herinnert u zich die nog?'

'Als er op de wereld iemand is die ik me wil herinneren, is hij dat.'

'Hij beschermde u, toch?'

'Zonder hem was ik al honderd keer dood geweest.'

Victor hield al zijn vingerkootjes gebogen, maar Amédée leek het niet te zien of niet meer in staat te zijn het signaal op te vangen, want hij was in zijn herinnering weer terug op de droefgeestige boerderij van Le Thost, waar het enige lichtpuntje deze 'grotere jongen' was.

'En toen uw ouders kwamen, die onbekende ouders, haalden ze u bij hem weg. U hield zich aan hem vastgeklampt, hebben ze me verteld, en hij wilde u niet loslaten.'

'Ik was nog te klein om het te begrijpen. Ja, ze hebben me losgerukt, voor mijn eigen bestwil, zeiden ze later. En hij fluisterde steeds maar in mijn oor: "Maak je geen zorgen, waar jij bent, ben ik ook. Ik laat je nooit in de steek. Waar jij bent, ben ik ook."'

Amédée klemde zijn handen om zijn dijbenen. Adamsberg haalde diep adem, keek op en liet zijn blik afdwalen naar het hoge gebladerte. Het moeilijkste had hij nog voor de boeg.

'Maar hij is verdwenen', vervolgde Amédée met omfloerste stem. 'Natuurlijk, hoe kon hij mij terugvinden? Maar dat begreep ik pas later. Jarenlang wachtte ik elke avond op hem en zocht ik de tuin af. Maar hij kwam niet.'

'Jawel', zei Adamsberg. 'Hij kwam wel.'

Amédée leunde achteruit in zijn stoel, met zijn voorhoofd in zijn handen, als een dier dat onterecht wordt geslagen.

'Hij heeft woord gehouden', ging Adamsberg verder, terwijl Victor zijn vingers strekte en zijn lippen op elkaar klemde. 'Hebt u hem echt niet herkend?' vroeg hij en boog zich naar Amédée. 'Hem', zei hij, even naar Victor wijzend. 'Victor, zogenoemd Victor Masfauré.'

Amédée draaide uiterst langzaam zijn hoofd naar de secretaris van zijn vader, als iemand die bevroren is en niet goed meer weet hoe hij zijn lichaam moet gebruiken.

'Toen u hem achterliet, was het een lelijke schrielhannes van vijftien, en tien jaar later zag u hem terug als een stevige volwassen man met een baard. Maar zijn haar, Amédée? En zijn glimlach?'

'Lelijk ben ik nog steeds', zei Victor nogal luchtig, bedoeld om de zwaarte van het moment te verbreken.

'Ik ga een eindje lopen met mijn collega's. Ik laat jullie even alleen.'

Vanuit de verte zag Adamsberg, gehurkt in het gras, dat ze elkaars hand vastgrepen, elkaar in de rede vielen, dat Amédée met zijn voorhoofd tegen Victors schouder stootte, dat Victor snel een hand door zijn haar haalde en dat er een kwartier later een zekere rust weerkeerde. Hij gaf hun nog vijf minuten en gebaarde toen naar zijn collega's, die iets verderop op een bank zaten – vanwege het Engelse kostuum van Danglard, dat niet in aanraking mocht komen met de vochtige grond.

'Let op hun vingers', zei Adamsberg tegen hen terwijl hij alle tijd nam om terug te lopen naar de tafel. 'Wanneer Victor zijn wijsvinger buigt, is dat een bevel aan Amédée om niets te zeggen.'

'Had u hem niet herkend?' vroeg Adamsberg nogmaals.

'Nee', zei Amédée, met zijn hand nog op Victors arm en met een heel andere blik nu.

'Maar onbewust wel. U hebt hem ogenblikkelijk herkend en geadopteerd en liefgehad, die heel gewone secretaris van uw vader.'

'Ja', erkende Amédée.

'En dan komen we nu bij u, Victor, en uw geheimen. Wat is precies uw echte naam?'

'Dat weet u. Masfauré.'

'Welnee. Een kind dat is afgestaan krijgt drie voornamen toegewezen, waarvan de laatste als achternaam wordt gebruikt. Welke naam is dat?'

'Laurent. De Greniers noemden me Victor Laurent.'

'Maar u hebt zich Masfauré laten noemen om de aandacht van Henri te trekken. U bent onder een valse naam dit huis binnengekomen en u hebt zich hier genesteld zonder tegen Amédée te zeggen dat u zijn metgezel was op Le Thost.'

Slaperigheid veinzend gaf Victor, met een hand op die van Amédée, met vermoeide stem uitleg.

'Ik wilde geen schok teweegbrengen. Amédée leek opgeknapt, hij had een goed leven, weemoedig waarschijnlijk, maar hij was in leven en dat wilde ik niet allemaal verstoren. Er zíjn was voor mij voldoende.'

'Dat klinkt mooi en ik geloof het echt', zei Adamsberg. 'Maar zomaar terugkomen zonder iets te zeggen, hem twaalf jaar lang met leugens omgeven, heeft dat zin?'

'De zin die ik u net verteld heb.'

'Nee', besliste Veyrenc.

'Nee', zei Adamsberg. 'Amédée zou u als de god van Le Thost hebben verwelkomd. Niet voor hem wilde u uw afkomst verborgen houden.'

'Wel', hield Victor vol, zijn gezicht verstrakt, zijn voorhoofd laag en lelijk onder zijn fraaie blonde krullen.

'Nee. Niet voor hem hield u zich verborgen, maar voor haar.'

'Welke haar?' probeerde Victor uit de hoogte.

'Marie-Adélaïde Pouillard, echtgenote van Masfauré.'

'Ik begrijp niet waar u het over hebt.'

'U hebt alle papieren van de familie Grenier doorzocht zodra u daar de leeftijd voor had. En u wist het voordat Amédée vertrok.'

'Er waren geen papieren! Of ze waren vernietigd', riep Victor. 'Ja, ik heb gezocht, maar niks gevonden!'

'Vernietigd? Terwijl ze zo'n mogelijkheid tot chantage boden? Mensen als de Greniers? Natuurlijk niet. U hebt er de hand op weten te leggen. Hoe had u anders geweten waar Amédée inmiddels woonde?'

Het werd doodstil en Danglard stelde voor een glas port te nemen. Of iets anders, wat dan ook. Hij hobbelde op zijn lange, slappe benen naar het huis om Céleste te gaan zoeken. Iets nogal sterks, verzocht hij. En voor één keer was het niet voor hemzelf. Iedereen zat zwijgend te wachten, alsof dit manna alles zou kunnen oplossen of op zijn minst voor enig uitstel zou kunnen zorgen.

'Oké', zei Victor ten slotte na twee glazen port. 'Ik heb gezocht in de papieren van de Greniers. Ze zaten verstopt in een uitgeholde balk, achter een oude verroeste zeis. Maar er waren maar twee brieven.'

'U had dat ontdekt vóór het vertrek van Amédée, zijn we het daarover eens?'

'Ja', zei Victor en hij schonk zich nog een glas port in. 'Ik was dertien.'

'Er waren zo'n honderd brieven en niet twee. En u kwam nog heel wat meer te weten.'

Victor boog zijn wijsvinger weer, en deze keer alleen voor hemzelf. Amédée begreep er allang niets meer van. Hij bleef naar Victor staren met de stomverbaasde, vragende, bijna gelukzalige blik die Estalère ook kon hebben.

'Alleen de naam van zijn moeder en haar adres', vatte Victor het kort samen. 'Toen ik meerderjarig werd ben ik van de boerderij vertrokken, ik zwierf van het ene baantje naar het andere, maar zodra ik een motor had, reed ik door de bossen naar hem toe. Tot ik een manier vond om binnen te komen.'

'Met een nieuwe opleiding en een valse naam.'

'Wat is daar mis mee? Ik had het hem beloofd.'

'Dat is waar. Maar hier twaalf jaar wonen zonder hem iets te vertellen om zijn leven niet te "verstoren", daar geloof ik niets van. Dat u zweeg heeft een heel andere reden.'

'Ik begrijp niet waar u het over hebt', herhaalde Victor zichzelf.

Zijn stem klonk door een beginnende dronkenschap zowel

vermoeid als opgewonden, en daar wachtte Adamsberg op, terwijl hij hem nogmaals inschonk. Hoe meer je drinkt, hoe sneller je drinkt, en dat deed Victor, die zijn vierde glas in een vloek en een zucht achteroversloeg. Amédée zei geen woord meer, zijn hand nog steeds om Victors arm geklemd. Danglard dronk voor de gelegenheid weinig.

'Nou en of u het begrijpt', begon Adamsberg weer. 'Er was maar één uitkering voor de twee kinderen. Dat hebt u gevonden.'

'Nee, mijn moeder heeft nooit betaald.'

'Dat klopt niet, Victor. De data en het handschrift stonden op de enveloppen. In het begin geschreven door Adélaïde Pouillard. En daarna door Adélaïde Masfauré. Het was dezelfde voornaam en hetzelfde handschrift. Dat was makkelijk te begrijpen.'

'Alles is vernietigd', bromde Victor.

'Geheugens niet. Dat van de postbode niet.'

Versuft door de port, die Adamsberg met ruime hand inschonk, ontspande de zo dappere Victor zijn hand.

'Oké', zei hij simpelweg.

'Meer dan lotgenoten', zei Adamsberg zo zacht mogelijk, 'zijn jullie broers.'

Weer liep Adamsberg bij de tafel weg en deze keer ging hij diep het bos in, waar Marc, het wild zwijn, hem staande hield en zijn kop in zijn richting duwde. Zijn collega's hadden in de verte weer op de schone bank plaatsgenomen. Adamsberg ging zitten op een tapijt van dorre bladeren, terwijl Marc, naast hem liggend, toeliet dat de man over zijn donzige snuit krabbelde, op veilige afstand van de emoties die rond de tafel opwelden. Adamsberg was, net als zijn moeder, buitengewoon voorzichtig met het uiten van gevoelens, die zoals zij placht te zeggen, net zo snel slinken als een stuk zeep en uit de hand lopen als je er te veel over praat. Hij keek op – en Marc ook – toen hij Veyrenc voor zich zag staan.

'Het duurt nu vijfentwintig minuten', zei hij. 'Als we wachten tot al die gemoedsbewegingen van de twee broers zo'n beetje zijn geluwd, kunnen we hier wel twee jaar blijven, dat weet je.'
'Daar zou ik geen bezwaar tegen hebben.'

Adamsberg stond op, wreef vluchtig over zijn broek, krabbelde nogmaals over de kop van Marc en keerde terug naar de tafel van de onthullingen en de bekentenissen. Nu zou er op zeker gespeeld gaan worden, hij besloot de zaak snel af te handelen. Hij stak van wal zonder te gaan zitten, heen en weer lopend over het gras, terwijl alle blikken hem volgden.
'Twaalf jaar geleden komt Victor terug, op slinkse wijze, onder een valse naam, als een schim. Waarom? Omdat hij in geen geval wil dat bekend wordt dat Adélaïde Masfauré zijn moeder is. Volstrekt abnormaal gedrag. Maar heel logisch vanuit één bepaald oogpunt: als het zijn bedoeling is haar te vermoorden.'
'Wat?' brulde Victor.
'Jij komt later aan het woord, Victor', verordende Adamsberg. 'Laat mij uitpraten. En het ergste vertellen. Met dat plan loopt Victor al heel lang rond, als kind al, op de boerderij van Le Thost. Het wordt nog erger wanneer zijn moeder arriveert en ze hem volkomen negeert. Wanneer ze het jongetje meeneemt en hém achterlaat. Elke dag, elke avond overdenkt hij zijn haat, zijn wanhoop en zijn plan. Ze zal moeten boeten. Op zijn vijfentwintigste is hij dan anoniem ingetrokken bij de familie Masfauré. Hij wacht de gelegenheid af. Dat ze niet weten dat zij zijn moeder is, is een essentiële voorwaarde. Maar zij zal het weten, vlak voordat hij toeslaat. In IJsland. Het idee naar de warme rots te gaan krijgt van hem grote bijval. In die verlatenheid is alles mogelijk. Een gat in het ijs, of haar meelokken naar een afgelegen plek op het eilandje, het is er glad, ze valt, knalt met haar hoofd tegen een steen, dan om hulp roepen, te laat, ze is dood. Hij neemt zich heilig voor dat ze niet levend van het eiland zal terugkomen. Maar ze worden door de mist omgeven,

en de man die ze de "legionair" noemen, wordt doodgestoken door een gewelddadige kerel. Laten we voorlopig aannemen dat Victor het niet zelf heeft gedaan. Maar hij grijpt die gelegenheid aan. 's Nachts richt hij met het mes van de man op haar hart en doodt hij zijn moeder in haar slaap. Tweede moord, die onmiddellijk wordt toegeschreven aan dat gewelddadige individu, de wraak is volbracht. Maar tien jaar later dreigt er gevaar. Amédée krijgt een brief van Alice Gauthier en laat die aan hem zien. De dag na het bezoek van Amédée ligt Alice Gauthier met doorgesneden aders in haar bad. En waarom dat teken?'

'Ik weet van geen teken!' zei Victor woedend.

'Later', zei Adamsberg en hij schonk hem nog een glas in. 'Tweede gevaar: de politie komt binnenvallen om Amédée te verhoren over zijn gesprek met Alice Gauthier. Die hem de waarheid heeft verteld: Adélaïde Masfauré is op het eiland vermoord. Maar wat de daden van de "weerzinwekkende man" betreft hebben we alleen de getuigenissen van Victor en Amédée. Waarom zou die kerel Adélaïde hebben vermoord? Bij de eerste misdaad kun je je als reden een ruzie voorstellen van mannen in paniek. Maar bij haar? Direct na de eerste moord zou de echtgenoot de gelegenheid hebben kunnen aangrijpen om zijn vrouw uit de weg te ruimen. Of zijn toegewijde secretaris, Victor? Alice Gauthier kon Amédée hebben verteld dat ze twijfelde. Victor loopt gevaar verdacht te worden, vooral omdat ook Masfauré net is overleden. De politie zal om hem heen draaien en hem niet meer loslaten. Victor schrijft Amédée dus een bepaalde lezing van de feiten voor. Dat is de reden voor de vlucht te paard, om tot een gemeenschappelijk verhaal te komen: Adélaïde Masfauré die wordt lastiggevallen, de kerel die in de vlammen valt – een detail dat geloofwaardig klinkt, maar bij nadere beschouwing niet klopt – de vernedering van de man, de messteek waar iedereen bij is. "Want anders, Amédée," verkondigt Victor, "verdenken ze jouw vader. Wat zal de politie denken? Dat hij na zijn vrouw en Gauthier te hebben vermoord, uiteindelijk zelfmoord pleegt? Is dat wat we willen?" Amédée, die altijd doet wat Victor zegt – Victor, zijn zonnestraal – maar ook overtuigd is van de schuld van zijn vader, volgt hem in alles. Ik ben klaar.'

Met zijn armen over elkaar en zijn wangen rood van de drank schonk Victor zichzelf nog een glas in – Adamsberg was inmiddels de tel kwijt – en deed een poging rustig te praten, zijn rug even kaarsrecht als die van Robespierre. De houding van een gechoqueerde, dronken man die zijn best doet om zijn evenwicht te bewaren.

'Nee, commissaris. Het is gebeurd zoals Amédée en ik hebben gezegd. Waarom zou de moordenaar ons anders hebben bedreigd? Waarom zou iedereen zich tien jaar lang stil hebben gehouden? Als ik de moord had gepleegd?'

'Dat is inderdaad het probleem. Dat stilzwijgen.'

'Maar, commissaris, uw hypothese is steekhoudend,' zei Victor kordaat, 'dat erken ik.'

En wankelend stond hij op en veegde met een armzwaai de glazen van de tafel. Hij greep de fles port en dronk snel een paar slokken. Daarna begon hij wijdbeens, met de fles nog in zijn hand bungelend, te tieren.

'En ik zal u zeggen waarom dat allemaal zo steekhoudend is! Omdat ik haar echt wilde vermoorden! Ja, dat heb ik altijd gewild! Ja, toen ze Amédée meenam, heb ik me echt heilig voorgenomen dat te doen! Ja, en weer toen ik hier binnenkwam, om vlak bij mijn broer te zijn. En ja, ik heb niets gezegd, zodat niemand wist dat ik haar klotezoon was! Of de zoon van die klotemoeder van me! Om haar geheel straffeloos te kunnen vermoorden! Ja, ja, IJsland was de ideale gelegenheid! Ja, ik stond achter het idee van dat uitstapje naar die tyfusrots! Maar die kerel heeft de legionair echt vermoord, geloof me of niet! En ja, ik bedacht dat ik haar meteen daarna dood zou steken! Ja, u hebt alles gereconstrueerd! Alleen ben ik niet degene die haar heeft vermoord! Die gore smeerlap heeft me mijn moord afgepakt! Míjn moord!'

Victor nam weer een slok en deze keer verloor hij zijn evenwicht en viel in het gras. Hij probeerde zich weer op te richten maar zag ervan af en bleef in het gras zitten, zijn armen om zijn knieën geklemd, met zijn hoofd tussen zijn benen en armen. Waarop er gehik en gesnik volgde en kreten van een niet meer te bedwingen wanhoop. Adamsberg stak een hand op ten teken dat men niet moest ingrijpen.

'Laat maar, Amédée', zei Victor tussen twee hikken door. 'Ik wil niet opstaan.'

'Een deken? Wil je een deken?'

'Ik wil braken. Breng me iets om van te braken.'

'Wat wil je?'

'Paardenstront.'

'Nee, Victor.'

'Alsjeblieft. Paardenstront, ik wil paardenstront.'

Ontredderd keek Amédée op naar Adamsberg, die hem met zijn blik geruststelde.

'Maar toen we veilig op Grimsey waren,' ging Victor met luide stem lallend verder, terwijl tranen en snot over zijn gezicht stroomden, 'begreep ik dat die moordenaar mijn – hoe noem je dat geval? – mijn ziel had gered. Dat ik het nooit had gewild. Nee, zo zit het helemaal niet. Ik had het gekund, ik zou het gaan doen, die dinges, die moord. Ik begreep iets anders.'

Victor liet zijn te zware hoofd op zijn knieën rusten. Adamsberg pakte hem bij zijn kin.

'Niet in slaap vallen. Ik hou je vast. Leg je hoofd maar op mijn vuist. Ga verder.'

'Ik moet braken.'

'Je gaat zo braken, maak je geen zorgen. Wat begreep je?'

'Waar?'

'Toen je veilig op Grimsey was.'

'Dat ik het nooit had gekund. Ik zag mijn dode moeder weer voor me, tussen de rotsen en de sneeuw, en ik zou het afschuwelijk hebben gevonden als ik haar had geslagen. Het scheelde een paar uur, als die rotzak het niet had gedaan, die gruwelijke daad, dan had ik het gedaan. En dan had ik zelfmoord gepleegd.'

'Is dat wat je begreep?'

'Ja. Ik wil graag paardenstront. En als u me wilt beschuldigen, ga uw gang, het zal mij een zorg wezen. Het zal me een rotzorg wezen.'

'Je waarvan beschuldigen? Ik heb geen bewijs.'

'Maar u gaat op zoek naar bewijs?'

'Het is verjaard, Victor.'

'Ga toch zoeken, verdomme! Waar wacht u nog op? Ga zoeken! Anders zal Amédée zich blijven afvragen of ik zijn moeder heb doodgestoken!'

'En hoe moet ik dan zoeken? Als jij ons niks over die vent wilt vertellen?'

'Ik ken hem niet! Ik weet niet wie het is, ik weet niet waar hij is!'

'Je liegt alweer, Victor. Kom, draai je nu maar om en braak maar. Het is voorbij.'

Hier, in het gras? Vlak bij de tafel? Danglard schudde zijn hoofd. Hij had dat altijd gedaan, die enkele keer dat het nodig was, maar dan wel netjes.

'Help me, Amédée', zei Adamsberg en hij pakte Victor beet. 'We draaien hem op zijn knieën met zijn hoofd omlaag. Jij drukt op zijn maag en ik klop op zijn rug.'

Tien minuten later en nadat Amédée een paar scheppen aarde op de grond had gegooid, pakten Veyrenc en Danglard Victor beet en brachten hem naar het huisje, en naar bed. Adamsberg leunde peinzend met zijn rug tegen de muur, zijn arm geheven, zijn wijsvinger in een vreemde houding gestrekt.

'Wat bent u aan het doen?' vroeg Danglard.

'Wat?'

'Met die vinger?'

'O, dat. Dat is een vlieg. Die was in een bodempje port gevallen. Ik heb hem eruit gevist.'

'Ja, maar wat bent u aan het doen?'

'Niets, Danglard. Ik wacht tot hij is opgedroogd.'

Veyrenc had Victors schoenen uitgetrokken en liet ze met een klap op de grond vallen.

'Je hoeft er niet bij te blijven', zei Adamsberg tegen Amédée, die als een bediende op het bed van zijn broer zat. 'Hij zal slapen als een os, tot aan de ochtend. Hij heeft 'm gewoon flink geraakt. Hij is in de fles port gevallen, hij moet opdrogen, dat is alles.'

'Opdrogen?'

'Precies', zei Adamsberg terwijl hij keek hoe de vlieg zijn kleverige vleugels tegen elkaar wreef. 'Morgenmiddag is hij weer vrolijk.'

Nu wreef de vlieg zijn voorpootjes over elkaar. Hij probeerde op de nagel van Adamsberg een centimeter vooruit te komen, veegde zichzelf weer droog en steeg toen op.

'Bij een mens gaat dat langzaam', zei hij.

31

Ze aten 's avonds bij de Auberge du Creux, waar Mélanie zo vriendelijk was geweest een speciaal menu voor hen klaar te maken. Danglard controleerde met het topje van zijn wijsvinger of de aardappelkoekjes zacht genoeg waren, zoals Bourlin dat had gedaan.

'Perfect', zei hij. 'Het eten bedoel ik. Wat de gebeurtenissen van vanmiddag betreft, is het moeilijk een oordeel te geven.'

'Je kunt de kwaliteit van een onderzoek niet testen met je vingertop', zei Veyrenc.

'Dat zeker niet.'

'Al zou het wel handig zijn. Zodat je weet of het gaar is of aangebrand, uitgedroogd, mislukt, of dat het de vuilnisbak in kan.'

'Dit is geen onderzoek', zei Adamsberg. 'We treden buiten de paden, zoals Retancourt me kortaf te kennen heeft gegeven. We hebben met deze zaak niets te maken, en wat er ook op het warme eiland is gebeurd, het is verjaard, het is voorbij en het gaat ons niet aan.'

'Wat komen we hier dan doen?' vroeg Danglard.

'We moeten weten hoe het zit en spoken bevrijden.'

'Dat is ons werk niet.'

'Maar we hebben het wel gedaan', zei Veyrenc. 'Of we geslaagd zijn, is een andere zaak. Hebben we spoken bevrijd, Jean-Baptiste?'

'Dat wel, dat hebben we gedaan en goed ook. Die gaan tenminste niet zitten jammeren in die vervloekte toren der wanhopigen. Lastiger is het om erachter te komen of we iets hebben gehoord wat waar is.'

'Gelooft u Victor niet?'

'Hij was overtuigend', meende Veyrenc. 'Hij ging heel ver. Hij durfde tegenover zijn broer te bekennen dat hij van plan was geweest hun moeder te vermoorden. Het was meer dan moedig, het was geschift.'

'Van port word je geschift', sprak Danglard op kennerstoon. 'Zijn behoefte te bekennen was heftiger dan zijn angst, hij ging door alle barrières heen.'

'Barrières die door de port al aardig afbrokkelden', voegde Veyrenc eraan toe.

'Dat zei ik. Zoete drank stijgt naar je hoofd met de snelheid van een acrobaat.'

'Maar alles welbeschouwd', begon Adamsberg weer, 'is zijn "ziel" door een wonder gered: de moordenaar was hem voor en heeft in zijn plaats de "gruwelijke daad" gepleegd. Victor komt er zo schoon uit als IJslandse sneeuw.'

'In vino veritas', zei Danglard.

'Nee, Danglard. Ik heb nooit geloofd dat drinken de waarheid baart. Het leidt tot pijn, dat wel.'

'Waarom hebt u hem dan tot drinken aangezet?'

'Met de bedoeling dat hij de remmen zou loslaten en zo ver mogelijk naar beneden zou stuiven. Wat niet wil zeggen dat hij tot het einde is gegaan. Zelfs versuft, zelfs als er barrières zijn doorbroken, waakt het onbewuste over zijn kostbaarste bezit, zoals Marc Céleste beschermt. Meer komen we niet te weten. Ik wilde de uitkomst van die stroom gevoelens en halve waarheden afwachten voordat ik een beslissing zou nemen. Ik heb het er tussen de middag met Retancourt over gehad. Zij is fel tegen.'

'Waartegen?' vroeg Danglard.

'Ze zegt dat het onze zaken niet zijn, punt uit.'

'Ze heeft gelijk.'

'Ja. Dus ze komt niet. Ik had aan haar en aan jou gedacht, Louis, om met me mee te gaan.'

Noch Veyrenc, noch Danglard vroeg: 'Waarheen?' Er viel een stilte, een zodanige stilte dat alleen al het geluid van bestek storend is. Veyrenc legde zijn mes en vork op tafel. Hij begreep de gedachtegang van Adamsberg sneller dan een ander. Misschien omdat hij uit hetzelfde bergdorp afkomstig was.

'Wanneer vertrekken we?' vroeg hij ten slotte.

'Dinsdag. Ik heb drie tickets naar Reykjavik, of hoe je dat ook mag uitspreken. Drieënhalf uur vliegen. En dan nog veertig minuten naar ...'

Adamsberg haalde zijn notitieboekje uit zijn binnenzak.

'Naar Akureyri', las hij langzaam. 'Vandaar nog een korte vlucht naar het eilandje Grimsey. Tegenover de haven, aan het eind van de pier ligt het warme eiland. In deze tijd zal het pakijs wel aardig losgeraakt zijn, we moeten een visser zien te vinden die ons erheen brengt. Dat zal niet makkelijk zijn, met het bijgeloof omtrent het eilandje. Of iemand die erin toestemt dat wij zijn bootje huren.'

'En wat denken we dan te vinden?' zei Danglard. 'Rotsen? Brokken sneeuw? Tenzij u op die warme steen wilt gaan liggen om eeuwig te blijven leven.'

'Nee, niet die steen.'

'Wat dan wel?'

'Hoe moet ik dat nou weten, Danglard, ik heb immers nog niet gezocht?'

Danglard liet op zijn beurt zijn bestek los.

'U hebt het zelf gezegd. Het is geen onderzoek en het zijn onze zaken niet.'

'Dat heb ik gezegd.'

'En u loopt het risico de laan uit gestuurd te worden.'

'Retancourt heeft me al gewaarschuwd. Ze dreigde bijna het aan de korpschef te gaan vertellen.'

'Retancourt is geen verlinkster', zei Veyrenc.

'Maar ze is buiten zichzelf van woede en ze zou ik weet niet wat doen om mij tegen te houden.'

'Ze is de redelijkheid zelve', zei Danglard vastberaden.

'Wanneer ben je van plan te vertrekken?' vroeg Veyrenc nogmaals.

'Ga jij mee?'

'Natuurlijk', zei Veyrenc met de onveranderlijke kalmte die hem eigen was.

Romeins, had Château gezegd.

'Hoezo "natuurlijk"?' riep Danglard, die plotseling alleen stond tegenover zijn twee collega's.

'Hij gaat, ik ga', zei Veyrenc. 'Het interesseert mij ook. Ik ben het met Jean-Baptiste eens, Victor heeft nog niet het achterste van zijn tong laten zien. Hij liegt en dat doet-ie heel goed. Je merkt het bijna niet.'

'Hoe kunnen jullie het dan weten?'

'Door naar het gezicht van Amédée te kijken. Er is in IJsland iets gebeurd. Het zou interessant zijn te weten wat dat is.'

'Interessant! Alles is toch interessant!' riep Danglard deze keer vol vuur. 'Ik zou graag alle romaanse kerken in het land willen bezoeken, dat zou "interessant" zijn, maar doe ik dat? Heb ik daar ooit de tijd voor? Ik zou graag mijn vriendin in Londen willen opzoeken, want ze gaat me de bons geven. Heb ik daar de tijd voor? Nu ik met vier moorden opgescheept ben en nog een paar in het vooruitzicht?'

'Dat had u me niet verteld, Danglard', merkte Adamsberg op. 'Dat van uw vriendin met de rode bril.'

'Wat gaat het u ook aan?' zei Danglard agressief. 'Maar intussen smeert u 'm naar IJsland, illegaal, buiten iedere opdracht om! En waarom? Omdat het "interessant" is!'

'Zeker', bevestigde Adamsberg.

'Dat zegt u, inspecteur, omdat u jaloers op ons bent', zei Veyrenc met die glimlach waar alleen vrouwen door verleid werden en waar Danglard geen boodschap aan had. 'U bent jaloers op ons, maar u bent te bang om mee te gaan. De reis, de kou, de dreigende nevel, de naargeestige vulkanische rotsen. Maar tegelijkertijd vindt u het jammer dat u niet in dat restaurantje tegenover het warme eiland een glas brennivín kunt gaan drinken.'

'Flauwekul, Veyrenc! En weet wel dat ik de brennivín ken, en dat het ook de "zwarte dood" wordt genoemd. Jullie vertrekken zonder dat het ergens om gaat, zonder logica, zonder het geringste rationele element.'

'Dat klopt aardig', zei Adamsberg. 'Maar was u, Danglard, niet degene die pas nog zei dat het altijd goed was iets aan de molen van de kennis toe te voegen?'

'Door ons met die hele Robespierre-ellende op te zadelen?'

'Precies, Danglard, het is het meest uitgelezen moment om te vertrekken. De Robespierre-ellende is op een dood punt aangeland, en al onze pionnen staan op het schaakbord perfect opgesteld. Maar er zit geen beweging in. Begrijpt u? Er komt geen pion van zijn plaats. Kunt u me vertellen wie ook weer zei "Dieren verroeren zich"?'

'Aristoteles', bromde Danglard.

'En dat was een oude geleerde, toch?'

'Een Griekse filosoof.'

'U bewondert hem, toch?'

'Maar wat heeft Aristoteles hiermee te maken?'

'Hij helpt ons met zijn wijsheid. Niets blijft ooit op zijn plaats. Toch is het op het Robespierre-schaakbord nog steeds ongewoon bewegingloos. *Ongewoon*, Danglard. Vroeg of laat zal er een stuk in beweging komen. En dat moeten we opmerken. Maar het is nog te vroeg. Dus is het nu het moment om te vertrekken. Hoe dan ook, ik heb geen keus.'

'Hoezo?'

'Omdat het jeukt.'

'Volgens Lucio?'

'Ja.'

'Bent u vergeten, commissaris,' zei Danglard woedend, 'dat we maandagavond bij de volgende zitting van het parlement op dat schaakbord een meesterzet doen? Dat we erachter zullen komen wie de afstammelingen van de geguillotineerde Desmoulins en van de beul Sanson zijn?'

'Maar daar ben ik bij, Danglard, net als u en de acht agenten die voor de verdere afhandeling verantwoordelijk zijn. Daarom vertrek ik pas dinsdag.'

'Dat wordt een rel op de brigade. Muiterij.'

'Dat is mogelijk. Ik draag u op de zaak in bedwang te houden.'

'Dat doe ik beslist niet.'

'Dat is dan uw keus, inspecteur. Per slot van rekening staat u dan aan het roer.'

Danglard stond op, zwaar verontwaardigd, en verliet de tafel.

'Hij wacht wel op ons in de auto', zei Veyrenc.

'Ja. Pak dit weekend je bagage. Warme kleding, zakfles sterkedrank, poen, kompas, gps.'

'Ik denk niet dat er bereik is op het warme eiland.'

'Ik ook niet. Misschien worden we daar door de mist ingesloten, misschien komen we om van de kou en de honger. Weet jij hoe je een zeehond kunt lokken?'

'Nee.'

'Ik ook niet. Wie moeten we volgens jou meenemen?'

Veyrenc dacht even na terwijl hij zijn glas op de tafel liet ronddraaien.

'Retancourt', zei hij.

'Ik heb het je gezegd, ze is tegen. En wanneer Violette tegen is, krijg je er niet meer beweging in dan in een betonnen paal. Pech gehad, dan gaan we alleen.'

'Ze komt wel', zei Veyrenc.

32

Tijdens het weekend was er geen verbetering opgetreden in het humeur van Danglard, die achter in de auto zat te zwijgen terwijl ze zich op die maandagavond naar de wekelijkse zitting van de Convention nationale begaven, waar zowel de zitting van 11 als die van 16 germinal aan bod kwam, en de arrestatie van Danton.

Adamsberg had zich de laatste twee dagen beziggehouden met het inpakken van zijn tas voor IJsland. Hij beschikte over nooddekens, ijspriemen, sneeuwankers en een gletsjerspleet-reddingsset, want als bergbewoner had hij de toppen van de Pyreneeën beklommen, waar de temperatuur kon dalen tot -10 graden. Hij had het weerbericht van eind april bekeken, 9 graden in Reykjavik – die naam was waarachtig niet uit te spreken – maar -5 graden in Akureyri, met wind, afdrijvende mistbanken en mogelijk sneeuwval. Bij de ambassade had hij een tolk geregeld, een vent die Almar Engilbjarturson heette. Prima, ze zouden hem Almar noemen.

De auto kroop voort in de verkeersopstoppingen bij het gare Saint-Lazare. Danglards bezorgdheid won het van zijn stilzwijgen.

'We komen te laat, we missen de zitting.'

'Het lukt wel, we hebben zelfs alle tijd om onze kostuums aan te trekken.'

Het vooruitzicht zijn paarse pak aan te doen en te pronken met zijn bef van fijne kant vrolijkte de inspecteur enigszins op.

'Zeg, Danglard, u hebt me nog niet verteld over de "zo smartelijke dood van Robespierre".'

Waarbij hij natuurlijk al verwachtte dat het verhaal langer zou zijn dan gehoopt. Ondanks zijn voornemen om te blijven zwijgen was Danglard niet in staat aan deze vraag weerstand te bieden.

'Hij is gearresteerd op 9 thermidor', begon hij mopperend, 'omstreeks vier uur 's middags. Met zijn broer Augustin, met "de aartsengel" Saint-Just en een heleboel anderen. Nadat hij van de ene plek naar de andere is gezeuld en nadat de Parijse opstand is mislukt – ik vertel het nu in het kort – ...'

'Natuurlijk, Danglard.'

'... belandt Robespierre in het stadhuis. Omstreeks twee uur 's nachts forceert een gewapende colonne de deuren, zijn broer Augustin springt uit het raam en breekt zijn been. De verlamde Couthon wordt de trap af gegooid en wat Robespierre betreft zijn er twee hypotheses: de meest aannemelijke is dat hij zich een kogel in zijn mond heeft geschoten, waarbij hij er slechts in geslaagd is zijn hele kaak eraf te scheuren. De andere is dat een gendarme, Merda genaamd – zoiets verzin je niet – op hem heeft geschoten. Robespierre ligt zwaargewond op de grond, zijn kaak hangt erbij onder aan zijn gezicht. Hij wordt op een brancard naar de Tuilerieën gebracht, waar twee chirurgijnen druk met hem in de weer zijn. Een van hen steekt zijn hand in de mond om de verbrijzelde delen weg te nemen, hij haalt er twee tanden uit en botsplinters, er valt niets aan te doen, ze kunnen alleen een verband aanleggen om de onderkaak op zijn plaats te houden. Pas de volgende dag omstreeks vijf uur 's middags worden ze allemaal naar de guillotine gebracht. En toen Robespierre aan de beurt was, rukte de beul, Henri, de zoon van onze Charles Henri Sanson, met geweld het verband weg. De hele onderkaak liet los, er spoot een golf bloed uit zijn mond en Robespierre slaakte een vreselijke kreet. Een getuige schreef: "Zijn gezicht was, voor zover je het kon zien, gruwelijk verminkt. En doordat hij ook nog lijkbleek was, zag hij er verschrikkelijk uit." Hij voegt eraan toe dat toen de beul het hoofd aan het volk liet zien, "het slechts een monsterlijk en afschuwwekkend voorwerp was".'

'Was de beul verplicht dat verband weg te rukken?'

'Nee, dat kon de valbijl niet tegenhouden.'

'Zijn er portretten van de Sansons?'

'Ten minste een, van de vader, Charles Henri. Een dikke man, dik hoofd, hangende oogleden met strenge wenkbrauwen, een heel lange, forse neus, vlezige lippen en neerhangende mondhoeken.'

'Ze zeggen dat hij degenen die hij had onthoofd, graag opensneed', voegde Veyrenc eraan toe. 'Leuk om vanavond zijn nakomeling te leren kennen.'

Lebrun verwelkomde hen bij de garderobe nagenoeg met open armen, een grijze pruik op, zijn hals omvat door een wolk van kant, die uitstak boven een donkerrood kostuum. Hij zat, met een wandelstok in de hand, op een Lodewijk XVI-stoel die was vastgezet op een kist voorzien van twee grote houten wielen. Een verlamde.

'Goedenavond, burger Couthon', zei Danglard tegen hem, want door de vreugde weer naar 1794 te zijn geprojecteerd had hij zijn kalmte hervonden of was hij binnen een paar minuten de werkelijkheid vergeten.

'Ik lijk niet echt op hem, hè?' zei Lebrun, die op zijn beurt veel plezier had. 'Vooruit, burger Danglard, zeg eens, zie ik er vermetel genoeg uit om Couthon te kunnen zijn, de "tweede ziel" van Robespierre?'

'Niet genoeg', erkende Danglard. 'Maar het kan ermee door.'

'Trek uw kostuum aan, geef uw telefoon af, u weet nu hoe het hier toegaat. Ik heb dezelfde kostuums als vorige week voor u gereserveerd, zodat u helemaal in uw rol kunt opgaan.'

De drie politiemannen kwamen tevoorschijn in het zwart, paars en donkerblauw, en Veyrenc wreef over zijn witte kousen zodat ze smetteloos werden.

'Krijgt u er al plezier in, burger Veyrenc?' vroeg Lebrun-Couthon.

'Waarom niet?' zei Veyrenc en hij zette voor de spiegel zijn pruik weer recht.

'Wie is vanavond voorzitter?' vroeg Danglard.
'Tallien.'
'Geen lolbroek', zei Veyrenc.
'Zeker niet, burger. Vanavond behoort u bij de groep van de Montagne, links op de bovenste rij. Mijn fauteuil zou op de Plaine te veel opvallen en u zou kunnen worden ontdekt. Vergeet u niet dat Robespierre op deze zitting zijn beschuldiging aan het adres van Danton uit. Zelfs als u verontrust, als u ontdaan bent, durft u er niet tegenin te gaan, lafhartig applaudisseert u mee. De angst neemt toe. Danton durven aanvallen, hoe moet dat aflopen? Toch is het beter bij Robespierre in de gunst te blijven. Dat is uw aandeel. Begrepen?'

'Natuurlijk', zei Danglard, geamuseerd omdat Lebrun de emoties van de ongeruste montagnards in de Assemblée imiteerde.

Adamsberg begon te begrijpen dat Lebrun eigenlijk een vermakelijke man was. Zo zag je maar dat bangeriken ook grappig konden zijn.

Stilletjes sloop er een man naar binnen met een uitgemergeld gezicht, droge lippen en halfgeloken ogen onder ongewoon lange, kikkerachtige oogleden.

'Ik had u bijna niet herkend', zei Adamsberg tegen Leblond. 'Dat is frappant.'

'Burger Fouché', begroette Danglard hem op zijn beurt. 'Een verheugende avond voor jou, toch? Je gaat zonder iets te zeggen in het donker de boel observeren.'

'Niet gek gedaan, nietwaar?' zei Leblond met een lichte buiging. 'Maar niemand kan de holle wangen van Fouché echt nabootsen, noch zijn valse reptielenblik.'

'Niettemin bent u angstwekkend', zei Adamsberg.

'"Ben je angstwekkend"', corrigeerde Danglard. 'Men vousvoyeert elkaar niet tijdens de Revolutie. We zijn allemaal gelijk.'

'O, prima.'

'Nog niet angstwekkend genoeg', zei Leblond-Fouché met

een verongelijkt gezicht. 'Besef wel, burger commissaris, dat Fouché in feite de verschrikkelijkste man van de Revolutie is. Een absolute cynicus, handig als de duivel, gluiperig en zoetsappig, een vent die iedereen in de gaten houdt en met alle winden meewaait, de adder onder het gras tegenover de idealist Robespierre, die wordt meegesleept door zijn overdreven zuiverheid. Meedogenloos en vreselijk bloeddorstig. Hij is – ik ben – zojuist uit Lyon teruggekomen, waar ik tot de overtuiging kwam dat je verdachte personen sneller kon afmaken met een kanonschot. Ik ben teruggekomen op bevel van een woedende Robespierre, die zegt dat "niets de wreedheden kan rechtvaardigen waaraan ik me schuldig heb gemaakt". Zo staat het er met mij vanavond voor, burgers, ik zit op het strafbankje', besloot Leblond met een tevreden glimlachje. 'Ik doe alsof ik in het stof kruip voor de Onomkoopbare, opdat hij me mijn machtsmisbruik vergeeft.'

Een glimlach die Adamsberg plotseling een ongemakkelijk gevoel gaf.

'Werd jij samen met Robespierre geguillotineerd, burger Fouché?' vroeg Adamsberg.

'Ik?' antwoordde Leblond met opzettelijk valse blik. 'Ik die nergens door geraakt word? Ik deed juist mijn best om hem ten val te brengen door 's nachts de afgevaardigden te bezoeken en hun wijs te maken dat zij op de volgende lijst van geguillotineerden stonden. Wat niet waar was, maar heel goed werkte. Ik zal Robespierre verjagen, binnen vier maanden is hij dood. Maar nu, burgers, moet ik opkomen.'

'Hij is heel goed', zei Lebrun waarderend terwijl hij keek hoe zijn vriend wegliep.

'Bijna misselijkmakend', zei Adamsberg.

'Maar Fouché ís misselijkmakend', zei Lebrun, waarbij hij zijn woorden scandeerde door met zijn stok op de grond te slaan. 'Burger brigadier, zou je zo vriendelijk willen zijn mijn fauteuil te duwen. We moeten naar binnen.'

Adamsberg liet de drie mannen voorgaan en belde snel naar de brigade alvorens zijn mobieltje achter te laten.

'Kernorkian? Doe er vanavond twee man bij, ik wil graag dat penningmeester Leblond nog nauwlettender wordt gevolgd.'

'Dat is onmogelijk, commissaris. Hij en Lebrun verdwijnen als bij toverslag nadat ze Robespierre hebben thuisgebracht.'

'Dat bedoel ik. Doorzoek wat daar is aan kelders, daken en binnenplaatsen. Probeer erachter te komen of hij ertussenuit kan knijpen via een andere straat.'

Er waren die avond veel mensen die de zitting van 11 en 16 germinal wilden bijwonen. De menigte afgevaardigden, gekleed in het zwart of in schitterend gekleurde jacquets, verdrong zich om een plaats te bemachtigen in de kille, slecht verlichte zaal. Lebrun stelde zich op in de buurt van Adamsberg en zijn mannen, en schoof zijn rolstoel tussen twee banken, terwijl Leblond-Fouché vanaf zijn hoge plaats te midden van de montagnards zijn halfopen ogen over het gezelschap liet gaan.

'Daarboven,' fluisterde Lebrun, 'op de rechtertribune, die man in het zwart met een rode halsdoek, naast een vrouw die met een vlag zwaait.'

'Die dikke?' vroeg Adamsberg.

'Ja, met een vilthoed over zijn ogen. Dat is hem.'

'De nakomeling van Sanson?'

'Hoe weet u dat ik niet Desmoulins aanwijs?'

'Omdat deze man er alles aan doet om er als een beul uit te zien.'

'Hij speelt een rol. Iedereen hier. U hebt Leblond daarnet gezien, je zou bijna denken dat hij gevaarlijk is.'

'Terwijl hij vergelijkingen oplost.'

'In zekere zin. Zorgt u alstublieft dat u niet opvalt', mompelde hij. 'Couthon is voor iedereen herkenbaar en ze houden hem allemaal in de gaten om zijn gedrag af te kijken.'

'Begrepen.'

Adamsberg zette zijn microfoontje aan, dat hij achter zijn oor had geschoven en dat goed verborgen zat onder zijn pruik van lang zwart haar.
'Sanson aanwezig', fluisterde hij.
'Ontvangen.'

Nu kwam Robespierre naar beneden om het spreekgestoelte te beklimmen, waar voorzitter Tallien hem zojuist had ontboden. Net als bij de vorige bijeenkomst viel er een stilte, uit eerbied en ontsteltenis. Echt? Onecht? Adamsberg observeerde de deelnemers, maar kon niet achterhalen of hun geconcentreerde, verheerlijkte of gespannen gezichten bij het spel hoorden of bij de werkelijkheid van die avond. En hij begreep hoe belangrijk het was dat Lebrun&Leblond onderzoek deden naar het grensgebied waar onecht voor echt wordt aangezien en men duisternis verkiest boven zekerheid. En wat was er veel duister in die wanhopige, bloedige dagen. Men had geen enkel houvast meer en dat gold ook weer voor Danglard en Veyrenc, die met open mond volledig in beslag genomen waren door de welsprekendheid van Robespierre, en hun opdracht helemaal leken te zijn vergeten. Een heel intense Robespierre deze avond, op deze zo moeilijke zitting, waar hij de afgevaardigden ervan moest overtuigen de stier Danton ter dood te brengen, het vleesgeworden beeld van de vitale kracht van de Revolutie. In een welhaast mystieke stilte was de snerpende stem van Robespierre die avond tot aan de verste banken hoorbaar.

> 'We zullen op deze dag zien of de Conventie in staat zal zijn een vermeend idool dat allang is verworden, te vernietigen of dat het in zijn val de Conventie en het Franse volk zal meesleuren!'

Applaus in de gelederen van de Montagne, waar sommigen echter met gebalde vuisten zitten. De Plaine aarzelt, gonst, windt zich op en is gechoqueerd. Adamsberg herinnert zich wat zijn rol is, begint voorzichtig in zijn handen te klappen, in navolging van zijn vakbroeders van één avond. Naast hem zit Lebrun-Couthon goedkeurend en enthousiasmerend met zijn stok op de grond te tikken. De sfeer is gespannen, gevoelig, intens en duister, tastbaar in een geurmengeling van geparfumeerd poeder en zweet, door de kou gecondenseerd. Allemaal weten ze welke gebeurtenis er vanavond wordt gespeeld, maar allemaal zitten ze in angst, alsof ze niet van tevoren de afloop al kennen. Adamsberg zelf, allerminst op de hoogte, vraagt zich af hoe die zwakke Robespierre, die houten klaas, Danton durft aan te vallen, die aan alle kanten barst van de energie.

'In welk opzicht is hij beter dan zijn medeburgers? Is het omdat een paar misleide individuen zich om hem heen hebben geschaard ...'

Adamsberg zag dat Danglard in zijn paarse kostuum nu gespannen luisterde, hij kende deze beroemde teksten, hij ging mee in het crescendo. In ieder geval was hij geheel niet meer met zijn hoofd bij IJsland. Alleen al de gedachte aan zijn eigen vertrek, morgen, leek hem in deze zaal ongepast, misplaatst, bijna triviaal. Waarom IJsland, IJsland waar lag dat eigenlijk?

'Let op,' zei Lebrun zachtjes tegen hem, 'luister goed naar wat er nu gezegd wordt.'

Robespierre pauzeerde even, bracht zijn vingers naar zijn bef.

'Ik zeg dat eenieder die op dit moment beeft, schuldig is; want nooit vreest onschuld het toezicht van de staat.'

'Vreselijk', fluisterde Adamsberg.
'Naar mijn mening het allerergste.'
Robespierre vervolgde zijn betoog, waarbij hij zijn eindeloze zinnen zorgvuldig scandeerde, zijn lege blik op deze of gene liet rusten, een inschatting maakte van iedere huivering die

er door de Assemblée voer, en zijn bril met een altijd verfijnd gebaar op- en afzette, maar al verhief hij zijn dunne stem en raakte hij op weloverwogen wijze geestdriftig, dit aanzwellen bracht niet de geringste kleur op zijn vaalbleke wangen.

'Ons tweede doelwit is zichtbaar', zei Lebrun. 'Rechtertribune, voorlaatste plaats. Tussen twee mannen in het bruin. Lang, kastanjebruin haar, vrouwelijke mond, grijs jasje.'

Adamsberg gaf een seintje aan Danglard, die zijn aandacht had gericht op de spreker, want híj moest de actie betreffende de nakomeling van Desmoulins coördineren. Het duurde zo'n tien seconden voordat de inspecteur reageerde en gegeneerd zijn microfoontje inschakelde.

'Nakomeling van Desmoulins in zicht.'

'Ontvangen, commissaris.'

'Mijn leven behoort het vaderland toe, mijn hart is vrij van vrees, en als ik zou sterven, gebeurt dat zonder verwijt en zonder schande.'

De hele Assemblée stond op en er klonk uitbundig maar ongelijkmatig applaus. Opnieuw tikte Couthons stok op de grond, om het enthousiasme te onderstrepen.

'Pauze,' legde Lebrun uit, 'ik heb u gezegd dat we even onderbreken voordat we aan de zitting van 16 germinal beginnen.'

De honderden leden kwamen allemaal naar de zaal waar het buffet stond, maar zonder dat drank en hapjes de sfeer veranderden in die van een gezellige avond in de eenentwintigste eeuw. Nee, in de kou en het kaarslicht waren ze tot op het bot doordrongen van hun rol. Gespreksflarden zowel als gebaren pasten nog steeds bij het voorbije tijdperk.

'Verbazingwekkend, toch?' zei Lebrun terwijl hij op Adamsberg afkwam, zijn stoel voortgeduwd door een hypocriete Fouché, die zich in dienst stelde van de geduchte Couthon opdat zijn bloedbad in Lyon hem vergeven zou worden. 'Zelfs Leblond-Fouché speelt, zoals u ziet, nog steeds zijn rol van verrader ten opzichte van welke zaak dan ook behalve de zijne. Hij wordt ten slotte minister onder Napoleon, van de politie uiteraard, en hij wordt tot hertog verheven.'

'Dat is wel het minste voor zo veel diensten die ik het vaderland heb bewezen', zei Leblond bits.

'Sanson komt in beweging', waarschuwde Adamsberg opeens.

'Desmoulins volgt hem op acht meter afstand', zei Danglard.

'Ze begeven zich naar de zuidelijke uitgang', zei Lebrun. 'Gaat u gauw erachteraan.'

Voisenet, Justin, Noël en Mordent namen hun posities in. Vier minuten later klonk het zacht krakende geluid van de portofoon.

'In zicht', zei Mordent. 'Ze komen samen naar buiten, maar gaan ieder een andere kant op.'

'Die dikke is Sanson', zei Adamsberg. 'Voisenet en Noël, achter hem aan. Dat mooie poppengezichtje is Desmoulins. U en Justin, achter hem aan.'

'Sanson is op de motor. Desmoulins in zijn eigen auto.'

'Noteer de kentekens. In werkelijkheid', voegde Adamsberg eraan toe terwijl hij zich tot Lebrun wendde, 'lijken die twee elkaar te kennen. Wat de situatie misschien bemoeilijkt.'

Twintig minuten later was Sanson gelokaliseerd in de rue du Moulin-Vieux. Een kwartier daarna Desmoulins op zijn beurt in de chique rue Guynemer. Meteen de volgende dag op de brigade laten verschijnen. Het speet Adamsberg dat hij niet in de gelegenheid zou zijn om hun verhaal te horen. Maar het was met Mordent afgesproken dat hij de verhoren online kon beluisteren, voor zover dit vanuit dat dwaze IJsland mogelijk was.

Op de brigade dreigde een oproer uit te breken.

Wat ging hij daar eigenlijk doen, vroeg Adamsberg zich nogmaals af.

'IJsland lijkt heel ver weg', zei hij tegen Veyrenc.

'Het ís ook ver weg', zei Veyrenc.

'Ik bedoel ver weg in mijn gedachten, ver weg in de tijd, meer dan twee eeuwen van me vandaan. Van die levende Assemblée word je gek. Op dit moment weet ik niet eens meer wat luchtvervoer precies is.'

'Dat had ik al door. Je moet toegeven dat Robespierre vanavond heel bijzonder was. Bloedstollend.'

'Minder dan Fouché, toch?'

'Is jou dat ook opgevallen? Volkomen op zijn gemak in die verschrikkelijke rol, zou je kunnen zeggen.'

'Wat gaan we doen daar in IJsland? Voor zover dat land bestaat?'

'Het zaad van de Revolutie zaaien?'

'Dat is een idee', zei Adamsberg instemmend. 'Neem geschriften uit die tijd mee. Dan hebben we gezelschap wanneer de mist ons op het eilandje gevangenhoudt.'

'We gaan redevoeringen houden.'

'Voor Gelijkheid, voor Vrijheid. Terwijl we verrekken van de kou.'

'Precies.'

33

'Je schijnt naar de Noordpool te gaan', riep Lucio hem toe vanaf zijn bekende plek.

De lamp van de straatlantaarn was doorgebrand en Adamsberg had in het donker zijn buurman niet gezien.

'Niet naar de Noordpool, naar IJsland.'

'Dat is hetzelfde.'

'Maar ik weet niet meer waarom ik ga.'

'Je gaat om van je jeuk af te komen. Van wat je heeft gebeten in Le Creux. Zoek maar niet verder.'

'Maar het kan niet, Lucio', zei Adamsberg terwijl hij zijn hand uitstak voor een biertje.

'Hij is open. Zo verrinneweer je de boom niet.'

'Het kan niet. Ik laat het onderzoek in de steek, ik laat mijn mannen in de steek, dat alles om op een ijsvlakte mezelf te gaan krabben.'

'Je hebt geen keus.'

'Ik weet niet eens meer waar IJsland ligt, waar het vliegtuig is. Dat komt door die zittingen van de Assemblée. Ik heb je erover verteld. Voor mij is het nu april 1794. Begrijp je?'

'Nee.'

'Wat begrijp je dan?'

'Dat je door een verdomd rottig beest bent gebeten.'

'Ik heb nog tijd om alles te annuleren.'

'Nee.'

'Bijna al mijn medewerkers zijn tegen. Morgen, als ze zien dat ik echt ben vertrokken, dan breekt er oproer uit. Ze begrijpen het niet.'

'Je kunt nooit begrijpen waar het een ander jeukt.'

'Ik ga het annuleren', zei Adamsberg en hij stond op.

'Nee', zei Lucio weer en hij greep hem bij zijn pols met zijn ene hand, die door altijd de enige te zijn, bijna even sterk was geworden als twee handen samen. 'Als je annuleert, raakt het ontstoken. En dan heb je spijt. Wanneer een man zijn koffers heeft gepakt, kijkt hij niet meer om. Zal ik je eens wat zeggen?'

'Nee', zei Adamsberg, geïrriteerd doordat de oude man zich zo veel macht veroorloofde.

'Drink dat bier op. In één keer.'

Adamsberg had er genoeg van en onder de boze blik van de Spanjaard deed hij wat hem gevraagd werd.

'En nu', verordende Lucio, 'ga je slapen, hombre.'

En dat had hij nog nooit van zijn leven gezegd.

Daarna hoorde hij hoe Lucio zijn keel schraapte en op de grond spuugde. En ook dat had hij nog nooit van zijn leven gedaan.

34

Adamsberg voegde zich bij Veyrenc aan de incheckbalie voor de vlucht van half drie naar Reykjavik. De rij was niet erg lang, april viel niet in het toeristenseizoen. Zakenmannen en veel blonde hoofden, een soort blond dat naar wit neigde, IJslanders die naar huis gingen voor de paasvakantie. Lichte bagage, vredige IJslanders, behalve Adamsberg en Veyrenc met hun zware rugzakken, alsof ze zich al voorbereidden op een felle confrontatie met het ijs. Dit eilandje was tenslotte anders dan andere.

Naast hen in het vliegtuig bleef een plaats vrij, de plaats van Retancourt, die Veyrenc niet had willen annuleren.
'Ik heb haar in de rij zien staan', zei hij terwijl hij ging zitten. 'Retancourt. Ze heeft niet eens geprobeerd zich bij ons aan te sluiten, haar gezicht is zo gesloten als een oester. Van die oesters, je kent ze wel, die al je inspanningen weerstaan en die je uiteindelijk maar weggooit of met een hamer kapotslaat om er korte metten mee te maken.'
'Ik begrijp wat je bedoelt.'
'Wat bij haar betekent: "Vraag me in geen geval waarom ik hier ben."'
'En waarom is ze hier volgens jou?'
'Of omdat ze denkt dat twee kerels zoals wij deze expeditie niet zullen overleven en zij zich verplicht voelt ons tegen de vijandige elementen te beschermen.'
'Of omdat er ondanks alles iets aan het raadselachtige warme eiland is wat haar interesseert.'
'De steen? Denk je dat ze wat kracht wil putten uit de steen?'
'Beslist niet', zei Adamsberg. 'Dan zou ze te sterk worden en uiteindelijk exploderen. Ze kan beter daar uit de buurt blijven.'
'Of ze distantieert zich van de muiterij – waar ze wel achter staat – om het oproer te dempen. Zonder haar missen de tegen-

standers een steun van formaat. Op dit moment zal er op de brigade wel verwarring heersen: "Waarom gaat Retancourt met hen mee naar IJsland?" "Wie heeft er gelijk, wie heeft er ongelijk?"'

De laatste passagiers stapten het toestel in en Retancourt kwam op hen af zonder hen aan te kijken. Adamsberg trok de armsteunen omhoog en schoof op naar Veyrenc om zo veel mogelijk plaats te maken voor de forse brigadier, want de smalle stoel was niet op haar spiermassa berekend. Iedereen zweeg tijdens het opstijgen, terwijl Retancourt verdiept was in een tijdschrift zonder het te lezen.

'Strakblauwe lucht boven IJsland, heb ik gelezen', zei Veyrenc.
'Maar iemand hoeft daarginds maar te niezen of het weer slaat om', antwoordde Adamsberg.
'Ja.'
'En dan zie je Rejkavik niet eens.'
'Reykjavik.'
'Ik kan dat niet uitspreken.'
'De huizen hebben rode, blauwe, witte, roze, gele gevels', vervolgde Veyrenc. 'Meren en steile kusten, zwarte en besneeuwde bergen.'
'Dat moet mooi zijn.'
'Ongetwijfeld.'
'Ik heb toch maar geleerd om "tot ziens" en "bedankt" te zeggen', zei Adamsberg terwijl hij een klein kaartje uit zijn broekzak haalde. '"Bless" en "takk".'
'En waarom niet "goedendag"?'
'Te moeilijk.'
'Hier komen we niet ver mee.'
'We hebben onze tolk van de ambassade. Hij wacht ons bij aankomst op met een bordje.'
'We gaan een hapje eten op het vliegveld.'
'Ja.'
'Wat denk je dat ze daar te eten hebben?'

'Gerookte vis.'
'Of een internationale maaltijd.'
Niets. Geen beweging. De ijverige inspanningen van de twee mannen om Retancourt aan het praten te krijgen waren tevergeefs.

Landing, snel naar binnen gewerkt internationaal menu, door Retancourt zonder een woord verzwolgen.

'Dat wordt leuk', mopperde Veyrenc. 'We gaan haar dagenlang als een standbeeld met ons meezeulen.'

'Waarschijnlijk wel.'

'Kunnen we haar hier niet achterlaten? Er stilletjes vandoor gaan?'

'Te laat, Veyrenc.'

Adamsberg keek op zijn mobiel.

'Het verhoor van de nakomeling van de beul Sanson begint om zeven uur', zei hij. 'We hebben twee uur tijdsverschil, het is bijna vijf uur, we gaan online.'

Er had iets bewogen in het gezicht van Retancourt. Ze volgde haar collega's met iets minder zware tred naar een tafel, waar Adamsberg verbinding zocht.

'We hebben alleen geluid', zei hij. 'En het volume van deze tölva is niet denderend. Laten we proberen geen commentaar te leveren tijdens het verhoor.'

'Ik denk niet dat brigadier Retancourt ons zal hinderen', verstoutte Veyrenc zich te zeggen tegenover zijn collega.

'Nee', sloot Adamsberg hierbij aan. 'Violette doet alsof we gezamenlijk een kruisweg afleggen. Terwijl IJsland zo mooi is.'

'Heel mooi.'

'Heel mooi', herhaalde Adamsberg.

'Het is een leuke reis.'

'Heel leuk', zei Adamsberg.

'Buitengewoon.'

'Buitengewoon.'

Het verhoor van de afstammeling van de beul begon later dan gepland. De man – René Levallet genaamd – werd geflankeerd door Danglard, Mordent en Justin.

'Mag ik weten wat ik hier doe?'

Een schorre stem met een brouwend Parijs accent.

'Zoals we u hebben aangegeven bent u hier als getuige', begon Danglard.

'Getuige waarvan?'

'Daar komen we nog op. Uw beroep, meneer Levallet?'

'Ik werk bij het abattoir Meursin, in Yvelines.'

'En wat slacht u?'

'Runderen, hè. Let op, we slachten op humane wijze, volgens de wet.'

'Dat wil zeggen?'

'Dat we ze eerst elektrisch verdoven, dan zijn ze niet bij bewustzijn als we ze de keel doorsnijden, hè. Al werkt dat niet altijd, moet ik zeggen.'

'Een beroep dat u bevalt?'

'Er moet gegeten worden. De mensen zijn maar wat blij dat er kerels zijn die dit doen, is het niet? Zijn maar wat blij met een steak op hun bord zonder zich daarbij iets af te vragen. Wij offeren ons op, meer niet.'

'Zoals er ook kerels zich moesten opofferen om beul te zijn.'

'Waar slaat dat nou op?'

'Dat slaat op het feit dat u afstamt van de befaamde beulenfamilie Sanson.'

'Wat maakt dat uit?' wond Levallet zich op. 'Er waren ook kerels nodig die zich opofferden om de guillotine te bedienen. Tegenwoordig zou dat veel professioneler gaan, hè. Zouden we eerst verdoven.'

'Tegenwoordig is de doodstraf afgeschaft, meneer Levallet.'

'Nou, waarvan ben ik getuige?'

'Van nagespeelde zittingen van de Assemblée nationale tijdens de Revolutie, door de Vereniging ter Bestudering van de

Geschriften van Maximilien Robespierre.'

'Nou en? Is dat niet legaal?'

'Uiteraard.'

'Nou, dan ga ik ervandoor.'

'Nog niet. Waarom woont u die zittingen elke maandagavond bij?'

'Er zijn toch ook mensen die naar het theater gaan? Nou, dit is net zoiets, hè.'

'Dit is uw theater?'

'Als u het zo wilt noemen, maakt het mij niet uit.'

'Uw theater, waar mensen zich druk maken aan wie uw voorvaders, en met name Charles Henri, zo'n sinistere reputatie te danken hebben?'

'Nou en?'

'Vier leden van dat gezelschap zijn vermoord.'

Er klonk het geluid van foto's van slachtoffers die op tafel werden uitgespreid.

'Ken ik niet', zei Levallet.

'Wij vrezen', vervolgde Mordent, 'dat een moordenaar leden van de vereniging uit de weg ruimt voordat hij hoger toeslaat: Robespierre, of liever de acteur die Robespierre speelt.'

'Zeg maar liever dat hij denkt dat hij hem is. Die vent is ziek, hè.'

'Daarom ondervragen wij een groot aantal leden', loog Mordent. 'En wij willen weten waarom u bij de bijeenkomsten aanwezig bent.'

'Gewoon, om ze te zien, hè. Trouwens, ik ben niet de enige nazaat die komt kijken.'

'Dat is waar,' nam Danglard het over, 'u schijnt bevriend te zijn met de nazaat van Camille Desmoulins.'

'Hij is aardig.'

Een uitspraak van een kind, merkte Adamsberg op. Aardig, gemeen, zo deel je de wereld in.

'Maar hij is geen vriend, hij is een kennis.'

'En wat doet en bespreekt u met die kennis?'
'We vertellen elkaar wat over onze sores, hè. Onze sores die we aan hen te danken hebben. Dat schept een band, hè.'
'Wat zijn de sores van Desmoulins?'
'Zo heet hij niet, in de eerste plaats. En dat hoef ik niet te vertellen. Maar hij kan niet verkroppen dat Camille, die een zachtaardige man was, is onthoofd en daarna zijn vrouw. Want dat kleine jochie van twee jaar bleef alleen achter.'
'Ik weet het', zei Danglard.
'Dat is niet menselijk, kan ik je wel zeggen.'
'Nee. Maar van uw familie is er niemand onthoofd. Wat zijn uw sores dan?'
'Ben je verplicht je sores aan smerissen te vertellen?'
'Vandaag wel, ja. Het spijt me, meneer Levallet.'
'Het spijt me, aan me hoela. En kan ik daarna gaan?'
'Ja.'
'Mijn sores zijn erger dan die van Desmoulins, heb ik hem gezegd. En dat komt door hen, dat komt door al die lui die zich daar beneden in hun mooie kleren vermaken. Ik wou dat ze dood waren, hè.'
'En wilde u ze vermoorden?'
'Nou, dat hoef ik niet te doen. Het lijkt wel alsof jullie nooit nadenken, jullie, smerissen. Want aan het eind van het stuk zijn ze allemaal dood, ten slotte. Onthoofd door Charles Henri en later door oom Henri. En dat is goed om te zien. Dat ze allemaal dood zijn, ten slotte, en dat wij, de Sansons, ze hebben omgebracht. Nu zullen Danton en die andere afzichtelijke types eraan gaan.'
'Onder wie de aardige Camille Desmoulins.'
'Oké. Maar hij was ook geen onschuldig lammetje, hè, en dat zei ik tegen zijn nazaat. Er waren al doden gevallen voordat hij eraan ging, en hij liet het gebeuren. En naar wat Desmoulins me heeft verteld, zou die Camille toch een grote stommiteit hebben begaan. Robespierre woonde bij een familie met jonge

dochters. Goed. En hij mocht ze graag. Niet in de zin zoals u zich dat voorstelt. Hij bekommerde zich om hen, hè, hij gaf ze les. Goed. En Camille kwam daar vaak langs. Goed. En op een avond geeft hij zo'n meisje, dat nog heel jong was, een boek. En Robespierre ziet meteen dat het geen fatsoenlijk boek is. Met plaatjes voor volwassenen, snapt u?'

'Een pornografisch boek?'

'Precies. Dus Robespierre rukt ziedend het boek uit de handen van het meisje. En sindsdien stond Camille niet langer in een goed blaadje bij Robespierre. Dat was geen man met wie te spotten viel.'

'En dus', ging Danglard verder na een korte aarzeling, 'zei u dat nu "Danton en de andere afzichtelijke types eraan zullen gaan".'

'Denk jij dat Danglard deze anekdote kende?' fluisterde Veyrenc.

'Over dat boek?'

'Beslist niet, anders had hij er wel commentaar op gegeven.'

'Dat zal hem irriteren.'

'Ja.'

'Zo is dat', antwoordde Levallet. 'En oom Henri gaat dit doen. Vader Sanson had er de kracht niet meer toe, hè. En binnenkort – er zijn nog maar negen zittingen – zal oom Robespierre zijn hoofd afhakken. En hem ook nog eens pijn doen door zijn verband af te rukken. Daar sta ik toch niet achter. Hij is die dag over de schreef gegaan, daar sta ik niet achter. Maar destijds kenden ze geen humane vorm van slachten. Ik geef u op een briefje dat mijn beesten niet lijden. Maar toch heb ik soms enorm met ze te doen.'

'Dat begrijp ik', zei Mordent, die aan de toon te horen het echt leek te begrijpen.

'Uw sores?' vervolgde Danglard bijna poeslief. 'Die u Desmoulins hebt verteld.'

'Dat is zijn naam niet.'
'Die kennen we. Hij heet Jacques Mallemort.'
'Het is niet leuk om zo te heten, hè?'
'Dat zal hem vast niet hebben geholpen. Maar we hebben het vandaag over u.'
'Verdomme. Moet je je hele leven vertellen?'
'Soms wel. Maar niet alles. Alleen de sores die zij u hebben berokkend.'
'Kan ik niet.'
'Waarom niet?'
'Daar moet ik soms van huilen. En ik huil niet bij smerissen.'
Er viel een lange stilte. Retancourt had vergeten haar gezicht in de plooi te houden, ze volgde aandachtig wat de veebeul vertelde.
'Ik ben een smeris', zei Justin, 'en ik huil soms.'
'Bij je collega's, kereltje?'
'Dat is me weleens overkomen. Vanwege een vrouw die me had verlaten.'
'Verdomme, vrouwen, hè.'
'Ja', zei Justin.
'En jullie? Inspecteurs, of wat jullie ook zijn? Huilen jullie bij je manschappen?'
'Eén keer', zei Mordent.
'Ah. En u vertelt het niet door als het mij gebeurt?'
'Nee', verzekerde Danglard hem. 'Wilt u een glas wijn, zou dat helpen? Ik heb een heel goede witte landwijn uit 2004.'
'Jullie zitten gebakken, hè, bij de smerissen. Is dit geen valstrik?'
'Nee. Ik drink er een met u mee.'
'Op dit uur? Tijdens het werk?'
'Het is tijd voor een aperitief. En u ziet het, het apparaat staat aan, dit wordt opgenomen. En mocht "het" gebeuren, dan onderbreek ik de opname.'
Weer een stilte.

'Het was zes jaar geleden. Ik was toen niet zo dik, integendeel. Ik zag er niet slecht uit zelfs, ik begrijp dat u dit niet gelooft.'
Er klonken geluiden van glazen en een fles.

'Hij profiteert ervan, Danglard', zei Retancourt plots met een zweem van een glimlach.
'Nee, Violette. Ik geloof dat hij hier helpt.'
'Die is heel lekker, trouwens, zijn landwijn uit 2004', zei Veyrenc.
'Ja', bevestigde Retancourt.

'Het is waar, hij is lekker, die wijn van u, hè', zei Levallet, als echo van degenen die op grote afstand naar hem luisterden op het vliegveld van Reykjavik.
'Die haal ik zelf in Sancerrois. Niet duur, bij een kleine wijnboer.'
'Geeft u me het adres?'
'Als u dat wilt.'
'Want het is ook waar dat je er wat lef van krijgt. Dus aangezien ik er niet slecht uitzag, had ik al drie jaar een vriendin. Omdat ze dikker werd, gingen we trouwen.'
'U bedoelt zwanger?'
'Ja, vijf maanden. Ik was er blij mee, hè. En dat kind zou niet in het abattoir hoeven zwoegen, dat zeg ik u. Al helemaal niet omdat het sowieso een meisje was. En toen kwam een gemene oude kwezel van een tante, die me nooit heeft kunnen luchten, mijn verloofde opzoeken. En zij heeft haar verteld dat ik een Sanson was, en dat dit bovendien in mijn bloed zat, ik werkte immers in het slachthuis. Alsof dat er wat mee te maken had. Er moet gegeten worden, hè. Maar het is waar dat ik dit Ariane niet had verteld.'
'Waarom niet?'
'Omdat een vrouw nu eenmaal gevoelig is, ik geloof dat die

niet zo gesteld zijn op beulen, ook niet op kerels die de godganse dag beesten doden, zo is dat toch, hè. Dus ik zei tegen haar dat ik in Yvelines bij een groothandel in schoenen werkte – dan kon ze me niet op mijn werk komen opzoeken. Ik had mezelf aardig geïnformeerd over schoenen en zo. Over leer, imitatieleer, zolen, veters, sportschoenen en vooral over Italiaanse. Ik zei dat ik op de sloffenafdeling werkte. Dat is geruststellend, toch, sloffen.'

'Zeker. Ik zou in uw plaats hetzelfde hebben gedaan.'

'Dus dat werd uiteraard een ramp. Vooral dat beulenverhaal kon ze niet verteren. Ariane zei dat ze vanwege mijn leugens "een beulendochter zou baren". En dat ze nooit met een man door het leven wilde bij wie "dit in het bloed zat".'

Opnieuw een korte stilte.

'Het gaat wel over, het gaat wel over', vervolgde de man terwijl Danglard de opname had gestopt. 'Als je flink op je ogen drukt, gaan de tranen weer naar binnen. Ik heb gesmeekt, ik heb alles gezegd wat je maar kunt zeggen, maar ze is vertrokken. Haar gezicht was, toen ze me aankeek, van afkeer vervuld. En ze is vertrokken, zo ver mogelijk – naar familie die ze had in Polen – zodat ik mijn dochter nooit zal zien.'

Stilte.

'Hij drukt op zijn ogen', zei Adamsberg.

'Vanaf dat moment ben ik zo rond als een ton geworden en kaal, het ging niet best, hè. Ik had die tante wel kunnen vermoorden, maar ze kreeg een auto-ongeluk, net goed voor haar. En degenen die ervoor gezorgd hadden dat de Sansons zo bekendstonden, dat waren die revolutionairen uit Parijs, is het niet?'

Danglard had de opnameapparatuur weer aangezet.

'Want de namen van al die andere beulen uit de provincie, die kennen we niet, toch? Ik had die kerels wel willen vermoorden, ik wilde sowieso iedereen wel vermoorden. Een dokter, een cardioloog – want ik had voortdurend hartkloppingen – vertelde me over die plek waar je de Revolutie live kon volgen en dat ze op het eind allemaal doodgingen, en dat het voor mij geen kwaad kon als ik dat eens zou zien. En het is waar dat dit toneelspel me goed heeft gedaan. Als het juli is, ga ik niet meer, en dan ga ik op dieet. Voor het geval dat ik weer een vrouw vind, heeft Desmoulins me gezegd. En daar had ik niet eens aan gedacht.'

De oproep voor de vlucht met bestemming Akureyri klonk op het vliegveld in het IJslands en in het Engels. Ze pakten hun rugzakken op en Veyrenc leidde hen naar de juiste gate.
'Hij is het niet', zei Adamsberg.
'Ik denk het niet', zei Veyrenc.
Ze wachtten op het oordeel van Retancourt zonder te weten of zij na deze onderbreking weer tot leven zou komen of haar rol van standbeeld weer zou aannemen.
'Ongelukkig', zei ze. 'Onschuldig.'
'Hoe laat landen we?' vroeg Veyrenc.
'Om tien voor acht, lokale tijd.'
Adamsberg haalde zijn mobiel uit zijn achterzak.
'Danglard', meldde hij. 'Hij vraagt ons – kortweg – wat we van het verhoor vonden.'
Ongelukkig, niet gevaarlijk, laat hem vrij, schreef Adamsberg.
Is gebeurd, was het enige wat Danglard antwoordde.
Wanneer het verhoor van Dumoulins?
Desmoulins. Morgen tien uur. Acht uur op dat roteiland van jullie.

Tijdens de korte vlucht naar Akureyri liet Adamsberg zijn gedachten gaan over het treurige lot van de afstammeling van Sanson en over zijn vreemde reis die hij in de Assemblée nationale aflegde. Lebrun had gezegd dat er onder hun leden allerlei soorten artsen rondliepen. Mogelijk had Levallet hem uiteindelijk zijn verhaal verteld. De secretaris was attent en nodigde uit tot een gesprek. Misschien had hij hem deskundige hulp geboden.

Voorzien van een bordje, waarmee hij alle kanten op zwaaide, stond de IJslandse tolk hen op te wachten. Klein, dik buikje en zwart haar, en in tegenstelling tot het beeld dat Adamsberg zich van hem had gevormd, was hij aardig op leeftijd – zo'n jaar of zestig – en opgewonden. Maar vrolijk opgewonden. Hij gedroeg zich als een knul die ongeduldig op dierbare vrienden stond te wachten en hij groette hen luidruchtig met een duidelijk accent.

'We noemen u Almar, als u dat goedvindt', zei Adamsberg en hij gaf hem een hand. 'Het lukt me niet om uw naam uit te spreken.'

'Geen probleem', zei Almar, zijn korte armen heffend. 'Wij hebben hier geen achternaam. Je bent "zoon van" of "dochter van". Snapt u?'

Veyrenc dacht dat Almar waarschijnlijk Frans had geleerd in een milieu waar nogal klare taal werd gebezigd. Dat verklaarde waarom Adamsberg hem zo laat en zo makkelijk had kunnen inhuren, want Almar zou vermoedelijk niet uitgekozen worden om op politieke of universitaire conferenties te tolken.

'Mijn zoon bijvoorbeeld heet Almarson. Almar-son, zoon van Almar, begrijpt u? Handig en simpel. Waar gaan we heen? Ik raad u de stad niet aan, die is lelijk. Tenminste, vinden wij, degenen die hier niet wonen. Ik kom uit Kirkjubæjarklaustur, dan begrijpt u het wel.'

'Helemaal niet.'

'Nooit bij ons geweest?'

'Nee, we zijn hier voor een politieonderzoek.'

'Dat hebben ze me verteld en dat is gaaf, dat wordt leuk.'

'Niet per se', zei Retancourt.

En de kleine man leek ineens de boven hem uitstekende, imposante brigadier te ontdekken, die hij nogal langdurig bekeek. Terwijl de gedachten van Adamsberg naar de afstammeling van Desmoulins afdwaalden. Verdraaid, die had geen geluk om Mallemort te heten, gezien het lot van zijn voorouders. Van dat kleine jochie dat als wees was achtergebleven na de *mal-mort*, de gewelddadige dood, van zijn ouders. Kwam ook hij daar als therapie, om de verantwoordelijken te zien sterven? Of om die gewelddadige dood te wreken?

'Waar ergens wilt u eten?'

Adamsberg legde hem uit dat ze vroeg op moesten om naar een verhoor te luisteren 's morgens om acht uur en dat hun vlucht naar Grimsey om elf uur vertrok.

'Volgt u de verhoren hiervandaan? Dat is leuk', vond Almar. 'Dan breng ik u naar een hotelletje ten zuiden van de stad, niet ver van het vliegveld. Dat bespaart ons gedoe. Tof restaurant, goed eten – houdt u van vis? – maar de kamers zijn niet zo luxe. Toch maar doen?'

Toch maar doen.

'Trek iets aan voordat we naar buiten gaan. Het is wel niet hartstikke koud maar toch wel een beetje, begrijpt u? 's Avonds is het hier -3 graden. Een temperatuurverschil van 20 graden met Frankrijk, niet dramatisch, hoor. De IJslandse kou is een kou waar je van opknapt, dat zult u wel merken. Dat kun je niet van elke kou zeggen.'

'Dat spreekt vanzelf', zei Adamsberg.

Ze trokken truien en anoraks aan en Almar reed hen naar een klein hotel met een roodgeschilderde gevel in de zuidelijke buitenwijk van Akureyri. Er lagen nog sneeuwresten op de daken in de omgeving.

'We hebben in ieder geval een rood huis gezien', zei Veyrenc.

'Dat was het doel van de reis, toch?' zei Retancourt.

'Zeker, brigadier', bevestigde Adamsberg.

'Het heet L'Hôtel de l'ours', legde Almar uit, wijzend op het roze knipperende uithangbord. 'Kun je nagaan, er is al in geen eeuwen meer een beer gezien in IJsland. En met het smelten van het pakijs wordt het steeds moeilijker voor ze om aan land te komen.'

'Waarom heeft alles een kleur gekregen?'

'Omdat IJsland zwart met wit is, begrijpt u? Vulkanische rots en sneeuw en ijs. Dus daar past wel wat kleur bij. Bij zwart past alles, zeggen de Fransen. Maar wacht totdat u het blauw van de lucht ziet. Zo'n blauw hebt u nog nooit gezien, nog nooit.'

'Blijft het in deze tijd lang licht?' vroeg Retancourt.

'Net zo lang als bij u. Dat wil niet zeggen dat we de zon veel zien, het regent best veel, moet ik toegeven.'

Almar hielp hen naar hun – erg frisse – kamers, bestelde het diner en organiseerde het ontbijt. Hij bleef die avond niet bij hen, hij profiteerde van zijn komst in Akureyri om vrienden op te zoeken die hij in geen zeven jaar had gezien.

'Dat wordt leuk', zei hij. 'Ik heb bier voor u besteld, laat u geen wijn in de maag splitsen, die is net zo duur als uw reis. We zien elkaar morgen om tien uur beneden. Tijd zat om in die kleine ouwe kist te springen. In deze periode zijn er geen toeristen die een voet op de poolcirkel komen zetten. Wie gaat u ondervragen op het eiland Grimsey? Want er zijn daar maar een stuk of honderd bewoners.'

'Niemand', zei Adamsberg. 'We gaan alleen maar naar een rots ertegenover, daar waar die warme steen ligt.'

Almar was in één klap zijn enthousiasme verloren.

'Het Vosseneiland?' vroeg hij.

'Daar heeft het de vorm van, geloof ik, met twee spitse oren.'

'Dat is niet zo leuk', oordeelde Almar hoofdschuddend. 'U weet toch wel dat daar tien jaar geleden een stelletje idioten is gestrand? Van wie er twee zijn overleden, van de kou gestorven.'

'Daarom gaan wij erheen', zei Veyrenc. 'Dat is het onderzoek.'

'Er groeit daar niets', volhardde Almar. 'Wat denkt u daar te vinden na al die tijd? Aanwijzingen? Maakt u zich geen illu-

sies. Er zijn honderden stormen overheen gegaan, poolwinden, sneeuw, ijs. Er blijft niets achter op het Vosseneiland.'
'Toch moeten we er gaan kijken', zei Adamsberg. 'Orders van hogerhand.'
'Nou, zonder uw bazen te willen beledigen, dat zijn debiele orders. Erger nog, u zult niemand vinden die u erheen brengt. Ze geloven dat er op het eiland een wezen huist.'
'Wie?'
'Er zijn er die hier rotsvast in geloven, en er zijn er die er niet in geloven maar die de duivel liever niet verzoeken. Maar jullie, Fransen, jullie zijn van de duivel bezeten. Dat zeggen ze hier. Een Fransman windt zich op over het minste of geringste. Zo leven wij hier niet.'
'Dan huren we een boot en gaan we er op eigen gelegenheid naartoe. Het is maar op een steenworp afstand van de haven.'
'Een steenworp afstand hier, commissaris, dat kan een eeuwigheid zijn. Je hoeft je neus maar te snuiten of het weer is omgeslagen. Bel uw bazen, ga er niet heen.'
'Maar u, Almar, u weet dan dat we daar zijn. Als u ons niet ziet terugkomen, schakelt u hulp in.'
'Hulp?' zei Almar, die zich opwond en steeds wilder met zijn armen zwaaide. 'En als de mist neerdaalt? Hoe kan de heli u dan lokaliseren? Hoe kan hij landen als hij de grond niet ziet? *Skít!*' zei hij en liet hen abrupt achter.
'Ik denk dat hij "Shit" zei', zei Veyrenc terwijl hij de weglopende tolk nakeek, die nog steeds wild gesticuleerde.
'Dat lijkt me terecht', zei Retancourt.

De waard – ditmaal een heel blonde man met een streng gezicht, die eruitzag alsof hij weer en wind kon doorstaan – bracht hun de voorgerechten zonder een woord te zeggen, smalle reepjes zoute haring op roggebrood en daarna een gerecht van gerookt lamsvlees – herkende Veyrenc – met groente.
'Het lijkt wel zuurkool', zei Adamsberg proevend.

'Ja, maar het is rood.'

'Nou, dan is het rode zuurkool. Ze houden van kleuren.'

'Hebt u Almar gehoord?' zei Retancourt, die twee keer zo snel at als zij.

'We huren een boot.'

'We huren niets, we gaan nergens heen. Hij kent het land. Na tien jaar storm is alles schoongeveegd. Wat verwacht u nou? Het mes te vinden met vingerafdrukken? Een briefje tussen de stenen met een bekentenis?'

'Ik wil kijken, Retancourt. Zien of het overeenkomt met wat Victor heeft verteld. Zien of ze een vuur hebben aangelegd. Dat laat, zelfs na tien jaar, wel sporen achter op de rotsen. Zien of ze houten delen van de oude visdrogerij hebben losgerukt. Beseffen wat er gebeurd is, me een beeld vormen. Zien of de warme steen bestaat of dat-ie voor ons wordt verzonnen zodat we daar niet in de buurt komen.'

Retancourt haalde haar zware schouders op en draaide met haar vinger om de blonde lokken die in haar hals krulden, de bij haar van nature geraffineerde toets.

'Het lamsvlees was heel mals', zei Veyrenc in een poging tot afleiding. 'Zal ik jullie nog eens opscheppen?'

'Blijf aan wal, Retancourt,' zei Adamsberg, 'ik dring u niets op.'

'U bent ontspoord, commissaris. En waarom toch?'

'Omdat het jeukt, zei Lucio. Kijk vanavond uit uw raam, Violette, naar de lichtjes van de stad daar tussen de bergen en naar de schittering van het ijs. Dat is mooi. Dat ontspant.'

'Dat was het doel van de reis, toch?' zei Retancourt.

35

De waard had hun een ontbijt geserveerd waarvan het schijnbaar uitgesloten was ook maar een onderdeel over te slaan: koffie naar believen, zure melk, paté, ham, kaas, roggekoeken. Ze keerden, een beetje loom, terug naar de kamer van Veyrenc, met een nieuwe kop koffie in de hand. De enige kamer die over een tafeltje beschikte en waar het Adamsberg lukte op internet te komen. In afwachting van de komst van de afstammeling van Desmoulins opende Adamsberg het raam en liet zijn blik over de zwart-met-witte bergen dwalen. Almar had gelijk, het blauw van de lucht was van een uitzonderlijke substantie, die het reliëf zo precies deed uitkomen dat het trilde.

'Het gaat beginnen', bromde Retancourt. 'Danglard zit aan de knoppen.'

'Perfect weer', zei Adamsberg terwijl hij het raam dichtdeed.

Opnieuw klonk het geluid van de vier foto's van de doden die op tafel werden gelegd.

'Het gerucht van die moorden doet de ronde in de restauratiezaal', gaf de afstammeling van Desmoulins toe. 'Nee, ik weet niet wie die mensen zijn.'

De stem van Jacques Mallemort klonk rustig en zelfverzekerd, zonder enige irritatie.

'Hoewel deze me iets zegt.'

'Dat is een incidentele bezoeker die deelnemer is geworden. Angelino Gonzalez.'

'Nou, hij heeft er plezier in gekregen, hè?'

'Hier is hij in kostuum', zei Danglard.

'Mooie tekening', waardeerde Mallemort. 'Ja, nu kan ik hem plaatsen. Hij heeft een ongelooflijke Hébert neergezet, vloekend als een ketter. Met de gechoqueerde gelaatsuitdrukking van Robespierre als antwoord, erg overtuigend.'

'Geen enkele informatie over hem?'

'We hebben nooit met elkaar gesproken. We praten daar weinig over onszelf. Daar gaat het niet om.'

'Wat wij willen weten, is de reden van uw aanwezigheid bij dat gezelschap.'

Er klonk het typische gekraak van de rugleuning van de stoel dat ze allemaal goed kenden als een van de dagelijkse geluidjes op de brigade, inclusief het geluid van de kat die van het kopieerapparaat af sprong wanneer het verlangen in de prullenbak te snuffelen het won van zijn luiheid. Mallemort-Desmoulins leunde dus achterover.

'Ik begrijp het', zei hij. 'Rechercheonderzoek. Iemand valt de leden van de Assemblée aan. En ik, afstammeling van Desmoulins – ik weet niet hoe u daarachter bent gekomen – kan een aardige verdachte zijn. Vol wroeging, meer dan twee eeuwen nadien, over de wrede executie van mijn voorouders, wreek ik de eer van de zachtaardige Camille door die mensen om te brengen. Weet u met hoeveel we zijn? Bijna zevenhonderd. Dat is een gigantische opgaaf, dan kun je beter alle uitgangen blokkeren en een enorme vlammenzee aanrichten, nietwaar?'

Een nog altijd bedaarde stem, zonder een spoor van ongerustheid. De man leek eerder hardop te denken dan zich waar dan ook tegen te verdedigen.

'Het ligt meer voor de hand,' vervolgde hij, 'de situatie als politie beoordelend, dat de man om wie het gaat Robespierre is. Ik zeg "Robespierre", want degene die deze rol speelt is indrukwekkend. Je zou haast zeggen, het is bijna verontrustend. Maar uw moordenaar zou eerst proberen hem door andere moorden uit zijn evenwicht te brengen, hem bang te maken door hem te laten zien hoe de dood steeds dichterbij komt. Ik neem aan dat het u gelukt is hem te ontmoeten? De acteur?'

'Ja', zei Danglard met enige terughoudendheid.

'Hij is minder op zijn gemak bij hem dan bij Sanson', fluisterde Adamsberg. 'Hij weet niet goed wat hij aan moet met dat zorgeloze gezicht en dat meisjesmondje.'

'En is hij bang? Robespierre?' vroeg Mallemort.

'Het lijkt van niet. Hij is vooral bezorgd om zijn leden. Mijn vraag, meneer Mallemort?'

'Die ben ik niet vergeten', en er klonk een glimlach in de intonatie. 'Dit is mijn tweede cyclus in de Assemblée. Vier jaar al.'

'U woont al die zittingen dus al voor de tweede keer bij?'

'Dat klopt. Maar mijn motieven zijn vreemd genoeg in de loop der tijd veranderd. Dus ik heb twee antwoorden op uw "Waarom?"'

'Dus er zijn twee "Waaroms".'

'Juist. Wat het eerste betreft, mijn toetreding tot de vereniging, dat is vrij simpel. Ik ben historicus.'

'Dat weten we. U bent hoogleraar moderne geschiedenis aan de universiteit van Nanterre.'

'Dat klopt. Ik wilde begrijpen hoe Robespierre ertoe was gekomen deze Camille te laten onthoofden, die trouwe en toegenegen vriend die hem aanbad. Ik dacht aan een klein artikel over die vraag. Hoewel deze voorvader Desmoulins, een uitstekende echtgenoot en vader, zo volmaakt nou ook niet was. Er wordt gezegd dat hij op een avond een heel jong meisje een gewaagd boek toestopte. Dat Robespierre dit van haar afpakte, en dat die dag het doodvonnis van Camille was getekend.'

'Dat wisten we', zei Danglard zonder enige uitweiding.

'Roept zijn onthoofding en die van zijn jonge vrouw', vroeg Mordent, 'na zo veel tijd nog uw verontwaardiging op?'

'Diep in mijn binnenste?' zei Mallemort, en opnieuw klonk er duidelijk een glimlach in zijn stem door. 'In het begin zeker. Een familietraditie, begrijpt u wel. Maar dat werd minder. De zittingen die ik heb bijgewoond hebben me een sleutel gegeven, geloof ik.'

'En die is?'

'Voor Robespierre was moord een abstractie. De executies vonden trouwens altijd buiten zijn gezichtsveld plaats, ze waren onwezenlijk geworden. Alsof hij geen mensen maar concepten had onthoofd: losbandigheid, verraad, hypocrisie, ijdelheid, leugens, geld, seks. Camille, de verliefde, de gevoelige, eventueel perverse vriend, kon voor die "losbandigheid" staan die voor hem onbereikbaar was. Maar ik weid te veel uit, nietwaar?'

'Ga uw gang', zei Danglard. 'En het tweede "waarom"? Waarom weer van voren af aan? Waarom woont u een tweede cyclus bij?'

Stilte, gekraak van de rugleuning van de stoel.

'Die stoel moet worden geolied', zei Veyrenc.

'Zo eenvoudig als het eerste "waarom" te verklaren is door de innerlijke drang van een historicus plus een familiair noodlot, en dus klassiek is, zo lastig vind ik het tweede. Laten we zeggen dat ik tijdens de eerste cyclus heb ervaren, geloof ik, wat er met Robespierre was gebeurd. En tijdens de tweede heb ik begrepen wat Camille had doorgemaakt.'

'Dat wil zeggen', opperde Danglard aarzelend, 'dat u in de ban bent geraakt van Robespierre?'

'Dank u dat u dit voor mij zegt, inspecteur. Kan er gerookt worden? Ik veronderstel van niet.'

Papiergeritsel, geluid van een glazen asbak, geknars van een aansteker.

'Dat is gaandeweg stukje bij beetje ontstaan. Ik kwam niet meer voor Camille maar voor hem. Dat heeft me flink in de war gebracht. Wat waren de redenen van mijn fascinatie? Wat waren de oorzaken van deze quasihypnose? Daarna heb ik de andere leden geobserveerd. Ze waren allemaal gegrepen, of nagenoeg. Er is me verteld dat de secretaris een onderzoek naar dit thema deed, naar die psychologische glijbaan waar Robespierre ons vanaf liet roetsjen, die verslavende maalstroom waardoor mijn voorvader zich had laten verzwelgen.'

Vervolgens begonnen Danglard en Mallemort af te wijken van het onderwerp van het verhoor door historische kwesties te bespreken: de wet van prairial, de paranoia, het Opperwezen, de kindertijd van Robespierre, Desmoulins' ambigue liefdesleven, de Thermidoriaanse Reactie.

Adamsberg schudde zijn hoofd.

'Ik ben niet de enige, Retancourt, die het spoor verlaat', zei hij.

'Danglard werpt hem de handschoen toe', vatte Veyrenc het samen. 'Nog even en ze gaan arm in arm lunchen bij de Brasserie des philosophes.'

'En dus', sprak Retancourt somber, 'komen we met onze drie afstammelingen geen stap verder?'

'Ondoordringbare kluwen algen, dat herhaal ik al vanaf het begin', zei Adamsberg. 'Onbeweeglijk. Niettemin moeten we de afstammelingen nog steeds in de gaten houden, ze volgen de juiste leerschool om te kunnen liegen en bedriegen.'

'Maar het zijn geen wonderschone sporen', zei Veyrenc.

'Ze zijn duister', bevestigde Adamsberg. 'In deze vereniging beweegt iedereen zich gekostumeerd, gemaskerd, geschminkt voort, zonder naam of gezicht, als personages in plaats van personen, terwijl ze doen alsof ze elkaar niet kennen. Drogbeelden, schijn, misleiding, illusies, hersenschimmen, er zit geen greintje waarheid bij. Zij vertellen ons wat ze willen: een groep infiltranten, zogenaamde "incidentele bezoekers", afstammelingen van onthoofden. Wat te doen? Ze kunnen ons voorschotelen wat ze willen. Wie moeten we geloven en waar moeten we heen? Er kunnen er zomaar zevenhonderd besluiten er zevenhonderd te vermoorden.'

'Stil', zei Veyrenc. 'Ze gaan verder. Misschien was het niet meer dan een afleidingsmanoeuvre van Danglard.'

'Een erudiet onderonsje', bevestigde Adamsberg.

De luchtige, door nieuwsgierigheid gedreven stem van Danglard klonk niet langer als die van een scherpe ondervrager.

'Maar die achternaam, "Mallemort", komt vrij weinig voor, toch? Anders gezegd de "mauvaise mort", de gewelddadige dood. Er bestaat een gemeente met die naam in de Bouches-du-Rhône. Maar als achternaam?'

Je hoorde de historicus luchtig lachen.

'U legt de vinger op de diepste wonden van de geschiedenis, inspecteur. In 1847 heeft een door het lot van Camille geobsedeerde voorvader, die gewoon Moutier heette, een beargumenteerd verzoek bij de burgemeester van Mallemort ingediend om het recht te verkrijgen deze naam te dragen. Opdat, zei hij, de herinnering aan de "gewelddadige dood" van de voorvader nooit uit het geheugen van zijn afstammelingen gewist zou worden. Gezien de prerevolutionaire context werd hem dit toegestaan.'

'Aardig idee.'

'Als het daar maar bij was gebleven.'

'U draagt zijn voornaam, nietwaar? Jacques Horace?'

'Hier vergist u zich. Camille heette niet Horace.'

'Ik heb het niet over hem. Maar over het als wees achtergelaten kind. *Horace* Camille.'

Opnieuw de luchtige lach, ditmaal verlegen.

'Wat heb ik u nog te vertellen, inspecteur?'

'En ondanks die last, die naam – Horace Mallemort – geen obsessie, geen fobie, geen wraaklust?'

'Dat heb ik uitgelegd. En uw familie, inspecteur?'

'De helft is gestorven aan stoflongen in de mijnen in het noorden.'

'Reden genoeg om al de steenkoolmagnaten te willen vermoorden?'

'Niet per se. Lunch?'

Adamsberg stond op.

'Dit eindigt met witte wijn', verzuchtte hij. 'We zien elkaar over een kwartier beneden. De schreeuwend blauwe lucht zal ons goeddoen.'

'Er hoeft maar iemand te niezen of het slaat om', bracht Retancourt in herinnering.

36

Het eenvoudige, halflege vliegtuig cirkelde rond boven de landingsbaan van het kleine eiland Grimsey. Adamsberg liet zijn blik onderzoekend over dit minuscule stukje aarde gaan, met de zwarte steile rotskust, de lagen sneeuw, de uitgestrekte gele vlakte van geplet gras, dat na de dooi nog niet was aangegroeid. Dicht openstaande witte en rode huisjes langs de haven, en maar één weg.

'Waarom landen we niet?' vroeg Veyrenc.

'Vanwege de vogels, duizenden vogels', verklaarde Almar. 'Je moet een tijdje rondcirkelen om ze uiteen te drijven. Anders gaan ze er met de tractor op af. Daar', zei Almar en hij wees met zijn vinger op het raampje, 'ligt het dorpje Sandvík, langs de haven: zo'n kleine vijftien huizen, waaronder onze herberg.'

Toen ze eenmaal op de zwarte taxibaan stonden, zag Adamsberg hoe de vogels zich weer in zwermen samenvoegden.

'Dit eiland telt honderd bewoners en een miljoen vogels', zei Almar. 'Toch wel leuk. Haal het niet in uw hoofd op de eieren te trappen, de meeuwen kunnen venijnig aanvallen.'

Ze lieten hun bagage achter in het geel-met-rode gastenverblijf met witte ramen, dat er zo proper uitzag als een speelgoedhuisje. Daar had de groep van Victor en Henri Masfauré vast gelogeerd. In het restaurant rook het naar roggebrood in de oven en gerookte kabeljauw.

'De waardin heet Eggrún,' zei Almar, 'daar heb ik gisteren naar geïnformeerd. Haar man, Gunnlaugur, werkt in de haven, zoals driekwart van de mannen hier. We beginnen bij hem, dan krijgt u een goede indruk van wat u te wachten staat.'

Adamsberg noteerde de namen zo goed mogelijk in zijn notitieboekje terwijl ze Almar naar de haven volgden. De tolk onderhandelde even met Gunnlaugur, die zijn gevangen vis uit zijn boot hees. Daarvandaan kon je in het verlengde van de uit grijze stenen opgetrokken havendam duidelijk de vossenoren van het warme eiland zien. Ze waren nog wit van de sneeuw maar de kust was zwart. Op een afstand van hooguit drie kilometer. Retancourt stond bewegingloos naar het eilandje te staren.

'Zijn die Fransen levensmoe?' vertaalde Almar.

Daarna antwoordde Gunnlaugur op alle vragen van Almar met een hoofdschudden, om hun ten slotte een meewarige en minachtende blik toe te werpen. Alle andere vissers op de kade, jong of oud, reageerden min of meer op dezelfde arrogante en negatieve wijze, tot Brestir aan toe, een van de jongste, die minder ongerust en veel spraakzamer was.

'Mijn boot huren? Hoeveel kronen hebben die idioten van je?'

'Ze bieden je er tweehonderd voor.'

'Tweehonderdvijftig. Plus vijfhonderd als voorschot, want ik weet niet zeker of ik mijn boot wel terugzie.'

'Hij heeft geen ongelijk', zei Almar. 'Ik wil ook vooraf worden betaald.'

'Vanavond in de herberg', zei Adamsberg.

'Nee, nu.'

'Ik heb het niet bij me.'

'Nou, het is niet zo leuk maar dan blijft het hierbij', zei Almar en hij sloeg zijn korte armen over elkaar.

Adamsberg schreef wat in zijn notitieboekje, scheurde het blaadje eruit en gaf het aan de tolk.

'Naam, telefoonnummer en adres van mijn oudste collega, met mijn handtekening', zei hij. 'Hij zal je betalen, hij zou het niet fijn vinden als ik deze aarde oneervol verliet.'

Daarna ritste Adamsberg zijn anorak open en haalde er tweehonderdvijftig kronen uit.

'Zeg hem dat ik hem die vijfhonderd borg geef wanneer we aan boord gaan.'

'Om twee uur is de tank vol', zei Brestir terwijl hij de bankbiljetten aannam. 'Ik wacht hier. Maar laten ze eerst met Rögnvar

gaan praten. Dat er straks niet wordt gezegd dat ik een slecht christen ben en dat ik onwetenden de dood in heb gejaagd.'
'Waar is hij?'
'Op de havendam. Hij helpt bij het schoonmaken van de kabeljauw. Hij moet iets te doen hebben.'
'Waar gaan we heen?' vroeg Veyrenc terwijl hij omkeerde.
'Naar de pastoor voor het heilig oliesel?'
'De IJslanders zijn protestant', zei Almar. 'Nee, Rögnvar is een man die zich schijnbaar op dat eilandje heeft gewaagd.'

Een visser met wie ze hadden onderhandeld – als je daar al van kon spreken – wenkte Almar. Na een kort gesprekje kwam de tolk naar hen terug.
'Wat zei hij?' vroeg Veyrenc.
'Moet ik alles vertalen?'
'Dat is uw werk, Almar', bracht Adamsberg hem in herinnering.
'Oké. Hij vroeg me of er daarginds, in de softe landen, veel van die types voorkwamen met haar in twee kleuren. Ik heb gezegd dat dit de eerste was die ik heb gezien.'
'De softe landen?' zei Retancourt.
'West-Europa. Waar de mensen leven zonder strijd te hoeven leveren tegen de elementen. Daar waar de mensen zitten te babbelen.'
'Wordt er hier dan niet veel gepraat?'
'Niet met buitenlanders. Ze zeggen dat de IJslanders even streng zijn als hun klimaat, maar ook even voorkomend als hun gras groen is.'
'Gaat u met ons mee naar het eilandje?' vroeg Retancourt hem.
'Nooit van mijn leven.'
'U bent maar voor de helft IJslands. U zou beschermd moeten zijn tegen bijgeloof.'
Almar barstte in lachen uit.

'Mijn moeder is een Bretonse,' zei hij, 'dat heeft de zaken er alleen maar erger op gemaakt. Daar is Rögnvar. Die ouwe die in de leunstoel zit, de man die nog maar één been heeft. Rögnvar, we zijn door Brestir naar jou gestuurd. De buitenlanders gaan naar het Vosseneiland. Brestir vraagt of je met hen wilt praten voordat ze vertrekken.'

Rögnvar bestudeerde eerst een poos de gezichten van de drie nieuwkomers.

'Fransen?' vroeg hij.

'Ja, hoezo?'

'Het waren Fransen die daar zijn omgekomen.'

'Precies, zij doen onderzoek, orders van hogerhand.'

'Er is geen onderzoek nodig. Hoe vaak is hun dat al niet uitgelegd toen ze terugkeerden? Levende doden leken het wel.'

Rögnvar legde de bloedende kabeljauw die hij aan het schoonmaken was op zijn knieën en haalde diep adem. Adamsberg bood hem een sigaret aan, die hij gretig accepteerde.

'Ze zeggen', bromde hij, 'dat over tien jaar alleen nog de vulkanen mogen roken op dit eiland. Ze willen het verbieden. Terwijl iets drinken hier al heel wat voeten in de aarde heeft. Althans voeten, in mijn geval bij wijze van spreken dan. Alsof mensen zich niet altijd hebben vergiftigd om het leven aan te kunnen. Maar als ze hier alles verboden hebben, heel simpel, dan ga ík ervandoor. Naar Frankrijk,' voegde hij er met een knipoog aan toe, 'waar ik de hele winter op een caféterras kan gaan zitten babbelen. Hoe dan ook, als je naar het eiland gaat, kun je maar beter roken. Het wezen houdt niet van de geur van mensen.'

'Vertel het hun, Rögnvar.'

'O, dat is zo verteld. Het is zevenendertig jaar geleden, ik was jong en ik begeerde een meisje. En om me op de proef te stellen zei ze dat ze met me zou trouwen als ik naar het Vosseneiland ging en voor haar een stukje van de warme steen mee zou brengen. Mij konden al die verhalen niks schelen, snapt u wel, en ik hoefde me geen twee keer te bedenken of ik zat al in de boot van mijn vader. Ik kan u vertellen dat er niets is daarginds, zelfs nog geen vogel die daar neerstrijkt. Niets, geen mos, geen meeuw, dat ziet er raar uit. Het was stil. Maar hoe stil? Je denkt dat je het hoort waaien, maar er is geen wind. Je denkt dat je iets hoort kruipen, maar er is geen beest. Een stilte die niet aangenaam is. Het eilandje is zo groot als een zakdoek. Je hebt de voorkant en je hebt de achterkant. Een vlak plateau tussen de twee oren, waar ooit een vent haring kaakte, dat is alles. Hij had zich daar geïnstalleerd zodat zijn vissen niet werden gestolen. Het is slecht met hem afgelopen, dat is alles wat ik ervan weet. En met het meisje ook trouwens, dat mij had uitgedaagd. Nog geen jaar later is ze uitgegleden over eieren van papegaaiduikers en zo van de steile rotskust af gevallen.'

'Is dat het hele verhaal?'

'Wat is je naam?'

'Almar.'

'Nou, Almar, laat me roken, ik maak het af wanneer ik dat wil.'

Rögnvar nam met gesloten ogen meerdere trekjes na elkaar.

'Van de steen kon je geen stuk af halen. Dus heb ik een kleine platte rots ernaast uitgekozen, zij ging het toch niet controleren, hè? En ik ben naar mijn boot teruggegaan. Op het moment waarop ik de motor aanzette, kreeg ik een verschrikkelijke pijn in mijn linkerbeen. Alsof mijn botten in brand stonden. Ik brulde, ik klampte me vast aan de boot en rolde erin heen en weer terwijl ik mijn been vasthield, en de stilte was niet zo stil meer. Er klonk gegrom, gehijg en het stonk zelfs. Het stonk naar bederf, het stonk naar de dood. Ik klemde een hand om mijn been en met de andere hield ik de helmstok vast, ik ben zo snel als ik kon teruggevaren en ben bijna op de pier van de haven gebotst. Dalvin en Tryggvi kwamen op me af gerend en het duurde niet lang. In sneltreinvaart hebben ze me naar het ziekenhuis van Akureyri gebracht en daar hoefden ze zich geen twee keer te bedenken, ze hebben mijn been geamputeerd. Zo werd ik wakker. Er was geen verwonding, niets. Het been was zomaar ineens gaan rotten, zonder reden, het zag blauw en groen. Er heeft zelfs een artikel over in de krant gestaan. Een uur later, en ik was er geweest. Het was de *afturganga*, die had geprobeerd me te doden.'

'Wat is dat, de afturganga?' vroeg Adamsberg.

'De levende dode, de kwade geest die het eiland in zijn macht heeft. Nu heb je je verhaal, Almar.'

'Het is niet voor mij maar voor hen.'

'Dat heb ik begrepen', zei Rögnvar terwijl hij een heldere, blauwe blik op Adamsberg wierp, die hem nog een sigaret aanbood en er zelf ook een opstak.

'Hoe heet jij?' vroeg Rögnvar.

'Adamsberg.'

'Dat zou haast een naam van hier kunnen zijn. En jij wilt naar dat eilandje, hè?'

'Dat klopt.'

'Maar zij niet', zei Rögnvar terwijl hij Retancourt aanwees.

'Nee.'

'Waarom gaat zij dan mee?'

'Orders van hogerhand', zei Adamsberg en hij spreidde zijn armen in een gebaar van onmacht.

'Orders van hogerhand, vertel mij wat. En hij,' zei hij naar Veyrenc wijzend, 'hij gaat mee omdat hij je vriend is.'

'Dat klopt.'

'Maar zij, ook al is ze zo woedend als een orka, kan van pas komen. Want ze zeggen dat alleen een buitengewone kracht een afturganga kan verslaan. Of een grote spirituele kracht. Maar ik bespeur hier geen grote spirituele kracht.'

Adamsberg glimlachte.

'Het is niet waar, hè, dat van die orders?' vervolgde Rögnvar.

'Je hebt gelijk.'

'Jij wilde zelf komen, hè?'

'Ja.'
'Tenminste, jij geloofde dat je zelf wilde komen. Maar dat was hij.'
'De afturganga?'
'Ja. Hij heeft je van verre geroepen.'
'Waarom?'
'Mogelijk heeft hij je iets te zeggen. Hoe kan ik dat nou weten, Berg? Maar één ding is zeker, als een afturganga je ontbiedt, kun je maar beter meteen gehoorzamen. Veel geluk, Berg, ik weet niet of ik je zal terugzien.'
'In dat geval laat ik mijn sigaretten bij je achter', zei Adamsberg en hij legde het pakje op zijn schoot, naast de kabeljauw.

Na het verhaal van Rögnvar heerste er enige onzekerheid in het groepje, dat door de vissers werd nagestaard alsof ze hen vaarwelzegden. Onafgemaakte zinnen, onbeantwoorde vragen, een gesprek dat op niets uitliep, en dit duurde tot de lunch.
'Eet flink', zei Adamsberg uiteindelijk.
'Ben je niet zeker van je zaak?' vroeg Veyrenc glimlachend.
'Jazeker wel, de afturganga heeft me immers persoonlijk ontboden. Dat is een eer. Dat sterkt me zelfs.'
'Reken maar dat hij er eentje met u zal roken, commissaris,' zei Retancourt, 'met zijn grijze schubben en zijn doodskop, en dat hij u vriendelijk het hele verhaal van de groep zal vertellen. Hoe hij de legionair heeft opgegeten, hoe hij mevrouw Masfauré heeft opgegeten, hoe hij ze allemaal ging opeten als de mist niet was opgetrokken.'
'Het bewijs, Retancourt, dat hij niet langer dan veertien dagen zeggenschap over de mist heeft.'
'Dat is al lang genoeg.'
'Danglard laat me weten dat Lebrun vanmiddag langs is geweest op de brigade', zei Adamsberg terwijl hij op zijn mobiel keek. 'Hij wilde me spreken. Uitdrukkelijk.'
'En?' vroeg Veyrenc.

'Niets. Ze hebben hem gezegd dat ik op reis was vanwege familieomstandigheden. Hij wilde met niemand anders praten.'
'Vraagt Danglard hoe het met ons gaat?'
'Nee. Hij wil niets van ons weten. Waar loopt die poolcirkel?'
Almar barstte in lachen uit en zwaaide met zijn armen.
'Dwars door een echtelijk bed', zei hij.
'Wie?'
'De poolcirkel. Het verhaal gaat dat een dominee op een dag ontdekte dat de cirkel dwars door zijn huis liep en erger nog, dwars door zijn bed. Waardoor de liefdesrelatie verkilde, de man durfde niet langer zomaar de lijn te overschrijden. Leuk, hè?'
'Maar waar loopt-ie? Bestaat dat huis nog?'
'Jean-Baptiste,' zei Veyrenc, 'de poolcirkel verplaatst zich ieder jaar.'
'Oké. En waar loopt-ie?'
'Er schijnt een paaltje te zijn waarmee dat wordt aangegeven. Wilt u echt uw voet erop zetten?'
'Als we terugkomen, waarom niet?'

37

Brestir stond op zijn post en Adamsberg gaf hem de beloofde vijfhonderd kronen. Ditmaal sprak er uit zijn blauwe ogen niet langer de ironische onverschilligheid van die morgen, maar het respect dat je roekeloze idioten verschuldigd bent die je niet meer zult weerzien.

'Dit is de starter,' zei Brestir, 'dit de snelheidshendel. Jullie hebben tegenwind, hij komt pal uit het westen.'

En bij deze toenemende wind was de aangegeven temperatuur -5 graden, maar de gevoelstemperatuur was wel zo'n -12 graden. De drie agenten waren stijf ingepakt, Adamsberg wat minder dan de anderen, want hij had onder zijn anorak zijn oude schapenwollen vest uit de Pyreneeën aangetrokken, dat vervilt door het vele wassen zo stug als een pantser was geworden. Hij keek aandachtig naar de lucht in de verte, die zo helder blauw was dat je er haast niet naar kon kijken.

'Vaar op zee niet recht vooruit', beval Brestir. 'Door de frontale golven schokt de boot zo hevig dat je een gemene klap riskeert en bovendien is het niet goed voor de motor. Wend de steven. Wie stuurt er?'

'Ik', zei Veyrenc.

'Oké', zei Brestir nadat hij de compacte gestalte en het ondoordringbare gezicht van de brigadier bestudeerd had. 'Verdeel het gewicht goed, zet de vrouw in het midden', raadde hij ongegeneerd aan. 'Zorg dat ze naar geen van beide kanten overhelt.'

Almar vertaalde met enige schroom, Veyrenc startte de motor en verliet de haven in zuidelijke richting. De vissers hadden hun bezigheden een moment gestaakt, het groepje mannen volgde hun vertrek gelaten. Alleen Rögnvar stak een arm op om hen te groeten.

'Heb je hem onder controle?' schreeuwde Adamsberg vanaf

de voorsteven om zich in het gieren van de ijskoude wind verstaanbaar te maken voor Veyrenc.

'Goede boot,' schreeuwde Veyrenc op zijn beurt, 'stabiel en wendbaar.'

'Zet koers naar het noorden.'

De steven steeds wendend naderde de boot al zigzaggend het eiland met de witte oren.

'Weet je zeker dat je geen zeehond kunt strikken?' vroeg Adamsberg nog altijd schreeuwend, terwijl hij zijn capuchon over zijn oren trok om ze te beschermen tegen de wind, die ze deed verstijven.

'Nooit gedaan', zei Veyrenc glimlachend, even rustig alsof hij in zijn auto naar de brigade reed.

Louis Veyrenc had iets onwankelbaars, wat Adamsberg op dit moment nog sterker ervoer. Vergaderingen op een bureau zijn weinig geschikt om het onwankelbare te voelen.

'Zet koers naar het zuiden.'

'Is dit nou het moment om je bezig te houden met de zeehondenjacht?' vroeg Retancourt.

'Nu of nooit, brigadier. Zet koers naar het noorden, leg rustig aan. Er ligt geen zand, er liggen zwarte keien.'

'Ik ben niet van plan de boot open te rijten', zei Veyrenc terwijl hij het strandje voorzichtig in evenwijdige richting naderde.

De sloep werd het keienstrand op getrokken, waarbij Retancourt in haar eentje de voorsteven had opgetild. Adamsberg vroeg Veyrenc om een sigaret – hij had de zijne met het oog op een eventuele fatale afloop aan Rögnvar in bewaring gegeven – hij trok zijn handschoenen uit en verschool zich achter de romp van de boot om hem, met moeite, aan te steken.

'Wat een onzin', zei Retancourt, van wie je, met haar knalgele capuchon op, alleen haar spitse neus en lichte ogen zag.

'Je moet Rögnvar gehoorzamen', zei Adamsberg.

'Het wezen verwacht je sowieso,' merkte Veyrenc op, 'of je nu rookt of niet.'

'Dat is geen reden om het te ontstemmen met onze geur. Ga roken, Louis. Kwestie van beleefdheid, zou Danglard zeggen. Ik zet vast de eerste stappen op het strand. Ik denk dat de ontmoetingsplek bij de warme steen is.'

Adamsberg strekte zijn arm uit naar het plateau, waar de resten van de houten barakken nog overeind stonden.

'Die kan alleen maar daar liggen,' zei hij, 'op het hogergelegen deel. Aan de andere kant heb je een steile rotskust.'

Naarmate ze het vrij brede strand met tegenwind overstaken, maakten de keien plaats voor vlakke rotsen, die vervolgens overgingen in een helling van zo'n vijfentwintig meter hoog tot aan de barakken. De hardnekkige sneeuw en ijslagen maakten de beklimming zwaar. Alleen Retancourt bereikte het plateau zonder dat haar hartritme was versneld.

'Het klopt', zei Adamsberg hijgend, 'dat ze driekwart van het oude bouwsel hebben losgerukt om te verbranden. We zoeken de steen. We blijven bij elkaar.'

'We blijven niet bij elkaar', zei Retancourt. 'Het heeft geen zin om tijd te verspillen. Het is hier niet groter dan honderd meter lang bij veertig meter breed. We zijn voortdurend in elkaars zicht.'

'Wat u wilt, brigadier.'

Enkele minuten later stond Veyrenc vlak bij het linkeroor van de vos met zijn arm naar hen te gebaren. De steen, feitelijk een deel van de rots, was nauwelijks groter dan een kinderbedje, maar glad geworden, gepatineerd door eroverheen strijkende vingers, en bedekt met inscripties.

'Ik ben uitgenodigd, dus ik begin', zei Adamsberg terwijl hij knielde, zijn handschoen uitdeed en zijn handpalm op het zwarte, lichtelijk glanzende oppervlak legde. 'Het is warm', constateerde hij.

'Goed dat we zijn gekomen', zei Retancourt. 'Dit wisten we al.'

'Waarin is dit geschreven? Wat denk je, Louis?'

'In Oudnoors. Dit zijn runen. Zal ik het overschrijven voor Danglard?'

'Waarom niet?' zei Adamsberg. 'Dat zou een aardig cadeau zijn bij terugkomst. Een respectvolle gift.'

'Geen denken aan', onderbrak Retancourt hem, die nauwlettend naar de horizon in het westen keek. 'We moeten geen tijd verliezen', drong ze aan.

'Prima', zei Adamsberg inschikkelijk terwijl hij overeind kwam. 'We zoeken de plek waar ze hun bivak hebben opgeslagen. Die wil ik zien.'

'Daar', zei Veyrenc en hij wees naar het lagergelegen rotsachtige deel van het strand. 'In die inham, waar de voet van de twee oren hun wat beschutting bood tegen de wind. Vlak voor het begin van de helling. Daar zou ik me hebben verscholen.'

'Prima', zei Adamsberg. 'We gaan weer naar beneden, op je buik als je niet van het steile pad naar beneden wilt storten. Hij is niet eens gekomen', voegde hij er enigszins teleurgesteld aan toe.

'Maak u niet druk,' zei Retancourt, 'hij komt nog wel.'

Hun voeten gleden uit op de rotsen, die soms onder hun gewicht afbrokkelden, hun handen glibberden over de transparante ijslagen.

'Welke halvegare', vroeg Veyrenc toen hij eindelijk het strand onder zijn voeten voelde, 'zei dat naar beneden makkelijker was dan omhoog?'

'Danglard', antwoordde Adamsberg. 'Maar dat ging over wijn. We zoeken de vuurplaats. Veertien dagen continu vuur, dat moet sporen hebben achtergelaten. We lopen in één lijn, net als bij een klopjacht.'

De twee mannen liepen langzaam en speurden het oppervlak van de rots af, terwijl Retancourt, blijk gevend van haar

volstrekte onwil, van links naar rechts keek zonder erin te geloven.
'En als we dat vuur gevonden hebben?' zei ze uiteindelijk.
'Dan weten we dat ze vuur hebben gemaakt. Wat we al wisten.'
'Deze gaten,' zei Adamsberg en hij bleef staan, 'wat is dat? Hier, daar, daar, en daar ook', zei hij terwijl hij sneller ging lopen.
Kleine, regelmatige openingen zo groot als een rattenhol, op zo'n vijftig centimeter afstand van elkaar.
'Dat zijn paalgaten', luidde Retancourts diagnose. 'Kijk, ze vormen twee evenwijdige lijnen.'
'En dus, brigadier?'
'Ik denk dat die vent die niet wilde dat zijn vis werd gestolen hier zijn haringrokerij heeft opgetrokken. Want daarboven vuur maken,' zei ze wijzend naar de barakken op het plateau, 'dat heeft geen zin. Je rookt geen vis in een houten schuur, tenzij je het hele onderkomen in de fik wilt steken. Hij heeft zich daar geïnstalleerd, beschut tegen de wind. Hij heeft een lichte constructie gemaakt waaraan hij die beesten kon ophangen.'
Retancourt stopte met praten om met grote passen de rij openingen te volgen.
'Achtentwintig paalgaten', zei ze. 'Een klein bouwsel van vier bij twee meter ongeveer. We zijn een stuk opgeschoten. We hebben de overblijfselen van een visrokerij ontdekt.'
'Hoe heeft hij die gaten in zo'n rots geboord?'
'Zoals iedereen dat doet', zei Retancourt, die haar schouders ophaalde. 'Hij is begonnen met een boorhamer en heeft er vervolgens een staafje dynamiet in laten zakken.'
'Ah juist', zei Veyrenc. 'Dan heeft de groep zich daar geïnstalleerd. De visser mag deze plek optimaal hebben gevonden, maar de anderen ook. Dierlijk instinct.'
'En er zijn geen vuursporen', zei Retancourt. 'Geen stukken van het rotsoppervlak die roder of zwarter zijn. In tien jaar tijd is alles door het ijs verteerd. Einde van de reis.'

Retancourt had gelijk en Adamsberg stond, met zijn armen over elkaar, zwijgend naar de grond te kijken. Een schoongeschuurd, stil oppervlak, waar de vorst en de poolwind als een staalborstel alle sporen hadden uitgewist.

'In de gaten', zei Adamsberg. 'Onder in de gaten.'

Hij zette zijn rugzak neer en haalde er snel deken, conserven, gereedschap, gastankje en kompas uit totdat hij een lepel en plastic zakjes vond. Zonder te merken dat Retancourt haar gezicht naar het westen had gedraaid en met opengesperde neusgaten diep ademhaalde.

'Haal je lepel tevoorschijn, Louis, help me. Ga graven, verzamel alles wat je vindt en doe het apart in zakjes. De erosie kan niet tot onder in de gaten hebben gereikt. En onderin is het niet bevroren.'

'Wat zoeken we?' vroeg Veyrenc terwijl hij zijn eigen kookgerei uit zijn rugzak haalde.

'Zeehondenvet. Ga graven.'

De paalgaten waren niet dieper dan tien centimeter en de twee mannen konden makkelijk bij de bodem komen. Adamsberg bestudeerde de inhoud van de eerste lepel. Een koolzwarte brij, met zwarte of rode spikkels van steengruis.

'Als het niet roetzwart is,' zei Adamsberg, 'laat het dan maar liggen. Dan was hun vuurplaats niet hier.'

'Begrepen.'

'Ze waren met zijn twaalven, ze hebben vast geen zuinig vuurtje aangelegd. We mogen aannemen dat hun vuur zo'n anderhalve meter in beslag nam. Zoek jij hier, dan zoek ik in die daar.'

'Klaar,' zei Veyrenc terwijl hij overeind kwam, 'geen houtskool in de andere gaten. Hun vuurplaats stopte hier.'

'En daar', zei Adamsberg terwijl hij zijn laatste zakje sloot. 'Louis ...'

'Ja?'

'Wat is dit?' zei hij en reikte hem een kleine witte kiezel aan.

'Retancourt is weg', zei Veyrenc, die zijn rug rechtte. 'Sorry dat ik je godin beledig, maar haar humeur begint me de keel uit te hangen.'

'Mij ook', zei Adamsberg, die desondanks een ongeruste blik om zich heen wierp.

'Daarboven', zei Veyrenc en hij wees naar het plateau. 'Ze is weer naar boven geklommen, verdomme. Wat spookt ze toch uit?'

'Ze ontvlucht ons. Wat is dit?' herhaalde Adamsberg terwijl hij Louis de witte kiezel voorhield. 'Pas op, trek je handschoen uit.'

Adamsberg spuugde een paar keer op de kiezel en veegde hem af aan de onderkant van zijn trui voordat hij hem in Veyrencs handpalm legde.

Toen ging hij zitten en wachtte zwijgend af.

'Dit is geen kiezel', zei Veyrenc.

'Nee. Test eens met je tanden. Slik hem niet door.'

Veyrenc klemde het voorwerp tussen zijn twee hoektanden en beet een aantal keren.

'Stevig en poreus', zei hij.

'Het is bot', zei Adamsberg.

De commissaris richtte zich weer op zonder een woord te zeggen, deed het kleine stukje, zo groot als een knikker, in het plastic zakje en hield het tegen het licht.

'Dit is niet van een zeehond', zei hij. 'Daar is het te klein voor.'

De wind bracht hun flarden van de stem van Retancourt, die hun vanuit de verte iets toebrulde. Ze kwam nu met een uitzonderlijke snelheid op haar rug van de helling omlaag, haar voeten vooruit, haar gespreide armen hakend aan uitsteeksels, terwijl ze af en toe gebruikmaakte van het ijs om zich nog sneller te laten glijden. Adamsberg liet nog steeds het botje onder het doorzichtige plastic tussen zijn vingers heen en weer rollen, terwijl Veyrenc belangstellend de verbazingwekkende afdaling van de brigadier volgde.

'Zo helemaal in het geel lijkt ze wel een sneeuwruimer.'

'Je weet toch dat Retancourt haar energie omzet in wat ze wil, al naar gelang de omstandigheden', verklaarde Adamsberg. 'Als ze het nodig vindt om een sneeuwruimer te zijn, dan wordt ze dat, zo simpel als wat.'

'Denk je dat ze op de warme steen heeft gezeten? Of dat ze de afturganga heeft gezien?'

'Dat is mogelijk. Louis, dit is geen bot van een zeehond', herhaalde Adamsberg.

'Dan is het van een vogel. Een stern die daar het loodje heeft gelegd.'

'Het is te groot voor een stern.'

'Een papegaaiduiker dan.'

Intussen kwam Retancourt op hen afgerend. Adamsberg stopte de zes zakjes in de binnenzakken van zijn anorak, net op tijd voordat Retancourt hen ieder bij een arm greep, terwijl ze door bleef rennen.

'We smeren 'm naar de boot!' schreeuwde ze en trok hen achter zich aan.

'Verdomme!' protesteerde Veyrenc, die zich driftig losrukte en vervolgens knielde om zijn verspreid liggende spullen in zijn rugzak te stoppen.

Retancourt vatte de onverstoorbare Veyrenc bij zijn kraag en schudde hem heftig door elkaar.

'Uw rugzak kan ons geen moer schelen, brigadier! En die van u ook niet, commissaris. Als ik jullie zeg te rennen, dan rennen we!'

De twee mannen hadden op een of andere manier geen keuze, want Retancourt was achter hen gaan staan en duwde hen uit alle macht in hun rug.

'Sneller, godsamme! Kunnen jullie niet rennen?'

Adamsberg realiseerde zich dat onder de nog altijd blauwe hemel de lucht van consistentie was veranderd en een geur van vocht met zich meedroeg. Hij draaide zijn hoofd om en zag boven op het plateau, even dreigend als een lavastroom, een witte mistbank opkomen, die de contouren van de barak al uitwiste.

'De mist, Veyrenc! Rennen!'

Ze hadden nu de keienstrook bereikt terwijl de voormalige plek van de haringrokerij, waar hun rugzakken lagen, al deels was verdwenen. Onder het rennen verzwikte Veyrenc zijn enkel tussen de losse keien en viel. Retancourt trok hem overeind, stak haar arm onder zijn schouder door en hervatte haar draf terwijl ze de brigadier met zich meesleepte.

'Nee, commissaris! Geen hulp nodig, ik neem hem onder mijn hoede! Snel naar de boot, start de motor, nondeju!'

Al geen spoor meer van de haringrokerij, noch van de strook keien. Nee, de mist verplaatste zich niet als een paard in galop, maar raasde op hen af als een trein, als een monster, als een afturganga.

Adamsberg was niet bij machte 'de motor te starten'. Hij kon in zijn eentje de boot niet van het strand af trekken om hem te water te laten. Hij wierp een blik in de richting van de nog heldere haven van Grimsey. Daar hadden ze, ook al was het nog klaarlichte dag, het vuurtorenlicht ontstoken. Om hun de weg te wijzen. Maar met die heldere hemel was het zwakke gele schijnsel van het knipperende licht nauwelijks te onderscheiden. Adamsberg kon nog tot tien meter achter zich zien. Retancourt liet Veyrenc op de grond achter om hem te helpen de boot vlot te trekken. Adamsberg sprong erin, startte de motor, ving de brigadier op, die Retancourt, met haar voeten in het water staand, bij zijn middel had opgetild.

'Vol gas!' zei Veyrenc, terwijl hij met beide handen zijn enkel vasthield. 'Hij krijgt ons te pakken!'

Adamsberg zette koers naar de haven en voerde de snelheid op. Wind in de rug, onnodig de steven te wenden, voer hij recht op de havendam af, waarbij hij de mist zo'n vijftien meter achter zich liet, en toen nog tien, en toen nog zeven. Hij was nog maar drie meter van hun achtersteven verwijderd toen ze nogal ruw tegen de aanlegsteiger van de haven botsten, waar armen hen hielpen om vaste grond onder de voeten te vinden.

Brestir sjorde zijn boot vast en leidde hen toen samen met Gunnlaugur naar de herberg. Daarachter volgde Rögnvar met zijn krukken.

38

In de eetzaal van de herberg liet Gunnlaugur hen vanzelfsprekend bij de grootste radiator plaatsnemen terwijl zijn vrouw Eggrún voor ieder een glaasje neerzette. Almar, die als een gevangen stier in een kringetje ronddraaide, wachtte daar al op hen en van opwinding zwaaide hij met zijn armen naar alle kanten.

Er stond een lange tafel met aan weerskanten een bank, en zonder een woord te zeggen hadden de IJslanders zich rond de groep buitenlanders geschaard. Veyrenc had om een krukje gevraagd zodat hij zijn voet erop kon leggen, die blauw was geworden als het been van Rögnvar. Eggrún vulde de glaasjes en Adamsberg doopte er zijn vinger in en proefde.

'Brennivín?' vroeg hij.

'Dat hoort erbij', zei Eggrún. 'Zoals het gezegde luidt: beter de zwarte dood dan de witte dood. Soms tenminste.'

'Misschien waren we niet doodgegaan', zei Adamsberg en hij keek om zich heen naar al die blauwe ogen die hen opnamen als waren ze op wonderbaarlijke wijze de dans ontsprongen. 'De mist had ook tien minuten kunnen duren.'

'Tien minuten of een maand', zei Gunnlaugur.

'Deze duurt twee weken', was de diagnose van Brestir. 'De wind is plotseling gaan liggen.'

Mist waardoor je op dat moment door geen van de ramen van de herberg naar buiten kon kijken. Op Grimsey zou hij nog langer blijven hangen, bijna drie weken. Adamsberg knikte en sloeg zijn glas brennivín achterover, waardoor de tranen hem in de ogen sprongen.

'Goed zo', zei Eggrún waarderend. 'Wel opdrinken, hoor', zei ze tegen Veyrenc en Retancourt, die vervolgens deden wat ze vroeg.

Het werd weer stil en Adamsberg begreep dat ze allemaal op

hun verhaal zaten te wachten. Dat waren ze hun verschuldigd. Een buitenlander had niet het recht een geheim afkomstig van het Vosseneiland voor zich te houden.

'Heb je hem gezien?' vroeg Rögnvar.

Iedereen vond het gerechtvaardigd dat Rögnvar, als de man die door de afturganga verminkt was, het gesprek opende.

'Gezien niet', zei Adamsberg. 'Ik ben hem gaan begroeten op de warme steen, maar zonder erop te gaan zitten', legde hij voorzichtig uit.

'Hoe begroeten?'

'Ik heb mijn hand erop gelegd. Zo', zei hij en plaatste zijn vlakke hand op de houten tafel.

Wat hem plotseling deed denken aan de foto's van handpalmen die bij het Robespierre-gezelschap werden gemaakt.

'Goed', was het oordeel van Rögnvar. 'En wat deed hij toen?'

'Een gift.'

'Laat zien', verordonneerde Rögnvar.

Adamsberg ging de zakjes halen die in zijn anorak zaten, waarbij hij hoopte dat de eilandbewoners ze niet wilden houden als uit hun land gestolen goed. Per slot van rekening had de afturganga ze aan hem gegeven. En hij had ze duur betaald. Met enige aarzeling legde hij ze op de tafel.

'Maak eens open', zei Rögnvar.

'Het is niet zo schoon.'

'De afturganga schenkt geen diamanten. Maak open.'

Adamsberg legde de inhoud van de zes zakjes, in zes aparte hoopjes, op de tafel. Intussen was Retancourt ineens op de bank in slaap gevallen, zittend, en zonder haar evenwicht te verliezen. Stomverbaasd zat Almar naar haar te kijken.

'Ze kan ook staand tegen een boom slapen zonder te vallen', legde Adamsberg uit. 'Ze heeft dit nodig.'

'Natuurlijk', zei Rögnvar. 'Zij was het, hè?'

'Zij was wat?'

'Degene die jullie aan de dood heeft ontrukt?'

'Ja', zei Veyrenc.
'Door haar kracht,' zei Rögnvar, 'ik had het je al gezegd. Ze heeft de mist van de afturganga op een afstand weten te houden voordat die jullie opslokte.'
'Stoort het haar niet in haar slaap als wij praten?' vroeg Eggrún enigszins bezorgd.
'Helemaal niet', antwoordde Rögnvar voor Adamsberg, die stilletjes bezig was met zijn vingertop zijn zes bergjes zwarte aarde te sorteren.
Niet alleen in zakje nummer 1 zat een wit steentje. Maar ook in nummer 3 en nummer 6. In totaal vijf witte steentjes. Klein Duimpje, zou Mordent hebben gezegd.
'En wat is dat?' vroeg Brestir.
'De restanten van het kamp van de twaalf Fransen, tien jaar geleden', zei Adamsberg.
'Nee', zei Gunnlaugur. 'Op dat stukje aarde blijft niets liggen.'
'Het lag onder in gaten', legde Veyrenc uit. 'Paalgaten die ze hadden gebruikt voor het bouwen van de haringrokerij. Daar is het in vast blijven zitten.'
'De afturganga heeft zo zijn geheime bergplaatsen', zei Rögnvar.
En Adamsberg durfde niet te zeggen dat volgens hem de twaalf Fransen die daar hadden verbleven, daar ook hadden gegeten, en dat de resten van hun maaltijd gewoon in die gaten terecht waren gekomen. Als golfballen.
'En is dit wat je zocht?' vroeg Rögnvar.
'Dit is veel meer, geloof ik.'
'Dan begrijp ik het niet.'
'Mag ik ze schoonwassen?' vroeg Almar met gefronste wenkbrauwen. 'Die witte stukjes?'
'Oké', zei Adamsberg. 'Maar wel voorzichtig.'
'Wat begrijp je niet?' vroeg Veyrenc.
Rögnvar had respect voor deze man met zijn vuurrode lok-

ken die tot een andere wereld behoorden.

'Waarom de afturganga jullie wilde doden', zei hij hoofdschuddend en krabde in zijn haar. 'Je hebt waarschijnlijk iets stoms gedaan, Berg.'

'Ik heb de gaten tot op de bodem met een lepeltje uitgeschept, en Veyrenc ook', zei Adamsberg en hij spreidde zijn handen ten teken van onwetendheid. 'We hebben het netjes in zakjes gedaan. Eerst heb ik nog op dat witte dingetje gespuugd om het een beetje schoon te maken.'

'En wat nog meer?' vroeg Rögnvar ontevreden.

'Ik heb het nauwkeurig bestudeerd, aan Veyrenc laten zien, weer in mijn handen genomen en bekeken. En intussen kwam zij naar ons toe gerend', zei hij en wees naar Retancourt, die als een kerkpilaar nog steeds rechtop zat te slapen.

'O, zit het zo,' zei Rögnvar, 'je bent *te lang blijven hangen*.'

'Dat is het', bevestigde Gunnlaugur.

'De afturganga roept je al van verre,' vervolgde Rögnvar, 'hij biedt je dit allemaal aan, en wat doe jij? Jij blijft te lang hangen.'

'Wat zou dat?'

'Dan neem je het ervan. Hij onthaalt je en jij neemt het meteen niet zo nauw, jij doet of je thuis bent. Alsof je heer en meester bent. Logisch dan.'

'Logisch', vond ook Gunnlaugur.

'Hij verdelgt je. Hij roept zijn witte wolk en hij verzwelgt je.'

'Gebrek aan beleefdheid?' vroeg Adamsberg.

'Zo kun je dat wel noemen', zei Brestir. 'Een belediging. Geen mens houdt langer verblijf op het land van een afturganga dan híj wil.'

Almar was klaar met het schoonwassen van de witte stukjes en hij had ze zorgvuldig bij hun respectieve hoopjes aarde neergelegd. Hij gebaarde naar Adamsberg om naast hem aan de bar te komen zitten. Met een eenvoudig gebaar deze keer, zonder buitensporige bewegingen.

'Wat wil je?' vroeg Adamsberg.

'Een biertje'.

'Ik trakteer.'

'Neem er zelf ook een.'

'Ik heb genoeg aan die brennivín. Mijn hele mond brandt nog.'

'Dan kun je beter een biertje nemen. Of anders koffie. Neem een koffie. Met veel suiker.'

'Prima', stemde Adamsberg toe en hij liet Almar de bestelling doorgeven aan Eggrún, want hij begreep dat hij hier en onder deze bijzondere omstandigheden zich beter niet kon verzetten. Net zomin ten slotte, herinnerde hij zich, als toen in dat café in het Normandische dorp Haroncourt.

'Wat denk je dat het is, die witte steentjes van je?'

'Botjes van een papegaaiduiker.'

Almar dronk zijn glas bier half leeg en gebood met zijn vinger de commissaris hetzelfde te doen met zijn koffie. Adamsberg voelde een opkomende vermoeidheid zwaar op zijn schouders drukken. Veyrenc, aan de tafel, leek eveneens in te storten en Retancourt sliep nog steeds. Hij zette zijn lege kopje neer en schraapte er met zijn lepeltje de bruine suiker uit.

'Het zijn de botjes van een gewricht onder aan de arm', zei Almar. 'Ik heb vroeger gestudeerd. In Rennes.'

'Juist', zei Adamsberg, zijn ogen halfdicht.

'Dit is niet van een papegaaiduiker', zei Almar. 'Dit is van een mens.'

39

Adamsberg kwam de herberg uit zonder de muur ervan te kunnen onderscheiden van die van de huizen ernaast, al waren deze rood of blauw. Hij snoof de geur op van het jodiumhoudende vocht in de onbeweeglijke mist, de geur die hij op het warme eiland had geroken, de geur vooral die Retancourt al veel eerder had opgemerkt en die haar had doen besluiten naar het plateau terug te keren om te onderzoeken wat de westenwind hun bracht. Retancourt, die de wolk van de afturganga had verslagen. Hij schoof de mouw van zijn anorak omhoog en keek op zijn horloges. Hij zag ze wel, maar hij kon niet met zekerheid zeggen waar de wijzers stonden. Zelfs met het kompas, dat daar was achtergebleven bij de paalgaten, zouden ze hun koers niet hebben kunnen bewaren, laat staan de op drift geraakte ijsblokken onderscheiden.

Binnen legde Eggrún met vaste hand een verband aan om de enkel van Veyrenc, nadat ze er een sterk ruikend smeersel op had aangebracht dat veel leek op de zalf die Pelletier op het been van Hécate had gesmeerd. Rögnvar stond met bezorgde blik over het been van de gewonde gebogen. Hij gebaarde dat Almar moest komen om te vertalen.

'Weet je zeker dat je je voet hebt verstuikt door over de strandkeien te rennen?' vroeg hij aan Veyrenc.

'Heel zeker. Het is maar een verzwikking, Rögnvar.'

'Maar het doet verduiveld veel pijn, hè?'

'Ja', erkende Veyrenc.

'En toen je viel, voelde je toen een scherpe pijn? Als in het binnenste van het bot?'

'Ja, na een tijdje. Waarschijnlijk een gescheurde gewrichtsband.'

Rögnvar pakte zijn krukken weer en liep naar Gunnlaugur, die in zijn eentje zat te schaken.

'Ik weet wat je wilt', zei Gunnlaugur.

'Ja. Bel naar het vliegveld, dat ze een vliegtuig klaar hebben staan voor het ziekenhuis in Akureyri. Er moet ieder uur naar die enkel gekeken worden. Als de paarse kleur boven het verband uit komt, gaat-ie mee.'

'En hoe moeten we opstijgen met deze mist?'

'Ik durf er mijn hand voor in het vuur te steken dat die niet reikt tot aan de startbaan. Of niet zo dik is. Hij hangt alleen boven het Vosseneiland en boven ons.'

Gunnlaugur verzette een pion en stond op.

'Ik ga bellen', zei hij. 'Niet aan de stukken komen.'

Achter zijn rug keek Rögnvar langdurig naar het schaakbord. Daarna verplaatste hij de zwarte toren. Hij was de beste speler van Grimsey, dat op zijn beurt het beste schaakeiland was.

Adamsberg hielp Veyrenc naar een kleine kamer die Eggrún op de benedenverdieping voor hem gereed had gemaakt.

'En haar? Wat doen we daarmee?' vroeg Eggrún en ze wees naar Retancourt.

'We laten haar rustig zitten', zei Adamsberg. 'Zij komt vijf keer zo snel op krachten als wij.'

Eggrún wierp een blik op de schaaktafel, waar haar man zojuist de laaghartige streek van Rögnvar had ontdekt.

'Als die eerst nog revanche moeten spelen en daarna de beslissende wedstrijd,' schatte ze, 'eten we niet voor half negen. Ga maar drie uur slapen.'

Om zeven uur liet Rögnvar Gunnlaugur in verwarring achter na een beslissende manoeuvre die zijn koningin bedreigde, en hij ging kijken naar de enkel van de slapende Veyrenc. Voorlopig breidde 'het' zich niet snel uit. Toch waren zijn tenen gezwollen en boven het verband was een paarse vlek ter grootte van een halve kroon te zien.

'We houden het vliegveld in staat van paraatheid', zei hij terwijl hij weer ging zitten en zijn krukken op de grond legde.

Retancourt, sinds een half uur wakker, had door middel van gebaren gevraagd of ze bij hen mocht komen zitten om naar het spel te kijken. Vanuit haar ooghoek zag ze hoe Eggrún druk bezig was hun tafel te dekken en vervolgens de gerechten op te dienen. Moten haring, kabeljauw en zalm, gedroogd, gerookt en gezouten, glazen bier en zelfs een fles wijn. En dat waren nog maar de voorgerechten. Een feestmaal, ten teken dat de triomfale bestorming van het eiland van de afturganga het ijs had gebroken, om het zo maar eens te zeggen.

Op zijn bed gezeten was Adamsberg alleen af en toe ingedommeld. Pas toen de klok van de herberg acht uur aangaf, ging hij naar beneden en hielp hij Gunnlaugur om Veyrenc naar hun tafel te dragen. Retancourt kwam naar hen toe en liet zich als een blok op haar stoel zakken, zo te zien volledig uitgerust. Adamsberg schonk de wijn in en hief zijn glas.

'Op Violette', zei hij enkel.

'Op Violette', herhaalde Veyrenc.

'Uw val op het strand had ons noodlottig kunnen worden', zei Retancourt terwijl ze haar glas tegen dat van de brigadier stootte.

'Het is niet míjn val, Retancourt. De afturganga haalde me in. Rögnvar is ervan overtuigd. Hij verliest me niet uit het oog tot hij zeker weet dat mijn been niet plotseling door gangreen wordt aangetast.'

'Maar op één punt heeft hij gelijk', zei Retancourt. 'Het is waar dat er geen sterveling komt op die rots. Er liggen zelfs geen eieren van papegaaiduikers op het klif. Zelfs geen zeehond steekt zijn snuit boven het water uit. Ik heb geen kielzog gezien.

Die toeristen hadden geluk dat ze zeehonden aan land wisten te halen, veel geluk.'

Dit was het moment, dacht Adamsberg, zijn geest nog beneveld door de schok van wat hij had ontdekt. Maar ja, wat had hij dan verwacht toen hij in die resten ging zitten wroeten, zogenaamd op zoek naar een kampvuur en zeehondenvet?

'Almar heeft net met me gesproken', zei hij en voorzichtig legde hij de vijf botjes op tafel, die nu in een blikje voor hoestpastilles opgeborgen zaten. 'Dit zat in de paalgaten', legde hij uit voor Retancourt, die al sliep toen Almar de stukjes bot had schoongewassen.

'Dit zijn botjes', zei Retancourt terwijl ze er een oppakte.

'Van papegaaiduikers', zei Veyrenc. 'Dan hebben ze toch wat eetbaars gevonden.'

'Nee, Louis, dit is niet van papegaaiduikers. Dit is van mensen.'

Terwijl iedereen zweeg stond Adamsberg op om Almar uit zijn kamer te halen. Het mannetje was net wakker geworden en trok een dikke blauwe trui aan.

'Kom mee om het hun uit te leggen, Almar. Ik weet de namen niet meer, mij geloven ze zo niet.'

'Het zijn handwortelbeentjes,' zei Almar en hij wees naar zijn pols, 'ze zitten tussen de onderarm en de hand. Het polsgewricht, zoals het heet. We hebben er acht, die in twee rijen in elkaar grijpen. Hebt u papier, commissaris? Dank u. Zo zien jullie het beter,' zei hij en tekende snel de twee botten van de onderarm, vervolgens de acht handwortelbeentjes en het aanhechtingspunt van de handbotjes, 'de middelhandsbeenderen', verduidelijkte hij. 'Op de bovenste rij heb je hier het bootvormige beentje, het maanvormige beentje, het driehoeksbeentje en het smalle erwtvormige beentje in de vorm van een platgedrukte kikkererwt.'

'Leuke namen', zei Veyrenc op effen toon.
'Op de onderste rij het veelhoekig beentje, het klein veelhoekig beentje, het dikke kopbeen en het haakvormig beentje.'
'Bent u dokter geweest?' vroeg Retancourt terwijl ze werktuiglijk de rest van haar vlees opat.
'Ik ben fysiotherapeut, in Lorient. Ik verdien wat bij als tolk. En daarom kan ik u garanderen dat u alleen een flinke verstuiking hebt', zei hij en wendde zich tot Veyrenc. 'Misschien een gescheurde gewrichtsband en een gekneusd middelvoetsbeentje, maar het is niet gebroken. We weten het pas zeker wanneer de zwelling een beetje is afgenomen. Een injectie met een antistollingsmiddel vóór de vliegreis en in Reykjavik een gipslaars. Dat regel ik wel voor u. Zes weken rust houden.'
Veyrenc knikte langzaam, zijn blik strak gericht op de botjes waar Almar mee in de weer was.
'Zijn die botjes oud?' vroeg Retancourt.
'Nee. Ze zijn niet afkomstig van de hand van de visdroger. Trouwens in die tijd stonden er palen in die gaten. Kijk hier maar naar,' zei hij en hield een botje bij het licht, 'je ziet nog het begin van een aanhechtingspunt. Ik zou zeggen dat ze zeven tot vijftien jaar oud zijn.'
Retancourt sloeg haar heldere ogen op naar Adamsberg.
'Ik heb niet gehoord dat een van de reizigers een hand is kwijtgeraakt.'
'Nee, brigadier.'
'Wat niet zo leuk is,' begon Almar weer, 'is dat die twee, het driehoeksbeentje en het erwtvormige beentje, in elkaar passen. Zien jullie? De vlakken sluiten precies op elkaar aan. En dat driehoeksbeentje op zijn beurt voegt zich naadloos naar het botje ernaast, het maanvormige. Probeer maar.'
De drie botjes gingen van hand tot hand, en ieder probeerde ze samen te voegen alsof het een Chinese puzzel was, terwijl Adamsberg gebaarde dat er een tweede fles wijn moest komen. Almar dronk snel.

'Het is niet makkelijk als je het niet gewend bent', zei Almar en hij pakte ze weer op. 'En die twee, het veelhoekig beentje en het kopbeen, passen ook in elkaar. Maar hun bovenvlakken sluiten niet aan bij ons maanvormige beentje en driehoeksbeentje.'

'En dat betekent?' zei Adamsberg, die het antwoord al wist en intussen de glazen volschonk.

'Hebt u wijn besteld? Ik heb u toch gezegd dat het stervensduur is', zei Almar.

'Eggrún heeft de eerste fles aangeboden, ik heb de tweede besteld. Dat is wel het minste wat ik doen kan.'

'Heeft Brestir jullie trouwens die vijfhonderd kronen teruggegeven? Zijn boot is in goede staat teruggekomen.'

'Ja, Almar. Maar ga door, alstublieft. De vlakken die wel en niet aansluiten.'

'Precies. En dat levert ons twee verschillende polsen op, dat lijdt geen twijfel.'

'Een rechter en een linker?'

'Nee, het zijn twee rechterhanden. Van twee mensen. Ik zeg erbij,' zei hij, terwijl hij behendig de botjes in twee hoopjes verdeelde zoals je geld inzet bij een spel, 'een man en een vrouw. Het driehoeksbeentje, het erwtvormige en het maanvormige beentje van de vrouw. Het veelhoekig beentje en het kopbeen van de man. Als dit van uw groep mensen afkomstig is, kan ik u verzekeren dat er een verdomd akelig drama heeft plaatsgevonden.'

'Wat is er in godsnaam gebeurd?' vroeg Veyrenc.

Almar nam twee grote slokken wijn.

'Dat mag u verder uitzoeken, commissaris', zei Almar en hij hief zijn handen. 'Dit was het wat mijn bijdrage betreft. Geen behoefte om door te gaan.'

Adamsberg pakte de twee botjes van de mannenhand en legde ze op zijn beurt in het licht.

'Hier een snee van een mes', zei hij, 'en daar nog twee sneeën. De botten zijn doorgesneden bij de overgang van de pols naar de hand. En de afgesneden uiteinden zijn zwart. Dat is geen vuil. Het zijn brandsporen.'

Adamsberg legde de botjes weer op de tafel, precies op het moment waarop een van de spelers achter hem met een klap een stuk op het schaakbord zette.

'Schaakmat', concludeerde Adamsberg binnensmonds. 'Ze zijn in stukken gesneden en opgegeten. De legionair en Adélaïde Masfauré, opgegeten.'

Terwijl iedereen zweeg, ruimde Eggrún de tafel af en zette voor elk van hen een flensje en rabarbermoes neer. Almar bedankte haar enthousiast.

'Als jullie dit toetje niet opeten, worden jullie zelf opgevreten', zei hij. 'Doe je best.'

'Kwestie van beleefdheid', mompelde Veyrenc.

'Nou, een cadeau kun je het wel noemen', zei Adamsberg en hij viel op zijn flensje aan.

'Bedoel je de gift van de afturganga?'

'Ja.'

'Het is begrijpelijk dat hij je van zo ver heeft geroepen. Het was geen kleinigheid. En het bezoedelde zijn eiland.'

'Ja. Zeehonden vangen, schei uit', zei Adamsberg met stemverheffing. 'Ze hebben ze vermoord om ze *op te eten*. Ik ga buiten roken', voegde hij eraan toe en pakte zijn anorak.

'Eerst die flensjes opeten', verordonneerde Almar.

'Die heerlijk zijn', bromde Retancourt onbewogen. 'Almar, wilt u Eggrún bedanken voor dit diner. Hartelijk bedanken.'

'Lichten we Danglard in?' vroeg Veyrenc aan Adamsberg.

Even lichtte er een ongewoon vonkje op in de wazige blik van de commissaris.

'Nee', zei hij.

Terwijl Adamsberg en Retancourt op hun beurt hun anorak aantrokken, pakte Veyrenc de krukken van onbewerkt hout die hij van Gunnlaugur had gekregen. 'Nee hoor, die zullen we niet missen', had hij verzekerd. Hij had er twaalf paar in de herberg, de toeristen vielen voortdurend op hun bek, had Almar vertaald.

'Berg', riep Gunnlaugur en hij keek op van het schaakbord, een pion in zijn hand. 'Blijf hier vlak voor de herberg. Loop niet verder weg dan drie meter. Er staat een bank voor het tweede raam. Hij is rood, probeer die in de gaten te houden en blijf daar in de buurt.'

Ze vonden de bank, des te makkelijker omdat Gunnlaugur het raam had geopend om hun in deze ongewoon dichte mist de weg te wijzen. Adamsberg had nog nooit zoiets gezien. Pure ruwe katoen.

'We moeten opnieuw ijs op de verstuiking leggen', zei Almar, die met zijn glas in de hand achter hen aan was gekomen.

'Daar komen we wel aan, dok', zei Veyrenc. 'Aan sneeuw geen gebrek.'

'Mooi is het hier', zei Adamsberg en hij gaf iedereen een vuurtje. 'Ik zie niet verder dan een meter, maar ik weet zeker dat het mooi is.'

'Gruwelijk mooi', zei Almar.

'Ik geloof dat ik hier blijf', zei Adamsberg.

'Nu Gunnlaugur en Eggrún ons zo in de watten leggen, blijf ik ook', zei Veyrenc. 'Ik zou ook een IJslandse naam voor mezelf moeten bedenken. Almar?'

'Gewoon Lúðvíg.'

'Uitstekend. En Retancourt?'

'Wat is haar voornaam?'

'Violette, net als het bloempje.'

'Dan wordt het Víoletta.'

'Eenvoudig eigenlijk, dat IJslands.'

'Gruwelijk eenvoudig.'

'Ik heb nooit gezegd dat ik zou blijven', zei Retancourt. 'Wordt hier veel geschaakt?'

'De grote nationale sport', zei Almar.

'We hebben geen tijd gehad om de tekst van de grafsteen over te schrijven voor Danglard', zei Veyrenc na een poosje. 'Er stond waarschijnlijk zoiets als: *Vreemdeling, gij die deze grond betreedt, hoed u voor ...*'

'*... voor de weerzinwekkende zonden van de verachtelijke hypocrieten*', ging Adamsberg verder. 'We zouden ons hele leven zo kunnen babbelen zonder er uiteindelijk over te praten. Zonder ooit over het warme eiland en de botjes te praten. Dit gaat ons makkelijk af. We hebben het gewoon over koetjes en kalfjes, en dat herhalen we nog eens, en dan drinken we ons glas leeg en gaan we slapen.'

'Hoe laat vertrekt het vliegtuig morgen?' vroeg Veyrenc.

'Twaalf uur 's middags op de taxibaan', zei Adamsberg. 'Maar eerst moeten ze nog die miljoen vogels wegjagen, en dan zijn we om één uur op het vliegveld van de stad hiertegenover.'

'Akureyri', zei Almar.

'Vervolgens vertrek naar Reykjavik om tien over twee, en aankomst in Parijs om vijf voor elf plaatselijke tijd.'

Parijs.

Er viel een bijna angstige stilte.

'En we praten, en we slapen', zei Adamsberg.

40

'Wees voorzichtig met Retancourt', zei Veyrenc na de lunch. 'Dat verhaal van die opgevreten lijken, daar kan ze, geloof ik, niet zo goed tegen.'

'Wie kan daar wel tegen, Veyrenc? Victor die zijn moeder opeet? De filantroop die zijn vrouw verslindt?'

'Wisten ze het? Of hebben ze tot het eind toe in die zeehond geloofd? In ieder geval is Violette er niet tegen bestand, echt niet.'

'Ze is gevoelig', zei Adamsberg zonder ironie.

Retancourt kwam terug met koffie voor een tweede ronde.

'Ik zie het uiteindelijk als volgt', zei ze terwijl ze de kopjes volschonk. 'Ze zijn werkelijk gestorven van de kou. En om te overleven hebben de anderen hen opgegeten. Zoals bij dat vliegtuigongeluk in de Andes.'

Retancourt maakte het minder dramatisch, zodat het voor haar gechoqueerde verbeelding bijna acceptabel werd.

'Maar waarom zou Victor in dat geval', zei Adamsberg, 'dat verhaal van moorden met messteken hebben bedacht?'

'Omdat hierbij vergeleken twee moorden met messteken niets voorstellen', zei Veyrenc. 'En tegelijkertijd konden ze zo die plechtige oproep van Alice Gauthier verklaren, die ze wel aan de politie moesten gaan melden.'

'Juist', zei Adamsberg. 'Maar waarom dan dat verhaal bedenken van een moordenaar die hen allemaal al tien jaar bedreigt?'

'Om te rechtvaardigen dat ze allemaal hun mond hielden. Terwijl in feite niemand wordt bedreigd. Ze hielden instinctief hun mond: wie gaat erover opscheppen dat hij zijn reisgenoten heeft opgegeten? Ze zijn het er met z'n allen over eens geworden dat ze voorgoed moesten zwijgen, zonder dat ze door een denkbeeldige moordenaar worden lastiggevallen.'

Adamsberg bleef eindeloos de suiker door zijn koffie roeren.

'Zo zie ik het niet', zei hij.
'Want?'
'Want het verhaal van Victor mag dan niet kloppen, maar het is doortrokken van angst. De manier waarop hij "de weerzinwekkende man" beschrijft, heeft iets authentieks, ook al ga je ervan uit dat hij overdrijft. En zijn huivering in de Auberge du Creux. Dat moment, weet je nog, Louis, waarop hij stopte met praten omdat hij "de man" meende te herkennen in de weerspiegeling van de ruit. Als het geen echte angst was, waarom zou hij ons dan hebben wijsgemaakt dat de moordenaar plotseling aan de tafel naast ons was verschenen? Dat slaat toch nergens op.'
'Dat detail had ik nog niet gehoord', zei Retancourt. 'Wie was die vent uiteindelijk?'
'Een belastinginspecteur, naar wat ons is verteld. Die waarschijnlijk enige gelijkenis vertoonde met de moordenaar.'
'U gelooft dus dat er een moordenaar was?'
'Ja.'
'Laat jouw versie maar horen, Jean-Baptiste.'
'Die is heel erg.'
'Ga uw gang', zei Retancourt en ze dronk in één teug haar koffie op.
'Hoewel er maar weinig bekend is over die groep, weten we dat er een dokter bij was. Victor zegt dat ze hem "Dok" noemden. In zijn leugen een nutteloos detail, dus een waarachtig detail. Dat is het punt waar het om gaat. Ik geloof dat de vechtpartij tussen de moordenaar en de legionair werkelijk heeft plaatsgevonden. Maar niet een echte vechtpartij. Een aanval die is uitgelokt om die man te kunnen doden, maar die ondanks alles doorgaat voor een noodlottig ongeval. Vervolgens verwijdert de moordenaar zich, om het lijk af te voeren, zegt hij. Waar niemand het kan zien, snijdt hij het lichaam meteen in stukken voordat het bevroren is. Alle herkenbare delen, hoofd, voeten, handen, botten snijdt hij weg en het vlees haalt hij eraf.'

'Hou het kort', zei Veyrenc.

'Het spijt me, maar ik moet één detail benadrukken. De moordenaar heeft alleen een mes bij zich. Niet iets om de stevige botten van de onderarm mee door te snijden. Hij zet zijn mes dus daar waar het 't makkelijkst gaat, bij het gewricht, bij de pols, en zoals Almar ons vertelt, blijven de handwortelbeentjes vastzitten aan de gewrichtsbanden. De resten van het lichaam laat hij liggen op het pakijs, en de stukken vlees die hij heeft voorbereid, vriest hij in. Om het geloofwaardig te maken wacht hij een poosje en even later heeft hij wonder boven wonder een zeehond gevangen. Hij brengt het vlees naar de plek waar ze zich geïnstalleerd hebben. Is het tijdens zo'n "zeehondenmaal" dat de dokter in zijn portie op een botje stuit, als ik het zo mag zeggen? Dat weten we later pas. Hetzelfde scenario speelt zich af met Adélaïde Masfauré. Ik geloof niet in die dramatische aanranding, met een val in het vuur, billen die vlam vatten en een messteek. Het is veel eenvoudiger: wanneer hij 's nachts aan de beurt is om te waken, brengt de moordenaar haar geluidloos om, met haar gezicht in de sneeuw. De volgende morgen wordt ze dood aangetroffen, onderkoeld. Nogmaals voert die vent het lijk af. En een paar dagen later is er weer vlees in het kamp, een tweede wonderbaarlijke zeehond, deze keer "een jonge". De dokter haalt een botje uit zijn mond en herkent het meteen.'

Plotseling hield Adamsberg op met spreken en zijn blik, een seconde eerder nog op Retancourt gevestigd, zag niemand meer. Retancourt merkte dat zijn ogen afdwaalden, en als ze ergens bang voor was, was dit het wel.

'Commissaris?'

Adamsberg hief een hand waarmee hij om stilte verzocht, haalde langzaam zijn notitieboekje tevoorschijn en noteerde de laatste zin die hij zojuist had uitgesproken. *De dokter haalt een botje uit zijn mond.* Daarna las hij de zin nog eens over met zijn vinger erbij, als iemand die niet begrijpt wat er staat. Hij stopte het boekje in zijn zak en er verscheen weer een blik in zijn ogen.

'Ik moest even denken', zei hij op verontschuldigende toon.

'Waaraan?'

'Geen idee. En de dokter herkent dat botje meteen,' ging hij verder, 'het is van een mens. Wat gebeurt er? Gooit hij zijn portie in het vuur? Zegt hij de waarheid? Waarschijnlijk wel. En plotseling horen ze allemaal waaruit al dagenlang hun redding brengende maaltijden bestaan. Gaan ze ondanks alles door met het, laten we zeggen, consumeren van Adélaïde Masfauré? Wisten ze het al bij de legionair? Hebben ze het allemaal laten gebeuren? Wanneer de mist eindelijk optrekt, geeft de moordenaar zijn bevelen en bedreigt hij ze, zonder op verzet te stuiten. Geen van hen is van plan over zijn heldendaden te gaan vertellen, en nu begrijpen we ook waarom. Maar je weet maar nooit. Een depressie? Een ziekte? Een mystieke bekering? Heftige gewetenswroeging? Er is altijd het risico dat iemand bekent, dat hebben we gezien met Gauthier. En de moordenaar houdt hen allemaal in de gaten. Want hij heeft, net als iedereen, twee mensen opgegeten, maar híj heeft ze willens en wetens voor dat doel vermoord.'

Adamsberg dronk ten slotte na honderd keer roeren zijn koffie op.

'En dan?' zei Retancourt afwezig, alsof het haar niet meer aanging, en ze nam bijna weer de houding aan die ze de eerste dag had vertoond. 'Nu kennen we het ware verhaal van de wanhopige mensen op het warme eiland. En waar leidt dit dan toe?'

'Dat we weten dat er nog steeds een moordenaar in hun buurt rondhangt.'

'Een moordenaar die noch Alice Gauthier, noch Masfauré, noch Breuguel, noch Gonzalez heeft gedood. Een moordenaar die niets te maken heeft met de aanval op het Robespierregezelschap.'

'Ik denk dat ik weet', mompelde Adamsberg, 'waarom op het Robespierre-bord niets beweegt.'
'Vertel.'
'Ik weet het niet.'
'U zegt net dat u het denkt te weten.'
'Dat is een manier van praten, Retancourt.'
Retancourt leunde zwaar tegen de rug van haar stoel.
'Of ze nu dood zijn en zij ze hebben opgevreten, of dat een kerel ze opzettelijk heeft afgeslacht en zij ze hebben opgegeten, dat komt op hetzelfde neer: we schieten er niets mee op. We zijn voor niets gekomen.'
'*Veni vidi non vici*. Ik kwam, ik zag, maar ik overwon niet', zei Veyrenc.
Aan de tafel ernaast liet Rögnvar ongegeneerd hun gesprek voor zichzelf vertalen door Almar. Dat verhaal was van hém, hij had er recht op. Hij richtte zich op zijn krukken op, drukte Gunnlaugur op het hart dat hij niet aan de pionnen mocht komen en posteerde zich voor Retancourt, terwijl Almar achter hem stond.
'Vióletta,' zei hij, 'we kunnen niet anders dan buigen voor een vrouw die de afturganga op een afstand heeft gehouden. Op zo'n afstand dat zelfs het been van je vriend het zal houden. Zonder jou, Vióletta, zou hij ...'
En hij wees met een veelzeggende blik naar zijn ontbrekende been.
'En Berg zou dood zijn. Hij die de fout heeft gemaakt te lang op zijn grond te blijven hangen. Terwijl jij hebt begrepen dat je dat niet moest doen. Jij begreep het meteen al, hè, Vióletta? Al lang voordat je de mist zag?'
Retancourt fronste haar wenkbrauwen en zonder dat ze het echt besefte schoof ze haar stoel een beetje in de richting van Rögnvar de dwaas, Rögnvar de wijze, en ze keek hem aan.
'Dat klopt', zei ze.
'Wanneer?'

'Bij aankomst', zei Retancourt nadenkend. 'Ze wilden de tekst overschrijven die in de warme steen is gegraveerd. Ik zei – ik schreeuwde, geloof ik – nee, dat we geen tijd mochten verspillen.'

'Zie je', zei Rögnvar en hij ging op de kruk zitten die Eggrún hem zojuist had gebracht. 'Jij wist het. En je wist het al lang, al in die stad van je, in Parijs, waar ze 's winters op de terrassen rondhangen. Je wilde niet komen, maar je wist het. Dus ben je gekomen.'

Rögnvar had zich naar voren gebogen, waarbij zijn lange, nog blonde haar bijna Retancourts voorhoofd raakte. Adamsberg zat stomverbaasd naar het schouwspel te kijken. Retancourt, de onbetwiste aanvoerder van de positivisten, van de materialisten van de brigade, gevangen in de netten van Rögnvar. Retancourt in de greep van de IJslandse geesten. Nee, ze waren niet voor niets gekomen.

Daarna legde Rögnvar zijn brede hand op de knie van de brigadier. Wie op de brigade zou dat hebben gedurfd?

'Maar je vergist je, Víoletta', zei hij.

'Waarin?' fluisterde Retancourt, niet in staat zich af te wenden van Rögnvars helblauwe ogen.

'Je hebt net gezegd' – en Rögnvar kneep zijn lippen een beetje op elkaar – 'dat jullie voor niets zijn gekomen. Je zegt, Víoletta de Dappere, dat je er niets mee opschiet.'

'Ja, dat zeg ik, Rögnvar. Want dat is zo.'

'Nee.'

'U hebt geen idee, Rögnvar, waar wij in Parijs mee bezig zijn.'

'Ik heb geen idee en het kan me geen moer schelen. Luister eens, Víoletta, luister eens goed.'

'Oké', zwichtte Retancourt.

'*De afturganga ontbiedt niemand voor niets. En zijn gift leidt altijd ergens heen.*'

'Maar bij u, Rögnvar, heeft de afturganga toch een been weggenomen? Heeft dat ergens toe geleid?'

'Ik ben niet door hem ontboden. Ik heb hem geschonden. Maar Berg is door hem ontboden.'
'Wilt u die woorden nog eens herhalen.'
'*De afturganga ontbiedt niemand voor niets. En zijn gift leidt altijd ergens heen.* Niet opschrijven', zei Rögnvar en hij greep Retancourts hand. 'Maak je niet ongerust, dit blijf je altijd onthouden.'

Vanuit het raampje zag Adamsberg met een voor hemzelf onverwacht gevoel van nostalgie het eiland Grimsey verdwijnen, voor een kwart opgeslokt door de mist. De lange Eggrún had hem ten afscheid omhelsd en aan de haven stond een groepje mannen om hen uit te zwaaien. Gunnlaugur, Brestir, en Rögnvar natuurlijk, die zijn hand opstak, en de andere blonde hoofden wier namen hij niet kende.

Vanavond Parijs. En dan morgen. Morgen zou hij aan de brigade verslag moeten uitbrengen over het eindresultaat van zijn uitstapje, dat weliswaar op het Robespierre-schaakbord niet de geringste verandering teweeg had gebracht. Hij kwam niet terug met de moordenaar, maar alleen met een fles brennivín, gekregen van Gunnlaugur. Niettemin was hij verplicht verslag uit te brengen. Argumenteren, samenvatten, zijn vertoog opbouwen, allemaal dingen waar hij een hekel aan had. En dat ten overstaan van mensen die hem chagrijnig of vijandig aankeken, behalve Froissy, Estalère, Justin en Mercadet, die vanwege zijn eigen handicap altijd toegeeflijk was ten opzichte van die van een ander.

'Veyrenc,' zei hij 'zorg jij voor die uiteenzetting morgen op de brigade. Het is een rotklus, dat weet ik. Maar aangezien Château je tot Romeins senator heeft benoemd, zul jij het er beter afbrengen dan ik. En Retancourt zal je een steuntje in de rug geven.'

'De onvrede zal pijlsnel toenemen.'
'Natuurlijk.'

'Ik zal een uitvoerige beschrijving geven', verzekerde Veyrenc hem rustig, zijn been gestrekt in het gangpad van het vliegtuig, en voorzien van een injectie met een antistollingsmiddel, die Almar hem had toegediend. 'Maar probeer jij dan Voisenet en Mordent mee te krijgen. Want Voisenet kan laveren als die vissen van hem, en Mordent houdt van sprookjes. Hij zal gevoelig zijn voor de strijd tussen de afturganga en Vióletta de Dappere.'

'Ik heb geen zin ze "mee te krijgen", Louis. Ze zoeken het maar uit op hun weg, die niet de mijne is.'

'Dat verwijten ze jou nu juist. En je begrijpt heus wel dat ze niet met je mee zijn gegaan.'

'Niet echt', mompelde Adamsberg.

Vlak voor hun aankomst op het vliegveld Roissy sloeg Adamsberg, nauwelijks wakker, zijn notitieboekje open op de bladzijde waar hij die ochtend in de herberg deze zin had opgeschreven: *De dokter haalt een botje uit zijn mond.* En daaronder schreef hij de doodgewone opmerking van Veyrenc over François Château: *Hij liegt als een tandentrekker.* Daarna tekende hij een pijl en noteerde hij: *Robespierre. Hij is het. Hij heeft ze.*

De lichten in het vliegtuig waren gedoofd, de stoelriemen vastgemaakt, de stoelen overeind gezet. Het toestel daalde nu sneller, je kon de lampen van de auto's op de snelweg al zien. Adamsberg wekte Veyrenc en toonde hem de bladzijde van zijn notitieboekje. Veyrenc las wat er stond en schudde nietbegrijpend zijn hoofd.

'Dat heb jij gezegd', hield Adamsberg vol. 'Nadat we de eerste keer bij de Assemblée aanwezig waren. Je zei: "Het was hem."'

'Robespierre?'

'Ja. En je had gelijk. Het was Hem.'

41

Rond de lange tafel in de conciliezaal van de brigade hadden de agenten die ochtend van vrijdag 1 mei zich op een heel ongebruikelijke manier opgesteld, en het ronddelen van de koffie door Estalère werd erdoor ontregeld. In afwachting van de komst van Adamsberg hadden zich onwillekeurig machtsgroepen gevormd, die bij elkaar waren gaan zitten. Aan het hoofd van de tafel, achter in de zaal, zaten de inspecteurs Danglard en Mordent, die hun plaats van vervangend hoofd niet hadden opgegeven. Maar anders dan normaal zat Retancourt aan het andere uiteinde, als was ze klaar om met Danglard de strijd aan te gaan, en zij werd aan de ene kant geflankeerd door Froissy en Estalère, en aan de andere kant door Mercadet en Justin. Rechts van haar, merkte Danglard op, waren de aarzelende ontevredenen gaan zitten, onder wie Voisenet en Kernorkian. Aan haar linkerkant de vastbesloten ontevredenen, met Noël aan het hoofd. Agent Lamarre, net terug van zijn vakantie in Granville en niet op de hoogte van de situatie, zat tussen twee lege stoelen in en las in snel tempo de verslagen van de laatste veertien dagen door.

Het leek wel de Assemblée van Robespierre, dacht Danglard, met haar facties, haar ultrarevolutionairen, haar girondijnen, haar schikkelijken en haar Plaine. Hij zuchtte. Het rijk van Adamsberg was bezig te verbrokkelen, en hij wist niet zeker of hij daar niet als eerste voor verantwoordelijk was. Chagrijnig als hij was, had hij geen enkel mailtje naar IJsland gestuurd om te vragen hoe de nutteloze expeditie verliep, die, naar hij vreesde, wel gevaarlijk was. En, zoals te verwachten was, had hij ook geen mail ontvangen. Maar hij maakte zich geen illusies. Adamsberg bracht niets mee, zelfs geen fles brennivín voor hem.

Nogal statig op zijn houten krukken kwam Veyrenc binnen en hij ging op de stoel zitten die Retancourt naast zich had vrijgehouden. Hij draaide zich half om en vroeg aan Estalère om een krukje waarop hij zijn been kon leggen.

Danglard schrikte op. Veyrenc was gewond geraakt. Hoe? En toen hij keek naar het gezicht van brigadier Veyrenc en dat van Retancourt, beiden bleek en getekend door een paar plooien en wallen, begreep hij dat ze iets naars hadden meegemaakt. En hij, Danglard, de doorgaans zo loyale Danglard, die zich nu halsstarrig had verschanst in de ergernis van iemand die het er niet mee eens is, had niet gevraagd hoe het ermee ging. Hij verjoeg die opwelling van wroeging en bereidde zich voor op het verslag van brigadier Veyrenc. Dat nergens toe zou leiden. En daar wrong hem de schoen, en niet zo'n beetje ook.

'Wachten we op Adamsberg?' vroeg hij terwijl hij op zijn horloge keek.

'Nee', zei Veyrenc en hij keek om zich heen naar de gesloten gezichten of de gebogen hoofden, waarbij zijn blik die van de inspecteur kruiste.

'Gewond, brigadier?' vroeg Mordent.

'Een nogal gewaagde vechtpartij op het verlaten strand van het warme eiland.'

'Met wie dan?' vroeg Danglard verbaasd. 'Als dat strand verlaten is?'

'Inderdaad', zei Veyrenc. '*Hij stak zijn kop vooruit, maar niemand die hem zag,*
Tot over 't zwarte strand een witte nevel lag,
Hij gaf ons een geschenk, wij reageerden stug,
Hij beet tot op het bot en eiste alles terug.'

Veyrenc maakte een weids armgebaar, waarmee hij zich de afturganga voor de geest haalde, maar dat Danglard interpreteerde als: dat begrijpen jullie toch niet. Wat in zekere zin op hetzelfde neerkwam.

'Jullie zijn dus op dat eiland aangeland', merkte Danglard op. 'En toen?'

'Staat u me toe, inspecteur, dat ik de gebeurtenissen op mijn manier vertel.'
'Doe dat, zei Danglard.

Hoelang was het niet geleden dat een vergadering op de brigade zich in zo'n verbeten sfeer had afgespeeld, vroeg hij zich lichtelijk weemoedig af. Tegelijkertijd was hij zich ervan bewust dat zijn eigen toon er in hoge mate toe bijdroeg. Hij huiverde bij de gedachte die vluchtig door hem heen ging. Het uitstapje van Adamsberg, en zelfs zijn plichtsverzaking, waardoor hem, Danglard, in feite de voorlopige functie van hoofd van de brigade werd toebedeeld, kwam hem dat op een of andere manier soms goed uit? Streefde hij er ongewild naar dat Adamsberg werd uitgeschakeld? En zo ja, sinds wanneer? Sinds hij dat schitterende paarse kostuum had aangetrokken, dat hem zo in aanzien deed stijgen, sinds hij het gezag van Robespierre had ervaren, gesmaakt? Of bewonderd? Maar wat had hij, de nieuwe leider bij verstek, dan gedaan, gezegd of ontdekt om het Robespierre-onderzoek vooruit te helpen? Behalve zijn kennis spuien wanneer daarnaar werd gevraagd? En Noël, en Voisenet, en Mordent? Had iemand van hen ook maar een greintje aan het geheel bijgedragen?

Een greintje. Via een simpele en snelle gedachteassociatie zag Danglard de schilderijen van Céleste weer voor zich, nou ja, haar enige schilderij, met die minieme rode stipjes. Die je met een vergrootglas moest bekijken om er lieveheersbeestjes in te zien. Was dat in het kort de boodschap van Céleste? De aandacht vestigen op de vriendelijke waardigheid van minuscule, vergeten dingetjes? Was hij zonder vergrootglas te werk gegaan, niet in staat ook maar één lieveheersbeestje te vangen?

Met een vaag gevoel van onbehagen schonk Danglard zich een groot glas water in, dat hij, heel ongebruikelijk, in één teug leegdronk, terwijl Veyrenc aan zijn verslag begon bij het moment waarop hun bootje, zonder begeleider, de haven van

Grimsey verliet op weg naar het eilandje. Veyrenc had het niet nodig gevonden te vertellen over de waarschuwingen van Rögnvar en diens door de afturganga weggerukte been.

Natuurlijk ontketende de passage over het identificeren van de menselijke botten en wat ze aan drama impliceerden – kannibalisme – opeenvolgende golven van verbijstering en afschuw, kreten, verontwaardiging, vragen en ontsteltenis. Voor korte tijd wonnen deze uitzonderlijke feiten het van de slechte stemming en de machtsspelletjes. Adamsberg had zich niet vergist, op het eiland had zich een heel andere geschiedenis afgespeeld.

Veyrenc hield zich erbuiten terwijl hij aandachtig de opgewonden stemming in de gaten hield, en hij vervolgde zijn verhaal met de beslissende actie waarmee Retancourt hen aan de dodelijke mist had weten te onttrekken, zonder dat hij er lang bij stil bleef staan, want hij wilde ieder beroep op medelijden voorkomen. Er klonk bewonderend gefluit en er werd goedkeurend geknikt. Tot er een zekere rust weerkeerde en Noël over de concrete resultaten van deze expeditie begon.

Want wat leverde die nu op, objectief gezien?

Objectief gezien? Al waren de resultaten nog zo verrassend, in welk opzicht schoot het onderzoek er iets mee op?

Verwarring, uiteenlopende meningen, nutteloze discussies.

'Kernorkian,' interrumpeerde Danglard, 'hebt u een verslag gemaakt van de manier waarop Lebrun&Leblond ons steeds door de vingers glippen? Wat levert het onderzoek van het netwerk van kelders, daken en binnenplaatsen op? De commissaris heeft u daar toch naar gevraagd?'

'Ja, inspecteur. Het is klaar.'

'Klaar? Zonder dat ik weet wat eruit is gekomen?'

'Het spijt me, inspecteur. Ik dacht dat ik mijn verslag aan de commissaris moest geven als hij terug was.'

Opnieuw bespeurde Danglard een zekere bitterheid bij zichzelf, een bitterheid die hij nooit had gekend en waar hij niet van hield. Om die aan te lengen vulde hij zijn glas met water en nam een paar slokken.

'Bij afwezigheid van de commissaris vervang ik hem. Hoe zit het met het netwerk van kelders?'

'Nee, inspecteur, er is geen verbinding tussen de kelders, en ook niet tussen de binnenplaatsen. Maar ze kunnen wegkomen via de daken. De zinken dakschilden staan rechtop en er zijn geen lastige hellende vlakken. Tussen de twee panden is er een ruimte van dertig centimeter, voorzien van een hekje met ijzeren punten tegen de duiven. Daar hoef je niet sportief voor te zijn. Via een dakraampje ga je het gebouw op nummer 22 binnen en via de parkeergarage kom je dan uit in een zijstraat. Hoogstwaarschijnlijk laten ze François Château op die manier achter zonder betrapt te worden.'

'Dus aanstaande maandagavond moet u Leblond via die uitgang te pakken zien te krijgen en achterhalen waar hij woont. Voer die actie uit met Voisenet en Lamarre. Een auto en een motor.'

'Oké, inspecteur.'

'En verder?' begon Noël weer. 'En verder gebeurt er niets! Vier doden. En we zitten nog steeds achter die lolbroeken aan, Château, Lebrun, Leblond, Sanson, Danton en ga zo maar door, gekozen uit zevenhonderd man, bij gebrek aan beter, bij gebrek aan wat dan ook. Terwijl onze commissaris een toeristisch drama is gaan oplossen in IJsland.'

'Op eigen kosten', merkte Justin vriendelijk op.

'Maar hij was niet aanwezig', benadrukte Noël met luide stem, gevolgd door het gemopper van zeven mannen in uniform.

'Dat het onderzoek stagneert is niet door zijn toedoen', kwam Mercadet tussenbeide. 'We wachten met spanning op jouw suggesties, Noël.'

'Is Adamsberg soms de enige die moet nadenken?' voegde Retancourt eraan toe.

'Denkt hij dan na?' antwoordde Noël vinnig. 'Het onderzoek loopt vast omdat Adamsberg niet vooruitkomt, en hij komt niet vooruit omdat hij voortdurend ergens anders is, in Le Creux of op de Noordpool. En die stagnatie heeft ook invloed op ons, we zijn als aan de grond genageld, we nemen geen initiatieven meer.'

'Niemand verlangt van je dat je je zo makkelijk laat beïnvloeden', zei Mercadet.

'Ik zie niet in wat er mis is', voegde Froissy eraan toe. 'We hebben alle mogelijke onderzoeken, verhoren en controles verricht.'

Adamsberg, met opzet laat gearriveerd, stond met zijn rug tegen de deurlijst geleund naar deze laatste opmerkingen te luisteren.

'En die hebben nog steeds niets opgeleverd', zei Mordent. 'Het is water naar de zee dragen.'

'Hoezo?' zei Justin terwijl hij Danglard strak aankeek.

'Hij was toch met zijn geest in IJsland', zei Danglard behoedzaam. 'Maar dat hoofdstuk is nu afgesloten.'

Dat was het moment waarop Adamsberg besloot de deur open te duwen, waarmee hij een golf van doodse stilte teweegbracht.

Eerst onderzocht hij het been van Veyrenc om in opdracht van Almar zich ervan te vergewissen dat de reis niet tot complicaties had geleid. Hij zag Brestir, Eggrún, Gunnlaugur en Rögnvar met opgestoken arm weer voor zich, daar aan de haven. Terwijl tegenover hem deze chagrijnige, half opstandige mannen zaten, gefrustreerd door dit onderzoek waar geen beweging in kwam, radeloos door hun gebrek aan inspiratie, niet in staat toe te geven dat die kluwen algen taai en duister was. Voor die toestand van machteloosheid moesten ze een uitweg vinden. En dat was hij. Hij ving de weifelende blikken op van Danglard en Mordent, die hem niet meer verwachtten, en hij bleef staan achter de stoelen van Retancourt en Veyrenc, terwijl Estalère hem een kop koffie in zijn handen drukte. Hij observeerde de aanwezigen, waarbij hij zich rekenschap gaf van veranderingen van plaats, rancunes, aarzelingen, verstrakte voorhoofden en die vreemde besluiteloosheid in de houding van Danglard, één schouder omhoog en één omlaag, als was hij verdeeld tussen opstand en wanhoop.

Danglard, de toekomstige leider van het team? Waarom ook niet? Hij beschikte over veel meer helderheid en kennis dan hijzelf. Losjes, bijna onverschillig bekeek Adamsberg zijn team, waarbij hij niet precies meer wist of het nog wel 'zijn' team was. Hij koos met zorg zijn woorden.

'Zoals Veyrenc heeft uitgelegd, heeft de expeditie naar IJsland de leugens van Victor en Amédée Masfauré aan het licht gebracht. Er blijkt een moordenaar te zijn die tot alles bereid is om twee door hem gepleegde moorden en kannibalisme geheim te houden.'

'Tot alles bereid?' zei Noël. 'Maar die intussen in tien jaar tijd niets heeft gedaan. Wat hebben wij daarmee te maken?'

'Wij hebben daar in zoverre mee te maken dat er van de twaalf reizigers zes in levensgevaar verkeren, en daar moeten we Amédée nog bij optellen.'

'Maar ze zijn nog steeds niet dood en worden niet bedreigd.'

Noël was moediger dan de anderen, zoals Voisenet, die zijn hoofd gebogen hield, of Mordent, die in zijn dossier zat te bladeren. Moed die ruimschoots werd geput uit zijn aangeboren opvliegendheid, maar moed was het.

'Gewoon informatie, brigadier', zei Adamsberg. 'Wat het Robespierre-schaakbord betreft is er nog steeds geen beweging. Maar dieren verroeren zich. Er is dus een oorzaak voor die stilstand, en dat is niet het noodlot en ook niet tegenspoed. Ik denk dat ik een vermoeden heb, maar ik kan het niet verwoorden. Hebt u dat genoteerd, Danglard?'

'Ja', antwoordde Danglard vlak. 'En het leidt nergens toe.'

'Nergens toe?'

Danglard onderbrak zijn notities, gealarmeerd door een lichte verandering in de stem van de commissaris, die bijtend werd. Een zeldzaamheid, en altijd vergezeld van een ongewoon heldere blik. Hij keek op en zag de priemende, enigszins gloeiende blik die plotseling verscheen in de meestal zo doffe ogen van Adamsberg. Voor hem misschien, en voor hem alleen, was deze korte flits bestemd, die nu alweer was verdwenen.

'Waartoe dan?' vroeg Danglard.

'Tot beweging. We moeten daarheen waar de dieren zich verroeren. Niet blijven hangen waar de mist ons aan de grond nagelt, zoals Retancourt heeft begrepen. Vanmiddag ben ik er niet. Voorlopig blijft u, Danglard, de leiding houden over de brigade. Ik heb het idee dat die vervanging wel iets aanlokkelijks heeft.'

Adamsberg dronk zijn koude koffie op, liep vervolgens met een plastic zak in zijn hand om de tafel heen en posteerde zich naast zijn oudste medewerker. Hij pakte hem zijn potlood af en schreef onder zijn aantekeningen: *Nergens toe, Danglard? De afturganga ontbiedt niemand voor niets. En zijn gift leidt altijd ergens heen.*

Daarna haalde hij de fles brennivín uit de zak en zette hem met een vriendelijk gebaar op de tafel.

'We gaan', zei hij tegen Veyrenc terwijl hij achter hem langs liep.

'Naar Le Creux?' fluisterde Retancourt.

'Ja.'

Veyrenc kwam overeind op zijn krukken terwijl Retancourt, die niet was uitgenodigd, op haar beurt opstond om met hen mee te gaan. Een verwonderlijke ommezwaai, dacht Adamsberg. Wanneer je eenmaal door de mist hebt geploeterd, dan heb je door de mist geploeterd, zou Rögnvar ter verklaring hebben gezegd.

42

'Wat proberen we ze eigenlijk te laten zeggen?' vroeg Retancourt.
Ze hadden geluncht bij de Auberge du Creux, die op deze 1ste mei open was, en ze hadden de broers Masfauré verwittigd van hun komst. Zonder ook maar iets over hun reis naar IJsland te zeggen. Aan de telefoon was Victor, die de reden van dit nieuwe bezoekje niet kende, al op z'n qui-vive geweest. Want Adamsberg had gevraagd of ze elkaar konden ontmoeten in een van de huisjes bij de ingang, buiten het bereik van Céleste.
'In de eerste plaats proberen we er een eind aan te maken', zei Adamsberg denkend aan Lucio. 'En verder proberen we er meer beweging in te krijgen.'
'Victor gaat niet over de moordenaar praten', zei Veyrenc.
'Een deur kun je niet met één schouderbeweging inslaan. Vandaag beuken we er flink tegenaan.'
En Retancourt vroeg deze keer niet waar dit allemaal toe diende.

Op dit moment zaten de broers in het huisje van Amédée zonder een woord te zeggen afwachtend naar hen te kijken.
'We zijn gisteravond met z'n drieën uit IJsland teruggekomen', zei Adamsberg. 'Om precies te zijn: van het eiland Grimsey, en nog preciezer: van het warme eiland. Het Vosseneiland. Een hevig gevecht,' zei Adamsberg en hij wees naar het been van Veyrenc, 'maar daar staat tegenover dat we informatie hebben meegebracht. Informatie die, anders dan de vorige keer, niet nieuw voor jullie zal zijn.'
'Snap ik niet,' zei Victor zacht, 'ik snap niet dat jullie iets hebben kunnen "meebrengen". Er is niets op het Vosseneiland.'
'Er zijn paalgaten. Precies op de plek van jullie vroegere kamp. Jullie zaten toch helemaal boven aan het strand, enigszins beschut door de basis van de twee kegels?'

Victor knikte.

'Die gaten hebben jullie niet kunnen zien, want ten tijde van jullie expeditie zaten ze verborgen onder de sneeuw. Maar daarna, Victor, ging de sneeuw smelten. En toen zijn de resten waar de sneeuw mee bezaaid lag erin weggezakt. Goed beschut tegen de ijzige winden.'

'Dit slaat nergens op', zei Victor. 'Zijn jullie helemaal daarnaartoe gegaan om in de paalgaten te gaan wroeten? Waarvan jullie niet eens wisten dat ze bestonden?'

'Dat klopt.'

'Op zoek naar wat?'

'Naar zeehondenvet, waarom niet?'

'En hebben jullie dat gevonden?'

'Nee. Houtskool, maar geen vet. Het spijt me, het spijt me werkelijk. Kom met me mee naar buiten, Victor.'

Adamsberg ging met zijn rug tegen de muur van het huisje staan, zodat hij geen last had van de regen die begon neer te dalen. Hij haalde het hoestpastilledoosje uit zijn jasje en liet de vijf botjes in zijn handpalm glijden.

'Na al die leugens zijn we bijna aan het eind van de reis. Het zijn mensenbotjes, botjes van de pols. Van een volwassen vrouw en man. Die in stukken zijn gesneden, gebraden en opgegeten. Kijk maar naar de sporen van vuur en de messneden.'

Adamsberg deed de botjes weer in het doosje en stopte het in zijn zak.

'Uit onderzoek van jouw DNA of dat van Amédée zal blijken dat drie van deze resten van Adélaïde Masfauré afkomstig zijn. En DNA-onderzoek van de zus van Éric Courtelin zal laten zien dat het andere lichaam dat van de "legionair" is. Dit is toch wat Alice Gauthier aan Amédée heeft verteld? Dat ze zijn opgevreten? Weet hij het?'

'Ja', zei Victor hees. 'Die smerige Gauthier. Hij mocht het niet te weten komen, nooit.'

'Kan hij het aan?'

'Niet echt. Hij is onder behandeling. Sinds hij bij haar is geweest, slaap ik bij hem in de kamer. Hij schreeuwt in zijn dromen, dan maak ik hem wakker en kalmeer ik hem.'

Adamsberg kwam de kamer weer binnen en ging tegenover Amédée zitten.

'Alice Gauthier heeft je dus alles verteld?' vroeg hij.

'Voor haar zielenrust, ja', zei Amédée binnensmonds.

'En wat nog meer? Dat ze gestorven waren van de kou of dat ze waren vermoord?'

'Dat hij ze had vermoord.'

'Per ongeluk, bij confrontaties? Of willens en wetens, om ze ... op te eten?'

'Opzettelijk, om ze op te eten', mompelde Amédée. 'Dat begreep iedereen, achteraf.'

'Hoe kwamen ze erachter?'

'De man die ze de "Dok" noemden, spuugde een klein botje uit. Van de legionair. Bij de derde maaltijd. De dok vertelde alles. Het was te laat, ze hadden hem al helemaal ...'

'Opgegeten', hielp Adamsberg.

'En op een ochtend troffen ze mijn moeder dood aan.'

'Doodgestoken?'

'Nee, gestikt in de sneeuw waarschijnlijk, zei Gauthier, kort voor zonsopgang.'

'Dus wanneer een paar dagen later de moordenaar met, laten we zeggen, overlevingskost aankomt, zogenaamd een jonge zeehond, heeft iedereen het begrepen. Dat hij voorstelde om weer hetzelfde te doen.'

'Ja.'

'Zo is het wel genoeg,' besloot Victor, 'laat hem met rust. Ja, we begrepen het. Allemaal.'

'En toch hebben jullie het gedaan? Welbewust dit keer?'

'Ja. Iedereen behalve ik. Ik wist dat het mijn moeder was.'

Waar of niet waar, dacht Adamsberg.

'Dat is de waarheid', zei Amédée. 'Alice Gauthier heeft gezegd dat "de jongeman niet had gegeten".'

'En hoe heb je het dan overleefd, Victor?'

'Ik weet het niet. Ik was de jongste.'

'En waarom ben je dan niet opgestaan, heb je je niet verzet?'

'Ze waren met z'n negenen tegen mij. Negen, die er allemaal mee akkoord gingen.'

'Onder wie Henri Masfauré?'

'Ja,' – Victor ademde diep in – 'hij zat naast me. Heel zwak, bibberend van de kou. Ik heb hem gesmeekt het niet te doen. Hij zei tegen me dat hij haar voorgoed bij zich zou hebben. En hij heeft het gedaan.'

'En nu', zei Adamsberg, 'begrijpen we eindelijk de ernst van het stilzwijgen waartoe jullie zijn gedwongen. De dreiging die op ieder van jullie rust. En waarom jullie zo meegaand waren. Er kon niet over gesproken worden. Maar het kan wel wanneer de dood nadert. Alice Gauthier heeft dat, heel egoïstisch, gedaan. En ieder van jullie kan dat doen op een moment van grote zwakte, van gewetenswroeging, depressie, bekering, ziekte, wanhoop. En ik geloof, ik weet zeker', ging Adamsberg verder terwijl hij opstond en door de kleine eetkamer heen en weer begon te lopen, 'dat hij jullie in de gaten houdt, dat hij jullie onder de loep neemt, dat hij jullie bijeenroept. Dat jullie elkaar zien en dat hij jullie regelmatig grondig controleert.'

'Nee', riep Victor. 'We zwijgen en dat weet hij. Hij hoeft ons niet te zien of ons "onder de loep te nemen".'

'Jullie ontmoeten elkaar', hield Adamsberg met stemverheffing vol. 'En jij weet wie het is. Je weet ongetwijfeld niet hoe hij heet, maar je kent hem van gezicht. Beschrijf hem eens, help me hem te vinden.'

'Nee. Dat kan ik niet.'

'Jij loopt niet als enige gevaar, Victor. Amédée ook. Nu weet hij het, net als de anderen.'

'Ik bescherm hem. Amédée zal niet praten.'
'Nee', bevestigde Amédée zenuwachtig en kwijnend.
'En de anderen? Heb je daar maling aan?'
'Ja.'
'Omdat ze je moeder hebben opgegeten?'
'Ja.'
Adamsberg gaf zijn medewerkers een teken. Ze stapten op.
'Denk goed na, Victor, over de consequenties van jouw stilzwijgen.'
'Daar is allemaal over nagedacht.'

Zwijgend lieten ze de twee broers achter, Amédée met zijn voorhoofd op zijn handen, Victor onbuigzaam en vastbesloten.
'Hij bezwijkt niet', zei Veyrenc terwijl ze in de auto stapten.
'Amédée misschien wel', zei Retancourt.
'Maar Amédée weet niet hoe de moordenaar eruitziet.'
Ze reden terug in de regen, die krachtig tegen de ruiten sloeg.
'Goed dat je die botjes niet aan Amédée hebt laten zien', zei Veyrenc.
'Dat is wel het minste wat ik doen kon', zei Adamsberg en hij huiverde. Hetzij vanwege zijn natte jasje, hetzij vanwege het vluchtige beeld van een mannenhand die hem de botten liet zien van zijn opgegeten moeder.
'Ik zet jullie af bij de brigade', zei hij. 'Maar ik ga niet naar binnen.'
'Geeft u hun vrij spel, commissaris?' vroeg Retancourt terwijl ze zich uitrekte.
'Wat heeft het voor zin hen te provoceren? Dat het tegenzit, put hen uit, de nederlaag maakt dat ze verkrampen. Wat vinden jullie van Danglard?' voegde hij er glimlachend aan toe.
'Denken jullie dat hij deze functie ambieert?'
'Danglard is zichzelf niet', verzekerde Veyrenc hem. 'Er zit hem iets dwars.'
'En ik denk dat het Robespierre is', zei Adamsberg.

Zerk bewoog zich geruisloos. Zijn vader was zonder avondeten in slaap gevallen, met zijn voeten in de open haard. Hij wist wat er in IJsland was gebeurd en hij lette erop dat hij genoeg slaap kreeg. Dat Violette hem had gered van de afturganga, zoals ze ook de duif had gered, had zijn bewondering voor haar nog doen toenemen. Toen de telefoon om tien over tien ging, ergerde hem dat mateloos. Adamsberg opende zijn ogen en nam op.

'Commissaris,' kondigde Froissy aan, 'er is er weer een.'

43

Adamsberg stond op en was klaarwakker.
'Waar? Wanneer?' vroeg hij en pakte zijn notitieboekje.
'In Vallon-de-Courcelles, acht kilometer van Dijon. Hij is niet dood, hij heeft het er wonder boven wonder levend van afgebracht.'
'Wie heeft ons gewaarschuwd?'
'De gendarmerie in Dijon. De man heeft zich uit zichzelf bij de eerste hulp gemeld, hij ligt in het ziekenhuis. De moordenaar heeft hem opgehangen, maar het slachtoffer is erin geslaagd zich uit de strik te bevrijden.'
'Wat zegt hij?'
'Op dit ogenblik praat hij niet. Zijn luchtpijp is beschadigd, hij ligt aan de beademing tot de zwelling afneemt. Maar het gaat goed, hij redt het wel. Hij communiceert door middel van gebaren en hij schrijft, maar nog heel weinig. De gendarmes zijn ter plekke gaan kijken. Het is gebeurd in een garage, waar onze moordenaar zijn slachtoffer met geweld naartoe heeft gesleurd.'
'Hoezo "onze moordenaar"? Hoezo is het geen zelfmoord?'
'Omdat ze het teken hebben gevonden, met viltstift aangebracht op de bovenkant van een jerrycan met benzine. In het rood deze keer.'
'Blauw wit rood, de Revolutie. Die smeerlap heeft er lol in.'
'Ja. Volgens de gendarmes zou het slachtoffer, een potige kerel, zich met één hand hebben vastgegrepen aan een ketting die aan het plafond hing. Ze hebben de sporen ervan in zijn huid zien zitten. Met een trekbeweging zou het hem gelukt zijn het touw losser te maken, en vervolgens kon hij met zijn rechtervoet op een muurplank steunen en zijn hoofd uit de strik halen.'
'Hoe heet die vent?'
'Vincent Bérieux. Vierenveertig jaar, getrouwd, twee kinderen, ICT'er. Ik stuur u zijn foto. Hij is geïntubeerd en ligt op een

bed, dus het hoeft niet per se te lijken. Maar we hebben toch enigszins een indruk.'

Adamsberg ontving de foto op zijn mobieltje. De man kon beantwoorden aan de vage beschrijving die Leblond had gegeven van de 'wielrenner'. Vierkant hoofd, goed geproportioneerd, tamelijk knap gezicht zonder veel uitdrukking, en lege bruine ogen, wat begrijpelijk was na zo'n shock. Hij belde het nummer dat François Château hem had gegeven voor geval van nood – 'U hoeft niet te proberen mijn telefoontjes na te trekken, commissaris, want het nummer staat niet op mijn naam' – en stuurde hem de foto, die hij meteen aan Leblond en Lebrun moest doorgeven, of ze nou sliepen of niet.

Zerk had intussen het avondeten opgewarmd, de tafel gedekt en twee glazen wijn ingeschonken, en Adamsberg bedankte hem met een gebaar terwijl hij de gendarmerie in Dijon belde. Hij werd doorverwezen naar brigadier Oblat, die belast was met het onderzoek.

'Ik verwachtte uw telefoontje al, commissaris. Ik ben net klaar met het verhoor van het slachtoffer', zei Oblat met een zwaar Bourgondisch accent. 'We proberen elkaar te begrijpen met gebarentaal, en hij schrijft wat op. Hij is inderdaad omstreeks zeven uur 's avonds overvallen en naar zijn garage gevoerd, waar het touw en de stoel al in gereedheid waren gebracht.'

'Is de garage opengebroken?'

'Die is niet gesloten. Er ligt alleen het gebruikelijke gereedschap, spijkers, doe-het-zelfspullen.'

'Kent hij zijn agressor?'

'Hij zweert van niet. Hij zegt dat zijn aanvaller dik is, bijna corpulent. Zoiets als een meter tachtig of kleiner. Dat is alles wat we hebben, hij droeg een masker over zijn gezicht en een witte pruik.'

'Wit?'

'Ja, en op de grond, onder het touw, hebben we een lok wit haar gevonden, namaakhaar.'

'Steil haar of gegolfd?' vroeg Adamsberg, die op een teken van Zerk aan zijn aardappelomelet begon voordat die koud werd.

'Heb ik niet gevraagd. Een dikkerd dus, dat is het enige wat we hebben. O ja. Onder het masker droeg hij een bril. Dus een dikkerd met een bril. In een grijs pak, allemaal heel gewoon.'

'Heeft niemand een onbekende auto opgemerkt in ...' – hij wierp een blik in zijn notitieboekje – 'in Vallon-de-Courcelles?'

'We hebben de bewoners verhoord die nog wakker waren. In dorpen zijn de mensen niet erg spraakzaam als je ze uit hun bed haalt. Morgen doen we een oproep aan getuigen om zich te melden. Nou ja, van de dertien die niet sliepen, heeft er niemand een auto gezien. Ik denk niet dat de moordenaar zo stom is dat hij op het kerkplein parkeert, hè? Hij hoeft maar een eindje verderop te gaan staan en dan het dorp in te lopen. Iedereen eet vroeg, iedereen gaat vroeg naar bed, er is geen hond op straat.'

'Een dikkerd met een bril, lopend.'

'Daar komen we niet ver mee, hè, commissaris? We zijn vingerafdrukken gaan nemen, maar die vent met zijn masker en zijn nephaar is vast niet vergeten handschoenen aan te trekken. Doen wij het vooronderzoek of gaat het naar u?'

'Ik laat het in alle vertrouwen aan u over, chef.'

'Dank u, commissaris. Want Parijs heeft een beetje de neiging alles van ons af te pakken, ziet u, niet dat ik kritiek wil leveren. Maar nou ja, u bent het, hè, en niet Parijs. Onderzoeken we ook die viltstiftinkt?'

'Heeft geen zin. Maar stuur me wel een foto van het teken. En afbeeldingen van de plaats van het misdrijf.'

'Die zijn al onderweg naar uw brigade, want we hadden het bericht ontvangen, dus we hielden al een oogje in 't zeil. Nepzelfmoord, dacht ik bij mezelf, we moeten zoeken naar een teken. En zo vond ik het op de jerrycan. Niet al te zeer verborgen, maar ook niet opvallend.'

'Uitstekend, chef. Maar stuur het voortaan maar naar mijn

eigen mailadres. Ja, ik zal het spellen. Hebt u het slachtoffer onder bescherming gesteld?'

'Vierentwintig uur per dag, commissaris, tot nader order. De beste bescherming voor hem zou zijn dat we het buiten de pers weten te houden. Op die manier komt de moordenaar er niet achter dat het hem niet is gelukt, en dan komt hij niet terug.'

'Dat zou ons inderdaad meer tijd geven.'

'Maar wat houdt dat in, dat teken? Is het een overdadig versierde H?'

'Het is een guillotine.'

'O ja? Nou, dat is niet zo mooi, zeg. Zo een van tijdens de Revolutie dus?'

'Precies.'

'Is die vent geschift of zo? Een geschifte revolutionair of zoiets? Of juist het tegendeel, als u begrijpt wat ik bedoel.'

'Daar proberen we achter te komen. We zijn aan het zoeken in een vereniging die dat tijdperk bestudeert. We denken dat hij daarin rondhangt, dat hij daar zijn slachtoffers uitkiest. Maar ze hebben bijna zevenhonderd leden. En nog anoniem ook.'

'Dat wordt verdomd lastig, zeg. Hoe denkt u daaruit te komen?'

'We wachten op een overbodige beweging, een fout.'

'Zo beschouwd heeft hij tijd genoeg om er veertig te vermoorden, als hij goed uitkijkt.'

'Dat besef ik, chef.'

'Sorry, commissaris, ik wilde u niet ontmoedigen.'

'Niks aan de hand. Misschien heeft hij vanavond die fout al gemaakt. Waar waren vrouw en kinderen?'

'Die waren het weekend naar de grootmoeder, in Clamecy.'

'Een dikkerd, met een bril, lopend en goed geïnformeerd.'

'Sterkte, commissaris. Wanneer een onderzoek vastloopt, kun je daar niks aan doen, je moet proberen je niet te sappel te maken. Als het niet gaat, dan gaat het niet. Ik zou zeggen: ik vond het leuk om met u te babbelen. Ik hou u op de hoogte van wat we morgen vinden.'

'Een echte kletsmajoor, maar niet achterlijk', zei Adamsberg terwijl hij ophing. 'En een beste kerel.'
'Ik zal jouw portie nog even voor je opwarmen.'
'Maak je niet druk, ik eet het zo wel, op z'n Spaans.'
'Ga je naar Dijon?'
'Nee. Hij stuurt me alle informatie.'
'En waarom zet die moordenaar een masker op? Neem me niet kwalijk, je hoort alles wat er wordt gezegd met dat mobieltje van je. Kan hij niet net als iedereen een panty over zijn hoofd trekken?'
'Misschien begaat hij daarmee een fout, Zerk. Maar hij kon niet raden dat zijn actie zou mislukken. Tweede vergissing: hij is te snel weggerend nadat hij hem had opgehangen. De stoel zal wel lawaai hebben gemaakt toen hij viel. Daar kan hij van geschrokken zijn.'
'Moet je Danglard niet waarschuwen?'
'Froissy heeft dienst, met Mercadet. Zij doen het wel.'
'Jij wilt het niet doen', concludeerde Zerk. 'Wat is er met hem aan de hand volgens jou?'
'Het is niet de eerste keer dat hij in de contramine is.'
'Maar wel de eerste keer dat hij anderen meesleept. Wat is er aan de hand?'
'Hij kan er niet tegen dat we vastlopen. En wanneer Danglard vastloopt, verveelt hij zich. Dat is zijn ergste vijand. Want wanneer Danglard zich verveelt, krijgt hij het benauwd. En wanneer hij het benauwd krijgt, stort hij in of gaat hij in de aanval. Maar ik geloof dat het hem geen goed heeft gedaan dat hij Robespierre heeft ontmoet. Het heeft hem op een of andere manier een kick gegeven. Hij kalmeert wel weer, Zerk, maak je niet druk.'
'Hoe verveelt hij zich dan?'
'Dat is waarschijnlijk een van de weinige goede dingen die ik je heb meegegeven. Zelfs als jij niets doet, verveel je je niet.'

Een geluid van zijn mobieltje kondigde het antwoord aan van François Château: Leblond is zeker van zijn zaak. Het is de man die 'de wielrenner' wordt genoemd. Een incidentele uit de groep van de infiltranten, of wat daar nog van over is.

Hij heet Vincent Bérieux, antwoordde Adamsberg, hij woont in Vallon-de-Courcelles. Zegt dat u niets?

Niets. Maar ik ben weleens in Vallon-de-Courcelles geweest. Het is een leuk dorp, dat tegen de bergen aan ligt.

'Neemt-ie me nou in de maling?' vroeg Adamsberg en hij liet het bericht aan Zerk zien.

'Ik denk het niet.'

Dat zijn geen bergen, het ligt bij Dijon, typte Adamsberg.

Zo noemen ze het daar. Geloof verzet niet alleen bergen, maar creëert ze ook, commissaris. Welterusten.

'Jawel, hij neemt me in de maling.'

Adamsberg belde naar Froissy.

'Wie had er vanavond dienst bij de woning van François Château?'

'Een ogenblikje, commissaris. Lamarre en Justin. Maar Château is vanavond niet thuisgekomen. Terwijl hij altijd op hetzelfde tijdstip arriveert. Dus is Noël een kwartier geleden naar het hotel gegaan. Het gebeurt weleens dat Château tot laat in de avond doorwerkt. Over twee weken hebben ze een fiscale controle, het zou kunnen dat hun boekhouder het erg druk heeft. Maar hij was niet, of niet meer, op zijn kantoor.'

'Heeft niemand hem zien binnenkomen of weggaan?'

'Nee, commissaris. Château gaat via de tuin, vanwaar hij direct toegang heeft tot zijn kantoor. Het kan heel goed dat hij daar was zonder dat ze hem zagen.'

'Zoals het ook heel goed kan dat hij weg was, Froissy. En dat hij nu al heen en terug naar Dijon kan zijn geweest.'

Adamsberg stuurde een nieuw bericht naar François Château:
Waar bent u, Château?
 Ik ben thuis en ik lig in bed. Hebt u gezien hoe laat het is, commissaris?
 Kwart over elf. Mijn mannen hebben u niet zien thuiskomen.
 Nou, dan kijken ze niet goed, wat weinig geruststellend is voor mijn beveiliging. Ik heb in het hotel gewerkt, met het oog op een fiscale controle. Twintig minuten geleden ben ik thuisgekomen.
 'Verdomme', zei Adamsberg en hij gooide zijn telefoon op de tafel.
 'Maar die agent zei dat de dader dik was.'
 'Het is een kerel van de vereniging, het is dus iemand die zich goed kan vermommen. Dat hij dik lijkt, betekent dat hij slank is. Château is slank.'
 'Maar klein. Hij had het over iemand van zo'n een meter tachtig, toch?'
 'Of kleiner.'
 'En waarom zou Château zich in de voet schieten door zijn eigen leden te mollen?'
 'Zo heeft Robespierre dat ook gedaan met zijn eigen mensen.'
 Voordat hij naar zijn slaapkamer ging, keek Adamsberg op zijn computer. Brigadier Oblat had er vaart achter gezet: foto's van het teken en van de plaats van het misdrijf. Hij schoof een stoel aan en bekeek de beelden nog wat nauwkeuriger, terwijl Zerk achter hem stond mee te kijken.
 'Ga je nu toch naar Dijon?' vroeg hij alleen maar.

44

Brigadier Oblat reed hem van het station naar de garage van Vincent Bérieux, in Vallon-de-Courcelles.

'Is er niets aangeraakt?' vroeg Adamsberg terwijl hij naar binnen liep.

'Niets, commissaris, vanwege het teken. We hebben op u gewacht.'

'Waarom heeft de moordenaar het koord niet in het midden gehangen, volgens u, brigadier? Waarom hangt het opzij?'

Oblat krabde zich in zijn nek, waar de kraag van zijn uniform te strak omheen zat.

'Misschien stonden de jerrycans met stookolie hem in de weg', zei hij.

'Misschien. Hij is zwaar zeg, die stoel waarop hij hem heeft laten staan. Ga eens naar buiten en luister eens.'

Adamsberg zette de stoel overeind en liet hem daarna weer omvallen.

'En brigadier? Wat hoorde u?'

'Niet veel.'

'Zouden de buren het opgemerkt kunnen hebben?'

'Die wonen te ver weg, commissaris.'

'Waarom is hij dan zo snel en vroegtijdig gevlucht?'

'De zenuwen, anders zou ik het niet weten. Na vier moorden, denk je eens in, een mens is niet van staal.'

'Kunnen we het touw eraf halen?'

'U mag het hebben', zei Oblat terwijl hij op de stoel klom.

Adamsberg betastte het zoals je een stof keurt, ging met zijn hand langs de ruwe vezels, liet de strop op en neer glijden en gaf het touw terug aan de brigadier.

'Kunt u mij naar het ziekenhuis brengen?'

'Doe ik', zei Oblat. 'U zult wel merken dat de man niet erg spraakzaam is.'

'De zenuwen', zei Adamsberg.
'De shock vooral. Het lijkt alsof hij alles wil vergeten, dat komt voor.'

Adamsberg betrad het ziekenhuis van Dijon tegen half twee, de patiënten hadden net gegeten. Er hing een geur van kool en overjarig kalfsvlees in de lucht. Vincent Bérieux verwachtte hem niet en lag futloos, geïntubeerd en aan het infuus, in bed televisie te kijken. De commissaris stelde zich voor en vroeg hoe het met hem ging. Pijn. Hier, in zijn keel. Honger. Moe. Zenuwen, shock.

'Ik blijf niet lang', zei Adamsberg. 'Uw geval staat in verband met vier andere slachtoffers.'

Door zijn wenkbrauwen op te trekken gaf de man te kennen: Waarom? Hoe?

'Hierom', zei Adamsberg en hij liet hem de tekening van het teken zien. 'Dit was op een jerrycan in uw garage aangebracht. Bij de vier andere slachtoffers ook. Kent u dit?'

Bérieux schudde meermaals zijn hoofd, een overduidelijk teken van ontkenning.

Adamsberg had zich niet gerealiseerd dat het heel moeilijk is om iets af te lezen van het gezicht van een man wiens mond aan het oog wordt onttrokken door een buis en wiens gelaatstrekken verkrampt zijn door een voortdurende pijn. Hij kon niet zeggen of Bérieux loog of niet.

'Die witte pruik, kunt u die voor me beschrijven?'
De patiënt vroeg om zijn blocnote en zijn pen.
Ouderwets. Zoals mannen vroeger droegen, schreef hij.
'Hebt u enig idee van de identiteit van de dader?'
Totaal niet. Gewoon, rustig leven.
'Zo rustig nu ook weer niet, meneer Bérieux. Wat beweegt u om af en toe Vallon-de-Courcelles, het rustige, vredige leven en uw gezin te verlaten, en naar de Vereniging ter Bestudering van de Geschriften van Maximilien Robespierre te gaan?'

Bérieux fronste zijn wenkbrauwen, verrast, misnoegd.

'Dat weten we', zei Adamsberg. 'De vier andere slachtoffers kwamen daar ook.'

De man pakte zijn pen weer op.

Zeg niets tegen mijn vrouw, zij weet dit niet. Ze zou dit niet prettig vinden.

'Ik zal niks zeggen. Waarom, meneer Bérieux?'

Een collega had me erover verteld. Ik ga vaak naar Parijs, bijscholing, software. Ik ben er op een avond naar binnen gegaan.

'Waarom?'

Nieuwsgierigheid.

'Dat vind ik niet genoeg. Houdt u van geschiedenis?'

Nee.

'Dus?'

Verdomme. Ik heb altijd sympathie gehad voor Robespierre. Ik wilde het eens zien. Zeg het niet tegen mijn vrouw, schreef hij terwijl hij de laatste zin onderstreepte.

'En verder? Toen u het eenmaal had gezien?'

Verdomme. Ik raakte geboeid. Ik ben teruggegaan. Zoals een vent naar het casino gaat.

'Hoe vaak gaat u erheen?'

Twee keer per jaar.

'Sinds hoelang?'

Zes of zeven jaar.

'Henri Masfauré, Alice Gauthier, Jean Breuguel, Angelino Gonzalez, kent u die namen?'

Hoofdschuddend: *Nee.*

Adamsberg haalde de foto's van de vier slachtoffers uit zijn jasje.

'En van gezicht?'

Ja, knikte Bérieux, nadat hij de foto's meerdere keren had bekeken.

'Spraken jullie met elkaar?'

We hebben elkaar daar niets te zeggen. We gaan er niet heen om te kletsen. We zijn getuige.

'Er is me verteld dat jullie elkaar kenden. Nauwelijks, maar toch. Dat jullie een paar woorden wisselden, naar elkaar gebaarden.'

Beleefdheidsgroeten, zoals naar zovelen.

Adamsberg zocht zijn ogen, die neergeslagen waren en vermoeidheid suggereerden. Hij zou verder niets zeggen, niets meer. Hij kende die anderen. Vincent Bérieux infiltreerde in de vereniging, net als zij. Met welk doel? In dienst van wie? En wat zocht hij er, al die jaren lang?

De patiënt belde de verpleegkundige. Vermoeid, gespannen, maakte hij duidelijk.

'U put hem uit', zei de verpleegkundige. 'Zijn hartritme is versneld. Als het noodzakelijk is, verzoek ik u een andere keer terug te komen. Hij heeft een hevige shock te verduren gehad, dat moet u begrijpen.'

Zijn hartritme is versneld, dacht Adamsberg terwijl hij zat te lunchen op het plein van de Saint-Bénignekathedraal, vlak bij het station. Vincent Bérieux had zijn vragen verfoeid. Adamsberg dacht terug aan de mededelingen van François Château de vorige avond. De voorzitter had noch geschokt, noch verontrust geleken dat er weer een van zijn leden, het vijfde, was aangevallen. Eerder kortaf, ongeïnteresseerd. Gisteravond was Château Robespierre, onverschillig voor het lot van anderen.

Hij kreeg Justin aan de lijn.

'Wat hebben u en Lamarre gisteravond uitgespookt tijdens het observeren?' vroeg hij zonder omwegen. 'Château zegt dat hij om vijf voor elf is thuisgekomen, maar jullie hebben hem niet gezien.'

'Hij kan via de daken zijn thuisgekomen', zei Justin.

'Welnee, de toegang via de parkeergarage wordt nu in de gaten gehouden. Wat hebben jullie uitgespookt?'

'We zijn nog geen meter van onze plaats gekomen, commissaris.'

'Dat neemt niet weg dat je nog iets anders kunt doen. Brigadier, ik stuur u niet naar het schavot maar denk na, het is belangrijk.'
'Nou ja, op een gegeven moment hebben we kop of munt gespeeld. De munt rolde een eindje weg. Hem oprapen en bekijken kostte hooguit een minuut. Het was wel een munt van twee euro.'
'Genoeg tijd voor Château om het huis binnen te gaan.'
'Ja.'
'Terwijl jullie zaten te spelen.'
'Ja.'
'Waar hebben jullie om gewed?'
'Of Château wel of niet thuis zou komen.'
'Wat zei de munt?'
'Dat hij thuis zou komen.'

In de trein bracht Adamsberg per sms 'verslag' uit aan inspecteur Danglard: Touw naar de kant geschoven, grove structuur, witte pruikharen, slachtoffer zwijgt. Hij stuurde hetzelfde bericht naar Veyrenc en Retancourt.
Wat is het voor man? vroeg Veyrenc.
Een in zichzelf gekeerde kat. Een zeer gespierde, zeer potige kat.
Kom je naar de brigade?
Nee. Hoe is het daar?
't Knaagt, knarst, knettert. Zes uur bij jou?
Ik zal er zijn.

Veyrenc legde zijn mobiel neer. Het gebeurde zo zelden dat Adamsberg zaterdags tijdens een onderzoek niet op de brigade kwam, dat hij de behoefte voelde bij hem langs te gaan. Niet dat hij bang was dat de opstandige stemming die onder het team heerste de commissaris echt zou raken. Hij was niet vatbaar voor een dergelijke nervositeit, die gleed langs zijn koude kleren af. De weerstand van Danglard daarentegen was van een andere orde en de commissaris zou daar op de een of andere manier wel gevoelig voor zijn.

De twee mannen hadden al meer dan anderhalf uur tevergeefs alle elementen van het onderzoek, het ene nog ongrijpbaarder dan het andere, zitten uitpluizen. Leblond had gebeld voor details. Een beetje gespannen, maar meer niet. Met Lebrun hadden ze wat meer te stellen, hij was opnieuw naar de brigade gekomen, met baard en flinke bos haar, gealarmeerd door het bericht van de nieuwe poging tot moord.

'Hij zweette', zei Veyrenc. 'Waardoor zijn make-up uitliep.'

'Ik veronderstel dat hij een volledigere beveiliging heeft geëist.'

'Ja. Hij heeft zelfs gevraagd of we alle toegangen tot het ziekenhuis van Garches in het oog wilden houden. Wat onmogelijk is.'

'En om uit te kijken naar wie? Naar een man van wie we geen enkel idee hebben, te midden van alle mensen die het gebouw binnenkomen? We weten dat hij een bril draagt en dat hij op twee benen loopt. Wat heeft Danglard besloten?'

'Hij heeft hem voorgesteld vrijaf te nemen, zich terug te trekken in het huis van die vriend bij wie hij logeert, of weg te gaan. Ook onmogelijk, vanwege zijn werk en de vereniging. Danglard heeft hem een extra man toegewezen om hem gerust te stellen. Hij wilde eveneens een wapenvergunning om zich te verdedigen, mocht hij aangevallen worden.'

'Het weerstandsvermogen begeeft het. Alom.'

'Dat lijkt jou niet te verontrusten.'

'Integendeel, dat bevalt me. Als het weerstandsvermogen het begeeft, ontstaat er beweging. Snap je, Louis? Die beweging waaraan het ons ontbreekt. Die pruik, die in de garage gevonden witte haren, dat is een beweging. Want ze zijn overbodig. Zoals Zerk zegt, waarom niet, net als iedereen, een nylonkous over je hoofd trekken? De brigadier uit Dijon heeft me weer gebeld. De haren zijn lang en aan het uiteinde gekruld. Dus uit een pruik gevallen, jij kunt wel raden wat voor een. Dat brengt ons niet ver, maar de moordenaar heeft toch een risico genomen. Waarom draagt hij die?'

'Om op te gaan in zijn rol?'

'Jij denkt aan Château. Maar ik geloof dat hij zo'n kunstgreep niet nodig heeft om één te worden met het personage. Of omgekeerd. Om ervoor te zorgen dat het personage één wordt met hem en hem in bezit neemt. Hij weet wat hij moet doen. Hij heeft de sleutel. Dat is veel krachtiger dan een armzalige pruik die wie dan ook kan opzetten.'

Veyrenc schonk zichzelf een tweede glas port in.

'Herinner jij je de dood van Robespierre nog?' vervolgde Adamsberg ineens enthousiast. 'Uit het verhaal dat Danglard ons in de auto heeft verteld? Wanneer hij gewond op een brancard wordt vervoerd, wanneer twee chirurgijnen hem komen behandelen?'

'Natuurlijk.'

'Een van die artsen steekt zijn hand in zijn mond. Hij haalt er bloederig gruis uit en twee losgeraakte tanden. Jij bent nu even die dokter. Doe je best. Voor je ligt Robespierre. Degene die pas nog de bewierookte meester van het land was, het idool van de Revolutie, de grote man. Wat doe je met de tanden, Louis?'

'Sorry?'

'De tanden die je in je hand hebt? De tanden van de grote Robespierre? Kunnen die je niks schelen? Gooi je ze op de grond als alledaags afval? Alsof je een eend van zijn ingewanden ontdoet? Denk na.'

'Ik begrijp het', zei Veyrenc even later. 'Nee, ik gooi ze niet weg. Ik kan ze niet weggooien.'

'Bedenk wel dat je geen robespierrist bent. Nou?'

'Dan nog. Ik gooi ze niet weg.'

'Je bewaart ze', bevestigde Adamsberg terwijl hij met zijn vlakke hand op tafel sloeg. 'Natuurlijk bewaar je ze. Al was het maar om geen blasfemie te plegen door ze voor de honden te gooien.

Maar dan, burger chirurgijn, als Robespierre dood is, als zijn lichaam door de ongebluste kalk is vernietigd zodat hij nooit meer kan terugkeren, wat doe je dan? Wat doe je met de tanden?'

Veyrenc dacht snel na terwijl hij van zijn port nipte en zijn been verplaatste.

'Ik ben maar een chirurgijn, ik ben geen robespierrist', vatte hij voor zichzelf samen. 'Goed, ik geef ze een paar maanden later aan iemand anders. Aan iemand voor wie ze van groot belang zijn en die zal zorgen dat ze niet verloren raken.'

'Aan wie? Help me, ik weet het niet.'

Veyrenc concentreerde zich opnieuw, wat langer, telde op zijn vingers na, schudde zijn hoofd, leek de eventuele kandidaten te wegen, sommige te behouden en andere te verwerpen.

'Aan degene die haar leven lang waanzinnig van hem heeft gehouden. Eigenlijk waren er twee vrouwen. Mevrouw Duplay, zijn hospita, en een van haar dochters, Éléonore. Maar mevrouw Duplay heeft zich na de executie van Robespierre in de gevangenis opgehangen. Blijft Éléonore over. Ja, ik breng de tanden naar Éléonore. Hij was haar god.'

'Wat is er van haar geworden?'

'Zij is wonderwel aan de repressie die er volgde ontkomen, en ze heeft hem zo'n veertig jaar overleefd. Maar zonder hem stelde haar leven niets meer voor. Ze heeft in die tijd, welhaast een halve eeuw, een teruggetrokken leven geleid, met haar zus, geloof ik. In nooit beëindigde rouw.'

'Dus zij heeft geen kinderen gekregen?'

'Nee, natuurlijk niet.'

'Nu ben je Éléonore.'

'Je zegt het maar.'

'Concentreer je.'

'Ja.'

'Zul jij, Éléonore, na meer dan veertig jaar van toewijding, sterven zonder je om de tanden van Robespierre te bekommeren?'

'Beslist niet.'
'Aan wie geef je ze dan als je als vrouw voelt dat je oud begint te worden?'
'Aan mijn zus? Zij heeft een zoon.'
'Wat doet die zoon?'
'Hij is een aanhanger van Napoleon geworden, geloof ik.'
'Kijk dat even na op de tölva', zei Adamsberg en hij schoof de laptop naar hem toe.
'Inderdaad', zei Veyrenc na een paar minuten. 'Terwijl Éléonore nog leeft, is haar neef zonder aarzelen huisonderwijzer van Napoleon III geworden. Verraad.'
'Dus dat kan niet, Éléonore. Aan wie ga je ze geven?'
Veyrenc kwam met zijn krukken overeind, porde het vuur op – de kou was terug begin mei – en ging weer zitten. Hij tikte peinzend met zijn houten kruk op de grond.
'Aan degene die volgens de geruchten de zoon was van Robespierre', besloot hij. 'Aan de herbergier François-Didier Château.'
'We zijn er, Louis. Wanneer overlijdt Éléonore?'
'Geef me die tölva nog eens. Zij is in 1832 overleden', zei hij na een paar seconden. 'Zie je wel, achtendertig jaar na hem.'
'Op dat moment is onze herbergier François-Didier Château tweeënveertig jaar. Niet lang daarvoor geeft zij hem de twee tanden. Zo is het, hè, Louis? Jij, Éléonore vertrouwt hem de twee tanden toe?'
'Ja.'
'Hoe zijn ze bewaard? Zoals wij dat met de IJslandse botjes hebben gedaan? In een oud blikje voor hoestpastilles?'
Veyrenc liet opnieuw zijn kruk op de grond tikken, in een regelmatig gehamer.
'Dat is een irritant geluid, Louis.'
'Ik denk na, meer niet.'
'Ja, ik weet niet waarom, maar het irriteert me.'
'Sorry, het gaat vanzelf. Nee, zeker in die tijd worden de twee

tanden ongetwijfeld in een medaillon gevat. Van glas met een gouden rand misschien. Of een zilveren.'
'Dat je om je hals draagt?'
'Daarvoor is het bedoeld.'
'En na François-Didier, waar gaan de tanden dan heen, van nazaat op nazaat?'
'Naar onze François Château.'
Adamsberg glimlachte.
'Precies', zei hij. 'Denk je dat dit mogelijk is? Dat het klopt?'
'Ja.'
'Nou, dan is er wel degelijk nog iets over van Robespierre.'
'Er is toch nog een haarlok, in museum Carnavalet.'
'Maar tanden, dat is iets heel anders. Is je dat dwangmatige gebaar opgevallen dat François Château steeds maakt wanneer hij Robespierre speelt?'
'Dat hij met zijn ogen knippert?'
'Nee, iets met zijn hand. Die brengt hij voortdurend naar zijn kanten bef, naar zijn borst. Hij draagt het medaillon, Louis. Daar durf ik mijn hand voor in het vuur te steken.'
'Hoewel me dat op dit moment niet zo'n handige uitdrukking lijkt.'
'Dat is waar. Maar zodra hij dat medaillon om zijn hals hangt, wordt hij Robespierre, met zijn tanden op zijn huid. Ik weet zeker dat hij het niet draagt wanneer hij in het hotel is. Ze hebben hem dit vast als kind laten dragen. Deze tanden, deze talisman brengen de totale, zelfs fysieke samensmelting met zijn voorvader teweeg. Hij wordt echt een ander. Hij wordt Hem, volledig.'
'En wanneer hij doodt, als hij doodt, draagt hij dan de tanden bij zich?'
'Absoluut. En dan is het niet meer Château die doodt, maar Robespierre die zuivert, die executeert. Daarom geloof ik dat de pruik overbodig is. Die heeft hij helemaal niet nodig. Hij bezit iets heel anders dan een vermomming.'
'Maar Robespierre verscheen nooit zonder zijn pruik. Zie jij

Château een nylonkous over zijn gezicht trekken? De kous van een vrouw over het hoofd van Robespierre?'

'Je hebt geen ongelijk', zei Adamsberg terwijl hij achterover-leunde met zijn armen over elkaar.

'Is hij zo bezeten?' vroeg Veyrenc, zijn ogen naar het plafond gericht, en hij liet opnieuw de kruk op de vloertegels tikken.

Er viel een lange stilte, die Adamsberg niet verbrak. Hij staarde voor zich uit en zag slechts dikke mist, afturganga-mist. Ineens greep hij Veyrenc bij zijn pols.

'Ga door,' zei hij, 'ga door en zwijg.'

'Waarmee?'

'Met tikken op de vloer. Ga door. Ik weet waarom het me irriteert. Omdat het een kikkervisje omhoog laat komen.'

'Wat voor kikkervisje?'

'Het begin van een ongevormd idee, Louis', verklaarde Adamsberg haastig, uit angst opnieuw in de mist te verdwalen. 'Ideeën komen altijd uit het water, waar denk je anders dat ze vandaan komen? Maar ze gaan weer weg als je praat. Zwijg. Ga door.'

Hoewel hij gewend was aan de onwaarschijnlijke gedachtegangen van Adamsberg en zijn chaotische denkwijze, keek Veyrenc lichtelijk verontrust naar zijn houding, wijdopen ogen, zonder pupil, strakke lippen. En hij bleef met zijn kruk op de vloer hameren. Wie weet kon dit ritme helpen, het trillen van de gedachten begeleiden, net als wanneer je in de pas loopt, net als wanneer een trein je wiegt.

'Het doet me denken aan Leblond,' zei Adamsberg, 'de zijdezachte Leblond. Weet je nog, de laatste zitting, de slang in het gras. Wie speelde hij toen?'

'Fouché.'

'Precies. Fouché. Ga door.'

Na een paar minuten had Veyrenc de neiging met dit spelletje te stoppen maar Adamsberg beduidde hem, met zijn hand draaiend, dat hij door moest gaan. Totdat hij plotseling opstond, zijn jasje aanschoot, waar zijn holster nog in zat en de tuin door rende. Veyrenc strompelde achter hem aan, zag hem de straat door rennen en in zijn auto stappen.

'Ik kom terug', riep hij.

En Veyrenc zag hem van de eerste naar de tweede versnelling schakelen en om de hoek van het straatje verdwijnen.

45

Adamsberg reed hard, te hard over de rijksweg. Langzamer, er is geen haast bij, langzamer. Maar deze snelheid, voor hem heel ongewoon, paste bij de uiteenlopende gedachten, woorden en beelden die voortdurend bij hem opkwamen. Alsof de snelheid er één glad geheel van zou maken, zoals je eieren klopt. De cynische Fouché, de mist, de tanden, de pruik, het touw in de garage, zijn ruwe substantie, de handwortelbeentjes, Robespierre, de afturganga, het zwijgen van Bérieux. De angst. Het geluid, het getik van de houten kruk, de beweging. Het onbeweeglijke schaakbord.

De afturganga. En terwijl hij dacht aan het eilandwezen, kwam wonderlijk genoeg bij flarden de beschrijving van Robespierre weer bij hem op: ... *een reptiel dat zich met een onbeschrijflijke blik gracieus opricht ... maar vergis u niet ... het is een pijnlijk medelijden vermengd met angst.* De beelden liepen door elkaar, Robespierre veranderde in de afturganga van de Revolutie, degene die doodt en die geeft, mits je niet probeert hem te leren kennen, mits je zijn heilige territorium niet binnendringt.

Hij zag in de verte de lichten van twee motoren naderen, de ene haalde hem in, de berijder gebaarde hem aan de kant te gaan staan. Verdomme, rotsmerissen.

Hij schoot zijn auto uit.

'Goed,' zei hij, 'ik reed te hard. Een spoedgeval. Ik ben van de politie.'

Hij reikte de gendarmes zijn pasje aan. Een van de twee glimlachte.

'Commissaris Jean-Baptiste Adamsberg', las hij hardop. 'Nee maar, hoe bestaat het.'

'Een spoedgeval?' zei de ander, die met gespreide benen stond alsof de motor nog tussen zijn dijen zat. 'En geen zwaailicht?'

'Dat ben ik vergeten erop te zetten', zei Adamsberg. 'Ik kom

morgen wel bij jullie langs, dan handelen we dit af. Van welke gendarmerie zijn jullie?'
'Saint-Aubin.'
'Genoteerd. Goed, tot morgen, brigadiers.'
'O nee, niet morgen', zei de eerste gendarme. 'Ten eerste is het dan zondag, en verder is dat te laat.'
'Te laat waarvoor?'
'Voor het alcoholgehalte', zei hij terwijl zijn collega een blaaspijpje tevoorschijn haalde en het hem aanreikte.
'Blazen, commissaris.'
'Ik herhaal,' zei Adamsberg zo kalm mogelijk, 'ik heb een spoedgeval.'
'Het spijt me, commissaris. Uw rijgedrag is twijfelachtig.'
'Twijfelachtig', bevestigde de ander ernstig, alsof het een staatszaak betrof. 'U sneed de bochten af.'
'Ik reed hard, dat is alles. Spoedgeval, hoe vaak moet ik dat nog zeggen?'
'Blazen, commissaris.'
'Oké,' gaf Adamsberg toe, 'geef me dat blaaspijpje.'
Hij ging weer op de chauffeursstoel zitten en blies. De motor draaide nog.
'Positief', verklaarde de gendarme. 'Volg ons.'

Adamsberg, al in rijhouding, trok het portier met een klap dicht en stoof er als een wervelwind vandoor. Voordat de twee mannen de tijd hadden hun motoren te bestijgen, nam hij een afslag naar rechts en ontsnapte via kleine weggetjes.
Half elf, donkere nacht en motregen. Om tien over elf remde hij voor de houten poort van Stoeterij La Madeleine. De lichten in de twee huisjes waren nog aan. Hij sloeg hard op de deur.
'Wat is dat voor herrie?' zei Victor, die op de laan verscheen.
'Adamsberg! Doe open, Victor.'
'Commissaris? Bent u nou alweer van plan om ons langdurig door te zagen?'

'Ja. Doe open, Victor.'

'Waarom hebt u niet aangebeld?'

'Om Céleste niet wakker te maken, in het geval dat ze nog in huis zou zijn.'

'Amédée zult u in ieder geval wel wakker hebben gemaakt', zei Victor terwijl hij de poort opende, waarbij het zware gerinkel van kettingen weerklonk.

'Het licht is aan bij hem.'

'Hij slaapt met het licht aan.'

'Ik dacht dat u in zijn huis sliep.'

'Straks, als ik klaar ben met mijn werk. Daar heb je 't al, u hebt hem wakker gemaakt.'

Amédée stak de laan over, hij had in de haast een jeans aangeschoten en een ruimvallend jasje over zijn naakte bovenlijf.

'Het is de commissaris', zei Victor tegen hem. 'Alweer de commissaris.'

'Laten we voortmaken', zei Adamsberg.

Victor bracht hem naar een kleine, spaarzaam gemeubileerde kamer, met een zware versleten leren bank, een oude leunstoel en een lage tafel. Vanzelfsprekend stonden er bij hem geen familieaandenkens.'

'Wilt u koffie?' vroeg Amédée wat geschrokken.

'Ja, graag. Die scène uit het begin, Victor, beschrijf me die scène nog eens.'

'Welke scène, verdomme?'

Victor had gelijk, hij kon nu rustiger aan doen. Het had geen haast meer.

'Het spijt me. Ik heb levensgevaarlijk gereden, ik ben door de politie aangehouden. Die idioten hebben me laten blazen.'

'En?'

'Positief.'

'Hoe kan het dan dat u hier bent?' vroeg Victor. 'Worden commissarissen bevoorrecht?'

'Integendeel. Ze wreven zich in hun handen bij het vooruitzicht me de bak in te laten draaien. Ik ben in mijn auto gesprongen en ervandoor gegaan.'

'Vluchtmisdrijf. Dat is niet best', zei Victor geamuseerd.

'Helemaal niet', bevestigde Adamsberg kalm. 'Vertel me die scène, toen de twaalf Fransen om de tafel gingen zitten in de herberg van Grimsey. De avond voor het vertrek naar het Vosseneiland.'

'Oké', zei Victor. 'Maar wat moet ik vertellen?'

'De moordenaar, beschrijf hem eens.'

Victor stond zuchtend op, zwaaiend met zijn armen.

'Dat heb ik al gedaan.'

'Doe het nog eens.'

'Het was een gewone doorsneevent', zei Victor op vermoeide toon. 'Behalve zijn haar, hij had veel haar. Hij had een onopvallende kop, een ringbaardje, een bril. Een jaar of vijftig of minder. Als je jong bent, vind je iedereen oud.'

'En zijn stok, Victor, je had het toch over een stok?'

'Is dat belangrijk?'

'Ja.'

'Nou, hij had een stok om het ijs te testen onder het lopen.'

'Je zei dat hij iets deed met die stok.'

'O ja. Hij tilde hem iets op en liet hem dan op de grond stuiteren. Dat maakte lawaai op de vloertegels. Tik. Tik. Tik.'

'Snel of langzaam? Probeer het je te herinneren.'

Victor boog zijn hoofd, zocht in zijn herinnering.

'Langzaam', zei hij ten slotte.

'Goed.'

'Ik begrijp het niet. U wilde koste wat het kost, en niemand weet waarom, die IJslandse geschiedenis oplossen.'

'Ja.'

'En dat hebt u gedaan. Maar u zoekt de moordenaar van het eiland niet, u zoekt de moordenaar uit het Robespierre-gezelschap. Degene die de tekens achterlaat.'

'Dat klopt.'

'Waarom beginnen we dan weer over IJsland?'
'Omdat ik beide moordenaars zoek, Victor. Geef me wat papier, een aantal velletjes en iets om mee te tekenen. Het liefst een potlood.'
Amédée bracht hem het materiaal en een dienblad zodat hij het zich gemakkelijk kon maken.
'Er is alleen maar een blauw potlood. Gaat dat?'
'Heel goed', zei Adamsberg en hij ging aan het werk. 'Ik maak er een paar, Victor. Ik begin met de moordenaar van het eiland.'

Adamsberg werkte tien minuten in stilte. Toen reikte hij Victor de eerste tekening aan.
'Zag hij er zo uit?' vroeg hij.
'Niet echt.'
'Hou op met liegen, Victor, we hebben nu echt geen keus meer, we staan met onze rug tegen de muur. En die breken we niet af met een glaasje port. Of zag hij er zo uit?' zei hij terwijl hij hem een andere tekening gaf. 'Vind je dat beter?'
'Als u net zo lang aan die portretten knoeit totdat het klopt, doe ik niet mee.'
'Ik knoei niet, ik concludeer.'
'Op basis waarvan?'
'Van een gezicht van nu dat ik tien jaar verjong. Wat niet eenvoudig is, want dat gezicht heeft niets opvallends, zoals je zei. Geen kromme neus, geen sprankelende ogen, geen vooruitstekende kin, niets van dat al. Niet lelijk en niet knap. Niet Danton en niet Billaud-Varenne. Zo dan?'
Victor bekeek het portret, liet het toen op de lage tafel glijden en klemde zijn lippen stijf op elkaar.
'Kom op', zei Adamsberg. 'Zeg het.'
'Oké', zei Victor hijgend alsof hij had gerend. 'Zo.'
'Is dit hem?'
'Ja.'

'De IJslandse moordenaar.'
Adamsberg haalde een paar verfomfaaide sigaretten uit zijn zak en bood ze aan. Amédée nam er eentje en bekeek hem onderzoekend.
'Is dit smokkelwaar? Hasj?'
'Nee, dit is van mijn zoon.'

Adamsberg stak zijn sigaret op, pakte het potlood en ging weer aan de slag. Een geluid van buiten trok zijn aandacht, hij stopte en bleef even opletten. Met de velletjes in zijn hand liep hij naar het raam zonder gordijnen dat op het park uitkeek. Het was een aardedonkere nacht en de lantaarnpaal van de weg verlichtte zwakjes het deel van de laan tussen de twee huisjes.
'Misschien is het Marc', zei Victor. 'Hij maakt herrie als hij rondscharrelt.'
'Laat hij Céleste 's nachts alleen?'
'Normaal gesproken niet. Misschien komt hij u begroeten. Of het is de wind.'

Adamsberg ging weer zitten en tekende verder. Drie nieuwe portretten, die hem vijftien minuten kostten.
'Wat tekent u nu?' vroeg Amédée.
'Nu teken ik die ander. De moordenaar van het Robespierregezelschap. Ik weet dat je hem hebt gezien, Victor. Telkens als je met Henri Masfauré meeging naar de Assemblée.'
'Ik keek niet naar iedereen.'
'Maar naar hem wel. Absoluut.'
'Waarom?'
'Dat weet je.'
'Waarom drie tekeningen?'
'Omdat die vent meerdere gedaantes heeft en ik weet niet welke jij kent. Doe witte poeder op zijn gezicht, breng grijze schaduwen aan, spuit wat siliconen in zijn wangen, een pruik,

kant dat zijn nek verdoezelt, en klaar is het zinsbedrog. Dus ik teken er verscheidene voor je. Want je kunt onmogelijk, ook al heb je nog zo veel make-up op, de stand van de ogen veranderen, de welving van de lippen, de haarinplant bij de jukbeenderen. Hier', zei hij terwijl hij zijn nieuwe schetsen op de lage tafel uitspreidde.

Adamsberg draaide zijn hoofd opnieuw naar het raam. Geritsel, geruis. Een kat? Een kat maakt geen geluid. Een haas? Een egel? Egels maken geluid. Victor legde een vinger op een tekening, daarna op een andere.

'Hij, en misschien hij. Maar niet echt in dit kostuum.'

'Maar is dat de man die je in de buurt van Masfauré hebt gezien?'

'Ja.'

'En ook in jouw buurt?'

'Hoezo?'

'Hou op, Victor. En kijk nu eens', zei hij terwijl hij de eerste tekening, die van de moordenaar van het eiland, en de laatste, die van het Robespierre-gezelschap, naast elkaar legde.

Victor had driftig zijn vingerkootjes zitten buigen, maar Amédée, die geboeid was door het werk van Adamsberg en misschien wat versuft door de medicijnen, had het nogmaals niet in de gaten. Amédée had te veel te verduren gehad de laatste tijd om zichzelf nog te kunnen beheersen.

'Het is dezelfde vent', zei hij spontaan.

'Dank je, Amédée. En jij ziet dat net zo goed als hij, Victor. Maar jij weet het vooral. Dat het dezelfde man is. De moordenaar van het eiland. Die met jullie afsprak ...'

'Hij sprak niet met ons af!' onderbrak Victor hem woedend.

Adamsberg stak snel een hand op om stilte af te dwingen en luisterde even naar het nachtelijke geritsel.

'We zijn niet alleen', zei hij zacht.

Ze spitsten alle drie hun oren, op hun hoede.

'Ik hoor niets', zei Victor.
'Er loopt iemand', zei Adamsberg. 'Heel zachtjes. Doe het licht uit. Ga achteruit.'
Adamsberg trok zijn pistool en laadde het door, liep vervolgens voorzichtig naar het raam.
'Had jij de poort weer gesloten, Victor?' vroeg hij zachtjes.
'Ja.'
'Dan is hij door het bos gekomen. Is er hier een geweer?'
'Twee.'
'Haal ze. Geef er een aan Amédée.'
'Ik kan niet schieten', zei Amédée met een zwak stemmetje.
'Toch doe je het zo meteen. Je haalt de trekker over. Kijk uit voor de terugslag.'
'Misschien is het een vent die u uit alle macht op de poort heeft horen slaan en die langskomt om poolshoogte te nemen', zei Victor.
'Nee, Victor, nee', zei Adamsberg terwijl hij het donker in tuurde. 'Het is dat "weerzinwekkende wezen" van je.'
Victor liep met gebogen hoofd naar het keukentje om de geweren te halen en reikte Amédée er een aan.
'Weet u dat zeker?' vroeg hij.
'Ja.'
'Waar is hij?'
'Hij loopt langs Amédées huis', zei Adamsberg. 'Het is pikkedonker, ik kan hem nauwelijks zien. Victor, heb jij hem verteld dat ik in IJsland ben geweest? Dat ik de botjes heb gevonden?'
'Nooit van mijn leven. U bent niet goed snik!'
'Hoe kan het dan dat hij hier is?'
Nadat de maan heel even had geschenen, werd het weer volledig duister. Een MP5, die kerel had een MP5, of een soortgelijk rotding.
'Verdomme', zei Adamsberg terwijl hij zich in de richting van de deur bewoog. 'Hij is gewapend als een tank.'
'Wat?' zei Amédée.

'Een machinepistool. Genoeg om tien man in drie seconden neer te maaien.'

'Maken we een kans?' vroeg Amédée, die probeerde het geweer aan te leggen.

'Eentje. Geen tien, geen twee. Draai de bank andersom, met de rug naar de deur. Kniel erachter, ieder aan een kant. Het is een oud, taai meubel, dat beschermt jullie wel even. Verroer je niet.'

'En u?'

'Ik ga naar buiten. Piept de deur, Victor?'

'Nee.'

Adamsberg opende hem voorzichtig.

'Als hij de laan oversteekt,' fluisterde hij, 'dan valt er wat licht van de straatlantaarn op hem. Maar niet op mij. Dan is hij het doelwit, dat is onze kans.'

'De lantaarn gaat om twaalf uur uit', zei Amédée verslagen.

'Hoe laat is het?'

'Drie minuten voor.'

Adamsberg vloekte zachtjes en glipte naar buiten, liep drie meter langs de muur links tot aan de stam van een plataan. De man zette eindelijk voorzichtig een stap op het grindpad, het knarste. Anders dan hij, was de moordenaar niet helemaal in het zwart gekleed. Adamsberg concentreerde zich op de witte driehoek van zijn overhemd en vuurde vier keer. Een kreet van pijn en de lantaarn ging uit.

'In mijn arm, klootzak!' schreeuwde de man. 'Maar ik kan met mijn linkerhand schieten, stomme lul! Dus het is je gelukt, leeghoofd? Wat heb je gevonden op het eiland?'

'De botjes van jouw slachtoffers!'

Adamsberg richtte opnieuw voordat de man de tijd had gehad om de MP5 naar zijn gezonde arm over te hevelen. Drie seconden respijt, hij schoot op de knie. De man viel op de grond en zijn afgeweken schot doorzeefde de onderste bladeren van de plataan. Zijn wapen was zwaar, te zwaar, drie kilo in zijn linkerhand, en het was onmogelijk vanwege zijn verwonde rechterarm om de handgreep vast te houden. Niet iedereen kan een MP5 hanteren.

'Geef hier, Adamsberg!' brulde de man. 'Geef hier die botjes of ik knal die twee jochies na jou neer!'

Hij raakte buiten zichzelf van woede, brullend en tierend werd zijn stem hoger. De kerel, sterk en verbeten, was weer overeind gekomen, zijn ene arm hing erbij, en Adamsberg zag hoe zijn voorovergebogen gestalte langzaam, met één been slepend, naderbij kwam. Hij haastte zich naar het huisje, deed de deur op het nachtslot als denkbeeldige bescherming. Toen nogmaals twee seconden respijt, zodat hij zich snel bij de twee broers achter de bank kon verschuilen. Hoeveel kogels had hij nog? Twee misschien.

Onder een ratelende kogelregen explodeerde het slot, gevolgd door een tweede salvo, waarvan de kogels zich in de muur en het frame van de bank boorden. De twee broers deden op goed geluk een tegenaanval, maar tevergeefs. Bij het schijnsel van de explosies zag Adamsberg dat de heen en weer slingerende loop van de MP5, niet goed ondersteund en nauwelijks in bedwang gehouden, op hen gericht was.

'Laat je zien, Victor!' schreeuwde de man. 'Ik geef je nog één kans om ze te redden! Die Céleste van je en dat verdomde wild zwijn van haar die bloed piesen! Hebben me de weg versperd in het bos.'

'Verroer je niet, Victor', beval Adamsberg.

Hij schoot zijn magazijn leeg, maar de kerel was inmiddels naar het raam gelopen en hij miste. Het was afgelopen, hij zou hen alle drie te pakken krijgen. Had hij dat kunnen voorspellen? Had hij dat kunnen voorzien? In een laatste poging tilde hij de lage tafel op en smeet hem in de richting van de moordenaar. Die weer opstond tussen de brokstukken van het meubel, versuft waarschijnlijk, maar onverslaanbaar. Terwijl plotseling twee stralenbundels van achteren licht op hem wierpen.

De ruitjes van het raam barstten en zonder sommatie haalden twee schoten in de benen de onverslaanbare onderuit. Met zijn wapen bungelend in zijn vuist, zag Adamsberg de twee gendarmes die hem op de rijksweg hadden aangehouden binnenkomen, met zaklampen in de hand. De brigadier met de O-benen drukte de man tegen de grond terwijl zijn collega hem de MP5 uit zijn hand rukte. Mijn god, het is maar goed dat ik die port heb gedronken, dacht Adamsberg. En gek genoeg hoorde hij te midden van deze chaos de zachte stem van Rögnvar. *De afturganga laat degenen die hij ontbiedt niet in de steek.*

Victor had het licht weer aangedaan. Adamsberg legde even zijn hand op de schouder van de brigadier.

'Twee gewonden in het bos, bel de ambulance.'

Toen rende hij achter Victor aan in de richting van de blokhut. Het wild zwijn lag te hijgen op de grond, geraakt in de buik. Naast hem, met haar ene hand in de vacht van het dier en met de andere haar pijp omknellend, zat Céleste te kreunen en te mompelen. Adamsberg onderzocht haar. Een serie kogels in haar dij. Ze had meer geluk gehad dan Marc, de slagader leek niet geraakt, al was dat niet zeker.

'Zal ik haar water geven?' vroeg Victor.

'Verplaats haar niet. Praat tegen haar, hou haar wakker. Geef me je overhemd.'

Adamsberg wikkelde het hemd om de wond en bond die strak af. Daarna trok hij zijn T-shirt uit en gaf het aan Victor.

'Druk dat tegen de buik van Marc. Hij verliest te veel bloed.'

Met ontbloot bovenlijf onder zijn jasje rende Adamsberg terug om aanwijzingen te geven aan het team van hulpverleners, waarvan hij de sirene in de verte hoorde. Hij liet ze hun busje tot aan de rand van het bos rijden, waarna twee mannen en twee vrouwen hem met hun materiaal over het pad volgden.

Céleste werd op de eerste brancard gelegd en meteen meegenomen.

'Waar is het tweede slachtoffer?' vroeg de ter plekke achtergebleven vrouw.

'Daar', zei Adamsberg en hij wees naar het wild zwijn.

'Houdt u mij voor de gek?'

'De tweede brancard!' schreeuwde Adamsberg.

'Rustig, meneer, alstublieft.'

'Commissaris. Commissaris Adamsberg. De tweede brancard, alstublieft, red hem verdomme!'

De vrouw hief een kalmerende hand, schudde haar hoofd en belde de veterinaire hulpdienst. Tien minuten later werd Marc op zijn beurt vervoerd. Adamsberg liet zich op zijn knieën zakken, raapte de pijp van Céleste op, kwam weer overeind en keek Victor aan. Geen commentaar, de twee mannen waren bezweet en uit hun gezichten sprak ontsteltenis.

In het huisje was een arts bezig met de verwondingen van de moordenaar – arm, knie, kuiten – die op de grond lag te brullen.

'Uw naam, brigadier?' vroeg Adamsberg.

'Drillot. A priori, toen we het tafereel zagen, meenden we dat het individu moest worden uitgeschakeld. U bent commissaris en hij had een machinepistool in handen. Dat was de analyse. Maar ik zeg: a priori. Zeg niet dat we zonder sommatie hebben geschoten, daar hadden we geen tijd voor.'

'Ik zal bevestigen dat jullie hem gesommeerd hebben voordat het raam aan diggelen ging.'

'Dank u. Maar we kunnen hem niet inrekenen zonder iets te weten.'

Adamsberg liet zich in de leunstoel vallen, die wonderlijk genoeg aan de schoten was ontkomen. Net als de fles wijn bij de dood van Angelino Gonzalez.

'Hij heeft zes mensen vermoord', zei hij toonloos terwijl hij een sigaret opstak. 'Twee tien jaar geleden, op IJsland, vier in de loop van deze maand. Een poging tot moord gisteravond. Vanavond een vrouw en haar metgezel door schoten verwond en poging tot moord op ons drieën.'

'Zijn naam?' vroeg de gendarme met de O-benen. 'Brigadier Verrin', stelde hij zichzelf voor.

'Geen idee. Hebt u, zoals al uw collega's, ons opsporingsbericht over de moordenaar met het teken ontvangen? Dit teken', zei hij terwijl hij het op een van de op de grond gevallen portretten tekende.

Verrin knikte.

'Uiteraard, commissaris.'

'Goed, dit is die man.'

Verrin haastte zich naar buiten op zijn kromme benen. Victor liep de kamer door, die bezaaid lag met brokken kalk uit de muren en het plafond. Hij reikte de commissaris een schoon overhemd aan.

'Ik heb hem een slaappil gegeven', zei hij. 'Hij slaapt.'

'Wie?' vroeg brigadier Drillot met een notitieboekje in de hand.

'Amédée Masfauré. De zoon van een van de slachtoffers.'

'U zult me stuk voor stuk uw personalia moeten opgeven', zei Drillot kortaf.

De hulpverleners namen nu de gewonde mee. Brigadier Verrin keerde behoorlijk buiten adem weer bij hen terug.

'Zijn papieren gevonden in zijn auto', zei hij. 'Hij heet Charles Rolben. Gebeld naar de gendarmerie van Rambouillet. Weet u wie dat is, Charles Rolben?'

'Nee', zei Adamsberg.

'Een hoge magistraat. Een heel hoge. Dat is me net verteld. En "vooral geen opschudding, zorg dat jullie zeker zijn van je zaak". We hebben bewijzen nodig, commissaris, en verdomd harde bewijzen. Want met een knaap van dat kaliber, moet je

heel omzichtig te werk gaan. De commandant is erg verontrust.'
'U hebt deze "heel hoge magistraat" toch zelf met een MP5 in de hand gezien, brigadier?' vroeg Adamsberg.
'Ja.'
'U zult zijn kogels terugvinden in het lichaam van Céleste Grignon, neergemaaid in het bos samen met haar metgezel. En in de muren van deze kamer. En in het leer, het hout en de springveren van deze oude bank. Ja, brigadier, het is een meedogenloze moordenaar. Ik kan u zelfs zeggen dat hij ervan houdt. Ja, hij heeft mensen gedood, en zonder dat het hem iets deed. Te beginnen met twee leden van een reisgezelschap in nood op een IJslands eiland. Herinnert u zich dat voorval nog?'
'Vaag. Maar misschien had hij een serieus motief, commissaris?'
Victor wierp Adamsberg een smekende blik toe.
'Niet eens een motief', loog Adamsberg. 'Het is een krankzinnige. Hij heeft een man overhoopgestoken. Hij wilde een vrouw verkrachten en heeft haar vervolgens vermoord. Laten we afscheid nemen, brigadier, u weet me te vinden. U krijgt maandag een eerste rapport. Of liever maandagavond. Het wordt lang, het wordt erg lang.'
'Misschien, commissaris. Maar wij zijn nog niet klaar met u.'
'Dat wil zeggen?'
'Snelheidsovertreding, rijden in staat van dronkenschap, weigering aan bevel gevolg te geven en vluchtmisdrijf.'
'Ah, juist. U bent achter mij aan gegaan, bedoelt u dat?'
'We waren u kwijt. Maar we hebben u gelokaliseerd aan de hand van uw mobiel.'
'U begrijpt wel', sprak Adamsberg langzaam, 'dat uw commandant verplicht is zich tot de rechter te wenden: u hebt op een hoge magistraat geschoten, in de rug en zonder te sommeren.'
'Verdomme', vloekte Drillot. 'U hebt gezegd dat u ons zou dekken.'

'En ik zeg, laat die staat van dronkenschap en het vluchtmisdrijf vallen. Een spoedgeval, dat heb ik u wel tien keer uitgelegd toen u mij de weg versperde. Een agent kan niet weten, wanneer hij twee portjes met een vriend heeft gedronken, wat hem het volgend uur te wachten staat.'

'Ik denk eerder drie portjes', zei Drillot.

'Twee, brigadier. Ik kon niet positief zijn.'

'Als ik u goed begrijp, commissaris,' zei Drillot met toegeknepen ogen, 'dan trekt u ons woord in twijfel.'

'U begrijpt mij goed.'

Verrin gebaarde naar zijn collega en boog het hoofd.

'En hoe verklaren we dan dat wij u hebben gevolgd?' vroeg hij.

'Vanwege een snelheidsovertreding. U hebt mij nooit aangehouden, ik reed te hard, u hebt mij achternagezeten tot hieraantoe.'

'Dat klinkt logisch.'

'Geaccepteerd', zei Drillot.

'Waar is Céleste naartoe gebracht? De vrouw die hij in het bos heeft verwond?'

'Naar het ziekenhuis van Versailles.'

'En Marc?'

'Welke Marc?'

'Het wild zwijn.'

'Welk wild zwijn?'

Het team van de technische recherche ging nu aan het werk in het huis en Adamsberg stapte op. Victor liep met hem mee naar zijn auto en boog zich door het raampje.

'U hebt niets gezegd over wat er op het eiland is gebeurd.'

'Nee. Je was terecht bang voor hem. We zien elkaar nog wel. Met Amédée.'

'Waarom?' vroeg Victor opnieuw ongerust.

'Om te eten in de herberg. Jij bestelt ons menu en we nodigen Bourlin uit.'

'En de man die ik in de herberg heb gezien? De "belastinginspecteur"?'

'Dat was hem. Hij zat al achter me aan.'

'Commissaris!' riep Victor terwijl de auto wegreed.

Adamsberg remde en Victor rende een paar meter om hem in te halen.

'Gelooft u het, dat ik mijn moeder niet heb opgegeten?'

'Dat weet ik zeker. Iemand die de eenden voor zijn broer heeft verzwolgen, verzwelgt zijn moeder niet.'

Eenmaal thuis nam Adamsberg de tijd om Danglard een heel korte e-mail te schrijven.

Vergadering brigade morgen om drie uur. Dank voor het rondsturen van de oproep.

Vervolgens een andere aan brigadier Oblat in Dijon:

Moordenaar gearresteerd. Hef de bewaking op van Vincent Bérieux.

Een laatste aan de brigadiers Drillot en Verrin:

Bedankt.

46

Danglard parkeerde zeer ongerust op de binnenplaats van de brigade. Adamsberg had zijn bericht 's nachts na vieren verstuurd. Om alle agenten bijeen te roepen op een zondag. Hij wist dat Adamsberg de vorige dag het vijfde slachtoffer in Dijon had bezocht, en dat de getuigenis van Vincent Bérieux hen opnieuw niet verder had geholpen. Dikke gemaskerde man met pruik en bril.

Terwijl Danglard zonder enige fut de binnenplaats overstak, voorzag hij het ergste en eigenlijk het meest logische. Adamsberg zou in de tegenaanval gaan. Gebrek aan respect, insubordinatie, hij had het recht om sommigen van hen te gelasten overplaatsing aan te vragen. In de allereerste plaats hemzelf. En Noël, Mordent en zelfs Voisenet, hoewel die zich gematigder had betoond. Danglard voelde hoe de walm van schuld hem het ademen belemmerde. Hij was het die met zijn sarcastische opmerkingen en zijn afkeuring de anderen had gesterkt, behalve Noël, die niemand nodig had om hem aan te moedigen in zijn agressie. Toe nou, dacht hij terwijl hij zijn rug weer rechtte en de deur van het gebouw openduwde, er moest toch iemand als het schip water maakte, de kapitein tot rede brengen en Adamsberg op sleeptouw nemen naar reële contreien, naar feiten, logica, samenhangende acties. Was het niet symptomatisch, en niet zo'n klein beetje ook, dat de commissaris tegen alle redelijkheid in was vertrokken naar de IJslandse mist, die hem bijna had verzwolgen? Was het niet de verantwoordelijkheid van hem, Danglard, het schip op koers te houden?

Natuurlijk. Opgevrolijkt door de vanzelfsprekendheid van zijn opdracht en de verplichting zich hiernaar te voegen, hoe moeilijk zijn taak ook was, betrad de inspecteur de conciliezaal met fermere pas. Waar hem op de gezichten van de ontevredenen direct dezelfde tekenen van beduchtheid opvielen. Adamsberg, dat wist iedereen, zocht slechts heel zelden de confrontatie. Maar ditmaal voelden ze allemaal dat er een rode lijn was overschreden. En de reacties van de commissaris konden bij uitzondering even kort als agressief zijn. Velen herinnerden zich de dag waarop hij een fles had stukgeslagen in een conflict met die achterlijke agent Favre. In deze sfeer van angst zochten ook zij, net als Danglard, naar rechtvaardigingen die ze konden aanvoeren in antwoord op de aanval van de commissaris.

Er was geen spoor van strijdlustigheid te bekennen in de houding van Adamsberg toen hij met zijn trage pas de grote ruimte binnenkwam, maar bij hem hoefde dat nog niets te betekenen. Ieder probeerde, al naar gelang de kant van de tafel waar hij zat, vrolijk of bezorgd, het gezicht van de commissaris te doorgronden. Dat helderder leek, en bevrijd van een of andere kwelling die zijn gelaat af en toe had getekend en zijn glimlach had getemperd. Zonder dat ze wisten dat die duivelse knoop van algen ontbonden was.

Adamsberg bleef staan en merkte op dat de nieuwe schikking – de voorstanders, de tegenstanders, de gematigden, de aarzelaars – niet was veranderd sinds de laatste vergadering. Voor één keer bleef Estalère verstijfd op zijn plaats zitten, en Adamsberg moest hem bemoedigend toeknikken voordat hij de zevenentwintig kopjes koffie ging klaarmaken. De commissaris had niet nagedacht over de opbouw van zijn betoog, en zoals altijd zou het lopen zoals het liep.

'De moordenaar van het Robespierre-gezelschap is gisteravond gearresteerd', deelde hij met over elkaar geslagen armen mee. 'Met meerdere kogels in zijn lichaam is hij opgenomen in het ziekenhuis van Rambouillet, want de arrestatie vond plaats na een vuurgevecht in Le Creux.'

Zonder te weten waarom bekeek Adamsberg de palm van zijn rechterhand, de hand die negen keer op een man had geschoten. Op een man die op het eiland had gemoord, Gauthier had verdronken, Masfauré gefusilleerd, Breuguel overhoopgestoken, Gonzalez omvergegooid, Bérieux opgehangen, Céleste verwond.

'Zijn verwondingen aan rechterarm en knie zijn door mij toegebracht', vervolgde hij. 'Die aan zijn kuiten door de brigadiers van Saint-Aubin, Drillot en Verrin. Ik vermeld voor alle duidelijkheid dat de man was bewapend met een MP5, waarmee hij mij, Victor en Amédée Masfauré beschoot. Daarvóór had hij Céleste en haar wild zwijn in het bos met kogels doorzeefd.'

'Wat deed hij in Le Creux?' vroeg Froissy, die door geen enkel schuldgevoel in het spreken werd belemmerd.

'Hij had me gewoon gevolgd. Net als de twee brigadiers van Saint-Aubin.'

'Waarom die brigadiers?' vroeg Retancourt, ook zonder enige bijgedachte.

'Snelheidsovertreding,' antwoordde Adamsberg glimlachend, 'weigering gevolg te geven aan een bevel en vluchtmisdrijf.'

Mercadet wierp hem een geamuseerde blik toe.

'Vanwaar al die delicten, commissaris?' verstoutte Voisenet zich te vragen, zonder stemverheffing.

Want tenslotte veranderde de arrestatie van de moordenaar de hele situatie en was het geboden je enigszins gedeisd te houden. Al was, naar wat hij ervan begreep, deze overwinning slechts aan toeval te danken.

'Opdat ze me zouden volgen natuurlijk, Voisenet.'

'Echt?'

'Niet echt. Maar hun bemoeienis was van kapitaal belang. Tegenover de MP5 had ik alleen mijn dienstwapen, en de twee broers een geweer. Niettemin is een MP5 zwaar en de moordenaar moest de aanval voortzetten met alleen zijn linkerarm zonder de handgreep te kunnen vasthouden. Dat maakte hem langzamer en onnauwkeurig, dat was onze redding. Maar zonder de gendarmes van Saint-Aubin, geloof ik niet dat we het hadden

overleefd', concludeerde Adamsberg zonder grootspraak.
Estalère had de koffie geserveerd en iedereen greep deze afleiding aan. En voor één keer maakte niemand een eind aan het storende geluid van schoteltjes en lepeltjes, dat lang aanhield.
'Niet meer dan toeval, dus?' waagde Noël plotseling. 'De onverwachte komst van de moordenaar?'
'Spreek wat harder, Noël,' zei Adamsberg naar zijn oor wijzend, 'ik ben nog doof van de knallen.'
'Toeval, dus? De onverwachte komst van de moordenaar?' herhaalde Noël iets luider.
'Nee niet, brigadier. Ik was naar Victor toe gegaan om voor hem het gezicht van de moordenaar te tekenen. Het sluimerde al een hele tijd in mijn gedachten, verscholen achter zijn maskers, en pas gisteravond verwaardigde het zich te verschijnen.'
'Had u aanwijzingen?' vroeg Danglard, die geen stommetje kon blijven spelen na de ietwat moedige interventies van Voisenet en Noël.
'Een heleboel.'
'En u hebt er met ons niet over gesproken?'
'Ik heb niet anders gedaan dan dat, inspecteur. U beschikte over hetzelfde gereedschap als ik,' en Adamsberg verhief zijn stem, 'en dat stond ter beschikking van de hele brigade, die u leidt sinds mijn vertrek naar IJsland. Ik heb u gezegd dat het schaakbord Robespierre geen beweging vertoonde, terwijl "dieren zich verroeren". Ik heb u gezegd dat je de beweging moest opzoeken. Ik heb u gezegd dat we via Sanson, Danton en Desmoulins geen stap verder kwamen. Ook een heleboel andere dingen: waarom je richten op incidentele leden, onregelmatig verschijnende klaplopers, als je de vereniging echt aan het wankelen wilde brengen of Robespierre wilde treffen? Waarom zo'n onopvallend guillotineteken? Maar ook zo gekunsteld? Waarom die nieuwe boeken over IJsland bij Jean Breuguel thuis? Waarom dat zwijgen van Victor? Waarom die angst overal? Echte of onechte angst? Waarom een pruik dragen om Vincent Bérieux

op te hangen? U hebt net als ik de foto's van de plaats van het misdrijf ontvangen: waarom hing het touw niet in het midden van de garage? Waarom was het aan de zijkant opgehangen? Ik heb u zelfs gisteren direct geïnformeerd: Touw naar links verschoven, grove structuur, witte pruikharen, slachtoffer zwijgt. Over deze feiten beschikte u allemaal, net als ik. Maar al sinds een tijdje zag of hoorde u niets meer. En toch, inspecteur, vormde dit alles niet een tamelijk solide laag van aanwijzingen?'

Danglard had geen tijd – of zin – gehad om al deze losse feiten te noteren, tenminste als je bijvoorbeeld 'dieren verroeren zich' onder de rubriek 'feiten' kon klasseren. Justin en Froissy waren daar wel in rap tempo mee bezig, terwijl hijzelf vooralsnog niet meer zag dan een zwerm lieveheersbeestjes tegen de achtergrond van de dichtbewolkte vallei van Chevreuse, een zwerm die hij inderdaad over het hoofd moest hebben gezien.

'Het waren dus niet míjn aanwijzingen, Danglard,' vervolgde Adamsberg, 'maar ook de uwe, en die van iedereen.'

'Laten we daar maar van uitgaan.'

'Laten we waar maar van uitgaan? Wie van jullie, Danglard, Voisenet of Mordent, zo onderlegd als jullie zijn, heeft mij erop gewezen dat zeehondenvlees niet naar vis smaakt? Niemand. Jullie kennen allemaal de verhalen van Victor en Amédée over de IJslandse tragedie. Volgens Amédée komt de man op een avond terug, *onder het bloed en stinkend naar vis*, terwijl hij een zeehond voortsleept. Hij beschrijft dat in de herinnering van Alice Gauthier die maaltijd verrukkelijk was, alsof ze van een *reusachtige zalm* had gesmuld. En Victor vertelt ons vervolgens met betrekking tot deze wonderlijke vangst: *kilo's vis*, en in zijn verhaal benadrukt hij nogmaals dat ze, eenmaal terug op Grimsey, *van top tot teen naar zeehondenvet en rotte vis stonken*. Ik heb jullie gezegd dat de twee broers de tijd hadden gehad om hun versies op elkaar af te stemmen voordat ze ons spraken. Dat er te veel gelijke termen in hun verhalen zaten, zoals dat "weerzinwekkende wezen", zoals die "brandende kont" van de moordenaar. Ik heb u gezegd, Danglard, dat het verhaal niet klopte. Hebt u toen opnieuw hun getuigenverklaringen gelezen? Nee, want op dat moment wilde niemand meer iets horen over IJsland of Le Creux. Maar in Le Creux hadden we het onderzoek nog helemaal niet afgerond. We waren daar voortijdig mee gekapt, we hadden een weg over het hoofd gezien, we hadden er zelfs geen aandacht meer aan besteed.

Hij hoorde de schorre stem van Lucio: *Er is een weg die je niet hebt gezien. Die kerel heeft er lol in.*

'Hebt u die verhoren opnieuw gelezen, commissaris?' vroeg Kernorkian op neutrale toon.

'Ja, om de overeenkomsten tussen hun beider beweringen te noteren. Waarom logen ze en waarover precies? *De zalm, de vis, de stinkende vis,* dat kwam bijvoorbeeld nadrukkelijk terug in beide verhalen. Maar, Danglard, maar, Voisenet, jullie weten beter dan ik dat een zeehond een zoogdier is en geen vis. Dankzij jullie trouwens wist ik dit ook.'

'Maar', zei Estalère, 'een zeehond verslindt tonnen vis. Dan ruik je dat toch?'

Adamsberg schudde zijn hoofd.

'Dat verandert niets aan het feit dat zijn vlees niet naar vis ruikt. Rundvlees ruikt niet naar gras, toch?'

'Ik begrijp het', zei Estalère peinzend. 'Waar smaakt een zeehond dan naar?'

'Iets tussen lever en eend in. Met een zweem van zout en jodium.'

'Hoe weet u dat? Hebt u het gegeten op Grimsey?'

'Nee, ik heb het gevraagd.'

Adamsberg liep een paar meter de ene kant op en toen naar de andere kant.

'Maar goed,' zei hij, 'ik heb jullie wel honderd keer gezegd dat deze zaak van het begin af aan de vorm had aangenomen van een kolossale kluwen gedroogde algen.'

Wat helemaal geen 'feit' is, dacht Danglard, terwijl Justin zelfs dat opschreef.

'En dat je door zo'n dichte massa niet rechtstreeks en snel voort kunt razen. Er vielen niet meer dan minuscule en breekbare stukjes uit te trekken, terwijl je voortdurend weer ergens anders verstrikt raakte. Aanwijzingen hadden we, maar ze zweefden met tientallen in een laag onder het oppervlak, zonder duidelijk verband, als losse onderdelen van een nevel. Alles was door die slinkse, koppige moordenaar toegedekt. Er was een flinke prikkel nodig om deze massa in de openlucht te krijgen. En om zijn gezicht te kunnen tekenen.'

'Van de moordenaar?' vroeg Estalère aandachtig.

'Van de moordenaar.'

'En het aan Victor te laten zien vóór ons', zei Danglard.

'Inderdaad, Danglard. Omdat Victor de moordenaar kende.'

'Hoe dan?'

'Omdat hij de vereniging bezocht samen met Masfauré. Ik had zijn getuigenverklaring nodig en die heb ik gekregen. Nee. Amédée heeft de sluisdeuren opengezet. Ik weet niet zeker of Victor wel zou hebben gepraat. Maar Amédée was vol vertrouwen, hij had zijn jeugdmaatje en zijn broer terug.'

'Waaruit blijkt dat het niet zinloos was', zei Veyrenc, 'om een ritje te maken naar de boerderij van Le Thost.'

'Over welke prikkel hebt u het?' vroeg Mordent, wiens reigersnek ditmaal was ingetrokken, verkort, beschermd onder de grijze veren van zijn kraag. 'Om de nevel naar de oppervlakte te halen?'

'Het geluid van een stok die op de grond tikt. Dat u ook had kunnen opmerken, Danglard. U was daar die avond met mij. Maar u was er al niet meer, zo ontstemd als u was vanwege mijn vertrek naar Grimsey.'

'Sorry?' zei Voisenet.

'Veyrenc tikte met zijn houten kruk op de grond, gisteravond.

En de laag steeg in zijn geheel naar helder water. Allicht. Al zag ik in het begin alleen Fouché. Ik hoefde mijn blikveld maar iets te verruimen.'

Danglard was het spoor bijster. De woorden van Adamsberg hadden geen betekenis voor hem. Hij had een duidelijk, helder antwoord nodig, hij verdacht de commissaris ervan dat hij er plezier in had hen in de nevelen te hullen van zijn eigen eiland.

'Die moordenaar van de Robespierre-vereniging,' vroeg hij vastberaden, 'welke is dat, commissaris?'

'Dat is de moordenaar van IJsland, inspecteur.'

Er viel een beklemmende stilte, er werd verbijsterd gezucht, er klonken geluiden van lege kopjes, van een potlood dat werd neergelegd of waarop werd gekauwd, en Estalère voelde dat dit de gelegenheid was voor een tweede ronde koffie. Wat velen er ook van dachten, Estalère had zowel in grote lijnen als in details helemaal gevolgd hoe er rond Adamsberg beetje bij beetje van alle kanten verzet was ontstaan.

'De moordenaar', ging Adamsberg verder, 'die we op het Vosseneiland zijn gaan zoeken. Daar waar alles is begonnen. Daar, dat had ik u gezegd, waar nog een beweging natrilde. Want dat had ik u toch gezegd? Een beweging die zich in opeenvolgende golven heeft voortgezet tot aan de aanval op Vincent Bérieux, en daarna op ons, gisteravond.'

'Zijn naam?' vroeg Danglard, terwijl hij heel goed hoorde dat er in de rustige stem van Adamsberg onuitgesproken verwijten doorklonken.

'Charles Rolben, een hoge magistraat. Werkelijk waar. Zes moorden en vijf pogingen tot moord.'

'Wie rekent u tot die zes?' vroeg Noël, terwijl hij de ritssluiting van zijn jack wat omlaagtrok, als een onbewust teken van toenadering misschien.

'Op het eiland: de legionair Éric Courtelin en Adélaïde Masfauré. Hier: Alice Gauthier, Henri Masfauré, Jean Breuguel,

Angelino Gonzalez. Pogingen tot moord: Vincent Bérieux, de broers Masfauré en ikzelf. Beschoten en verwond: Céleste. En Marc', voegde hij eraan toe.

'Een imposante lijst', vatte Mercadet het samen.

'Behalve het eiland, behalve Céleste,' zei Danglard, 'zijn het allemaal leden van de Robespierre-vereniging.'

'Maar dat doet er niet toe, Danglard!' wond Adamsberg zich op. 'Wilt u het nog altijd niet begrijpen? Het zijn allemaal leden van het op IJsland gestrande reisgezelschap! Jean Breuguel: de "manager" die Victor ons heeft beschreven! De man die op de warme steen lag te lachen. Angelino Gonzalez: "de expert in keizerspinguïns"! Vincent Bérieux, van wie Victor dacht dat hij skileraar was! Allemaal leden van die groep! En allemaal hadden ze van hun metgezellen gegeten. Is dat soms een onbeduidend feit, Danglard? Was dat niet cruciaal? Was de weg, die ik niet van u mocht volgen, niet cruciaal?'

Danglard schoof zijn aantekeningen op tafel opzij en schonk zichzelf een glas water in. De inspecteur capituleerde en iedereen begreep dat. Adamsberg had gewacht op dit moment van inkeer alvorens te beginnen aan een uiteenzetting die helderder was, als hij daar al toe in staat was.

'Als het om IJsland gaat,' zei Mordent, 'hoe kon u dan het gezicht van de moordenaar van het eiland tekenen? Van deze onbekende, van deze Charles Rolben?'

'Omdat we hem kenden, Mordent. Hij was aanwezig op de Robespierre-vereniging, net als al die anderen.'

'François Château?'

'Niet Château, inspecteur. Maar de man die bang was. Die dringend om beveiliging verzocht.'

'Lebrun', zei Retancourt.

'Lebrun. Lebrun, de gewelddadige, de driftige, de vermorzelaar, de narcist, zo goed vermomd onder zijn make-up, zijn baarden en zijn pruiken. En onder zijn onopvallende, naar believen te veranderen gelaatstrekken. Het "weerzinwekkende wezen", zoals Amédée hem noemde. Herinnert u zich hem in zijn rol als Couthon, Danglard? Was hij toen zo onopvallend? En waardeerde hij niet oprecht de meedogenloosheid van Leblond-Fouché?'

Danglard knikte kortaf.

'Herinnert u zich dat Lebrun die avond, in zijn stoel als de verlamde Couthon, zijn stok op de grond liet stuiteren? Weet u nog dat de moordenaar van het eiland hetzelfde deed met zijn stok om het ijs te testen? Alleen een oprichter van de vereniging kon op het idee komen om de overlevenden van het eiland te verplichten elkaar op die plek te ontmoeten. Om ze te taxeren, om achter hun zwaktes en hun gebreken te komen. Geniaal idee: hen op zijn bevel regelmatig te zien, maar in een gezelschap dat gegrimeerd, gekostumeerd was, en vooral anoniem. Wie zou hen ooit opmerken? En wat vooral van belang was: in geval van overlijden van een van deze "infiltranten" of van meerderen van hen, of van hen allen, zou de politie dan in IJsland gaan zoeken? Of juist eerder bij de naam Robespierre, die nog zo veel emoties losmaakt? Bij Robespierre natuurlijk. En die kant zijn we inderdaad snel op gegaan, ik als eerste.'

'Als hij ons van het IJslandse spoor af wilde hebben om ons daarheen te voeren,' vroeg Veyrenc, 'waarom heeft hij dan geen duidelijker, begrijpelijker teken aangebracht?'

'Daarin huist het genie, Veyrenc. Geef de politie, of wie dan ook, een te duidelijke aanwijzing en ze zullen er lauw en wantrouwig onder blijven. "Te voor de hand liggend om waar te zijn". Een "valstrik", zullen ze denken, een "truckaart", en dus verdacht. Maar dwing ze tot nadenken, zorg dat ze geloven dat zij als smerissen uit zichzelf de betekenis van het teken hebben doorgrond door een beroep te doen op hun intellect, dan hechten ze zich als fanatiekelingen aan hun ontdekking. Hoe groter de inspanning, hoe meer ze eraan gehecht zijn. Voor het geval dat het ons niet gelukt was het te ontcijferen, nou, dan zou de authentieke, oprechte brief van François Château ons rechtstreeks naar het spoor van Robespierre leiden. Ze hebben allemaal gezegd dat ze dat teken niet kennen en dat was waar, behalve voor Lebrun, die het bedacht had. Voor ons en voor ons alleen. Niet te duidelijk en niet te duister. Iets ertussenin. En natuurlijk, nadat de drie moorden in de kranten waren verschenen heeft Lebrun er bij Château op aangedrongen ons te waarschuwen. Sterker nog. Voor het geval dat wij ertoe geneigd waren nog in IJsland te blijven hangen, heeft hij die drie nieuwe boeken bij Jean Breuguel neergezet. Nieuw! Wat ons allemaal tot de conclusie bracht dat de moordenaar ons met dat eiland op een dwaalspoor wilde brengen. Ah, fout van de moordenaar, dachten wij als idioten. Maar deze "fout" was natuurlijk bewust. Het was immers de beste manier om te zorgen dat wij dat hele IJsland lieten varen. En dat hebben we gedaan. Allemaal. In de greep van de kring van Robespierre, waar – ik herhaal het nog maar eens – niets bewoog. Waarom? *Omdat er niets gebeurde.* Lebrun had ons naar dit schaakbord van bijna zevenhonderd spelers gedreven, maar daarop stonden de pionnen stil. Omdat de echte pionnen ergens anders bewogen. En op dat dode schaakbord zouden we tot aan het eind toe hebben stilgestaan zonder een oplossing te vinden, die lag daar immers niet.'

'Totdat alle leden van de IJslandse groep waren vermoord', zei Mercadet.

'En zonder dat we er ooit op waren gekomen wie de moordenaar was', gaf Voisenet toe.

'Inderdaad, brigadier. Lebrun? Die gezellige Lebrun? Die ons assistentie kwam verlenen door ons op de "groep van nazaten" te wijzen? Die groep die ons nergens heen leidde? De man die ons ook, met vuur spelend, maar zonder iets te riskeren, zoals je een vinger door een kaarsvlam haalt, de groep "infiltranten" aanleverde, die hij zogenaamd wantrouwde. De "groep infiltranten", die niets anders was dan de groep "IJslanders", die hij twee keer per jaar bij de Assemblée ontbood om ze uit te vragen en nog eens te herhalen dat stilzwijgen geboden was.'

'Ik snap dat van die kaars niet', zei Estalère.

'Dat laat ik je nog weleens zien', zei Adamsberg. 'Vuur zonder je eraan te branden. Wie waren die infiltranten? zei Lebrun tegen ons. Anti-Robespierre-wrekers? Royalisten? Spionnen? Die Robespierre zelf uit de weg ruimde? In zijn waanzin? Waarom ook niet? Die arme Lebrun, die uiteindelijk zelf zo bang was. En we geloofden hem.'

'Verdomme', zei Voisenet, die op dat moment zijn ongedwongen houding hervond. 'We hebben van het begin tot het eind een loopje met ons laten nemen.'

'Niet tot het eind, Voisenet. Totdat te veel onbeweeglijkheid abnormaal en verdacht begon te lijken. Totdat je, almaar in een kringetje ronddraaiend, je kon afvragen of er geen andere weg bestond. Of een vergeten, verborgen, verlaten spoor. En daarvan was er maar een.'

'IJsland', erkende Noël.

En voor de zoveelste keer waardeerde Adamsberg de moed van die botterik van een Noël, die zich zonder schaamte gewonnen gaf.

'Eén ding', zei Adamsberg. 'Toen Lebrun hier in mijn afwezigheid langs is geweest om nogmaals om beveiliging te verzoeken, heeft hij toen op een of andere manier gehoord dat ik in IJsland was? Ik wist alleen dat hem was verteld dat ik om familieredenen afwezig was.'

Terwijl iedereen zweeg stak Danglard langzaam, aarzelend een arm op.

'Ik', zei hij. 'Toen ik met hem over zijn beveiliging onderhandelde, heb ik me iets laten ontvallen.'

'Wat voor "iets", Danglard?'

De inspecteur had de moed zijn hoofd op te richten, zoals Danton, dacht hij bij zichzelf, op weg om geofferd te worden.

'Ik heb hem gezegd dat we deden wat we konden in uw afwezigheid, aangezien u voor uw plezier naar IJsland was vertrokken.'

'Dat is geen gering "iets", Danglard.'

'Nee.'

'Dat was de informatie die hij was komen halen nadat hij had gezien dat mijn auto voor mijn deur bleef staan. Hij hield mijn bewegingen vanaf het begin van het onderzoek in de gaten. En die informatie hebt u hem verstrekt omdat u geïrriteerd was. Stelt u zich zijn reactie eens voor: ik keerde terug naar IJsland! Naar dat spoor dat hij met zo veel moeite had geprobeerd uit te wissen door ons in de richting van die ondoorgrondelijke kring van Robespierre te duwen. Daarom valt hij Vincent Bérieux aan. Bérieux, de anonieme "wielrenner" van de vereniging, de "skileraar" van het Vosseneiland. Hij hangt hem op terwijl hij een pruik draagt. Waarom? Om ons koste wat het kost terug te brengen naar Robespierre. En hij doet nog meer dan dat. Want hij hangt het touw aan de kant, dicht bij een ketting waaraan Bérieux zich kan vastklampen en vlak bij het wandrek waarop hij zijn voet kan zetten. Het touw is grof, te grof om de strik goed te laten glijden. Hij weet dat Bérieux, sportief als hij is, zich zal weten te redden. En inderdaad, Bérieux ontkomt.'

'Hij hangt hem op en hij spaart hem?' zei Kernorkian. 'Waar slaat dat op?'

'Dat Bérieux kan verklaren dat zijn aanvaller een pruik droeg uit de tijd van de Revolutie. Zodat we voorgoed bij Robespierre in de buurt blijven.'

'Gesnopen', zei Estalère, terwijl hij ingespannen op de binnenkant van zijn wangen zat te kauwen.

'Natuurlijk', verzuchtte Mordent.

'En Lebrun, met zijn vooruitziende blik, laat een lok van zijn pruik op de grond achter, voor het geval dat zijn "gehangene" echt zou overlijden. Maar Bérieux overleeft het en Bérieux vertelt ons over die pruik, zonder meer los te laten. Hij deed dat om dezelfde reden als zijn agressor: opdat we aan het Robespierre-gezelschap vast bleven zitten en IJsland nooit meer zou opduiken. Zodat nooit zou worden ontdekt dat hij, net als de anderen, zijn metgezellen had opgegeten. Hij heeft tegen mij gezegd dat hij naar de bijeenkomsten ging uit "sympathie voor Robespierre", en hij loog natuurlijk. Hij ging erheen omdat hij, net als de anderen, daar was ontboden.'

'Natuurlijk', herhaalde Mordent, met een nog diepere zucht.

'Alles loopt dus perfect voor Lebrun: die pruik leidde ons rechtstreeks naar een vent die gek genoeg moest zijn om in een achttiende-eeuws kostuum te gaan moorden. En aan welke opmerkelijke gek van de vereniging zouden wij kunnen denken? Welke gek met een witte pruik?'

'Robespierre', zei Retancourt.

'Die we vroeg of laat uiteindelijk zouden hebben beschuldigd. Een nazaat van de Onomkoopbare, een man wiens jeugd verwoest was door een devote grootvader, een man die zijn rol speelt alsof hij erdoor bezeten is, ja, alles wat nodig was om er een neuroticus, een krankzinnige, een moordenaar van te maken. Daar leidde Lebrun-Charles Rolben ons bij de hand naartoe, dat lijdt geen twijfel. Vergeet niet dat hij Bérieux heeft opgehangen op een avond waarop François Château, aan het werk in het hotel, geen alibi had.'

'Hij stuurde zijn vriend naar de guillotine', zei Froissy.

'Zulke mensen hebben geen vrienden, Froissy.'

'En waarom', vroeg ze terwijl ze opkeek van haar scherm, 'had hij het na Alice Gauthier op Masfauré gemunt? Waarom niet op Gonzalez of Breuguel?'

'Omdat als we ons eenmaal op de kring van Robespierre hadden gestort, we te weten zouden komen dat Masfauré de grote geldschieter was. Dus dat iemand echt de vereniging wilde wegvagen, en niet een voormalige IJslandreiziger.'

'Natuurlijk', herhaalde Mordent nogmaals, puffend. 'Dat neemt niet weg dat schieten op u gewaagd was.'

'Niet meer dan op een ander. Hij was bang dat Amédée, een kwetsbaar onderdeel van het bouwsel, uiteindelijk onder mijn voortdurende vragen zou bezwijken. Maar direct na mijn terugkeer uit IJsland heb ik de twee broers opgezocht. Dat betekende dus dat ik daar iets had gevonden. Dat ik op een of andere manier erachter was gekomen wat er werkelijk op dat warme eiland was gebeurd. Toen ik gisteravond met de auto vertrok, is hij me gevolgd. Ik neem de weg naar Le Creux, dat sterkt hem in zijn ergste vrees. Ditmaal kan hij ons niet in leven laten. Hij is er klaar voor. Hij neemt snelle verbindingswegen en is me voor, terwijl ik over de kleine weggetjes steeds van richting verander om de gendarmes van me af te schudden. Hij kruipt door een gat in de afrastering rond het bos, hij ruimt in het voorbijgaan Céleste en Marc uit de weg en komt recht op ons af.'

'En hebt u de schoten in het bos niet gehoord?' vroeg Voisenet.

'Dat is bijna twee kilometer verderop en de wind waaide naar het westen. Als Lebrun niet over mijn reis naar IJsland geïnformeerd was, Danglard, dan was hij niet gaan schieten, omdat hij ervan overtuigd was dat wij hardnekkig op het Robespierre-gezelschap gericht bleven tot François Château zou worden gearresteerd. We zouden hem maandagavond in alle rust hebben aangehouden wanneer hij via de parkeergarage naar buiten kwam. Dan had hij Céleste niet verwond en had hij niet op ons geschoten. Ik moet jullie allen eraan herinneren dat geen enkele privé-informatie over een lid van de brigade aan een onbekende mag worden verstrekt. Zelfs niet als die alleen maar is gaan plassen of de kat eten geven. Zelfs niet als de onbekende sympathiek, behulpzaam of geschrokken lijkt. Het spijt me, Danglard.'

Danglard nam een moment de tijd, toen stond hij op en plotseling was hij weer de man met de onopgesmukte, waardige elegantie. Adamsberg, die niet van overdreven gedrag hield en vooral niet van hoogdravendheid, deinsde even terug, maar de uitdrukking van Danglard verried geen enkele neiging tot gewichtigheid.

'Ik sta erop', sprak hij kalm, 'u te feliciteren. Ik heb wat mij betreft een ernstige fout gemaakt, zo ernstig dat die misschien, en zelfs waarschijnlijk, tot de dood had geleid van vier mensen, onder andere tot die van u. Om die reden zal ik vanavond nog mijn ontslag bij u indienen.'

'Vanavond is onmogelijk,' antwoordde Adamsberg alsof hij een uitnodiging voor een etentje afwees, 'want het is zondag en ik lees niet op zondag. Morgen is onmogelijk, dan moeten we het rapport opstellen en daarbij heb ik uw schrijfkunst nodig. Daarna is onmogelijk, want ik heb een verzoek tot drie weken vakantie ingediend. Om die reden zult u tijdens mijn afwezigheid de leiding hebben over de brigade.'

Waarnaartoe? vroeg Danglard zich af. Naar die Pyreneeën van hem, dat sprak voor zich, om met zijn blote voeten door het groene water van de bergstroom van Pau te waden.

'Is dat een order?' vroeg Mordent, wiens nek weer uit zijn schouders oprees.

'Dat is er een', bevestigde Adamsberg.

'Het is een order', fluisterde Mordent Danglard toe.

'U kunt gaan,' zei Adamsberg kalm, 'het is zondag.'

Veyrenc pakte Adamsberg bij zijn arm beet toen hij naar de deur liep.

'Dat neemt niet weg', zei hij, 'dat je zonder de brigadiers eraan was gegaan.'

'Niet per se. Want een afturganga laat nooit degenen in de steek die hij ontbiedt.'

'Dat is waar, dat was ik vergeten.'

'Als je het zo bekijkt,' mompelde Danglard, die achter hen aan liep, 'heeft de afturganga ook de gendarmes van Saint-Aubin ontboden.'

'Als je het zo bekijkt,' zei Adamsberg, 'is dit, na lange tijd, een uitstekende opmerking van u, inspecteur. Ik kan met een gerust hart vertrekken.'

47

Na samen te hebben gegeten liepen Adamsberg en François Château in de bijna verlaten tuin van het île de la Cité rondjes om het standbeeld van Hendrik IV. Château had nog te kampen met de ontsteltenis en de hevige woede die de woorden van Adamsberg over zijn secretaris, Lebrun-Charles Rolben, bij hem hadden teweeggebracht.

'Stel je voor, een magistraat die kannibaal is. Charles! Charles, die anderen doodsteekt om ze op te eten! Nee, ik kan het me niet indenken, ik kan me er geen voorstelling van maken.'

Château had deze zin wel twaalf keer in verschillende bewoordingen herhaald. Vanavond was hij echt Château en niet Robespierre. Hij droeg het medaillon niet, daar was Adamsberg van overtuigd.

'Heeft hij gepraat?' vroeg Château.

'Hij weigert ook maar iets te zeggen. Volgens de dokter is de diagnose: een staat van razernij ... Een momentje, Château, ik heb het opgeschreven ... "een staat van destructieve razernij",' las Adamsberg voor uit zijn notitieboekje, '"met extreme uitingen van frustratie en afkeer, wellicht het gevolg van een psychopathische structuur". Hij heeft alles wat hij kon in zijn kamer kort en klein geslagen, televisie, telefoon, raam, nachtkastje, hij krijgt kalmerende middelen. Zo veel geweld, hebt u daar nooit iets van gemerkt?'

'Nee,' zei Château hoofdschuddend, 'nee. Alhoewel', aarzelde hij.

'Hoe was hij als magistraat?'

'Zo een die ze "hardvochtig" noemen. Ik wilde niet te veel aandacht schenken aan die geruchten, ze brachten me in verlegenheid.'

'Waarom?'

'Vanwege zijn al te uitgesproken voorkeur voor het Revolutio-

nair tribunaal van Robespierre. Dat was vaak storend. Zo had hij er onder andere plezier in te beweren dat onze gerechtshoven in vergelijking daarmee wel erg milde instanties waren.'
'Waren jullie vrienden?'
'Collega's. Hij hield altijd afstand. Werkelijk, hij had een sterk gevoel voor sociale verschillen. Ik was maar een boekhouder en hij een magistraat. In het milieu waarin hij zich bewoog, ging hij om met wat je noemt belangrijke personen, uit de politiek, de financiële wereld. Hij gaf luxe feestjes, heeft Leblond me verteld, in zijn villa in Versailles, waarop het beste wat er was bijeenkwam. Of het slechtste, nietwaar.'
'Werd Leblond uitgenodigd?'
'Hij is een gerenommeerd psychiater in het ziekenhuis van Garches.'
'Daar waar Lebrun ons om beveiliging vroeg.'
'Je reinste aanmatiging', zei Château zijn schouders ophalend. 'Charles is nooit psychiater geweest. Is dat wat hij u heeft verteld?'
'Ja.'
'Het is niet onjuist, in die zin dat het hem boeide. Hij wilde individuen "doorgronden", hij overlaadde Leblond met vragen: kon je op grond van dit of dat teken of gebaar, of een gezichtsuitdrukking of stembuiging herkennen of iemand kwetsbaar is? Depressief is, of wroeging heeft? De zwakke plekken van de ander, nietwaar, dat interesseerde hem. En als hij Leblond voor zijn feestjes uitnodigde, gaf hij hem opdrachten. Opletten op die politicus, bankier of industrieel en hem verslag doen. Leblond kon dat niet echt waarderen, hij zei dat hij arts was en geen zielensnuffelaar, maar Charles had een heel sterk overwicht. Je gehoorzaamde hem, punt uit. Maar soms', zei Château met een glimlach, 'was ik degene die hij vreesde, of erger nog, die hij wel moest bewonderen.'
'Wanneer u Robespierre was?'
'Precies, commissaris. Hij was een verwoed robespierrist. Hij

verweet hem maar één ding: die beroemde deugdzaamheid. Het feit dat Robespierre nooit enige executie had willen bijwonen. Zijn afkeer van bloed. Hij was van mening dat dit gewoon laffe hypocrisie was. "Analyse van een amateur, vriend", verklaarde Leblond. Maar Charles hield voet bij stuk. Hij had gewild dat Robespierre een man van actie was en geen kamergeleerde, hij had gewild dat hij zelf met het volk door de straten rende om hoofden af te hakken, ze aan spietsen te rijgen, dat hij in hoogsteigen persoon het schavot zou bestijgen om de guillotine te bedienen. Nu is dat makkelijk te begrijpen: Charles hield ervan, van het bloed, de executies, de moordpartijen. En van zichzelf. Wat deden twee levens op IJsland ertoe als hij kon overleven? Maar waarom is hij hen zo veel jaren later allemaal aan de lopende band gaan doden? Was hij in de greep van een moorddadige woede?'

'Een beschermende woede, Château. Alice Gauthier had een bekentenis afgelegd, en vanaf dat moment was het evenwicht in de groep van de IJslandoverlevenden verstoord. Amédée Masfauré kon gaan praten, en zijn vader met hem. Hetzelfde gold voor Victor. De controle over de groep ontglipte hem. Hij besloot om voorgoed met hen allemaal af te rekenen.'

'Ik kan het niet bevatten', herhaalde Château voor de dertiende keer. 'Zes moorden en bijna elf. Hoe gaat het met die vrouw die hij, als een monsterlijke Fouché, in het bos heeft beschoten?'

Adamsberg bleef even stilstaan.

'Vooruitzichten onzeker, zoals ze dat noemen.'

'Het spijt me. Na de laatste vergadering van juli, na de zittingen van 8 en 9 thermidor, ontbind ik de vereniging.'

'U had me gezegd dat uw financiën – verstrekt door Masfauré, maar in opdracht van Charles Rolben, dat vermoedde u al – toereikend waren om uw onderzoek te voltooien.'

'Dat doet er niet toe, commissaris, het zou onbetamelijk zijn om door te gaan. Het doek valt. Als trouwens bekend wordt wie

Charles was, wat hij heeft gedaan en van welke vereniging hij secretaris was, worden we hoe dan ook door het schandaal weggevaagd. De bladzijde is omgeslagen.'

Château ging op een bankje zitten, benen gestrekt, rug niettemin nog altijd recht, en Adamsberg stak in de schemering een sigaret op.

'Waarom niet?' zei Adamsberg. 'En waarom hem niet op een andere wijze laten voortbestaan?'

'Wat laten voortbestaan?'

'Robespierre. U draagt vanavond de tanden niet, toch?'

'Welke tanden?'

'Zíjn tanden. Die door de chirurgijn werden opgevist in de nacht van 10 thermidor, daarna aan Éléonore Duplay zijn gegeven, daarna aan François-Didier Château, en van mannelijke nazaat aan mannelijke nazaat, totdat ze bij u terecht zijn gekomen. U die afstamt van de vermeende zoon van Robespierre.'

'U fantaseert, commissaris.'

'Daar', zei Adamsberg terwijl hij een vinger op de borstkas van Château legde. 'U draagt ze daar in een medaillon. En dan neemt *Hij* bezit van u. Hij voert François Château met lichaam en ziel af, en hij keert terug, en hij bestaat als enige, zonder u.'

Château stak een hand uit en vroeg om een sigaret, zonder zich er nu nog over te verbazen hoe ze eruitzagen.

'Waarom zou u zich nog verzetten?' zei Adamsberg terwijl hij hem een vuurtje gaf. 'De geschiedenis loopt ten einde.'

'Wat doet dat er voor u toe? Of die tanden bestaan of niet? Of ik ze draag of niet? Of *Hij* bezit van me neemt of niet? Voor wie is dat belangrijk?'

'Wellicht voor deze "François Château met lichaam en ziel". Die uiteindelijk volledig door Hem zal worden verslonden, en waarom ook niet trouwens? Maar vanavond kan ik daar vermoedelijk niet meer tegen, tegen al dat verslinden.'

'Er bestaat geen oplossing', zei Château somber.

'Laat een DNA-analyse doen. Van de tanden en van uzelf. Dan

hebt u het antwoord. Dan zult u eindelijk weten of u werkelijk van hem afstamt, of dat de ongehuwde moeder in 1790 alleen maar opschepte door te beweren dat ze zwanger was van die beroemde man.'

'Dat nooit.'

'Bent u bang?'

'Ja.'

'Om zijn nazaat te zijn of om het niet te zijn?'

'Beide.'

'Angsten die voortwoekeren in twijfel, zoals champignons in een kelder, kunnen alleen worden verdreven door kennis van de feiten.'

'Dat is zo'n simpele gedachte, commissaris.'

'Inderdaad. Maar dan weet u het en dat zal heel wat veranderen.'

'Ik wil niet dat er heel wat verandert.'

'Het zullen historische feiten zijn', vervolgde Adamsberg. 'U kunt, ongeacht het antwoord, doorgaan met optreden als Robespierre, als u daar zin in hebt. Maar dan weet u wie hij is en wie François Château is. Dat is niet niks. En de tanden brengt u daarheen waar ze horen te zijn: bij het volk, zou Robespierre zeggen. Geef ze terug aan het volk. Aan het museum Carnavalet, waar ze slechts een armzalige haarlok van hem bezitten.'

'Dat nooit', herhaalde Château. 'Nooit, hoort u mij?'

Adamsberg trapte zijn sigaret uit en stond op om opnieuw rond het standbeeld van Hendrik IV te lopen.

'Ik ga', zei hij ten slotte toen hij weer bij het bankje terugkeerde.

Adamsberg liep weg en liet Château alleen met zijn zware lot, hij stak de brug over naar de linkeroever, snoof onderweg de geur op van de Seine en leunde met zijn ellebogen op de brugreling om haar te zien stromen, vuil, ontluisterd, maar nog steeds indrukwekkend. Er ging een kwartier voorbij, of meer misschien. En ineens stond Château naast hem tegen het muurtje geleund, niet opgewekt, maar vrij rustig, lichtjes glimlachend.

'Ik ga het doen, commissaris. Dat DNA.'

Adamsberg knikte. Toen richtte Château zich op, met kaarsrechte rug – en die zou hij altijd houden – en hij gaf hem een hand.

'Bedankt, burger Adamsberg.'

En dit was de eerste keer dat Château hem bij zijn naam aansprak en niet bij zijn functie.

'Het ga je goed, burger Château', antwoordde Adamsberg zijn hand schuddend. 'En mogen je nazaten meisjes zijn.'

Adamsberg ging lopend naar huis. Voordat hij het kleine hekje opende, keek hij naar zijn handpalm. Het is niet iedereen gegeven om Robespierre de hand te schudden.

48

Adamsberg had met zijn vertrek gewacht totdat hij goed nieuws over Céleste had ontvangen, en Danglard had hem naar de luchthaven gebracht. Ze gingen uiteen bij de toegang tot de incheckruimte. Morgen moest de inspecteur in zijn eentje de moordenaar Charles Rolben gaan verhoren.

'Hoe moet ik hem benaderen,' zei Danglard, 'hoe pak ik het aan, welke tactiek volg ik, dat houdt me bezig.'

'Bespaar u de moeite, Danglard. Rolben is wreed en gewetenloos, dus het heeft geen zin een tactiek te bedenken. Hij zal nooit door de knieën gaan, of u het nou probeert met vriendelijkheid, geestigheid, scherpzinnigheid, geweld of uw witte wijn. Hij is een meester in geweld, verwacht niets van hem. Zorg gewoon dat u al onze bewijzen en getuigen op een rij hebt. Eén ding misschien zal hem doen ontploffen. Als u geen rekening met hem houdt, als u praat alsof hij nauwelijks van belang is. Hou me op de hoogte. Gaat u nog bij Céleste langs?'

'Vanmiddag.'

'Geef haar dit dan terug,' zei Adamsberg terwijl hij haar pijp uit zijn zak haalde, 'dat zal haar goeddoen. En zeg haar dat Marc behouden op de stoeterij is teruggekeerd.'

Nadat Adamsberg eenmaal de incheckzone was gepasseerd, bleef Danglard in zijn eentje nog wat hangen in de grote hal, met in zijn hand de pijp die onlosmakelijk verbonden was met de lieveheersbeestjes. Hij wilde pas vertrekken wanneer het vliegtuig opsteeg. Het zou daarginds lente zijn, het gras zou zich weer oprichten, recht en groen. De inspecteur hield zijn horloge in de gaten.

Tien over half tien. Danglard knikte. Het vliegtuig steeg op met als bestemming het eiland Grimsey.

Onder de vele geraadpleegde titels over Robespierre en de Franse Revolutie verdienen de volgende vermelding:

- Artarit, Jean, *Robespierre*, CNRS Éditions, 2009.
- Domecq, Jean-Philippe, *Robespierre, derniers temps*, Folio histoire, Gallimard, 2011.
- Lenôtre, G., *La guillotine et les exécuteurs des arrêts criminels pendant la Révolution*, Archéos, 2011.
- Ratinaud, Jean, *Robespierre*, 'Le temps qui court', Seuil, 1960.
- Schmidt, Joël, *Robespierre*, Folio biographies, Gallimard, 2011.

en over IJsland:

Islande, Bibliothèque du voyageur, Gallimard, 2012, vertaling van *Iceland*, Insight Guides, APA Publications GmbH & Co, Verlag KG, 2010, 2012.

Woordenlijst

Het parlement:

de Assemblée nationale – de Nationale Vergadering, het parlement, kent tijdens de Franse Revolutie de volgende vormen:
de Assemblée nationale constituante – de Nationale Grondwetgevende Vergadering (1789-1791)
de Assemblée législative – de Wetgevende Vergadering (1791-1792)
de Convention nationale – de Nationale Conventie (1792-1795), die werd opgeheven toen de Franse grondwet klaar was, waarna het parlement weer Assemblée nationale werd genoemd.

De afgevaardigden:

de girondijnen – liberalen, federalisten of conservatieven (zij zaten op de Pente, de lagere tribunes van de zittingzaal)
de Plaine – een onafhankelijke middengroep van republikeinen die een meerderheid uitmaakte (vernoemd naar hun plek op de vloer in het parlement)
de montagnards – links en extreem-links, onder wie de dantonisten en robespierristen (zij zaten op het hogere deel van de tribunes)

Franse republikeinse kalender:

ingesteld op 22 september 1792 oftewel op 1 vendémiaire van het jaar I. Hierin werd bij de jaartelling niet langer uitgegaan van de geboorte van Christus, maar van de datum waarop de Eerste Franse Republiek werd uitgeroepen. De maandnamen herinneren aan kenmerken van het Franse klimaat.

In *IJsmoord* komen de volgende maanden voor:
vendémiaire – wijnmaand (september/oktober)
pluviôse – regenmaand (januari/februari)
germinal – groeimaand (maart/april)
thermidor – warmtemaand (juli/augustus)

Fred Vargas bij De Geus

Uit de dood herrezen
Sophia Siméonidis, een voormalig operazangeres, woont in een rustige Parijse straat. Op een ochtend ziet ze dat er achter in haar tuin een jonge beuk staat. Wie heeft die boom daar geplant? De koude rillingen lopen haar over de rug.

Een beetje meer naar rechts
Louis Kehlweiler hield zich tot voor kort bezig met het ophelderen van moeilijke misdaden. Op een dag vindt hij een verdacht botje onder een boom waar de vorige avond nog een hondendrol lag. Hebben botje en drol iets met elkaar te maken?

Verblijfplaats onbekend
Martha, ex-prostituee, roept de hulp in van Louis Kehlweiler. Ze houdt bij haar thuis Clément verborgen, een simpele jongen die ze nog van vroeger kent en die verdacht wordt van moord op twee vrouwen. Louis moet diens onschuld bewijzen of de echte schuldige zien te vinden.

Maak dat je wegkomt
In Parijs zijn tekenen van een nieuwe pestuitbraak, waarbij enkele doden vallen. Commissaris Adamsberg gelooft echter niet dat de zwarte dood rondwaart en gaat op zoek naar een 'doodgewone' moordenaar die de stad met zijn morbide pestgrap terroriseert.

De man van de blauwe cirkels
Commissaris Adamsberg raakt geïntrigeerd door de blauwe krijtcirkels die her en der in Parijs op straat verschijnen. De tekenaar laat telkens een voorwerp in de cirkel

achter: een leeg blikje, een dode muis. Volgens Adamsberg ademen de cirkels wreedheid uit. Een psychiater bevestigt hem dat de cirkeltekenaar geobsedeerd is door de dood ...

Misdaad in Parijs
Trilogie, bestaand uit *Uit de dood herrezen, Een beetje meer naar rechts* en *Verblijfplaats onbekend.*

De terugkeer van Neptunus
Al dertig jaar houdt Adamsberg een dossier bij over een moordenaar, bijgenaamd Neptunus, die hij nooit heeft kunnen ontmaskeren. Nu Adamsberg zelf verdacht wordt van moord is hij vastbesloten zijn plaaggeest definitief te verslaan.

De omgekeerde man
In *De omgekeerde man* reist commissaris Adamsberg af naar de Provence, waar het gerucht gaat dat een boerin gedood is door een weerwolf. Adamsberg is de enige die het weerwolfverhaal niet meteen als massahysterie afdoet.

De eeuwige jacht
In *De eeuwige jacht* krijgt een reeks merkwaardige gebeurtenissen betekenis wanneer Adamsberg in een kostbaar, oud boek het recept aantreft voor het eeuwige leven.

Vervloekt
Bij de ingang van een kerkhof worden zeventien afgesneden voeten gevonden. Enkele dagen later krijgt Adamsberg te maken met een in stukken gezaagd lijk. Om deze twee op het eerste gezicht totaal verschillende zaken op te lossen duikt de commissaris in het verleden van een familie: in hun geschiedenis, omzwervingen en legendes.

De verdwijningen
Al eeuwenlang doen in Normandië verhalen de ronde dat misdadigers een akelig einde zullen beleven wanneer het Woeste Leger hen komt halen. Kort daarna wordt een dorpsbewoner dood aangetroffen. De geruchten die algauw rondgaan worden door de lokale politie afgedaan als bijgeloof. Commissaris Adamsberg wordt belast met het onderzoek, in een dorpje dat wordt geterroriseerd door wilde geruchten en oude vetes.

Andere spannende titels van De Geus

Zweedse laarzen

Op een herfstnacht schrikt ex-chirurg Fredrik Welin wakker: zijn huis, op een eilandje in de Oostzee, staat in lichterlaaie. Ternauwernood weet hij het brandende huis te ontvluchten. Hij heeft nog net tijd om twee linkerlaarzen aan te trekken. De volgende morgen is zijn woning tot de grond toe afgebrand. Fredrik moet zijn leven opnieuw vorm zien te geven, en dat terwijl hij wordt beschuldigd van brandstichting.

Annika.11. IJzer en bloed

Misdaadjournaliste Annika Bengtzon krijgt een verontrustend berichtje van haar zus Birgitta: 'Annika, help me!' Daarna wordt het stil. Birgitta is verdwenen. Terwijl het tijdschrift waar Annika werkt de ondergang nabij is en ze volledig in beslag wordt genomen door een rechtszaak over een gruwelijke moord op een dakloze, ziet ze zich gedwongen op zoek te gaan naar haar zus. Daarbij moet ze ook haar eigen turbulente verleden onder ogen zien.

Payback

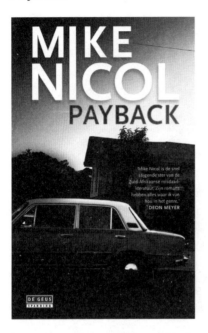

De voormalige wapensmokkelaars Mace Bishop en Pylon Buso hopen eindelijk een ontspannen leven te gaan leiden in Kaapstad. Met hun nieuwe beveiligingsservice voor welvarende toeristen lijkt dat te lukken, tot Mace ingehaald wordt door zijn verleden. Hij moet nog één gevaarlijke klus klaren en krijgt te maken met een vijand van formaat: Sheemina February, een advocate met ijsblauwe ogen, een passie voor geweld en een zwarte handschoen aan haar linkerhand. Wie is deze engel der wrake?

Killer Country

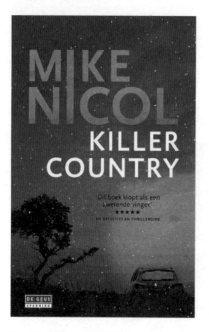

Mace Bishop en Pylon Buso beschermen met hun beveiligingsdienst welgestelde toeristen tegen het geweld dat in Kaapstad op elke straathoek loert. Ondertussen hopen ze dat ze niet worden ingehaald door hun eigen duistere verleden. Als ze proberen hun foute geld in een lucratieve deal te steken, krijgen ze te maken met nieuwe en levensgevaarlijke tegenstanders: de corrupte politicus Obed Chocho en de gewetenloze killer Spitz, die dodelijk efficiënt te werk gaat op de hypnotiserende klanken van killer-countrymuziek. En ook hun oude vijand Sheemina February heeft nog een rekening te vereffenen.